I0744310

دھواں

کلیاتِ منٹو ۔ 4/9

افسانے

سعادت حسن منٹو

Copyrights

Literary works of Saadat Hasan Manto are in public domain and therefore are free to to be published, reproduced, stored in a retrieval system, or transmitted in any form or by any means, electronic, mechanical, photocopying, recording, or otherwise. Reproduction of this book and this series with publisher name or logo, however is not permitted.

TITLE: Dhuan
FORMAT: Paperback
SERIES: Kulliyat e Manto
PART: Part 4 of 9
AUTHOR: Saadat Hasan Manto
PUBLISHED BY: GhazalSara Dot Org, LLC
PUBLISHED: May 2023
ISBN: 978-1-957756-51-6

CONTACT: ghazalsara.org@outlook.com

Scan this QR Code with your phone now!

Printed and bound in the U.S.A.

کلیاتِ منٹو

منٹو کے تمام افسانوں کو نو کتابوں کی صورت میں شائع کیا جارہا ہے۔ یہ کتب امریکہ میں غزل سرا کے آن لائن سٹور اور باقی تمام دنیا میں ایمازون اور ایسے ہی دوسرے سٹورز پر بآسانی دستیاب ہیں۔ اس کے علاوہ یہ کتب ای بک فارمیٹ میں ایپل بک سٹور، گوگل پلے بکس اور دوسرے ای بک پلیٹ فارمز پر دستیاب ہیں۔

فارمیٹ	آئی ایس بی این	ٹائٹل	#
ہارڈکور	978-1-957756-71-4		
پیپر بیک	978-1-957756-48-6	ایک زاہدہ، ایک فاحشہ	1
ای بک	978-1-957756-57-8		
ہارڈکور	978-1-957756-72-1		
پیپر بیک	978-1-957756-49-3	بلاؤز	2
ای بک	978-1-957756-58-5		
ہارڈکور	978-1-957756-73-8		
پیپر بیک	978-1-957756-50-9	ٹھنڈا گوشت	3
ای بک	978-1-957756-59-2		
ہارڈکور	978-1-957756-79-0		
پیپر بیک	978-1-957756-51-6	دھواں	4
ای بک	978-1-957756-60-8		
ہارڈکور	978-1-957756-74-5		
پیپر بیک	978-1-957756-52-3	سودا بیچنے والی	5
ای بک	978-1-957756-61-5		
ہارڈکور	978-1-957756-66-0		
پیپر بیک	978-1-957756-53-0	شہید ساز	6
ای بک	978-1-957756-62-2		
ہارڈکور	978-1-957756-46-2		
پیپر بیک	978-1-957756-54-7	کھول دو	7
ای بک	978-1-957756-63-9		
ہارڈکور	978-1-957756-77-6		
پیپر بیک	978-1-957756-55-4	موذیل	8
ای بک	978-1-957756-64-6		
ہارڈکور	978-1-957756-78-3		
پیپر بیک	978-1-957756-56-1	ہتک	9
ای بک	978-1-957756-65-3		

فہرست

چغد 5

چند مکالمے 12

چودھویں کا چاند 20

چور 26

چوری 33

چوہے دان 42

مجید کا ماضی 51

مسز ڈی سلوا 58

حافظ حسین دین 66

حامد کا بچہ 72

جج اکبر 81

حجامت 89

حسن کی تخلیق 94

خالد میاں 100

خالی بوتلیں، خالی ڈبے 110

خدا کی قسم 118

خطا اور اس کا جواب 123

خوابِ خرگوش 128

خود فریب 134

خود کشی 140

خود کشی کا اقدام 146

خورشید 151

خوشبودار تیل 158

خوشیا 163

دس روپے 170

دھواں 183

دو قومیں 191

چغد

لڑکوں اور لڑکیوں کے معاشقوں کا ذکر ہو رہا تھا۔ پر کاش جو بہت دیر سے خاموش بیٹھا اندر ہی اندر بہت شدت سے سوچ رہا تھا، ایک دم پھٹ پڑا۔ ''سب بکواس ہے، سو میں سے ننانوے معاشقے نہایت ہی بھونڈے اور لچر اور بے ہودہ طریقوں سے عمل میں آتے ہیں۔ ایک باقی رہ جاتا ہے۔ اس میں آپ اپنی شاعری رکھ لیجیے یا اپنی ذہانت اور ذکاوت بھر دیجیے۔

مجھے حیرت ہے ۔۔۔ تم سب تجربہ کار ہو۔ اوسط آدمی کے مقابلے میں زیادہ سمجھ دار ہو۔ جو حقیقت ہے، تمہاری آنکھوں سے اوجھل بھی نہیں۔ پھر یہ کیا حماقت ہے کہ تم برابر اس بات پر زور دیے جا رہے ہو کہ عورت کو راغب کرنے کے لیے نرم و نازک شاعری، حسین و جمیل شکل اور خوش وضع لباس، عطر، لونڈر اور جانے کس کس خرافات کی ضرورت ہے اور میری سمجھ سے یہ چیز تو بالکل بالاتر ہے کہ عورت سے عشق لڑانے سے پہلے تمام پہلو سوچ کر ایک اسکیم بنانے کی کیا ضرورت ہے۔''

چودھری نے جواب دیا، ''ہر کام کرنے سے پہلے آدمی کو سوچنا پڑتا ہے۔''

پر کاش نے فوراً ہی کہا، ''مانتا ہوں۔ لیکن یہ عشق لڑانا میرے نزدیک بالکل کام نہیں۔ یہ ایک ۔۔۔ بھی تم کیوں غور نہیں کرتے۔ کہانی لکھنا ایک کام ہے۔ اسے شروع کرنے سے پہلے سوچنا ضروری ہے لیکن عشق کو آپ کام کیسے کہہ سکتے ہیں۔ یہ ایک ۔۔۔ یہ ایک ۔۔۔ یہ ایک ۔۔۔ میرا مطلب ہے ۔۔۔ عشق مکان بنانا نہیں جو آپ کو پہلے نقشہ بنوانا پڑے ۔۔۔ ایک لڑکی یا عورت اچانک آپ کے سامنے آتی ہے۔ آپ کے دل میں کچھ گڑ بڑ سی ہوتی ہے۔ پھر یہ خواہش پیدا ہوتی ہے کہ وہ ساتھ لیٹی ہو۔ اسے آپ کام کہتے ہیں ۔۔۔ یہ ایک ۔۔۔ یہ ایک حیوانی طلب ہے جسے پورا کرنے کے لیے حیوانی طریقے ہی استعمال کرنے

چاہئیں۔ جب ایک کتا کسی سے عشق لڑانا چاہتا ہے تو وہ بیٹھ کر اسکیم تیار نہیں کرتا۔ اسی طرح سانڈ بُو سونگھ کر گائے کے پاس جاتا ہے تو اسے بدن پر عطر لگانا نہیں پڑتا۔۔۔ بنیادی طور پر ہم سب حیوان ہیں۔ اس لیے عشق و محبت میں جو دنیا کی سب سے پرانی طلب ہے، انسانیت کا زیادہ دخل نہیں ہونا چاہیے۔''

میں نے کہا، ''تو اس کا یہ مطلب ہوا کہ شعر و شاعری، مصوری، صنم تراشی یہ سب فنونِ لطیفہ محض بے کار ہیں؟''

پرکاش نے سگریٹ سلگایا اور اپنا جوش بقدرِ کفایت استعمال کرتے ہوئے کہا، ''محض بے کار نہیں۔۔۔ میں سمجھ گیا تم کیا کہنا چاہتے ہو، تمہارا مطلب یہ تھا کہ فنونِ لطیفہ کے وجود کا باعث عورت ہے، پھر یہ بے کار کیسے ہوئے۔ اصل بات یہ ہے کہ ان کے وجود کا باعث خود عورت نہیں ہے، بلکہ مرد کی عورت کے متعلق حد سے بڑھی ہوئی خوش فہمی ہے۔ مرد جب عورت کے متعلق سوچتا ہے تو اور سب کچھ بھول جاتا ہے۔ وہ چاہتا ہے کہ عورت کو عورت نہ سمجھے۔۔۔ عورت کو محض عورت سمجھنے سے اس کے جذبات کو ٹھیس پہنچتی ہے۔ چنانچہ وہ چاہتا ہے اسے خوبصورت سے خوبصورت روپ میں دیکھے۔ یورپی ممالک میں جہاں عورتیں فیشن کی دلدادہ ہیں، ان سے جاکر پوچھو کہ ان کے بالوں، ان کے کپڑوں، ان کے جوتوں کے نت نئے فیشن کون ایجاد کرتا ہے۔''

چودھری نے اپنے مخصوص بے تکلفانہ انداز میں پرکاش کے کاندھے پر ہولے سے طمانچہ مارا، ''تم بہک گئے ہو یار۔۔۔ جوتوں کے ڈیزائن کون بناتا ہے، سانڈ گائے کے پاس جاتا ہے تو اسے لونڈر لگانا نہیں پڑتا۔ یہاں باتیں ہو رہی تھیں کہ لڑکوں اور لڑکیوں کے وہی رومان کام یاب ہوتے ہیں جو شریفانہ خطوط پر شروع ہوں۔''

پرکاش کے ہونٹوں کے کونے طنز سے سکڑ گئے، ''چودھری صاحب قبلہ! آپ بالکل بکواس کرتے ہیں۔ شرافت کو رکھیے آپ اپنے سگریٹ کے ڈبے میں، اور ایمان سے کہیے وہ لونڈیا جس کے لیے آپ پورا ایک برس رومالوں کو بہترین لونڈر لگا کر اسکیمیں بناتے رہے، کیا آپ کو مل گئی تھی؟''

چودھری صاحب نے کسی قدر کھسیانہ ہو کر جواب دیا۔ ''نہیں۔''

''کیوں؟''

''وہ۔۔۔ وہ کسی اور سے محبت کرتی تھی۔''

''کس سے۔۔۔ کس اُلو کے پٹھے سے۔۔۔ ایک پھیری والے بزاز سے جس کو نہ تو غالب کے شعر یاد

تھے نہ کرشن چندر کے افسانے۔ جو آپ کے مقابلے میں لونڈر لگے رومال سے نہیں بلکہ اپنے میلے تہبند سے ناک صاف کرتا تھا۔'' پرکاش ہنسا۔ ''چودھری صاحب قبلہ! مجھے یاد ہے آپ بڑی محبت سے اسے خط لکھا کرتے تھے۔ ان میں آسمان کے تمام تارے نوچ کر آپ نے چپکا دیئے۔ چاند کی ساری چاندنی سمیٹ کر ان میں پھیلا دی مگر اس گراس پھیری والے بزاز نے آپ کی لونڈیا کو جس کی ذہنی رفعت کے آپ ہر وقت گیت گاتے تھے، جس کی نفاست پسند طبیعت پر آپ مرمٹے تھے، ایک آنکھ مار کر اپنے تھانوں کی گٹھری میں باندھا اور چلتا بنا۔۔۔ اس کا جواب ہے آپ کے پاس؟

چودھری منمنایا، ''میرا خیال ہے جن خطوط پر میں چل رہا تھا، غلط تھے۔ اس کا نفسیاتی مطالعہ بھی جو میں نے کیا تھا درست ثابت نہ ہوا۔''

پرکاش مسکرایا، ''چودھری صاحب قبلہ! جن خطوط پر آپ چل رہے تھے، یقیناً غلط تھے۔ اس کا نفسیاتی مطالعہ بھی جو آپ نے کیا تھا، سو فیصد نادرست تھا اور جو کچھ آپ کہنا چاہتے ہیں وہ بھی ٹھیک نہیں ہے۔ اس لیے کہ آپ کو خط کشی اور نفسیاتی مطالعے کی زحمت اٹھانی ہی نہیں چاہیے تھی۔ نوٹ بک نکال کر اس میں لکھ لیجیے کہ سو میں سو مکھیاں شہد کی طرف بھاگی آئیں گی اور سو میں نناوے لڑکیاں بھونڈے پن سے مائل ہوں گی۔''

پرکاش کے لہجے میں ایک ایسا طنز تھا جس کا رخ چودھری کی طرف اتنا نہیں تھا جتنا خود پرکاش کی طرف تھا۔ چودھری نے سر کو جنبش دی اور کہا، ''تمہارا فلسفہ میں کبھی نہیں سمجھ سکتا۔ آسان بات کو تم نے مشکل بنا دیا ہے۔ تم آرٹسٹ ہو اور نوٹ بک نکال کر یہ بھی لکھ لو کہ آرٹسٹ اوّل درجے کے بے وقوف ہوتے ہیں۔ مجھے بہت ترس آتا ہے ان پر، کم بختوں کی بے وقوفی میں بھی خلوص ہوتا ہے۔ دنیا بھر کے مسئلے حل کر دیں گے پر جب کسی عورت سے مڈ بھیڑ ہو گی تو جناب ایسے چکر میں پھنس جائیں گے کہ ایک گزدور کھڑی عورت تک پہنچنے کے لیے پشاور کا ٹکٹ لیں گے اور وہاں پہنچ کر سوچیں گے وہ عورت آنکھوں سے اوجھل کیسے ہو گئی۔ چودھری صاحب قبلہ، نکالیے اپنی نوٹ بک اور یہ لکھ لیجیے کہ آپ اوّل درجے کے چغد ہیں۔''

چودھری خاموش رہا اور مجھے ایک بار پھر محسوس ہوا کہ پرکاش، چودھری کو آئینہ بنا کر اس میں اپنی شکل دیکھ رہا ہے اور خود کو گالیاں دے رہا ہے۔ میں نے اسے کہا، ''پرکاش ایسا لگتا ہے چودھری کے بجائے تم اپنے آپ کو گالیاں دے رہے ہو۔''

خلاف توقع اس نے جواب دیا، ''تم بالکل ٹھیک کہتے ہو، اس لیے کہ میں بھی ایک آرٹسٹ ہوں، یعنی میں

بھی۔ جب دو اور دو چار بنتے ہیں تو خوش نہیں ہوتا۔ میں بھی قبلہ چودھری صاحب کی طرح امرتسر کے کمپنی باغ میں عورت سے مل کر فرنٹیئر میل سے پشاور جاتا ہوں اور وہاں آنکھیں مل مل کر سوچتا ہوں میری محبوبہ غائب کہاں ہو گئی۔'' یہ کہہ کر پرکاش خوب ہنسا۔ پھر چودھری سے مخاطب ہوا، ''چودھری صاحب قبلہ، ہاتھ ملائیے۔ ہم دونوں گھسڈی گھوڑے ہیں۔ اس دور میں صرف وہی کام یاب ہو گا جس کے ذہن میں صرف ایک ہی چیز ہو کہ اسے دوڑنا ہے، یہ نہیں کہ کام اور وقت کا سوال حل کرنے بیٹھ جائے۔ اتنے قدموں میں اتنا فاصلہ طے ہوتا ہے تو اتنے قدموں میں کتنا فاصلہ طے ہو گا۔ عشق جومیٹری ہے نہ الجبرا۔ بس بکواس ہے۔ چونکہ بکواس ہے اس لیے اس میں گرفتار ہونے والے کو بکواس ہی سے مدد لینی چاہیے۔''

چودھری نے اکتائے ہوئے لہجے میں کہا، '' کیا بکواس کرتے ہو؟''

'' تو سنو!'' پرکاش جم کر بیٹھ گیا۔ ''میں تمہیں ایک سچا واقعہ سناتا ہوں۔ میرا ایک دوست ہے، میں اس کا نام نہیں بتاؤں گا۔ دو برس ہوئے وہ ایک ضروری کام سے چمبہ گیا۔ دو روز کے بعد لوٹ کر اسے ڈلہوزی چلا آنا تھا۔ اس کے فوراً بعد امرتسر پہنچنا تھا مگر تین مہینے تک وہ لاپتہ رہا۔ نہ اس نے گھر خط لکھا نہ مجھے۔ جب واپس آیا تو اس کی زبانی معلوم ہوا کہ وہ تین مہینے ہی چمبہ میں تھا۔ وہاں کی ایک خوبصورت لڑکی سے اسے عشق ہو گیا تھا۔''

چودھری نے پوچھا۔ '' نا کام رہا ہو گا۔''

پرکاش کے ہونٹوں پر معنی خیز مسکراہٹ پیدا ہوئی، ''نہیں، نہیں۔۔۔ وہ کام یاب رہا۔ زندگی میں اسے ایک شان دار تجربہ حاصل ہوا۔ تین مہینے وہ چمبہ کی سردیوں میں ٹھٹھرتا اور اس لڑکی سے عشق کرتا رہا۔ واپس ڈلہوزی آنے والا تھا کہ پہاڑی کی ایک پگڈنڈی پر اس کا فرجمال حسینہ سے اس کی مڈ بھیڑ ہوئی۔ تمام کائنات سکڑ کر اس لڑکی میں سما گئی اور وہ لڑکی پھیل کر والہانہ وسعت اختیار کر گئی۔ اس کو محبت ہو گئی تھی۔۔۔ قبلہ چودھری صاحب! سنیے۔ پندرہ دنوں تک متواتر وہ غریب اپنی محبت کو چمبہ کی تخ بستہ فضا میں دل کے اندر دبائے چھپ چھپ کر دور سے اس لڑکی کو دیکھتا رہا مگر اس کے پاس جا کر اس سے ہم کلام ہونے کی ہمت نہ کر سکا۔۔۔ ہر دن گزرنے پر وہ سوچتا کہ یہ دوری کتنی اچھی چیز ہے۔ اونچی پہاڑی پر وہ بکریاں چرا رہی ہے۔ نیچے سڑک پر اس کا دل دھڑک رہا ہے۔ آنکھوں کے سامنے یہ شاعرانہ منظر لائیے اور اس کی داد دیجیے۔ اس پہاڑی پر عاشق صادق کھڑا ہے۔ دوسری پہاڑی پر اس کی سیمیں بدن محبوبہ۔۔۔ درمیان میں شفاف پانی کا نالہ بہہ رہا ہے۔۔۔ سبحان اللہ کیسا دلکش منظر ہے، چودھری صاحب قبلہ۔''

چودھری نے ٹوکا، ''بکواس مت کرو جو واقعہ ہے، اسے بیان کرو۔''

پرکاش مسکرایا۔ ''تو سنیے۔۔۔ پندرہ دن تک میرا دوست عشق کے زبردست حملے کے اثرات دور کرنے میں مصروف رہا اور سوچتا رہا کہ اسے جلدی واپس چلا جانا چاہیے۔ ان پندرہ دنوں میں اس نے کاغذ پنسل لے کر تو نہیں لیکن دماغ ہی دماغ میں اس لڑکی سے اپنی محبت کا کئی بار جائزہ لیا۔ لڑکی کے جسم کی ہر چیز اسے پسند تھی۔ لیکن یہ سوال درپیش تھا کہ اسے حاصل کیسے کیا جائے۔ کیا ایک دم بغیر کسی تعارف کے وہ اس سے باتیں کرنا شروع کر دے؟ بالکل نہیں، یہ کیسے ہو سکتا تھا۔۔۔ کیوں، ہو کیسے نہیں سکتا۔۔۔ مگر فرض کر لیا جائے اس نے منہ پھیر لیا۔

جواب دیے بغیر اپنی بکریوں کو ہانکتی، پاس سے گزر گئی۔۔۔ جلد بازی کبھی بار آور نہیں ہوتی۔۔۔ لیکن اس سے بات کیے بغیر اسے حاصل کیسے کیا جا سکتا ہے؟ ایک طریقہ ہے، وہ یہ کہ اس کے دل میں اپنی محبت پیدا کی جائے۔ اس کو اپنی طرف راغب کیا جائے۔ ہاں ہاں، ٹھیک ہے۔ لیکن سوال یہ ہے راغب کیسے کیا جائے۔۔۔ ہاتھ سے، اشارہ؟ نہیں، بالکل پوچ ہے۔۔۔

سو قبلہ چودھری صاحب! ہمارا ہیرو ان پندرہ دنوں میں یہی سوچتا رہا۔۔۔ سولہویں دن اچانک باؤلی پر اس لڑکی نے اس کی طرف دیکھا اور مسکرا دی۔۔۔ ہمارے ہیرو کے دل کی باچھیں کھل گئیں، لیکن ٹانگیں کانپنے لگیں۔۔۔ آپ نے اب ٹانگوں کے متعلق سوچنا شروع کیا۔ لیکن جب مسکراہٹ کا خیال آیا تو اپنی ٹانگیں الگ کر دیں اور اس لڑکی کی پنڈلیوں کے متعلق سوچنے لگا جو اٹھی ہوئی گھڑی میں سے اسے نظر آئی تھیں۔ کتنی سڈول تھیں۔ لیکن وہ دن دور نہیں جب وہ ان پر بہت آہستہ آہستہ ہاتھ پھیر سکے گا۔۔۔ پندرہ دن اور گزر گئے۔۔۔ ادھر وہ مسکرا کر پاس سے گزرتی رہی۔ ادھر ہمارے ہیرو صاحب جوابی مسکراہٹ کی ریہرسل کرتے رہے۔۔۔ سوا مہینہ ہو گیا اور ان کا عشق صرف ہونٹوں پر ہی مسکراتا رہا۔

آخر ایک دن خود اس لڑکی نے مہر خاموشی توڑی اور بڑی ادا سے اسے ایک سگریٹ مانگا۔ آپ نے ساری ڈبیا حوالے کر دی اور گھر آ کر ساری رات کپکپاہٹ پیدا کرنے والے خواب دیکھتے رہے۔ دوسرے دن ایک آدمی کو ڈلہوزی بھیجا اور وہاں سے سگریٹوں کے پندرہ پیکٹ منگوا کر ایک چھوٹے سے لڑکے کے ہاتھ اپنی محبوبہ کو بھجوا دیے۔ جب اس نے اپنی جھولی میں ڈالے تو آپ کے دل کو دور کھٹکے بہت مسرت محسوس ہوئی۔ ہوتے ہوتے وہ دن بھی آ گیا۔ جب دونوں بیٹھ کر باتیں کرنے لگے۔ کیسی باتیں؟ قبلہ چودھری صاحب بتایئے، ہمارا ہیرو کیا باتیں کرتا تھا اس سے؟''

چودھری نے اس کو اکتائے ہوئے لہجے میں جواب دیا، ''مجھے کیا معلوم۔''

پرکاش مسکرایا، ''مجھے معلوم ہے قبلہ چودھری صاحب۔۔۔ گھر سے چلتے وقت وہ باتوں کی ایک لمبی چوڑی فہرست تیار کرتا تھا۔ میں اس سے یہ کہوں گا، میں اس سے یہ کہوں گا کہ جب وہ نالے کے پاس کپڑے دھوتی ہو گی تو میں آہستہ آہستہ جا کر اس کی آنکھیں میچ لوں گا پھر اس کی بغلوں میں گدگدی کروں گا لیکن جب اس کے پاس پہنچتا اور آنکھیں میچنے اور گدگدی کرنے کا خیال آتا تو اسے شرم آ جاتی۔۔۔ کیا بچپنا ہے۔۔۔ اور وہ اس سے کچھ دور ہٹ کر بیٹھ جاتا اور بھیڑ بکریوں کی باتیں کرتا رہتا۔۔۔ کئی دفعہ اسے خیال آیا کب تک یہ بھیڑ بکریاں اس کی محبت چرتی رہیں گی۔۔۔

دو مہینے سے کچھ دن اوپر ہو گئے اور ابھی تک وہ اس کے ہاتھ تک نہیں لگا سکا۔ مگر وہ سوچتا کہ ہاتھ لگائے کیسے، کوئی بہانہ تو ہونا چاہیے لیکن پھر اسے خیال آتا بہانے سے ہاتھ لگانا بالکل بے وقوفی ہے۔ لڑکی کی طرف سے اسے خاموش اجازت ملنی چاہیے کہ وہ اس کے بدن کے جس حصے کو بھی چاہے ہاتھ لگا سکتا ہے۔ اب خاموش اجازت کا سوال آ جاتا۔۔۔ اسے کیسے پتہ چل سکتا ہے اس نے خاموش اجازت دے دی ہے۔۔۔ قبلہ چودھری صاحب، اس کا کھوج لگاتے لگاتے پندرہ دن اور گزر گئے۔''

پرکاش نے سگریٹ سلگایا اور منہ سے دھواں نکالتے ہوئے کہنے لگا، ''اس دوران میں وہ کافی گھل مل گئے تھے۔ لیکن اس کا اثر ہمارے ہیرو کے حق میں برا ہوا۔ دوران گفتگو میں اس نے لڑکی سے اپنے اونچے خاندان کا کئی بار ذکر کیا تھا، اپنے اوباش دوستوں پر کئی بار لعنتیں بھیجی تھیں جو پہاڑی دیہاتوں میں جا کر غریب لڑکیوں کو خراب کرتے تھے۔ کبھی دبی زبان میں، کبھی بلند بانگ اپنی تعریف بھی کی تھی۔ اب وہ کیسے اس لڑکی پر اپنی شہوانی خواہش ظاہر کرتا۔ ظاہر تھا کہ معاملہ بہت ٹیڑھا اور پیچدار ہو گیا ہے۔ مگر اس کا جذبہ عشق سلامت تھا اس لیے اسے امید تھی کہ ایک روز خود لڑکی ہی اپنا آپ اس لڑکی میں ڈال کر اس کے حوالے کر دے گی۔۔۔ اس امید میں چنانچہ کچھ دن اور بیت گئے۔ ایک روز کپڑے دھوتے دھوتے لڑکی نے جب کہ ہاتھ صابن سے بھرے ہوئے تھے اس سے کہا، ''تمہاری ماچس ختم ہو گئی ہے میری جیب سے نکال لو۔۔۔ یہ جیب عین اس کی چھاتی کے ابھار کے اوپر تھی۔ ہمارا ہیرو جھینپ گیا۔

لڑکی نے کہا، ''نکال لونا''۔۔۔ تھوڑی سی ہمت کر کے اس نے اپنا کانپتا ہوا ہاتھ بڑھایا اور دو انگلیاں بڑی احتیاط سے اس کی جیب میں ڈالیں۔ ماچس بہت نیچے تھی۔ گھبرایا۔ کہیں اور نہ جا ٹکرائیں۔ چنانچہ باہر نکال لیں اور اپنی خالی ماچس سے تیلی نکال کر سگریٹ سلگایا اور لڑکی سے کہا، ''تمہاری جیب سے ماچس پھر کبھی

نکالوں گا۔ '' یہ سن کر لڑکی نے شریر شریر نظروں سے اس کی طرف دیکھا اور مسکرا دی۔ ہمارے ہیرو نے آدھا میدان مارلیا۔ دوسرا آدھا مارنے کے لیے وہ اسکیمیں سوچنے لگا۔ ایک روز صبح سویرے نالے کے اس طرف بیٹھا، دوسری طرف ندی پر اس لڑکی کو بکریاں چراتے دیکھ رہا تھا اور اس کی ابھری ہوئی جیب کے مال پر غور کر رہا تھا کہ نیچے سڑک پر باؤلی کے پاس ایک موٹر لاری رکی۔ سکھ ڈرائیور نے باہر نکل کر پانی پیا اور اس لڑکی کی طرف دیکھا۔ ''میرے دل میں ایک جلن سی پیدا ہوئی۔ باؤلی کی منڈیر پر کھڑے ہو کر اس موبل آئل سے لتھڑے ہوئے سکھ ڈرائیور نے پھر ایک بار ساوتری کی طرف دیکھا اور اپنا غلیظ ہاتھ اٹھا کر اسے اشارہ کیا۔ میرے جی میں آئی پاس پڑا ہوا پتھر اس پر لڑھکا دوں۔ اشارہ کرنے کے بعد اس نے دونوں ہاتھ منہ کے ادھر ادھر رکھ کر نہایت ہی بھونڈے طریقے سے پکارا، ''او جانی۔۔۔۔ میں صدقے ۔۔۔۔ آؤں؟'' میرے تن بدن میں آگ لگ گئی۔ سکھ ڈرائیور نے اوپر چڑھنا شروع کیا۔ میرا دل گھٹنے لگا۔ چند منٹوں ہی میں وہ حرام زادہ اس کے پاس کھڑا تھا مجھے یقین تھا کہ اگر اس نے کوئی بد تمیزی کی تو وہ چھڑی سے اس کی ایسی مرمت کرے گی کہ ساری عمر یاد رکھے گا۔۔۔۔ میں ادھر سے نگاہ ہٹا کر اس مرمت کے بارے میں سوچ رہا تھا کہ ایک دم دونوں میری آنکھوں سے اوجھل ہو گئے ۔

میں بھاگا نیچے، سڑک کی طرف باؤلی کے پاس پہنچ کر سوچا کیا حماقت ہے۔ تشویش کیسی؟ لیکن پھر خیال آیا کہیں وہ الو کا پٹھا دراز دستی نہ کر بیٹھے۔ اس لیے پہاڑی پر تیزی سے چڑھنا شروع کیا۔ بڑی مشکل چڑھائی تھی۔ جگہ جگہ خار دار جھاڑیاں تھیں۔ ان کو پکڑ کر آگے بڑھنا پڑتا تھا۔ بہت دور اوپر چلا گیا پر وہ دونوں کہیں نظر نہ آئے۔ ہانپتے ہانپتے میں نے اپنے سامنے کی جھاڑی پکڑ کر کھڑے ہونے کی کوشش کی ۔۔۔۔ کیا دیکھتا ہوں جھاڑی کے دوسری طرف پتھروں پر ساوتری لیٹی ہے اور اس غلیظ ڈرائیور کی داڑھی اس کے چہرے پر بکھری ہوئی ہے ۔۔۔۔ میری ۔۔۔۔ میرے جسم کے سارے بال جل گئے۔ ایک کروڑ گالیاں ان دونوں کے لیے میرے دل میں پیدا ہوئیں۔ لیکن ایک لحظے کے لیے سوچا تو محسوس ہوا کہ دنیا کا سب سے بڑا چغد میں ہوں۔ اسی وقت نیچے اترا اور سیدھا لاریوں کے اڈے کا رخ کیا۔۔۔۔''

پرکاش کے ماتھے پر پسینے کی ننھی ننھی بوندیں چمکنے لگیں۔

چند مکالمے

””السلام وعلیکم!“”

”وعلیکم السلام“

”کہیے مولانا کیا حال ہے؟“

”اللہ کا فضل و کرم ہے ہر حال میں گزر رہی ہے۔“

”حج سے کب واپس تشریف لائے؟“

”جی آپ کی دعا سے ایک ہفتہ ہو گیا ہے۔“

”اللہ اللہ ہے، آپ نے ہمت کی تو خانہ کعبہ کی زیارت کر لی۔ ہماری تمنا دل ہی میں رہ جائے گی۔ دعا کیجیے یہ سعادت ہمیں بھی نصیب ہو۔“

”انشاء اللہ ورنہ میں گنہگار کس قابل ہوں۔“

”میرے لائق کوئی خدمت؟“

”کسی تکلیف کی ضرورت نہیں۔ ہاں دیکھیے ذرا کان کیجیے، اُدھر میرے ہاں کھانڈ کی دو بوریاں ہیں۔ میری بے شمار لوگوں سے جان پہچان ہے کسی کو ضرورت ہو تو مجھ سے فرما دیجیے۔ آپ میرا مطلب سمجھ گئے ہوں گے۔ دام واجبی ہوں گے۔“

’’لیجیے جناب، ہماری خدمات کا صلہ مل گیا۔‘‘

’’کیا۔۔۔ویسے مبارک ہو۔‘‘

’’سو سو مبارک۔۔۔کمپنی نے نوکری سے جواب دیا۔‘‘

’’ہائیں۔۔۔یہ کب کی بات ہے؟‘‘

’’ایک مہینہ ہو گیا ہے۔‘‘

’’لاحول ولا۔۔۔مجھے معلوم ہی نہیں تھا۔۔۔‘‘

’’دو سو ملازموں کی چھانٹی ہوئی تھی نا۔۔۔‘‘

’’بہت افسوس کی بات ہے، کوئی احتجاج وغیرہ ہوا تھا؟‘‘

’’سینکڑوں ہڑتالیں ہوئیں، جلوس نکلے کئی مرتبہ لوگوں نے بھوک ہڑتال کی، وعدے ہوئے مگر نتیجہ وہی ڈھاک کے تین پات۔‘‘

’’تعجب ہے کسی کے کان پر جوں تک نہ رینگی۔‘‘

’’اللہ رحم کرے۔‘‘

’’اللہ رحم نہیں کرے گا۔ وہ دن لد گئے جب وہ مائل بہ کرم ہوا کرتا تھا۔ اتنے آدمی ہیں وہ کس کس کی حاجت روائی کرے۔ میرا تو خیال ہے اوپر آسمانوں پر بھی راشننگ سسٹم ہو گیا ہے۔‘‘

’’میں اس بد ذات سے کیا کہوں صاف مجھے دغا دے گیا۔۔۔‘‘

’’کیسے۔۔۔؟‘‘

’’حرام زادے نے وعدہ کیا اور دونوں گاڑیاں ٹھکانے لگا دیں۔‘‘

’’اس کی وجہ؟‘‘

’’میں نے اس کا ایک کام کیا تھا اس کے عوض میں اس نے مجھ سے وعدہ کیا تھا کہ وہ مجھے ایک بیوک کار جو اس کے پاس آنے والی تھی، آدھی قیمت پر دے دے گا۔‘‘

’’اور جو تم نے اس کا کام کیا تھا وہ لاکھوں کا تھا۔‘‘

’’اسی لیے تو کہتا ہوں بلڈی سوائن نے میرے ساتھ دھوکا کیا لیکن میں اس سے بدلہ لوں گا۔خود بیوک

میرے گھر پہنچا کے جائے گا۔ ''

''باورچی کو بلاؤ۔۔۔جلدی بلاؤ۔۔۔ہم اس سے بات کرنا مانگتا ہے۔ ''

''حضور حاضر ہوں۔ ''

''یہ تم نے آج کیسے واہیات کھانے پکائے ہیں؟ ''

''حضور! ''

''حضور کے بچے! اس پلیٹ سے بیگم صاحب نے ایک ہی نوالہ اٹھایا تھا کہ انہیں متلی آ گئی۔ ''

''حضور ممکن ہے کوئی گڑ بڑ ہو گئی ہو۔معافی چاہتا ہوں۔ ''

''معافی کے بچے۔۔۔اٹھاؤ سالن باہر پھینک آؤ۔۔۔ ''

''ہم نوکر کھائیں گے سرکار۔ ''

''نہیں باہر ڈسٹ بن میں ڈال دو۔۔۔اور تم سزا کے طور پر بھوکے رہو۔ ''

''اٹھیے بیگم، ہم کسی ہوٹل میں چلتے ہیں۔ ''

''اماں۔۔۔اب گزارا کیسے ہو گا یہاں لتے بدن پر جھولنے کا زمانہ آ گیا ہے۔ ''

''تو ٹھیک کہتی ہے بیٹا۔ ''

''سارا بازار ہی مندا ہے۔ ''

''کیوں۔۔۔؟ ''

''لوگوں کے پاس روپیہ جو نہیں۔ ''

''لیکن جو سڑکوں پر اتنی شان دار موٹریں چلتی ہیں۔۔۔یہ جو عورتیں تن پر زرق برق لباس پہنے ہوتی ہیں یہ کہاں سے آتا ہے اماں۔ ''

''ان لوگوں کے پاس ہے۔ ''

’’تو پھر بازار کیوں مندا ہے؟‘‘

’’اب ان لوگوں نے اپنے آپس ہی میں ہمارا دھندا شروع کر دیا ہے۔‘‘

*

’’ڈارلنگ۔۔۔‘‘

’’جی!‘‘

’’ساری دکانیں چھان ماریں مگر تمہارے سائز کی میڈن فورم برازیئر نہ مل سکی۔‘‘

’’اوہ! ہاؤ سیڈ۔۔۔ میرا سائز ہی کیا واہیات سا ہے۔‘‘

*

’’دعوت تو جناب ایسی ہوگی کہ یہاں کی تاریخ میں یادگار رہے گی۔ لیکن ایک افسوس ہے کہ فرانس سے جو میں نے شمپیئن منگوائی تھی، وقت پر نہ پہنچ سکے گی۔‘‘

*

’’اجی سنیئے تو۔۔۔‘‘

’’اوہ آپ۔۔۔ مجھے بڑا ضروری کام ہے۔ معاف فرمایئے۔‘‘

’’معافیاں تم لاکھ مرتبہ مانگ چکے ہو۔ وہ میرا سو روپے کا قرض ادا کرو جو تم نے آج سے قریب ایک سال ہوا، لیا تھا۔‘‘

’’میں پھر معافی چاہتا ہوں، میری بیوی بیمار ہے، دوا لینے جا رہا ہوں۔‘‘

’’میں ان گھسوں میں آنے والا نہیں، خدا کی قسم اگر آج میرا قرض ادا نہ ہوا تو سر پھوڑ دوں گا تمہارا۔‘‘

’’آپ کیوں اتنی زحمت اٹھائیں، میں خود ہی اس دیوار کے ساتھ ٹکر مار کے اپنا سر پھوڑے لیتا ہوں۔ یہ لیجیے۔‘‘

’’یہ چرس کی لت تمھیں کہاں سے پڑی؟‘‘

’’کیا بتاؤں یار، اب تو اس کے بغیر رہا ہی نہیں جاتا۔‘‘

’’میں نے تم سے پوچھا تھا کہ لت کہاں سے پڑی، تم نے کچھ اور ہی ہانکنا شروع کر دیا ہے۔‘‘

’’بھائی یہ لت مجھے جیل میں لگی۔‘‘

’’جیل میں۔ ۔ ۔ وہاں تو ایک مکھی بھی اندر نہیں جا سکتی۔‘‘

’’بھائی میرے، وہاں مگر مجھ بھی جا سکتے ہیں، ہاتھی بھی جا سکتے ہیں۔ اگر تمھارے پاس دولت ہے تو آپ وہاں ایک، دو ہاتھی بھی ساتھ رکھ سکتے ہیں۔‘‘

’’پہیلیاں نہ بجھواؤ۔ بتاؤ یہ چرس وہاں کیسے پہنچ سکتی ہے؟‘‘

’’ویسے ہی جیسے ہم وہاں پہنچ سکتے ہیں میرے عزیز، جیل خانہ صرف ان لوگوں کے لیے جیل خانہ ہے جو صاحبِ استطاعت نہیں، جو دولت مند مجرم ہیں اُن کو وہاں ہر قسم کی مراعات مل سکتی ہیں اور ملتی ہیں۔‘‘

’’اگر تم چاہو تو تمھیں وہاں شراب مل سکتی ہے، گانجا مل سکتا ہے، افیون دستیاب ہو سکتی ہے۔ اگر تم بڑے رئیس ہو تو اپنی بیوی کو بھی وہاں بلا سکتے ہو جو رات بھر تمھاری مٹھی چپّی کرتی رہے گی۔‘‘

’’جیل خانوں میں ایک ’’خاکی‘‘ مارکیٹ ہوتی ہے جو بلیک مارکیٹ سے زیادہ ایمان دار ہے۔‘‘

’’کرنل صاحب! آپ کی عمر کتنی ہو گی؟‘‘

’’میرا خیال ہے پینسٹھ کے قریب ہو گی۔ ۔ آپ کی؟‘‘

’’آپ جھوٹ بولتے ہیں، ماشاء اللہ ابھی جوان ہیں۔ ۔ ۔ میری عمر۔ ۔ ۔ میری عمر یہی پچیس پچیس برس کے قریب ہو گی۔‘‘

’’تو ہم دونوں سچ بول رہے ہیں۔‘‘

’’مجھے لپ اسٹک سے نفرت ہے، معلوم نہیں عورتیں اسے کیوں استعمال کرتی ہیں اس سے ہونٹوں کا ستیا ناس ہو جاتا ہے۔‘‘

’’مجھے خود اس سے نفرت ہے۔‘‘

’’لیکن تمہارے ہونٹوں پر تو یہ واہیات چیز موجود ہے، خون کی طرح سرخ ہو رہے ہیں۔‘‘

’’یہ سرخی میرے اپنے ہونٹوں کی ہے یعنی مصنوعی نہیں۔‘‘

’’تو آؤ ایک بوسہ لے لوں۔‘‘

’’بڑے شوق سے۔‘‘

’’پر سنیے اب، مجھے نہیں معلوم تھا کہ مرد بھی لپ اسٹک استعمال کرتے ہیں۔‘‘

’’وہ کیسے؟‘‘

’’ذرا آئینے میں اپنے ہونٹ ملاحظہ فرمائیے۔‘‘

’’صاحب! آپ سے کوئی ملنے آیا ہے۔‘‘

’’کہہ دو صاحب گھر میں نہیں ہیں۔‘‘

’’بہت اچھا جناب۔‘‘

’’چلا گیا۔۔۔؟‘‘

’’جی نہیں، چلی گئی۔۔۔‘‘

’’کیا مطلب؟‘‘

’’جی وہ ایک ایکٹریس تھی جس کا نام۔۔۔‘‘

’’بھاگو بھاگو جلدی، اس کو بلا کے لاؤ اور کہو تم نے جھوٹ بولا تھا کہ میں گھر پر نہیں ہوں۔‘‘

''آپ آج کل کہاں گھنٹوں غائب رہتے ہیں؟''

''بیگم، ایک یتیم بچہ ہے اس کو دیکھنے کبھی کبھی چلا جاتا ہوں۔''

''اُس یتیم بچے سے آپ کو اتنی دلچسپی کیوں ہے؟''

''یتیم جو ہوا۔۔''

''آپ کی جیب میں اس کا فوٹو بھی موجود رہتا ہے۔''

''اس لیے۔۔۔اس لیے۔۔۔''

''کہ وہ آپ کا یتیم بچہ ہے۔''

''نون سنس۔۔۔''

''آپ کی قمیص پر سرخ دھبہ کیسے لگا؟''

''میری قمیص پر۔۔۔کہاں ہے؟''

''دائیں ہاتھ، گریبان کے قریب۔۔۔''

''اوہ۔۔۔میں جب دفتر میں کسی ضروری مسئلے پر غور کر رہا ہوتا ہوں، تو مجھے کسی بات کا ہوش نہیں رہتا۔ یہ لال پنسل کا نشان ہے جس سے میں نے کھجلا لیا ہو گا۔''

''جی ہاں، لیکن اس میں سے تو میکس فیکٹر کی خوشبو آ رہی ہے۔''

''تم آج کل کس کی بیوی ہو؟''

''کل تو مسٹر۔۔۔کی تھی آج چھٹی پر ہوں۔''

''آپ میدانِ جنگ میں جا رہے ہیں، خدا آپ کا حافظ و ناصر ہو لیکن مجھے کوئی نشانی دیتے جائیے۔''

’’میری نشانی تو تم خود ہو۔‘‘

’’نہیں کوئی ایسی چیز دیتے جایئے جس کو دیکھ کر اپنا دل بہلاتی رہوں۔‘‘

’’میں وہاں سے بھیج دوں گا۔‘‘

’’کیا چیز۔۔۔؟‘‘

’’وہ زخم جو مجھے لڑنے کے دوران آئیں گے۔‘‘

’’آپ کی بیگم کیسی ہیں؟‘‘

’’یہ تو آپ کو معلوم ہو گا۔ اپنی بیگم کے بارے میں مجھ سے دریافت فرما سکتے ہیں؟‘‘

’’وہ کیسی ہیں؟‘‘

’’پہلے سے بہتر اور خوش ہیں۔ ان کی طبیعت بہت پسند آئی۔‘‘

’’یار تم اتنی عورتوں سے یارانہ کیسے گانٹھ لیتے ہو؟‘‘

’’یارانہ کہاں گانٹھتا ہوں، باقاعدہ شادی کرتا ہوں۔‘‘

’’شادی کرتے ہو؟‘‘

’’ہاں بھائی میں حرام کاری کا قائل نہیں، شادی کرتا ہوں اور جب اکتا جاتا ہوں تو حقِ مہر ادا کر کے اس سے چھٹکارا حاصل کر لیتا ہوں۔‘‘

’’اسلام زندہ باد!‘‘

چودھویں کا چاند

اکثر لوگوں کا طرزِ زندگی، ان کے حالات پر منحصر ہوتا ہے اور بعض بے کار اپنی تقدیر کا رونا روتے ہیں۔ حالانکہ اس سے حاصل وصول کچھ بھی نہیں ہوتا۔ وہ سمجھتے ہیں اگر حالات بہتر ہوتے تو وہ ضرور دنیا میں کچھ کر دکھاتے۔ بیشتر ایسے بھی ہیں جو مجبوریوں کے باعث قسمت پر شاکر رہتے ہیں۔ ان کی زندگی ان ٹرام کاروں کی طرح ہے جو ہمیشہ ایک ہی پٹری پر چلتی رہتی ہیں۔ جب کنڈم ہو جاتی ہیں تو انہیں محض لوہا سمجھ کر کسی کباڑی کے پاس فروخت کر دیا جاتا ہے۔

ایسے انسان بہت کم ہیں جنہوں نے حالات کی پروانہ کرتے ہوئے زندگی کی باگ ڈور اپنے ہاتھ میں سنبھال لی۔ ٹامسن ولسن بھی اِسی قبیل سے تھا۔ اس نے اپنی زندگی بدلنے کے لیے انوکھا قدم اٹھایا، پر اس کی منزل کا چونکہ کوئی پتا نہیں تھا، اس لیے اس کی کامیابی کے بارے میں اندازہ لگانا مشکل تھا۔

اس کے اس انوکھے پن کے متعلق میں نے بہت کچھ سنا۔ سب سے پہلے لوگ یہی کہتے کہ وہ خلوت پسند ہے لیکن میں نے دل میں تَہِیّہ کر لیا کہ کسی نہ کسی حیلے اسے اپنی داستانِ زندگی بیان کرنے پر آمادہ کر لوں گا کیونکہ مجھے دوسرے آدمیوں کے بیان کی صداقت پر اعتماد نہیں تھا۔

میں چند روز کے لیے ایک صحت افزا مقام پر گیا، وہیں اس سے ملاقات ہوئی۔ میں دریا کنارے اپنے میزبان کے ساتھ کھڑا تھا کہ وہ ایک دم پکار اٹھا، ''ولسن!''

میں نے پوچھا، ''کہاں ہے؟''

میرے میزبان نے جواب دیا، ''ارے بھئی! وہی جو منڈیر پر نیلی قمیض پہنے ہماری طرف پیٹھ کیے بیٹھا

ہے۔''

میں نے اس کی طرف دیکھا اور مجھے نیلی قمیض اور سفید بالوں والا اسٹر نظر آیا۔ میری بڑی خواہش تھی کہ وہ مڑ کر دیکھے اور ہم اسے سیر و تفریح کے لیے ساتھ لے جائیں۔ اس وقت سورج کا عکس دریا میں ڈوب رہا تھا۔ سیر کرنے والے چھچھا رہے تھے۔ اِتنے میں گرجے کی ایک آہنگ گھنٹیاں بجنے لگیں۔ مَیں اس وقت قدرت کی دل فریبیوں سے اس قدر مسحور ہو چکا تھا کہ ولسن کو اپنی طرف آتے نہ دیکھ سکا۔ جب وہ میرے پاس سے گزرا تو میرے دوست نے اسے روک لیا اور اس کا مجھ سے تعارف کرایا۔ اس نے میرے ساتھ ہاتھ ملایا، لیکن کسی قدر بے اِعتنائی سے۔۔۔۔ میرے دوست نے اِس کو محسوس کیا اور اُس کو شراب کی دعوت دی۔

مدعو کیے جانے پر وہ مسکرایا۔ اگر چہ اس کے دانت خوبصورت نہ تھے پھر بھی اس کی مسکراہٹ دلکش تھی۔۔۔۔۔ وہ نیلی قمیض اور خاکستری پتلون پہنے تھا جو کسی حد تک میلی تھی۔ اس کے لباس کو اس کے جسم کی ساخت سے کوئی مناسبت نہیں تھی۔ اس کا چہرہ لمبوترا، پتلے ہونٹ اور آنکھیں بھورے رنگ کی تھیں۔ چہرے کے خطوط نمایاں، جن سے نمایاں تھا کہ جوانی میں وہ ضرور قبول صورت ہو گا۔ وَضع قطع کے اعتبار سے وہ کسی بیمہ کمپنی کا ایجنٹ معلوم ہوتا تھا۔

ہم چہل قدمی کرتے، ایک ریستوران میں پہنچ کر، اس سے ملحقہ باغیچے میں بیٹھ گئے اور بیرے کو شراب لانے کے لیے کہا۔ ہوٹل والے کی بیوی بھی وہاں موجود تھی۔ ادھیڑ پَن کی وجہ سے اب اس میں وہ بات نہیں رہی تھی لیکن چہرے کا نکھار اب بھی گزری ہوئی کراری جوانی کی چُغلیاں کھا رہا تھا۔ تیس سال پہلے بڑے بڑے آرٹسٹ اس کے دیوانے تھے، اس کی بڑی بڑی شرابی آنکھوں اور شہد بھری مسکراہٹوں میں عجب دل کشی تھی۔

ہم تینوں بیٹھے یوں ہی اِدھر اُدھر کی باتیں کرتے رہے۔ چونکہ موضوع دلچسپ نہیں تھے، اس لیے ولسن تھوڑی دیر کے بعد رخصت مانگ کر چلا گیا۔ ہم بھی اس کے رخصت ہونے پر اداس ہو گئے۔ راستے میں میرے دوست نے ولسن کے بارے میں کہا، ''مجھے تو تمہاری سنائی ہوئی کہانی بے سر و پا معلوم ہوتی ہے۔''

''کیوں؟''

''وہ اس قسم کی حرکت کا مرتکب نہیں ہو سکتا۔''

اس نے کہا، ''کوئی شخص کسی کی فطرت کے متعلق صحیح اندازہ کیسے لگا سکتا ہے؟''

''مجھے تو وہ عام انسان دکھائی دیتا ہے۔ جو چند محفوظ کفالتوں کے سہارے کاروبار سے علیحدہ ہو چکا ہے۔''

''تم یہی سمجھو، ٹھیک ہے۔''

دوسرے دن دریا کنارے ولسن ہمیں پھر دکھائی دیا۔ بھورے رنگ کا لباس پہنے، دانتوں میں پائپ دبائے کھڑا تھا۔ ایسا معلوم ہوتا تھا کہ اس کے چہرے کی جھریوں اور سفید بالوں سے بھی جوانی پھوٹ رہی ہے۔ ہم کپڑے اتار کر پانی کے اندر چلے گئے۔ جب میں نہا کر باہر نکلا تو ولسن زمین پر اوندھے منہ لیٹا کوئی کتاب پڑھ رہا تھا۔ میں سگریٹ سلگا کر اس کے پاس گیا۔ اس نے کتاب سے نظریں ہٹا کر میری طرف دیکھا اور پوچھا، ''بس، نہا چکے۔''

میں نے جواب دیا، ''ہاں۔۔۔ آج تو لطف آ گیا۔۔۔ دنیا میں اس سے بہتر نہانے کی اور کوئی جگہ نہیں ہو سکتی۔۔۔ تم یہاں کتنی مدت سے ہو؟''

اس نے جواب دیا، ''پندرہ برس سے۔''

یہ کہہ کر وہ دریا کی مچلتی ہوئی نیلی لہروں کی طرف دیکھنے لگا، اس کے باریک ہونٹوں پر لطیف سی مسکراہٹ کھیلنے لگی، ''پہلی بار یہاں آتے ہی مجھے اس جگہ سے محبت ہو گئی۔۔۔ تمہیں اُس جرمن کا قصہ معلوم ہے، جو ایک بار یہاں لنچ کھانے آیا اور یہیں کا ہو کے رہ گیا۔۔۔ وہ چالیس سال یہاں رہا۔۔۔ میرا بھی یہی حال ہو گا۔ چالیس برس نہیں تو پچیس تو کہیں نہیں گئے۔''

میں چاہتا تھا کہ وہ اپنی گفتگو جاری رکھے۔ اس کے الفاظ سے ظاہر تھا کہ اس کے افسانے کی حقیقت ضرور کچھ ہے۔ اتنے میں میرا دوست بھیگا ہوا ہماری طرف آیا۔ بہت خوش تھا کیونکہ وہ دریا میں ایک میل تیر کر آ رہا تھا۔ اس کے آتے ہی ہماری گفتگو کا موضوع بدل گیا۔ اور بات ادھوری رہ گئی۔ اس کے بعد ولسن سے متعدد بار ملاقات ہوئی، اس کی باتیں بڑی دلچسپ ہوتیں۔ وہ اس جزیرے کے چپے چپے سے واقف تھا۔

ایک دن چاندنی رات کا لطف اٹھانے کے بعد، میں نے اور میرے دوست نے سوچا کہ چلو مونٹی سلادو کی پہاڑی کی سیر کریں۔ میں نے ولسن سے کہا، ''آؤ یار تم بھی ہمارے ساتھ چلو۔'' ولسن نے میری دعوت قبول کر لی۔ لیکن میرا دوست ناسازیٔ طبع کا بہانہ کر کے ہم سے جدا ہو گیا۔ خیر، ہم دونوں پہاڑی کی جانب

چل دیئے اور اس سیر کا خوب لطف اٹھایا۔ شام کے دھندلکے میں تھکے ماندے، بھوک کے مارے سرائے میں آئے۔ کھانے کا انتظام پہلے ہی کر رکھا تھا جو بہت لذیذ ثابت ہوا۔ شراب انگور کی تھی۔ پہلی بوتل تو سویاں کھانے کے ساتھ ہی ختم ہو گئی۔ دوسری کے آخری جام پینے کے بعد میرے اور ولسن کے دماغ میں بیک وقت یہ خیال سمانے لگا کہ زندگی کچھ ایسی دشوار نہیں۔ ہم اس وقت باغیچے میں انگوروں سے لدی ہوئی بیل کے نیچے بیٹھے تھے۔ رات کی خاموش فضا میں ٹھنڈی ہوا چل رہی تھی۔ سرائے کا خادمہ ہمارے لیے پنیر اور انجیریں لے آئی۔

ولسن تھوڑے سے وقفے کے بعد مجھ سے مخاطب ہوا، ''ہمارے چلنے میں ابھی کافی دیر ہے۔ چاند کم از کم ایک گھنٹے تک پہاڑی کے اوپر آئے گا۔'' میں نے کہا، ''ہمارے پاس فرصت ہی فرصت ہے۔۔۔ یہاں آ کر کوئی انسان بھی عجلت کے متعلق نہیں سوچ سکتا۔'' ولسن مسکرایا، ''فرصت۔۔۔ کاش لوگ اس سے واقف ہوتے۔ ہر انسان کو یہ چیز مفت میسر ہو سکتی ہے۔ لیکن لوگ کچھ ایسے بے وقوف ہیں کہ وہ اسے حاصل کرنے کی کوشش ہی نہیں کرتے۔۔۔ کام۔۔۔؟ کم بخت، اتنا سمجھنے کے بھی اہل نہیں کہ کام کرنے سے غرض صرف فرصت حاصل کرنا ہے۔''

شراب کا اثر عموماً بعض لوگوں کو غور و فکر کی طرف لے جاتا ہے۔ ولسن کا خیال اپنی جگہ درست تھا۔ مگر کوئی اچھوتی اور انوکھی بات نہیں تھی۔ اس نے سگریٹ سلگایا اور کہنے لگا، ''جب میں پہلی بار یہاں آیا، تو چاندنی رات کا سماں تھا۔۔۔ آج بھی وہی چودھویں کا چاند آسمان پر نظر آئے گا۔'' میں مسکرا دیا، ''ضرور نظر آئے گا۔''

وہ بولا، ''دوست، میرا مذاق نہ اڑاؤ۔۔۔ جب میں اپنی زندگی کے پچھلے پندرہ برسوں پر نظر ڈالتا ہوں تو مجھے یہ طویل عرصہ ایک مہینے کا دھند لکا وقفہ سا لگتا ہے۔۔۔ آہ، وہ رات، جب پہلی بار میں نے چبوترے پر بیٹھ کر چاند کا نظارہ کیا۔ کرنیں دریا کی سطح پر چاندی کے پترے چڑھا رہی تھیں۔ میں نے اس وقت شراب ضرور پی رکھی تھی لیکن دریا کے نظارے اور اس پاس کی فضا نے جو نشہ پیدا کیا، وہ شراب کبھی پیدا نہ کر سکتی۔''

اس کے ہونٹ خشک ہونے لگے۔ اس نے اپنا گلاس اٹھایا، مگر وہ خالی تھا۔ ایک بوتل منگوائی گئی، ولسن نے دو چار بڑے بڑے گھونٹ پیے اور کہنے لگا، ''اگلے دن میں دریا کنارے نہایا اور جزیرے میں اِدھر اُدھر گھومتا رہا۔۔۔ بڑی رونق تھی۔۔۔ معلوم ہوا کہ حسن و عشق کی دیوی افرو ڈائٹ کا تیوہار ہے۔۔۔ اگر میری تقدیر میں سدا بینک کا منتظم ہونا ہی لکھا ہوتا تو یقیناً مجھے ایسی سیر کبھی نصیب نہ ہوتی۔'' میں نے اس

سے پوچھا، ''کیا تم کسی بینک کے مینیجر تھے؟''

''ہاں بھائی تھا۔۔۔ وہ رات میرے قیام کی آخری رات تھی کیونکہ پیر کی صبح مجھے بینک میں حاضر ہونا تھا۔ پر جب میں نے چاند دریا اور کشتیوں کو دیکھا تو ایسا بے خود ہوا کہ واپس جانے کا خیال میرے ذہن سے اتر گیا۔''

اس کے بعد اس نے اپنے گزشتہ واقعات تفصیل سے بتائے اور کہا کہ وہ جزیرے میں پندرہ سال سے مقیم ہے اور اب اس کی عمر انچاس برس کی تھی۔ پہلی بار جب وہ یہاں آیا تو اس نے سوچا کہ ملازمت کا طوق گلے سے اتار دینا چاہیے اور زندگی کے باقی ایام یہاں کی مسحور کن فضاؤں میں گزارنے چاہئیں۔ جزیرے کی فضا اور چاند کی روشنی ولسن کے دماغ پر اس قدر غالب آئی کہ اس نے بینک کی ملازمت ترک کر دی۔ اگر وہ چند برس اور وہاں رہتا تو اسے معقول پنشن مل جاتی۔ مگر اس نے اس کی مُطلّق پروانہ کی۔ البتہ بینک والوں نے اسے اس کی خدمات کے عوض انعام دیا۔ ولسن نے اپنا گھر بیچا اور جزیرے کا رخ کیا۔ اس کے اپنے حساب کے مطابق وہ پچیس برس تک زندگی بسر کر سکتا تھا۔

میری اس سے کئی ملاقاتیں ہوئیں۔ اس دوران میں مجھے معلوم ہوا کہ وہ بڑا اعتدال پسند ہے۔ اسے کوئی ایسی بات گوارا نہیں جو اس کی آزادی میں خلل ڈالے، اسی وجہ سے عورت بھی اس کو متاثر نہ کر سکی۔ وہ صرف قدرتی مناظر کا پرستار تھا۔ اس کی زندگی کا واحد مقصد صرف اپنے لیے خوشی تلاش کرنا تھا اور اسے یہ نایاب چیز مل گئی تھی۔ بہت کم انسان خوشی کی تلاش کرنا جانتے ہیں، میں نہیں کہہ سکتا وہ سمجھدار تھا یا بے وقوف۔ اتنا ضرور ہے کہ اپنی ذات کے ہر پہلو سے بخوبی واقف تھا۔

آخری ملاقات کے بعد میں نے اپنے میزبان دوست سے رخصت چاہی اور اپنے گھر روانہ ہو گیا۔ اس دوران میں جنگ چھڑ گئی اور میں تیرہ برس تک اس جزیرے پر نہ جا سکا۔ تیرہ برس کے بعد جب میں جزیرے پر پہنچا تو میرے دوست کی حالت بہت خستہ ہو چکی تھی۔ میں نے ایک ہوٹل میں کمرہ کرائے پر لیا، کھانے پر اپنے دوست سے ولسن کے متعلق بات ہوئی۔

وہ خاموش رہا۔ اس کی یہ خاموشی بڑی افسردہ تھی۔ میں نے بے چین ہو کر پوچھا، ''کہیں اس نے خود کشی تو نہیں کر لی۔'' ''میرے دوست نے آہ بھری، ''یہ درد بھری داستان میں تمہیں کیا سناؤں۔۔۔''ولسن کی اسکیم معقول تھی کہ وہ پچیس برس آرام سے گزار سکتا ہے۔ پر اسے یہ معلوم نہیں تھا کہ آرام کے پچیس برس گزارنے کے ساتھ ہی اس کی قوتِ اِرادی ختم ہو جائے گی۔ قوتِ اِرادی کو زندہ رکھنے کے لیے کشمکش

ضروری ہے۔ہموار زمین پر چلنے والے پہاڑیوں پر نہیں چڑھ سکتے۔۔۔اس کا تمام روپیہ ختم ہو گیا۔ادھار لیتا رہا۔لیکن یہ سلسلہ کب تک جاری رہتا۔قرض خواہوں نے اسے تنگ کرنا شروع کیا۔آخر ایک روز اس نے اپنی جھونپڑی کے اس کمرے میں جہاں وہ سوتا تھا، بہت سے کوئلے جلائے اور دروازہ بند کر دیا۔ صبح جب اس کی نوکرانی ناشتا تیار کرنے آئی تو اسے بے ہوش پایا۔۔۔لوگ اسے ہسپتال لے گئے۔بچ گیا پر اس کا دماغ قریب قریب ماؤف ہو گیا۔۔۔میں اس سے ملنے گیا لیکن وہ کچھ اس طرح حیران نظروں سے میری طرف دیکھنے لگا جیسے مجھے پہچان نہیں سکا۔

میں نے اپنے دوست سے پوچھا، ''اب کہاں رہتا ہے؟''

''گھر بار تو اس کا نیلام ہو گیا ہے۔۔۔پہاڑیوں پر آوارہ پھرتا رہتا ہے۔میں نے ایک دو مرتبہ اسے پکارا، مگر وہ میری شکل دیکھتے ہی جنگلی ہرنوں کی طرح قلانچیں بھرتا دوڑ گیا۔''

دو تین دن کے بعد جب میں اور میرا دوست چہل قدمی کر رہے تھے کہ میرا دوست زور سے پکارا، ''ولسن!''

میری نگاہوں نے اسے زیتون کے درخت کے پیچھے چھپتے دیکھا۔ہمارے قریب پہنچنے پر اس نے کوئی حرکت نہ کی، بس ساکِت و صامِت کھڑا رہا۔پھر ایکا ایکی جوانوں کے مانند بے تحاشا بھاگنا شروع کر دیا۔اس کے بعد میں نے پھر اس کو کبھی نہ دیکھا۔

گھر واپس آیا تو ایک برس کے بعد میرے دوست کا خط آیا کہ ولسن مر گیا۔اس کی لاش پہاڑی کے کنارے پڑی تھی۔چہرے سے یہ ظاہر ہوتا تھا کہ سوتے میں دم نکل گیا ہے۔۔۔اُس رات چودھویں کا چاند تھا۔۔۔ میرا خیال ہے، شاید یہ چودھویں کا چاند ہی اس کی موت کا سبب ہو۔

چور

مجھے بے شمار لوگوں کا قرض ادا کرنا تھا اور یہ سب شراب نوشی کی بدولت تھا۔ رات کو جب میں سونے کے لیے چارپائی پر لیٹتا تو میرا ہر قرض خواہ میرے سرہانے موجود ہوتا۔۔۔ کہتے ہیں کہ شرابی کا ضمیر مردہ ہو جاتا ہے، لیکن میں آپ کو یقین دلاتا ہوں کہ میرے ساتھ میرے ضمیر کا معاملہ کچھ اور ہی تھا۔ وہ ہر روز مجھے سرزنش کرتا اور میں خفیف ہو کے رہ جاتا۔

واقعی میں نے بیسیوں آدمیوں سے قرض لیا تھا۔ میں نے ایک رات سونے سے پہلے بلکہ یوں کہیے کہ سونے کی ناکام کوشش کرنے سے پہلے حساب لگایا تو قریب قریب ڈیڑھ ہزار روپے میرے ذمے نکلے۔ میں بہت پریشان ہوا۔ میں نے سوچا یہ ڈیڑھ ہزار روپے کیسے ادا ہوں گے۔ بیس پچیس روزانہ کی آمدن ہے لیکن وہ میری شراب کے لیے بمشکل کافی ہوتے ہیں۔

آپ یوں سمجھیے کہ ہر روز کی ایک بوتل۔۔۔ تھرڈ کلاس رم کی۔۔۔ دام ملاحظہ ہوں۔۔۔ سولہ روپے۔۔۔ سولہ روپے تو ایک طرف رہے، ان کے حاصل کرنے میں کم از کم تین روپے ٹانگے پر صرف ہو جاتے تھے۔ کام ہوتا نہیں تھا، بس پیشگی پر گزارہ تھا۔ لیکن جب پیشگی دینے والے تنگ آ گئے تو انہوں نے میری شکل دیکھتے ہی کوئی نہ کوئی بہانہ تراش لیا یا اس سے پیشتر کہ میں ان سے ملوں، کہیں غائب ہو گئے۔ آخر کب تک وہ مجھے پیشگی دیتے رہتے۔۔۔ لیکن میں مایوس نہ ہوتا اور خدا پر بھروسا رکھ کر کسی نہ کسی حیلے سے دس پندرہ روپے ادھار لینے میں کامیاب ہو جاتا۔

مگر یہ سلسلہ کب تک جاری رہ سکتا تھا۔ لوگ وہ میری عزت کرتے تھے مگر اب وہ میری شکل دیکھتے ہی بھاگ جاتے تھے۔۔۔ سب کو افسوس تھا کہ اتنا اچھا مکینک تباہ ہو رہا ہے۔ اس میں کوئی شک نہیں کہ میں

بہت اچھا میکینک تھا۔ مجھے کوئی بگڑی مشین دے دی جاتی تو میں اس کو سرسری طور پر دیکھنے کے بعد یوں چٹکیوں میں ٹھیک کر دیتا۔ لیکن جہاں تک میں سمجھتا ہوں میری یہ ذہانت صرف شراب ملنے کی امید پر قائم تھی، اس لیے کہ میں پہلے طے کر لیا کرتا تھا کہ اگر کام ٹھیک ہو گیا تو وہ مجھے اتنے روپے ادا کر دیں گے جن سے میرے دو روز کی شراب چل سکے۔

وہ لوگ خوش تھے۔ مجھے وہ تین روز کی شراب کے دام ادا کر دیتے۔ اس لیے کہ جو کام میں کر دیتا وہ کسی اور سے نہیں ہو سکتا تھا۔

لوگ مجھے لوٹ رہے تھے ۔۔۔ میری ذہانت و ذکاوت پر میری اجازت سے ڈاکے ڈال رہے تھے ۔۔۔ اور لطف یہ ہے کہ میں سمجھتا تھا کہ میں انہیں لوٹ رہا ہوں ۔۔۔ ان کی جیبوں پر ہاتھ صاف کر رہا ہوں ۔۔۔ اصل میں مجھے اپنی صلاحیتوں کی کوئی قدر نہ تھی۔ میں سمجھتا تھا کہ میکنزم بالکل ایسی ہے جیسے کھانا کھانا یا شراب پینا۔

میں نے جب بھی کوئی کام ہاتھ میں لیا مجھے کوفت محسوس نہیں ہوئی۔ البتہ اتنی بات ضرور تھی کہ جب شام کے چھ بجنے لگتے تو میری طبیعت بے چین ہو جاتی۔ کام مکمل ہو چکا ہوتا مگر میں ایک دو پیچ غائب کر دیتا تا کہ دوسرے روز بھی آمدن کا سلسلہ قائم رہے ۔۔۔ یہ شراب حرام زادی کتنی بری چیز ہے کہ آدمی کو بے ایمان بھی بنا دیتی ہے۔

میں قریب قریب ہر روز کام کرتا تھا۔ میری مانگ بہت زیادہ تھی اس لیے کہ مجھ ایسا کاریگر ملک بھر میں نایاب تھا ۔۔۔ تار باجا اور راگ بوجھ و الاحساب تھا۔ میں مشین دیکھتے ہی سمجھ جاتا تھا کہ اس میں کیا قصور ہے۔ میں آپ سے سچ عرض کرتا ہوں، مشینری کتنی ہی بگڑی ہوئی کیوں نہ ہو، اس کو ٹھیک کرنے میں زیادہ سے زیادہ ایک ہفتہ لگنا چاہیے۔ لیکن اگر اس میں نئے پرزوں کی ضرورت ہو اور آسانی سے دستیاب نہ ہو رہے ہوں تو اس کے متعلق کچھ نہیں کہا جا سکتا۔

میں بلاناغہ شراب پیتا تھا اور سوتے وقت بلاناغہ اپنے قرض کے متعلق سوچتا تھا، جو مجھے مختلف آدمیوں کو ادا کرنا تھا۔ یہ ایک بہت بڑا عذاب تھا۔ پینے کے باوجود اضطراب کے باعث مجھے نیند نہ آتی ۔۔۔ دماغ میں سینکڑوں اسکیمیں آتی تھیں۔ بس میری یہ خواہش تھی کہ کہیں سے دس ہزار روپے آ جائیں تو میری جان میں جان آئے ۔۔۔ ڈیڑھ ہزار روپیہ قرض کافی الفور ادا کر دوں۔ ایک ٹیکسی لوں اور ہر قرض خواہ کے پاس جا کر معذرت طلب کروں اور جیب سے روپے نکال کر ان کو دے دوں۔ جو روپے باقی بچیں ان سے ایک

سیکنڈ ہینڈ موٹر خرید لوں اور شراب پینا چھوڑ دوں۔

پھر یہ خیال آتا کہ نہیں دس ہزار سے کام نہیں چلے گا۔۔۔ کم از کم پچاس ہزار ہونے چاہئیں۔۔۔ میں سوچنے لگتا کہ اگر اتنے روپے آ جائیں، جو یقیناً آنے چاہئیں تو سب سے پہلے میں ایک ہزار نادار لوگوں میں تقسیم کر دوں گا۔۔۔ ایسے لوگوں میں جو روپیہ لے کر کچھ کاروبار کر سکیں۔

باقی رہے انچاس ہزار۔۔۔ اس رقم میں سے میں نے دس ہزار اپنی بیوی کو دینے کا ارادہ کیا تھا۔ میں سوچا تھا کہ فکسڈ ڈپازٹ ہونا چاہیے۔۔۔ گیارہ ہزار ہوئے باقی رہے انتالیس ہزار۔۔۔ میرے لیے بہت کافی تھے۔ میں نے سوچا، یہ میری زیادتی ہے۔ چنانچہ میں نے بیوی کا حصّہ دگنا کر دیا، یعنی بیس ہزار۔۔۔ اب بچے انتیس ہزار۔۔۔ میں نے سوچا کہ پندرہ ہزار اپنی بیوہ بہن کو دے دوں گا۔ اب میرے پاس چودہ ہزار رہے۔۔۔ ان میں سے آپ سمجھیے کہ دو ہزار قرض کے نکل گئے۔ باقی بچے بارہ ہزار۔۔۔ ایک ہزار روپے کی اچھی شراب آنی چاہیے۔۔۔ لیکن میں نے فوراً تھوکر دیا اور یہ سوچا کہ پہاڑ پر چلا جاؤں گا اور کم از کم چھ مہینے رہوں گا تا کہ صحت درست ہو جائے۔ شراب کے بجائے دودھ پیا کروں گا۔

بس ایسے ہی خیالات میں دن رات گزر رہے تھے۔۔۔ پچاس ہزار کہاں سے آئیں گے یہ مجھے معلوم نہیں تھا۔۔۔ ویسے دو تین اسکیمیں ذہن میں تھیں۔ شمع دہلی کے معمے حل کروں اور پہلا انعام حاصل کر لوں۔۔۔ ڈربی کی لاٹری کا ٹکٹ خرید لوں۔۔۔ چوری کروں اور بڑی صفائی سے۔ میں فیصلہ نہ کر سکا کہ مجھے کون سا قدم اٹھانا چاہیے۔ بہر حال یہ طے تھا کہ مجھے پچاس ہزار روپے حاصل کرنا ہیں۔۔۔ یوں ملیں یا ووں ملیں۔ اسکیمیں سوچ سوچ کر میرا دماغ چکرا گیا۔۔۔ رات کو نیند نہیں آتی تھی، جو بہت بڑا عذاب تھا۔ قرض خواہ بے چارے تقاضا نہیں کرتے تھے لیکن جب ان کی شکل دیکھتا تو ندامت کے مارے پسینہ پسینہ ہو جاتا۔۔۔ بعض اوقات تو میرا سانس رکنے لگتا اور میرا جی چاہتا کہ خودکشی کر لوں اور اس عذاب سے نجات پاؤں۔

مجھے معلوم نہیں کیسے اور کب میں نے تہیہ کر لیا کہ چوری کروں گا۔۔۔ مجھے یہ معلوم نہیں کہ مجھے کیسے معلوم ہوا کہ۔۔۔ محلے میں ایک بیوہ عورت رہتی ہے جس کے پاس بے اندازہ دولت ہے۔۔۔ اکیلی رہتی ہے۔۔۔ میں وہاں رات کے دو بجے پہنچا۔ یہ مجھے پہلے ہی معلوم ہو چکا تھا کہ وہ دوسری منزل پر رہتی ہے۔۔۔ نیچے پٹھان کا پہرہ تھا۔ میں نے سوچا کوئی اور ترکیب سوچنی چاہیے اوپر جانے کے لیے۔۔۔ میں ابھی سوچ ہی رہا تھا کہ میں نے خود کو اس پارسی لیڈی کے فلیٹ کے اندر پایا۔۔۔ میرا خیال ہے کہ میں پائپ کے ذریعے اوپر چڑھ گیا تھا۔

ٹارچ میرے پاس تھی۔۔۔اس کی روشنی میں میں نے اِدھر اُدھر دیکھا۔ایک بہت بڑا سیف تھا۔ میں نے اپنی زندگی میں کبھی سیف کھولا تھا نہ بند کیا تھا۔لیکن اس وقت جانے مجھے کہاں سے ہدایت ملی کہ میں نے ایک معمولی تار سے اسے کھول ڈالا۔اندر زیور ہی زیور تھے۔۔۔بہت بیش قیمت۔۔۔میں نے سب سمیٹے اور مکے مدینے والے زرد رومال میں باندھ لیے۔۔۔پچاس ساٹھ ہزار روپے کا مال ہو گا۔۔۔میں نے کہا ٹھیک ہے اتنا ہی چاہیے تھا کہ اچانک دوسرے کمرے سے ایک بڑھیا پارسی عورت نمودار ہوئی۔۔۔اس کا چہرہ جھریوں سے بھرا ہوا تھا۔۔۔مجھے دیکھ کر پوپلی سی مسکراہٹ اس کے ہونٹوں پر نمودار ہوئی۔ میں بہت حیران ہوا کہ یہ ماجرا کیا ہے۔۔۔میں نے اپنی جیب سے بھرا ہوا پستول کرتان نکال لیا۔۔۔اس کی پوپلی مسکراہٹ اس کے ہونٹوں پر اور زیادہ پھیل گئی۔اس نے مجھ سے بڑے پیار سے پوچھا، ''آپ یہاں کیسے آئے؟''

میں نے سیدھا سا جواب دیا، ''چوری کرنے۔''

''اوہ!'' بڑھیا کے چہرے کی جھریاں مسکرانے لگیں، ''تو بیٹھو۔۔۔میرے گھر میں تو نقدی کی صورت میں صرف ڈیڑھ روپیہ ہے۔۔۔تم نے زیور چرایا ہے، لیکن مجھے افسوس ہے کہ تم پکڑے جاؤ گے کیونکہ ان زیوروں کو صرف کوئی بڑا جوہری ہی لے سکتا ہے۔۔۔اور ہر بڑا جوہری انھیں پہچانتا ہے۔۔۔''

یہ کہہ کر وہ کرسی پر بیٹھ گئی۔۔۔میں بہت پریشان تھا کہ یا الٰہی یہ سلسلہ کیا ہے۔میں نے چوری کی ہے اور بڑی بی مسکرا مسکرا کر مجھ سے باتیں کر رہی ہیں۔۔۔کیوں؟

لیکن فوراً اس کیوں کا مطلب سمجھ میں آ گیا جب ماتا جی نے آگے بڑھ کر میرے پستول کی پروانہ کرتے ہوئے میرے ہونٹوں کا بوسہ لے لیا اور اپنی بانہیں میری گردن میں ڈال دیں۔۔۔اس وقت خدا کی قسم میرا جی چاہا کہ گٹھری ایک طرف پھینکوں اور وہاں سے بھاگ جاؤں۔مگر وہ تسمہ پا عورت نکلی،اس کی گرفت اتنی مضبوط تھی کہ میں مطلقاً ہل جل نہ سکا۔۔۔اصل میں میرے ہر رگ و ریشے میں ایک عجیب و غریب قسم کا خوف سرایت کر گیا تھا۔ میں اسے ڈائن سمجھنے لگا تھا جو میرا کلیجا نکال کر کھانا چاہتی تھی۔

میری زندگی میں کسی عورت کا دخل نہیں تھا۔ میں غیر شادی شدہ تھا۔ میں نے اپنی زندگی کے تیس برسوں میں کسی عورت کی طرف آنکھ اُٹھا کر بھی نہیں دیکھا تھا۔مگر پہلی رات جب کہ میں چوری کرنے کے لیے نکلا تو مجھے یہ پچھا گٹنی مل گئی جس نے مجھ سے عشق کرنا شروع کر دیا۔۔۔آپ کی جان کی قسم! میرے ہوش و حواس غائب ہو گئے۔۔۔وہ بہت ہی کریہہ المنظر تھی۔ میں نے اس سے ہاتھ جوڑ کر کہا، ''ماتا جی مجھے

بخشو۔۔۔۔ یہ پڑے ہیں آپ کے زیور۔۔۔۔ مجھے اجازت دیجیے۔۔۔ ''

اس نے تحکمانہ لہجے میں کہا، ''تم نہیں جا سکتے۔۔۔ تمہارا پستول میرے پاس ہے ۔۔۔ اگر تم نے ذرا سی بھی جنبش کی تو میں ڈز کر دوں گی۔۔۔ یا ٹیلی فون کر کے پولیس کو اطلاع دے دوں گی کہ وہ آ کر تمہیں گرفتار کر لے۔۔۔ لیکن جانِ من! میں ایسا نہیں کروں گی ۔۔۔ مجھے تم سے محبت ہو گئی ہے ۔۔۔ میں ابھی تک کنواری رہی ہوں۔۔۔ اب تم یہاں سے نہیں جا سکتے۔۔۔ ''

یہ سن کر قریب تھا کہ میں بے ہوش ہو جاؤں کہ ٹن ٹن شروع ہوئی۔ دور کوئی کلاک صبح کے پانچ بجنے کی اطلاع دے رہا تھا۔ میں نے بڑی بی کی ٹھوڑی پکڑی اور اس کے مرجھائے ہوئے ہونٹوں کا بوسہ لے کر جھوٹ بولتے ہوئے کہا، ''میں نے اپنی زندگی میں سینکڑوں عورتیں دیکھی ہیں، لیکن خدا واحد شاہد ہے کے تم ایسی عورت سے میرا کبھی واسطہ نہیں پڑا۔ تم کسی بھی مرد کے لیے نعمتِ غیر مترقبہ ہو۔ مجھے افسوس ہے کہ میں نے اپنی زندگی کی پہلی چوری تمہارے مکان سے شروع کی۔ یہ زیور پڑے ہیں۔ میں کل آؤں گا، بشرطیکہ تم وعدہ کرو کہ مکان میں اور کوئی نہیں ہو گا۔ ''

بڑھیا یہ سن کر بہت خوش ہوئی، ''ضرور آؤ۔۔۔ تم اگر چاہو گے تو گھر میں ایک مچھر تک بھی نہیں ہو گا جو تمہارے کانوں کو تکلیف دے ۔۔۔ مجھے افسوس ہے کہ گھر میں صرف ایک روپیہ اور آٹھ آنے تھے ۔۔۔ کل تم آؤ گے تو میں تمہارے لیے بیس پچیس ہزار بنک سے نکلواؤں گی۔۔۔ یہ لو اپنا پستول۔ ''

میں نے اپنا پستول لیا اور وہاں سے دم دبا کر بھاگا۔۔۔ پہلا وار خالی گیا تھا۔۔۔ میں نے سوچا کہیں اور کوشش کرنی چاہیے۔ قرض ادا کرنے ہیں اور جو میں نے پلان بنایا ہے اس کی تکمیل بھی ہونا چاہیے۔

چنانچہ میں نے ایک جگہ اور کوشش کی۔ سردیوں کے دن تھے، صبح کے چھ بجنے والے تھے۔۔۔ یہ ایسا وقت ہوتا ہے جب سب گہری نیند سو رہے ہوتے ہیں۔۔۔ مجھے ایک مکان کا پتہ تھا کہ اس کا جو مالک ہے بڑا مالدار ہے ۔۔۔ بہت کنجوس ہے۔۔۔ اپنا روپیہ بینک میں نہیں رکھتا۔۔۔ گھر میں رکھتا ہے۔ میں نے سوچا اس کے ہاں چلنا چاہیے۔ میں وہاں کن مشکلوں سے اندر داخل ہوا میں بیان نہیں کر سکتا۔۔۔ بہر حال پہنچ گیا۔ صاحب خانہ جو ماشاء اللہ جوان تھے، سو رہے تھے۔ میں نے ان کے سرہانے سے چابیاں نکالیں اور الماریاں کھولنا شروع کر دیں۔

ایک الماری میں کاغذات تھے اور کچھ فرنچ لیدر۔ میری سمجھ میں نہ آیا کہ یہ شخص جو کنوارا ہے، فرنچ لیدر کہاں استعمال کرتا ہے۔۔۔ دوسری الماری میں کپڑے تھے۔ تیسری بالکل خالی تھی، معلوم نہیں اس میں

تالا کیوں پڑا ہوا تھا۔ اور کوئی الماری نہیں تھی۔ میں نے تمام مکان کی تلاشی لی لیکن مجھے ایک پیسہ بھی نظر نہ آیا۔۔۔ میں نے سوچا اس شخص نے ضرور اپنی دولت کہیں دبا رکھی ہو گی۔۔۔ چنانچہ میں نے اس کے سینے پر بھرا ہوا پستول رکھ کر اسے جگایا۔

وہ ایسا چونکا اور بد کا کہ میرا پستول فرش پر جا پڑا۔ میں نے ایک دم پستول اٹھایا اور اس سے کہا، ''میں چور ہوں۔۔۔ یہاں چوری کرنے آیا ہوں۔۔۔ لیکن تمہاری تین الماریوں سے مجھے ایک دمڑی بھی نہیں ملی۔۔۔ حالانکہ میں نے سنا تھا کہ تم بڑے مالدار آدمی ہو۔''

وہ شخص جس کا نام مجھے اب یاد نہیں، مسکرایا۔۔۔ انگڑائی لے کر اٹھا اور مجھ سے کہنے لگا، ''یار تم چور ہو تو تم نے مجھے پہلے اطلاع دی ہوتی۔۔۔ مجھے چوروں سے بہت پیار ہے۔۔۔ یہاں جو بھی آتا ہے وہ خود کو بڑا شریف آدمی کہتا ہے، حالانکہ وہ اول درجے کا کالا چور ہوتا ہے۔۔۔ مگر تم چور ہو۔۔۔ تم نے اپنے آپ کو چھپایا نہیں ہے۔۔۔ میں تم سے مل کر بہت خوش ہوا ہوں۔''

یہ کہہ کر اس نے مجھ سے ہاتھ ملایا۔ اس کے بعد ریفریجریٹر کھولا، میں سمجھا شاید میری تواضع شربت وغیرہ سے کرے گا۔۔۔ لیکن اس نے مجھے بلایا اور کھلے ہوئے ریفریجریٹر کے پاس لے جا کر کہا، ''دوست میں اپنا سارا روپیہ اس میں رکھتا ہوں۔۔۔ یہ صندوقچی دیکھتے ہو۔۔۔ اس میں قریب ایک لاکھ روپیہ پڑا ہے۔۔۔ تمہیں کتنا چاہیے؟''

اس نے صندوقچی باہر نکالی جو چرخ بستہ تھی۔ اسے کھولا۔ اندر سبز رنگ کے نوٹوں کی گڈیاں پڑی تھیں۔ ایک گڈی نکال کر اس نے میرے ہاتھ میں تھما دی اور کہا، ''بس اتنے کافی ہوں گے۔۔۔ دس ہزار ہیں۔''

میری سمجھ میں نہ آیا کہ اسے کیا جواب دوں۔ میں تو چوری کرنے آیا تھا۔۔۔ میں نے گڈی اس کو واپس دی اور کہا، ''صاحب! مجھے کچھ نہیں چاہیے۔۔۔ مجھے معافی دیجیے۔۔۔ پھر کبھی حاضر ہوں گا۔''

میں وہاں سے آپ سمجھیے کہ دم دبا کر بھاگا۔ گھر پہنچا تو سورج نکل چکا تھا۔۔۔ میں نے سوچا کہ چوری کا ارادہ ترک کر دینا چاہیے۔۔۔ دو جگہ کوشش کی مگر کام یاب نہ ہوا۔۔۔ دوسری رات کو کوشش کرتا تو کامیابی یقینی نہیں تھی۔۔۔ لیکن قرض بدستور اپنی جگہ پر موجود تھا جو مجھے بہت تنگ کر رہا تھا۔۔۔ حلق میں یوں سمجھیے کہ ایک پھانس سی اٹک گئی تھی۔۔۔ میں نے بالآخر یہ ارادہ کر لیا کہ جب اچھی طرح سو چکوں گا تو اٹھ کر خود کشی کر لوں گا۔

سو رہا تھا کہ دروازے پر دستک ہوئی۔۔۔ میں اٹھا۔۔۔ دروازہ کھولا۔۔۔ ایک بزرگ آدمی کھڑے تھے

۔ میں نے ان کو آداب عرض کیا۔۔۔ انہوں نے مجھ سے فرمایا، ''لفافہ دینا تھا، اس لیے آپ کو تکلیف دی۔۔۔ معاف فرمایئے گا، آپ سو رہے تھے۔''

میں نے ان سے لفافہ لیا۔۔۔ وہ سلام کر کے چلے گئے ۔۔۔ میں نے دروازہ بند کیا۔۔۔ لفافہ کافی وزنی تھا۔۔۔ میں نے اسے کھولا اور دیکھا کہ سو سو روپے کے بے شمار نوٹ ہیں۔۔۔ گنے تو پچاس ہزار نکلے ۔۔۔ ایک مختصر سا رقعہ تھا، جس میں لکھا تھا کہ ''آپ کے یہ روپے مجھے بہت دیر پہلے ادا کرنے تھے ۔۔۔ افسوس ہے کہ میں اب ادا کرنے کے قابل ہوا ہوں۔''

میں نے بہت غور کیا کہ یہ صاحب کون ہو سکتے ہیں جنہوں نے مجھ سے قرض لیا۔۔۔ سوچتے سوچتے میں نے آخر سو چا کہ ہو سکتا ہے کسی نے مجھ سے قرض لیا ہو جو مجھے یاد نہ رہا ہو۔ بیس ہزار اپنی بیوی کو ۔۔۔ پندرہ ہزار اپنی بیوہ بہن کو۔۔۔ دو ہزار قرض کے ۔۔۔ باقی بچے تیرہ ہزار ۔۔۔ ایک ہزار میں نے اچھی شراب کے لیے رکھ لیے ۔۔۔ پہاڑ پر جانے اور دودھ پینے کا خیال میں نے چھوڑ دیا۔

دروازے پر پھر دستک ہوئی ۔۔۔ اٹھ کر باہر گیا۔ دروازہ کھولا تو میرا ایک قرض خواہ کھڑا تھا۔ اس نے مجھ سے پانچ سو روپے لینا تھے۔ میں لپک کر اندر گیا ۔۔۔ تکیے کے نیچے نوٹوں کا لفافہ دیکھا مگر وہاں کچھ موجود ہی نہیں تھا۔

چوری

اسکول کے تین چار لڑکے الاؤ کے گرد حلقہ بنا کر بیٹھ گئے۔ اور اس بوڑھے آدمی سے جو ٹاٹ پر بیٹھا اپنے استخوانی ہاتھ تاپنے کی خاطر الاؤ کی طرف بڑھائے تھا کہنے لگے، ''بابا جی کوئی کہانی سنائیے!''

مردِ معمر نے جو غالباً کسی گہری سوچ میں غرق تھا۔ اپنا بھاری سر اٹھایا جو گردن کی لاغری کی وجہ سے نیچے کو جھکا ہوا تھا، ''کہانی۔۔۔! میں خود ایک کہانی ہوں مگر۔۔۔'' اس کے بعد کے الفاظ اس نے اپنے پوپلے منہ ہی میں بڑ بڑائے۔۔۔ شاید وہ اس جملے کو لڑکوں کے سامنے ادا کرنا نہیں چاہتا تھا جن کی سمجھ اس قابل نہ تھی کہ وہ فلسفیانہ نکات حل کر سکیں۔

لکڑی کے ٹکڑے ایک شور کے ساتھ جل جل کر آتشیں شکم کو پر کر رہے تھے شعلوں کی عنّابی روشنی لڑکوں کے معصوم چہروں پر ایک عجیب انداز میں رقص کر رہی تھی۔ ننھی ننھی چنگاریاں سپید راکھ کی نقاب الٹ الٹ کر حیرت میں سر بلند شعلوں کا منہ تک رہی تھیں۔ بوڑھے آدمی نے الاؤ کی روشنی میں سے لڑکوں کی طرف نگاہیں اٹھا کر کہا، ''کہانی۔۔۔ ہر روز کہانی۔۔۔! کل سناؤں گا۔''

لڑکوں کے تمتماتے ہوئے چہروں پر افسردگی چھا گئی۔ نا امیدی کے عالم میں وہ ایک دوسرے کا منہ تکنے لگے۔ گویا وہ آنکھوں ہی آنکھوں میں کہہ رہے تھے، ''آج رات کہانی سنے بغیر سونا ہو گا۔'' یکا یک ان میں سے ایک لڑ کا جو دوسروں کی بہ نسبت بہت ہوشیار اور ذہین معلوم ہوتا تھا، الاؤ کے قریب سرک کر بلند آواز میں بولا، ''مگر کل آپ نے وعدہ کیا تھا اور وعدہ خلافی کرنا درست نہیں۔۔۔ کیا آپ کو کل والے حامد کا انجام یاد نہیں ہے جو ہمیشہ اپنا کہا بھول جایا کرتا تھا۔''

''درست۔۔۔! میں بھول گیا تھا۔'' بوڑھے آدمی نے یہ کہہ کر اپنا سر جھکا لیا جیسے وہ اپنی بھول پر نادم

ہے۔تھوڑی دیر کے بعد وہ اس دلیر لڑکے کی جرأت کا خیال کر کے مسکرایا، ''میرے بچے! مجھ سے غلطی ہو گئی۔ مجھے معاف کر دو۔۔۔ مگر میں کون سی کہانی سناؤں؟ ٹھہرو۔ مجھے یاد کر لینے دو۔'' یہ کہتے ہوئے وہ سر جھکا کر گہری سوچ میں غرق ہو گیا۔

اسے جن اور پریوں کی لایعنی داستانوں سے سخت نفرت تھی۔ وہ بچوں کو ایسی کہانیاں سنایا کرتا تھا جو ان کے دل و دماغ کی اصلاح کر سکیں۔ اسے بہت سے فضول قصے یاد تھے جو اس نے بچپن میں بچپن میں سنے تھے یا کتابوں میں پڑھے تھے۔ مگر اس وقت وہ اپنے بربط پیری کے بوسیدہ تار چھیڑ رہا تھا کہ شاید ان میں کوئی خوابیدہ راگ جاگ اٹھے۔

لڑکے باباجی کو خاموش دیکھ کر آپس میں آہستہ آہستہ باتیں کرنے لگے۔ غالباً اس لڑکے کی بابت جسے کتاب چرانے پر بید کی سزا ملی تھی۔ باتوں باتوں میں ان میں سے کسی نے بلند آواز میں کہا، ''ماسٹر جی کے لڑکے نے بھی تو میری کتاب چرا لی تھی۔ مگر اسے سزا وزا نہ ملی۔''

''کتاب چرا لی تھی۔'' ان چار لفظوں نے جو بلند آواز میں ادا کیے گئے تھے، بوڑھے کی خُفتہ یاد میں ایک واقعہ کو جگا دیا۔ اس نے اپنا سپید سر اٹھایا اور اپنی آنکھوں کے سامنے بھولی بسری داستان کو انگڑائیاں لیتے پایا۔ ایک لمحہ کے لیے اس کی آنکھوں میں چمک پیدا ہوئی مگر ہیں وہیں غرق ہو گئی۔۔۔ اضطراب کی حالت میں اس نے اپنے نحیف جسم کو جنبش دے کر الاؤ کے قریب کیا۔ باس کے چہرے کے تغیر و تبدل سے صاف طور پر عیاں تھا کہ وہ کسی واقعہ کو دوبارہ یاد کر کے بہت تکلیف محسوس کر رہا ہے۔ الاؤ کی روشنی بدستور لڑکوں کے چہروں پر ناچ رہی تھی۔ دفعتاً بوڑھے نے آخری ارادہ کرتے ہوئے کہا، ''بچو! آج میں اپنی کہانی سناؤں گا۔''

لڑکے فوراً اپنی باتیں چھوڑ کر ہمہ تن گوش ہو گئے۔ الاؤ کی چٹختی ہوئی لکڑیاں ایک شور کے ساتھ اپنی اپنی جگہ پر ابھر کر خاموش ہو گئیں۔۔۔ ایک لمحہ کے لیے فضا پر مکمل سکوت طاری رہا۔

''باباجی اپنی کہانی سنائیں گے؟'' ایک لڑکے نے خوش ہو کر کہا۔ باقی سرک کر آگ کے قریب خاموشی سے بیٹھ گئے۔

''ہاں، اپنی کہانی۔'' یہ کہہ کر بوڑھے آدمی نے اپنی جھکی ہوئی گھنی بھنووں میں سے کوٹھری کی باہر تاریکی میں دیکھنا شروع کیا۔ تھوڑی دیر کے بعد وہ لڑکوں سے پھر مخاطب ہوا، ''میں آج تمہیں اپنی پہلی چوری کی داستان سناؤں گا۔'' لڑکے حیرت سے ایک دوسرے کا منہ تکنے لگے۔ انہیں اس بات کا وہم و گمان

بھی نہ تھا کہ بابا جی کسی زمانہ میں چوری بھی کرتے رہے ہیں۔۔۔ بابا جی جو ہر وقت انہیں برے کاموں سے بچنے کے لیے نصیحت کیا کرتے ہیں۔

لڑکا جو اِن میں دلیر تھا، اپنی حیرت نہ چھپا سکا، ''پر کیا آپ نے واقعی چوری کی؟''

''واقعی!''

''آپ اس وقت کس جماعت میں پڑھا کرتے تھے؟''

''نویں میں۔''

یہ سن کر لڑکے کی حیرت اور بھی بڑھ گئی۔ اسے اپنے بھائی کا خیال آیا جو نویں جماعت میں تعلیم پا رہا تھا۔ وہ اس سے عمر میں دگنا بڑا تھا۔ اس کی تعلیم اس سے کہیں زیادہ تھی۔ وہ انگریزی کی کئی کتابیں پڑھ چکا تھا اور اسے ہر وقت نصیحتیں کیا کرتا تھا۔ یہ کیونکر ممکن تھا کہ اس عمر کا اور اچھا پڑھا لکھا لڑکا چوری کرے۔۔۔؟ اس کی عقل اس معمہ کو حل نہ کر سکی۔ چنانچہ اس نے پھر سوال کیا، ''آپ نے چوری کیوں کی؟'' اس مشکل سوال نے بڈھے کو تھوڑی دیر کے لیے گھبرا دیا۔۔۔ آخر وہ اس کا کیا جواب دے سکتا تھا کہ فلاں کام اس نے کیوں کیا؟ بظاہر اس کا جواب یہی ہو سکتا تھا، ''اس لیے کہ اس وقت اس کے دماغ میں یہی خیال آیا،'' اس نے دل میں یہی جواب سوچا۔ مگر اس نے مطمئن نہ ہو کر یہ بہتر خیال کیا کہ تمام داستان من وعن بیان کر دے۔

''اس کا جواب میری کہانی ہے۔ جو میں اب تمہیں سنانے والا ہوں۔''

''سنائیے!''

لڑکے اس بوڑھے آدمی کی چوری کا حال سننے کے لیے اپنی اپنی جگہ پر جم کر بیٹھ گئے۔ جو الاؤ کے سامنے اپنے سپید بالوں میں انگلیوں سے کنگھی کر رہا تھا اور جسے وہ ایک بہت بڑا آدمی خیال کرتے تھے۔ بڈھا کچھ عرصے تک اپنے بالوں میں انگلیاں پھیرتا رہا۔ پھر اس بھولے ہوئے واقعہ کے تمام منتشر ٹکڑے فراہم کر کے بولا، ''شخص خواہ وہ بڑا ہو یا چھوٹا۔ اپنی زندگی میں کوئی نہ کوئی ایسی حرکت ضرور کرتا ہے جس پر وہ تمام عمر نادم رہتا ہے۔ میری زندگی میں سب سے برا فعل ایک کتاب کی چوری ہے۔۔۔''

یہ کہہ کر وہ رک گیا۔ اس کی آنکھیں جو ہمیشہ چمکتی رہتی تھیں، دھندلی پڑ گئیں۔ اس کے چہرے کی تبدیلی سے صاف ظاہر تھا کہ وہ اس واقعہ کو بیان کرتے ہوئے زبردست ذہنی تکلیف کا سامنا کر رہا ہے۔ چند لمحات کے توقف کے بعد وہ پھر بولا، ''سب سے مکروہ فعل کتاب کی چوری ہے۔ یہ میں نے ایک کتب فروش کی

دکان سے چرائی۔ یہ اس زمانہ کا ذکر ہے۔ جب میں نویں جماعت میں تعلیم پاتا تھا۔ قدرتی طور پر جیسا کہ اب تمہیں کہانی سننے کا شوق ہے مجھے افسانے اور ناول پڑھنے کا شوق تھا۔۔۔ دوستوں سے مانگ کر یا خود خرید کر میں ہر ہفتے ایک نہ ایک کتاب ضرور پڑھا کرتا تھا۔ وہ کتابیں عموماً عشق و محبت کی بے معنی داستانیں یا فضول جاسوسی قصے ہوا کرتے تھے۔ یہ کتابیں میں ہمیشہ چھپ چھپ کر پڑھا کرتا تھا۔ والدین کو اس کا علم نہ تھا۔ اگر انہیں معلوم ہوتا تو وہ مجھے ایسا ہرگز ہرگز نہ کرنے دیتے۔ اس لیے کہ اس قسم کی کتابیں اسکول کے لڑکے کے لیے بہت نقصان دہ ہوتی ہیں۔ میں ان کے مہلک نقصان سے غافل تھا۔ چنانچہ مجھے اس کا نتیجہ بھگتنا پڑا۔ میں نے چوری کی اور پکڑا گیا۔۔۔ ''

ایک لڑکے نے حیرت زدہ ہو کر کہا، '' آپ پکڑے گئے؟ ''

'' ہاں پکڑا گیا۔۔۔ چونکہ میرے والدین اس واقعہ سے بالکل بے خبر تھے۔ یہ عادت پکتے پکتے میری طبیعت بن گئی۔ گھر سے جتنے پیسے ملتے، انہیں جوڑ جوڑ کر بازار سے افسانوں کی کتابیں خریدنے میں صرف کر دیتا۔ اسکول کی پڑھائی سے رفتہ رفتہ مجھے نفرت ہونے لگی۔ ہر وقت میرے دل میں یہی خیال سمایا رہتا کہ فلاں کتاب جو فلاں ناول نویس نے لکھی ہے ضرور پڑھنی چاہیے۔ یا فلاں کتب فروش کے پاس نئی ناولوں کا جو ذخیرہ موجود ہے، ایک نظر ضرور دیکھنا چاہیے۔

شوق کی یہ انتہا دوسرے معنوں میں دیوانگی ہے۔ اس حالت میں انسان کو معلوم نہیں ہوتا کہ وہ کیا کرنے والا ہے یا کیا کر رہا ہے۔ اس وقت وہ بے عقل بچے کے مانند ہوتا ہے جو اپنی طبیعت خوش کرنے یا شوق پورا کرنے کے لیے جلتی ہوئی آگ میں بھی ہاتھ ڈال دیتا ہے۔ اسے یہ پتہ نہیں ہوتا کہ چمکنے والی شے جسے وہ پکڑ رہا ہے اس کا ہاتھ جلا دے گی۔ ٹھیک یہی حالت میری تھی۔ فرق اتنا ہے کہ بچہ شعور سے محروم ہوتا ہے۔ اس لیے وہ بغیر سمجھے بوجھے بری سے بری حرکت کر بیٹھتا ہے مگر میں نے عقل کا مالک ہوتے ہوئے چوری ایسے مکروہ جرم کا ارتکاب کیا۔۔۔ یہ آنکھوں کی موجودگی میں میرے اندھے ہونے کی دلیل ہے۔ میں ہرگز ایسا کام نہ کرتا اگر میری عادت مجھے مجبور نہ کرتی۔ ہر انسان کے دماغ میں شیطان موجود ہوتا ہے جو وقتاً فوقتاً اسے برے کاموں پر مجبور کرتا ہے۔ یہ شیطان مجھ پر اس وقت غالب آیا جب کہ سوچنے کے لیے میرے پاس بہت کم وقت تھا۔۔۔ خیر ''

لڑکے خاموشی سے بوڑھے کے ہلتے ہوئے لبوں کی طرف نگاہیں گاڑے ان کی داستان سن رہے تھے۔ داستان کا تسلسل اس وقت ٹوٹا دیکھ کر جب کہ اصل مقصد بیان کیا جانے والا تھا، وہ بڑی بے قراری سے

بقایا تفصیل کا انتظار کرنے لگے۔

''مسعود بیٹا! یہ سامنے والا دروازہ تو بند کر دینا۔۔۔سرد ہوا آ رہی ہے۔'' بوڑھے نے اپنا کمبل گھٹنوں پر ڈال لیا۔

مسعود، ''اچھا بابا جی۔'' کہہ کر اٹھا اور کوٹھری کا دروازہ بند کرنے کے بعد اپنی جگہ پر بیٹھ گیا۔

''ہاں تو ایک دن جب کہ والد گھر سے باہر تھے۔'' بوڑھے نے اپنی داستان کا بقایا حصہ شروع کیا۔ ''مجھے بھی کوئی خاص کام نہ تھا۔ اور وہ کتاب جو میں اُن دنوں پڑھ رہا تھا ختم ہونے کے قریب تھی۔ اس لیے میرے جی میں آئی کہ چلو اس کتب فروش تک ہو آئیں جس کے پاس بہت سی جاسوسی ناولیں پڑی تھیں۔ میری جیب میں اس وقت اتنے پیسے موجود تھے جو ایک معمولی ناول کے دام ادا کرنے کے لیے کافی ہوں۔ چنانچہ میں گھر سے سیدھا اس کتب فروش کی دکان پر گیا۔۔۔یوں تو اس دکان پر ہر وقت بہت سی اچھی اچھی ناولیں موجود رہتی تھیں۔ مگر اس دن خاص طور پر بالکل نئی کتابوں کا ایک ڈھیر باہر تختے پر رکھا تھا۔ ان کتابوں کے رنگ برنگ سرِ ورق دیکھ کر میری طبیعت میں ایک ہیجان سا بر پا ہو گیا۔ دل میں اس خواہش نے گدگدی کی کہ وہ تمام میری ہو جائیں۔

میں دکاندار سے اجازت لے کر ان کتابوں کو ایک نظر دیکھنے میں مشغول ہو گیا۔ ہر کتاب کے شوخ رنگ سرِ ورق پر اس قسم کی کوئی نہ کوئی عبارت لکھی ہوئی تھی۔

'' نا ممکن ہے کہ اس کا مطالعہ آپ پر سنسنی طاری نہ کر دے۔''

'' مصور اسرار کا لاثانی شاہکار۔''

'' تمثیل! ہیجان! رومان۔۔۔!!! سب یکجا۔''

اس قسم کی عبارتیں شوق بڑھانے کے لیے کافی تھیں۔ مگر میں نے کوئی خاص توجہ نہ دی۔ اس لیے کہ میری نظروں سے اکثر ایسے الفاظ گزر چکے تھے۔ میں تھوڑا عرصہ کتابوں کو الٹ پلٹ کر دیکھتا رہا۔ اس وقت میرے دل میں چوری کرنے کا خیال مطلقاً نہ تھا، بلکہ میں نے خریدنے کے لیے ایک کم قیمت کی ناول چن کر الگ بھی رکھ لی تھی۔ تھوڑی دیر کے بعد دل میں یہ ارادہ کر کے میں دوسرے ہفتے ان ناولوں کو دوبارہ دیکھنے آؤں گا۔۔۔میں نے اپنی چنی ہوئی کتاب اٹھائی۔۔۔کتاب کا اٹھانا تھا کہ میری نگاہیں ایک مجلد ناول پر گڑ گئیں۔ سرِ ورق کے کونے پر میرے محبوب ناولسٹ کا نام سرخ لفظوں میں چھپا تھا۔ اُس کے ذرا اوپر کتاب کا نام تھا۔

''مُنتَقِم شعاعیں۔۔۔۔کس طرح ایک دیوانے ڈاکٹرنے لندن کو تباہ کرنے کاارادہ کیا۔''

یہ سطور پڑھتے ہی میرے اشتیاق میں طغیانی سی آگئی۔۔۔کتاب کامصنف وہی تھاجس نے اس سے پیشتر مجھ پر راتوں کی نیند حرام کر رکھی تھی۔ ناول کو دیکھتے ہی میرے دماغ میں خیالات کاایک گروہ داخل ہوگیا۔

''مُنتَقِم شعاعیں۔۔۔۔دیوانے ڈاکٹر کی ایجاد۔۔۔کیسادلچسپ افسانہ ہو گا!''

''لندن تباہ کرنے کاارادہ۔۔۔۔یہ کس طرح ہوسکتا ہے؟''

''اس مصنف نے فلاں فلاں کتابیں کتنی سنسنی خیز لکھی ہیں!''

''یہ کتاب ضرور ان سب سے بہتر ہوگی!''

میں خاموش اشتیاق کے ساتھ اس کتاب کی طرف دیکھ رہاتھااور یہ خیالات یکے بعد دیگرے میرے کانوں میں شور بر پاکر رہے تھے۔ میں نے اس کتاب کو اٹھایااور کھول کر دیکھاتو پہلے ورق پر یہ عبارت نظر آئی، ''مصنف اس کتاب کواپنی بہترین تصنیف قرار دیتا ہے۔''

''ان الفاظ نے میرے اشتیاق میں آگ پر ایندھن کا کام دیا۔ ایکا ایکی میرے دماغ کے خدامعلوم کس گوشے سے ایک خیال کود پڑا۔۔۔وہ یہ کہ میں اس کتاب کواپنے کوٹ میں چھپاکر لے جاؤں۔ میری آنکھیں بے اختیار کتب فروش کی طرف مڑیں۔ جو کاغذ پر کچھ لکھنے میں مشغول تھا۔ دکان کی دوسری طرف دو نوجوان کھڑے میری طرح کتابیں دیکھ رہے تھے۔۔۔۔میں سر سے پیر تک لرز گیا۔''

یہ کہتے ہوئے بوڑھے کانحیف جسم اس واقعہ کی یاد سے کانپا۔ تھوڑی دیر تک خاموش رہ کر اس نے پھر اپنی داستان شروع کر دی، ''ایک لحظہ کے لیے میرے دماغ میں یہ خیال پیدا ہوا کہ چوری کرنا بہت برا کام ہے مگر میرے ضمیر کی آواز سر ورق پر بنی ہوئی لانبی لانبی شعاعوں میں غرق ہوگئی۔ میرا دماغ ''مُنتَقِم شعاعیں''، ''مُنتَقِم شعاعیں''، کی گردان کر رہا تھا۔ میں نے اِدھر اُدھر جھانکا اور جھٹ سے وہ کتاب کوٹ کے اندر بغل میں دبالی مگر میں کانپنے لگا۔

اس حالت پر قابو پاکر میں کتب فروش کے قریب گیا۔ اور اس کتاب کے دام ادا کر دیئے جو میں نے پہلے خریدی تھی۔ قیمت لیتے وقت اور روپے میں سے باقی پیسے واپس کرنے میں اس نے غیرمعمولی تاخیرسے کام لیا۔ میری طرف اس نے گھور کر بھی دیکھا جس سے میری طبیعت سخت پریشان ہوگئی۔ جی میں بھی آئی کہ سب کچھ چھوڑ چھاڑ کر وہاں سے بھاگ نکلوں۔ میں نے اس دوران میں کئی بار اس جگہ پر جو کتاب کی وجہ سے ابھری ہوئی تھی، نگاہ ڈالی۔۔۔اورشاید اسے

چھپانے کی بے سود کوشش بھی کی۔ میری ان عجیب و غریب حرکتوں کو دیکھ کر اسے شک ضرور ہوا۔ اسے لیے کہ وہ بار بار کچھ کہنے کی کوشش کر کے پھر خاموش ہو جاتا تھا۔ میں نے باقی پیسے جلدی سے لیے اور وہاں سے چل دیا۔ دو سو قدم کے فاصلے پر میں نے کسی کی آواز سنی۔ مڑ کر دیکھا تو کتب فروش ننگے پاؤں چلا آر ہا تھا اور مجھے ٹھہرنے کے لیے کہہ رہا تھا۔۔۔ میں نے اندھا دھند بھاگنا شروع کر دیا۔ مجھے معلوم نہ تھا میں کدھر بھاگ رہا ہوں۔ میرا رخ اپنے گھر کی جانب نہ تھا۔ میں شروع ہی سے اس طرف بھاگ رہا تھا جدھر بازار کا اختتام تھا۔ اس غلطی کا مجھے اس وقت احساس ہوا جب دو تین آدمیوں نے مجھے پکڑ لیا۔ '' بوڑھا اتنا کہہ کر اضطراب کی حالت میں اپنی خشک زبان، لبوں پر پھیرنے لگا۔ کچھ توقف کے بعد وہ ایک لڑکے سے مخاطب ہوا، '' مسعود! پانی کا ایک گھونٹ پلوانا۔''

مسعود خاموشی سے اٹھا اور کوٹھری کے ایک کونے میں پڑے ہوئے گھڑے سے گلاس میں پانی انڈیل کر لے آیا۔ بوڑھے نے گلاس لیتے ہی منہ سے لگا لیا اور ایک گھونٹ میں سارا پانی پی گیا اور خالی گلاس زمین پر رکھتے ہوئے کہا، '' ہاں میں کیا بیان کر رہا تھا؟''

ایک لڑکے نے جواب دیا، '' آپ بھاگے جا رہے تھے۔''

'' میرے پیچھے کتب فروش '' چور چور'' کی آواز بلند کرتا چلا آر ہا تھا۔ جب میں نے دو تین آدمیوں کو اپنا تعاقب کرتے دیکھا تو میرے ہوش ٹھکانے نہ رہے۔ جیل کی آہنی سلاخیں، پولیس اور عدالت کی تصویریں ایک ایک کر کے میری آنکھوں کے سامنے آ گئیں۔ بے عزتی کے خیال سے میری پیشانی عرق آلود ہو گئی۔ میں لڑکھڑایا اور گر پڑا۔ اٹھنا چاہا تو ٹانگوں نے جواب دے دیا۔ اس وقت میرے دماغ کی عجیب حالت تھی۔ ایک تند دھواں سا میرے سینے میں کروٹیں لے رہا تھا۔ آنکھیں فرطِ خوف سے ابل رہی تھیں۔ اور کانوں میں ایک زبردست شور بر پا تھا۔ جیسے بہت سے لوگ آہنی چادریں ہتھوڑوں سے کوٹ رہے ہیں۔ میں ابھی اٹھ کر بھاگنے کی کوشش ہی کر رہا تھا کہ کتب فروش اور اس کے ساتھیوں نے مجھے پکڑ لیا۔ اس وقت میری کیا حالت تھی، اس کا بیان کرنا بہت دشوار ہے۔ سینکڑوں خیالات پتھروں کی طرح میرے دماغ سے ٹکرا ٹکرا کر مختلف آوازیں پیدا کر رہے تھے۔ جب انہوں نے مجھے پکڑا تو ایسا معلوم ہوا کہ آہنی پنجے نے میرے دل کو مسل ڈالا ہے۔۔۔ میں بالکل خاموش تھا۔ وہ مجھے دکان کی طرف کشاں کشاں لے گئے۔ جیل خانے کی کوٹھری اور عدالت کا منہ دیکھنا یقینی تھا۔ اس خیال پر میرے ضمیر نے لعنت ملامت شروع کر دی۔ چونکہ اب جو ہونا تھا ہو چکا تھا۔ اور میرے پاس اپنے ضمیر کو جواب دینے کے لیے کوئی الفاظ

موجود نہ تھے۔اس لیے میری گرم آنکھوں میں آنسو اتر آئے اور میں نے بے اختیار رونا شروع کر دیا۔''

یہ کہتے ہوئے بوڑھے کی دھندلی آنکھیں نمناک ہو گئیں۔

''کتب فروش نے مجھے پولیس کے حوالے نہ کیا۔اپنی کتاب لے لی اور نصیحت کرنے کے بعد چھوڑ دیا۔''

بوڑھے نے اپنے آنسو گھر درے کمبل سے خشک کیے، ''خدا اس کو جزائے خیر دے۔ میں عدالت کے دروازے سے تو بچ گیا۔مگر اس واقعہ کی والد اور اسکول کے لڑکوں کو خبر ہو گئی۔والد مجھ پر سخت خفا ہوئے لیکن انہوں نے بھی اخیر میں مجھے معاف کر دیا۔

دو تین روز مجھے اس ندامت کے باعث بخار آتا رہا، اس کے بعد جب میں نے دیکھا میرا دل کسی کروٹ آرام نہیں لیتا اور مجھ میں اتنی قوت نہیں کہ میں اپنے سامنے لوگوں کے سامنے اپنی نگاہیں اٹھا سکوں تو میں شہر چھوڑ کر وہاں سے ہمیشہ کے لیے روپوش ہو گیا۔اس وقت سے لے کر اب تک میں نے مختلف شہروں کی خاک چھانی ہے، ہزاروں مصائب برداشت کیے ہیں۔صرف اس کتاب کی چوری کی وجہ سے جو مجھے تا دمِ مرگ نادم و شرمسار رکھے گی۔اس آوارہ گردی کے دوران میں، میں نے اور بھی بہت سی چوریاں کیں۔ڈاکے ڈالے اور ہمیشہ پکڑا گیا۔مگر ان پر نادم نہیں ہوں۔۔۔۔مجھے فخر ہے۔''

بوڑھے کی دھندلی آنکھوں میں پھر پہلی سی چمک نمودار ہو گئی۔اور اس نے الاؤ کے شعلوں کو ٹکٹکی باندھ کر دیکھنا شروع کر دیا، ''ہاں مجھے فخر ہے۔''یہ لفظ اس نے تھوڑے توقف کے بعد دوبارہ کہے۔الاؤ میں آگ کا ایک شعلہ بلند ہوا۔۔۔اور ایک لمحہ فضا میں تھرتھرا کر وہیں سو گیا۔بوڑھے نے شعلے کی جرأت دیکھی اور مسکرا دیا۔پھر لڑکوں سے مخاطب ہو کر کہنے لگا، ''کہانی ختم ہو گئی، اب تم جاؤ، تمہارے ماں باپ انتظار کرتے ہوں گے۔''

مسعود نے سوال کیا، ''مگر آپ کو اپنی دوسری چوریوں پر کیوں فخر ہے؟''

''فخر کیوں ہے۔۔۔؟''بوڑھا مسکرا دیا، ''اس لیے کہ وہ چوریاں نہیں تھیں۔۔۔اپنی مسروقہ چیزوں کو دوبارہ حاصل کرنا چوری نہیں ہوتی میرے عزیز! بڑے ہو کر تمہیں اچھی طرح معلوم ہو جائے گا۔''

''میں سمجھا نہیں۔''

''ہر وہ چیز جو تم سے چرا لی گئی ہے، تمہیں حق حاصل ہے کہ اسے ہر ممکن طریقہ سے اپنے قبضہ میں لے آؤ۔پر یاد رہے تمہاری کوشش کامیاب ہونی چاہیے۔ورنہ ایسا کرتے ہوئے پکڑے جانا اور ذلتیں اٹھانا عبث ہے۔''

لڑکے اٹھے اور بابا جی کو شب بخیر کہتے ہوئے کوٹھری کے دروازہ سے باہر چلے گئے۔ بوڑھے کی نگاہیں ان کو تاریکی میں گم ہوتے دیکھتی رہیں۔ تھوڑی دیر اسی طرح دیکھنے کے بعد وہ اٹھا اور کوٹھری کا دروازہ بند کرتے ہوئے بولا، ''کاش کہ یہ بڑے ہو کر اپنی کھوئی ہوئی چیز واپس لے سکیں۔''

بوڑھے کو خدا معلوم ان لڑکوں سے کیا امید تھی؟

چوہے دان

شوکت کو چوہے پکڑنے میں بہت مہارت حاصل ہے۔ وہ مجھ سے کہا کرتا ہے یہ ایک فن ہے جس کو باقاعدہ سیکھنا پڑتا ہے اور ریسرچ پوچھیے تو جو ترکیبیں شوکت کو چوہے پکڑنے کے لیے یاد ہیں، ان سے یہی معلوم ہوتا ہے کہ اس نے کافی محنت کی ہے۔ اگر چوہے پکڑنے کا کوئی فن نہیں ہے تو اس نے اپنی ذہانت سے اسے فن بنا دیا ہے۔ اس کو آپ کوئی چوہا دکھا دیجیے، وہ فوراً آپ کو بتا دے گا کہ اس ترکیب سے وہ اتنے گھنٹوں میں پکڑا جائے گا اور اس طریقے سے اگر آپ اسے پکڑنے کی کوشش کریں تو اتنے دن لگ جائیں گے۔

چوہوں کی نسلوں اور ان کی مختلف عادات و اطوار کا شوکت بہت گہرا مطالعہ کر چکا ہے۔ اس کو اچھی طرح معلوم ہے کہ کس ذات کے چوہے جلدی پھنس جاتے ہیں اور کس نسل کے چوہے بڑی مشکل کے بعد قابو میں آتے ہیں اور پھر ہر قسم کے چوہوں کو پھانسنے کی ایک سو ایک ترکیب شوکت کو معلوم ہے۔

موٹے موٹے اصول اس نے ایک روز مجھے بتائے تھے کہ چھوٹی چھوٹی چوہیاں اگر پکڑنا ہوں تو ہمیشہ نیا چوہے دان استعمال کرنا چاہیے۔ چوہے دان کی ساخت کسی قسم کی بھی ہو، اس کی کوئی پروا نہیں، خیال اس بات کا رکھنا چاہیے کہ چوہے دان ایسی جگہ پر نہ رکھا جائے جہاں آپ نے چوہیا یا چوہیاں دیکھی تھیں۔ ٹرنکوں کے پیچھے، الماریوں کے نیچے، کہیں بھی جہاں آپ نے چوہیا نہ دیکھی ہو۔ چوہے دان رکھ دیا جائے اور اس میں تلی ہوئی مچھلی کا چھوٹا سا ٹکڑا رکھ دیا جائے۔ ٹکڑا بڑا نہ ہو۔ اگر چوہے دان کھٹ سے بند ہونے والا ہے تو اس میں خاص طور پر بڑا ٹکڑا نہیں لگانا چاہیے کہ چوہیا اندر آ کر اس ٹکڑے کا کچھ حصہ کتر کر باہر چلی جائے گی۔ ٹکڑا چھوٹا ہو گا تو وہ اسے اتارنے کی کوشش کرے گی اور یوں جھٹ پٹ پنجرے میں

قید ہو جائے گی۔

ایک چوہیا پکڑنے کے بعد چوہے دان کو گرم پانی سے دھو لینا چاہیے۔ اگر آپ اسے اچھی طرح نہ دھوئیں گے تو پہلی چوہیا کی بو اس میں رہ جائے گی جو دوسری چوہیوں کے لیے خطرے کے الارم کا کام دے گی۔ اس لیے اس بات کا خاص طور پر خیال رکھنا چاہیے۔ ہر چوہے یا چوہیا کو پکڑنے کے بعد چوہے دان کو دھو لینا چاہیے۔ اگر گھر میں زیادہ چوہے چوہیاں ہوں اور ان سب کو پکڑنا ہو تو ایک چوہے دان کام نہیں دے گا۔ تین چار چوہے دان پاس رکھنے چاہئیں جو بدل بدل کر کام میں لائے جائیں۔ چوہے کی ذات بڑی سیانی ہوتی ہے، اگر ایک ہی چوہے دان گھر میں رکھا جائے گا تو چوہے اس سے خوف کھانا شروع کر دیں گے۔ اور اس کے نزدیک تک نہیں آئیں گے۔

بعض اوقات ان تمام باتوں کا خیال رکھنے پر بھی چوہے چوہیاں قابو میں نہیں آتیں۔ اس کی بہت سی وجہیں ہوتی ہیں۔ بہت ممکن ہے کہ آپ سے پہلے جو مکان میں رہتا تھا اس نے اسی قسم کا چوہے دان استعمال کیا تھا جیسا کہ آپ کر رہے ہیں، یہ بھی ہو سکتا ہے کہ اس نے چوہے کو پکڑ کر باہر گلی یا بازار میں چھوڑ دیا ہو اور وہ چند دنوں کے بعد پھر واپس گھر آ گیا ہو۔ ایسے چوہے جو ایک بار چوہے دان میں پھنس کر پھر اپنی جگہ پر واپس آ جائیں اس قدر ہوشیار ہو جاتے ہیں کہ بڑی مشکل سے قابو میں آتے ہیں۔ یہ چوہے دوسرے چوہوں کو بھی خبردار کر دیتے ہیں جس کا نتیجہ یہ ہوتا ہے کہ آپ کی تمام کوششیں بے سود ثابت ہوتی ہیں اور چوہے بڑے اطمینان سے اِدھر اُدھر دوڑتے رہتے ہیں اور آپ کا اور آپ کے چوہے دان کا منہ چڑاتے رہتے ہیں۔

چوہے کے بل کے پاس تو چوہے دان ہرگز ہرگز نہیں رکھنا چاہیے، اس لیے کہ اتنی بڑی چیز اپنے گھر کے پاس دیکھ کر جو پہلے کبھی نہیں ہوتی تھی، چوہا فوراً چوکنا ہو جاتا ہے اور اس کو دال میں کالا کالا نظر آ جاتا ہے۔۔۔۔۔ جب کسی حیلے سے چوہے نہ پکڑے جائیں تو گرد و پیش کی فضا کا مطالعہ و مشاہدہ کر کے یہ معلوم کرنا چاہیے کہ اس پاس کے لوگ کیسے ہیں، کس قسم کی چیزیں کھاتے ہیں اور ان کے گھروں کے چوہے کس چیز پر جلدی گرتے ہیں۔ یہ تمام باتیں معلوم کر کے آپ کو تجربے کرنا پڑیں گے اور ایسی ترکیب ڈھونڈنا پڑے گی جس کے ذریعہ سے آپ اپنے گھر کے چوہے گرفتار کر سکیں۔

شوکت چوہے پکڑنے کے فن پر ایک طویل لیکچر دے سکتا ہے، کتاب لکھ سکتا ہے مگر چونکہ وہ طبعاً خاموشی پسند ہے اس لیے اس کے متعلق زیادہ بات چیت نہیں کرتا۔ صرف مجھے معلوم ہے کہ وہ اس فن میں

کافی مہارت رکھتا ہے۔ محلے کے دوسرے آدمیوں کو اس کی مطلق خبر نہیں، البتہ اس کے پڑوسی اس کے یہاں سے کبھی کبھی چوہے دان عاریتاً ضرور منگایا کرتے ہیں اور اس نے اس غرض کے لیے ایک پرانا چوہے دان مخصوص کر رکھا ہے۔

پچھلی برسات کی بات ہے۔ میں شوکت کے یہاں بیٹھا تھا کہ اس کے پڑوسی خواجہ احمد صادق صاحب ڈپٹی سپرنٹنڈنٹ پولیس کا بڑا لڑکا ارشد صادق آیا، میں نے جب اٹھ کر دروازہ کھولا تو اس نے کہنا شروع کیا، ''ان کم بخت چوہوں نے ناک میں دم کر رکھا ہے۔ ابا جی سے بار ہا کہہ چکا ہوں کہ زہر منگوائیے ان کو مارنے کے لیے مگر انہیں اپنے کاموں ہی سے فرصت نہیں ملتی اور یہاں ہر روز میری کتابوں کا ستیاناس ہو رہا ہے۔۔۔ آج الماری کھولی تو یہ بڑا چوہا میرے سر پر آن گرا۔۔۔ تمہیں کیا بتاؤں ان چوہوں نے مجھے کتنا تنگ کیا ہے۔ کسی کتاب کی جلد سلامت نہیں۔ بعض بڑی کتابوں کی جلد تو اس صفائی سے ان کم بختوں نے کتری ہے کہ معلوم ہوتا ہے کسی نے آری سے کاٹ دی ہے۔''

میں ارشد کو شوکت کے پاس لے گیا اور کہا، ''صاحب تشریف لائے ہیں۔ چوہوں کی شکایت لے کر آئے ہیں۔''

ارشد کرسی پر بیٹھ گیا اور پیشانی پر سے پسینہ پونچھ کر کہنے لگا، ''شوکت صاحب، میں کیا عرض کروں۔ ابھی الماری کی تمام کتابیں میں باہر نکال کر آیا ہوں۔ ایک بھی ان میں ایسی نہیں جس پر چوہوں نے اپنے دانت تیز نہ کیے ہوں۔ باورچی خانہ موجود ہے، دوسری الماریاں ہیں جن میں ہر وقت کھانے پینے کی چیزیں پڑی رہتی ہیں، سمجھ میں نہیں آتا کہ میری کتابیں کترنے میں ان کو کیا مزا آتا ہے۔۔۔ یعنی کاغذ اور دفتی بھلا کوئی غذا ہے۔۔۔ ابھی صاحب ایک انبار کترے ہوئے گتے اور دُھنکے ہوئے کاغذوں کا میں نے الماری میں سے نکالا ہے۔''

شوکت مسکرایا، ''ڈپٹی سپرنٹنڈنٹ پولیس کے گھر میں چوہے ہر روز سیندھ لگاتے پھریں۔۔۔ یہ کیسے ہو سکتا ہے؟''

ارشد نے اس مذاق سے لطف نہ اٹھایا اس لیے کہ وہ واقعی بہت پریشان تھا، ''شوکت صاحب، وہ معمولی چوہے تھوڑے ہیں۔ موٹے موٹے سنڈے ہیں جو کھلے بندوں پھرتے رہتے ہیں۔۔۔ میرے سر پر ایک آن پڑا، خدا کی قسم ابھی تک درد ہو رہا ہے۔''

شوکت اور میں دونوں کھلکھلا کر ہنس پڑے۔ ارشد بھی مسکرا دیا، ''آپ تو دل لگی کر رہے ہیں اور یہاں

غصہ کے مارے میرا برا حال ہو رہا ہے۔''

شوکت نے اٹھ کر ارشد کو سگریٹ پیش کیا، ''اپنے دل کا غبار اس کے دھوئیں کے ساتھ باہر نکالیے اور مجھے بتایئے کہ میں آپ کی کیا خدمت کر سکتا ہوں۔''

ارشد نے سگریٹ سلگایا اور کہا، ''میں آپ سے چوہے دان مانگنے آیا تھا۔ امی جان نے مجھ سے کہا تھا کہ شوکت کے گھر میں میں نے دو تین پڑے دیکھے ہیں۔''

شوکت نے فوراً نوکر کو آواز دی اور اس سے کہا، ''وہ چوہے دان جو تم نے کل گرم پانی سے دھو کر خوب صاف کیا تھا ارشد صاحب کے گھر دے آؤ اور دیکھوان کے نوکر سے کہنا کہ اس الماری کے نیچے اس کونہ رکھے جہاں ارشد صاحب اپنی کتابیں رکھتے ہیں۔۔۔اس الماری سے دور بھی نہیں۔ اس میں مچھلی یا تیل میں تلی ہوئی کسی چیز کا ٹکڑا لگا کر رکھ دیا جائے۔'' پھر ارشد سے مخاطب ہو کر کہا، ''آپ بھی اچھی طرح سن لیجیے گا۔۔۔بازار سے اگر پکوڑے مل جائیں تو ایک پکوڑا کافی رہے گا۔۔۔اور جب چوہا پکڑا جائے تو خدا کے لیے اسے میرے گھر کے پاس نہ چھوڑ دیجیے گا اور بہت جگہیں آپ کو مل جائیں گی جہاں سے وہ پھر واپس نہ آ سکے۔'' دیر تک ارشد ہمارے پاس بیٹھا رہا شوکت اس کو مزید ہدایات دیتا رہا۔ جب نوکر چوہے دان اس کے گھر پہنچا کر واپس آ گیا تو اس نے اجازت چاہی اور چلا گیا۔

اس واقعہ کے چار روز بعد ارشد میرے گھر آیا۔ میں اور وہ چونکہ اکٹھے کالج میں پڑھتے رہے ہیں۔ اسی لیے وہ میرے بے تکلف دوست ہیں، شوکت سے اس کا تعارف میں نے ہی کرایا تھا۔ آتے ہی اس نے اِدھر اُدھر دیکھا جیسے مجھ سے کوئی راز کی بات تخلیہ میں کہنا چاہتا ہے۔ میں نے پوچھا، ''کیا بات ہے۔ تم اتنے پریشان کیوں ہو؟''

''میں تمہیں ایک بڑی دلچسپ بات سنانے آیا ہوں مگر یہاں نہیں سناؤں گا تم باہر چلو۔ یہ کہہ کر اس نے مجھے بازو سے پکڑا اور باہر لے گیا۔

راستے میں اس نے مجھے اپنی داستان سنانا شروع کی، ''عجیب و غریب کہانی ہے جو میں تمہیں سنانے والا ہوں۔ بخدا ایسی بات ہوئی کہ میری حیرت کی کوئی انتہا نہیں رہی۔۔۔یعنی کسے یقین تھا کہ اتنی ضدی اور نفاست پسند لڑکی ایک چوہے دان کے ذریعے سے میرے قابو میں آ جائے گی۔۔۔اسی چوہے دان کے ذریعے سے جو اس روز تمہارے سامنے میں نے شوکت سے لیا تھا۔''

میں نے حیرت زدہ ہو کر پوچھا، ''کون سی لڑکی اس چوہے دان میں پھنس گئی۔۔۔لڑکی نہ ہوئی چوہیا ہو

گئی۔۔۔ آخر بتاؤ تو سہی لڑکی کون ہے؟''

''اماں وہی سلیمہ، جس کی نفاست پسندیوں کی بڑی دھوم ہے اور جس کی ضدی طبیعت کے بڑے چرچے ہیں۔''

میری حیرت اور زیادہ بڑھ گئی، ''سلیمہ۔۔۔ جھوٹ!''

''خدا کی قسم۔۔۔ جھوٹ بولنے والے پر لعنت اور بھلا میں تم سے جھوٹ کیوں کہنے لگا۔۔۔ یہی سلیمہ، شوکت کے دیئے ہوئے چوہے دان کے ذریعہ سے میرے قابو میں آ گئی اور بخدا یہ میرے وہم و گمان میں بھی نہ تھا کہ وہ ایسی آسانی سے پھنس جائے گی۔۔۔''

میں نے پھر اس سے حیرت بھرے لہجہ میں کہا، ''لیکن یہ ہوا کیونکر تم مجھے پوری داستان سناؤ تو کچھ پتا چلے ۔۔۔ چوہے دانوں سے بھی کبھی کسی نے لڑکیاں پھانسی ہیں۔ بڑی بے تکی سی بات معلوم ہوتی ہے مجھے۔''

میں سلیمہ کو اچھی طرح جانتا ہوں۔ ہمارے یہاں اس کا اکثر آنا جانا ہے۔ وہ صرف نفاست پسند ہی نہیں بلکہ بڑی ذہین لڑکی ہے۔ انگریزی زبان پر اسے خوب عبور حاصل ہے۔ تین چار مرتبہ اس سے مجھے گفتگو کرنے کا اتفاق ہوا تو میں نے معلوم کیا کہ ادب اور شعر کے متعلق اس کی معلومات بہت وسیع ہیں۔ مصور بھی ہے، پیانو بجانے میں بڑی مہارت رکھتی ہے۔ اس کی ضدی اور نفاست پسند طبیعت کے بارے میں بھی چونکہ مجھے بہت کچھ معلوم ہے، اسی لیے مجھے ارشد کی یہ بات سن کر سخت تعجب ہوا۔ وہ تو کسی کو خاطر ہی میں لانے والی نہیں۔ ارشد جیسے چغد کو اس نے کیسے پسند کر لیا۔ یہ معمہ میری سمجھ میں نہیں آتا تھا۔

ارشد بے حد خوش تھا۔ اس نے میری طرف فتح مند نظروں سے دیکھا اور کہا، ''میں تمہیں سارا واقعہ سنا دیتا ہوں۔ اس کے بعد کسی قسم کی وضاحت کی ضرورت نہ رہے گی۔۔۔ قصّہ یہ ہے کہ پرسوں رات کو امی جان اور ابا جی اور دوسرے لوگ سب سینما دیکھنے چلے گئے۔ میں گھر میں اکیلا تھا۔ کچھ سمجھ میں نہیں آتا کہ کیا کروں۔ آرام کرسی میں ٹانگیں پھیلائے لیٹا یہی سوچ رہا تھا کہ ایک موٹا سا چوہا مجھے نظر آیا۔ اس کو دیکھنا تھا کہ مارے غصہ کے میرا خون کھولنے لگا۔ فوراً اٹھا اور اس کو پکڑنے کی ترکیب سوچنے لگا۔ اسے ہاتھ سے پکڑنا تو ظاہر ہے بالکل محال تھا، میں کسی طریقے سے اس کو مار بھی نہیں سکتا تھا۔ اس لیے کہ کمرے میں بے شمار فرنیچر اور ٹرنک وغیرہ پڑے تھے۔

میں نے شوکت کے دیئے ہوئے چوہے دان کا خیال کیا جس سے آٹھ چوہے ہم لوگ پکڑ چکے تھے مگر شوکت کی ہدایات کے مطابق اس کو گرم پانی سے دھونا ضروری تھا۔ مجھے کوئی کام تو تھا نہیں اور وقت بھی

کافی تھا، چنانچہ میں نے خود ہی سماوار میں پانی گرم کیا اور چوہے دان کو دھونا شروع کر دیا۔ ابھی میں نے لوٹے سے گرم پانی کی دھار اس کے آہنی تاروں پر ڈالی ہی تھی کہ دروازے پر دستک ہوئی۔ دروازہ کھولا تو کیا دیکھتا ہوں کہ سلیمہ کھڑی ہے۔ میں نے کہا، ''آئیے، آئیے۔'' وہ اندر چلی آئی اور کہنے لگی، ''کیا کر رہے ہیں آپ؟'' میں نے جھینپ کر جواب دیا، ''جی چوہے دان دھو رہا ہوں۔'' وہ بے اختیار ہنس پڑی۔ ''چوہے دان دھو رہے ہیں۔ ـ ـ ـ یہ صفائی آخر کس لیے ہو رہی ہے۔ ـ ـ کوئی بڑا چوہا انسپکشن کے لیے تو نہیں آ رہا۔'' یہ سن کر میری جھینپ دور ہو گئی اور میں نے قہقہہ لگا کر کہا، ''جی ہاں۔ ـ ـ ایک بہت بڑا چوہا انسپکشن کے لیے آنا چاہتا ہے، یہ صفائی اسی سلسلے میں ہو رہی ہے۔ ـ''

یہ کہہ کر ارشد خاموش ہو گیا۔ اس پر میں نے اس سے کہا، ''سناتے جاؤ۔ ـ ـ رکو نہیں۔ ـ ـ تمہاری داستان بہت دلچسپ ہے۔ ـ ـ ہاں تو پھر سلیمہ نے کیا کہا۔ ''

''کچھ نہیں۔ میری بات سن کر وہ صحن ہی میں چوکی پر بیٹھ گئی اور کہنے لگی، ''آپ صفائی کیجیے۔ اس صفائی کی انسپکشن میں کروں گی۔ ـ ـ ہاں یہ تو بتائیے آج یہ سب لوگ کہاں گئے ہیں؟'' میں نے جواب دیا، ''سینما گئے ہیں، میں بے کار بیٹھا تھا کہ ایک چوہا اپنے کمرے میں مجھے نظر آیا۔ میں کیا عرض کروں ہمارے گھر میں کس طرح بڑے بڑے موٹے تگڑے چوہے سیندھ مارتے پھرتے ہیں۔ میری کتابوں کا تو انہوں نے ستیاناس کر دیا ہے۔ اب ان کے ظلم و ستم سے میرے اندر ایک انتقامی جذبہ پیدا ہو گیا ہے۔ یہ چوہے دان لے آیا ہوں اس سے ہر روز دو تین چوہے پکڑتا ہوں اور ان کو کالے پانی بھیج دیتا ہوں۔ '' سلیمہ نے میری گفتگو میں دلچسپی ظاہر کی، ''خوب، خوب۔ ـ ـ لیکن یہ تو بتائیے کالا پانی یہاں سے کتنی دور ہے۔ '' میں نے کہا، ''بہت دور نہیں، کوتوالی کے پاس ہی جو گندہ نالا بہتا ہے اسی کو فی الحال میں نے کالا پانی بنا لیا ہے۔ '' چوہوں نے اس پر اعتراض نہیں کیا، کیونکہ اس موری کا پانی کالا ہی ہے۔ '' ہم دونوں خوب ہنسے۔ پھر میں نے لوٹا اٹھایا اور چوہے دان کو برش کے ساتھ دھونا شروع کر دیا۔ جب چھینٹے اڑے تو میں نے سلیمہ سے کہا، ''آپ یہاں سے اٹھ جائیے، چھینٹے اڑ رہے ہیں۔ ـ ـ ویسے بھی یہ میری بڑی بدتمیزی ہے کہ میں آپ کے سامنے ایسی غلیظ چیز صاف کرنے بیٹھ گیا ہوں۔ '' اس نے فوراً ہی کہا، ''آپ تکلیف نہ کیجیے اور اپنا کام کرتے چلے جائیے۔ چھینٹوں کے متعلق بھی آپ کوئی فکر نہ کریں۔ ''

جب میں نے چوہے دان اچھی طرح دھو کر صاف کر لیا تو سلیمہ نے پوچھا، ''اچھا، اب آپ یہ بتائیے کہ اس کو دھونے کی کیا ضرورت تھی، بغیر دھوئے کیا آپ اس ظالم چوہے کو نہیں پکڑ سکتے۔ '' میں نے کہا،

’’جی نہیں۔۔۔اس سے پہلے چونکہ اس چوہے دان میں ہم ایک چوہا پکڑ چکے ہیں اور اس کی بو اس میں ابھی تک باقی ہے اس لیے دھونا ضروری ہے گرم پانی سے، چوہے کی بو غائب ہو جائے گی۔اس لیے دوسرا چوہا آسانی کے ساتھ پھنس جائے گا۔‘‘ میری یہ بات سن کر سلیمہ نے بالکل بچوں کی طرح کہا، ’’اگر چوہے دان میں چوہے کی بو رہ جائے تو دوسرا چوہا نہیں آتا۔‘‘ میں نے اسکول ماسٹروں کا سا انداز اختیار کر لیا، ’’بالکل نہیں، اس لیے کہ چوہوں کی ناک بڑی تیز ہوتی ہے۔ آپ نے سنہیں عام طور پر یہ کہا کرتے ہیں کہ فلاں آدمی کی تو چوہے کی ناک ہے۔یعنی اس کی قوتِ شامہّ بڑی تیز ہے۔۔۔سمجھیں آپ؟‘‘ سلیمہ نے میری طرف جب دیکھا تو مجھے ایسا محسوس ہوا کہ میں نے ایک بہت بڑی بات اس سے کہہ دی ہے جس کو سن کر وہ بہت مرعوب ہو گئی ہے۔اس کی نگاہوں میں مجھے اپنے متعلق قدر و منزلت کی جھلک نظر آئی۔اس سے مجھے شہ مل گئی۔ چنانچہ وہ تمام باتیں جو میں نے شوکت سے اس روز سنی تھیں۔ایک لیکچر کی صورت میں دہرانا شروع کر دیں اور وہ۔۔۔۔‘‘

میں نے اس کی بات کاٹ کر کہا، ’’یہ سب مجھے افسانہ معلوم ہوتا ہے۔تم جھوٹ کہتے ہو۔‘‘

’’تم بھی عجیب قسم کے منکر ہو۔‘‘ ارشد نے بگڑ کر کہا، ’’بھئی قسم خدا کی، اس کا ایک ایک لفظ سچ ہے۔مجھے جھوٹ بولنے کی ضرورت ہی کیا ہے، تمہیں حیرت ضرور ہو گی، اس لیے کہ میں خود بہت متحیر ہوں۔سلیمہ جیسی پڑھی لکھی اور ذہین لڑکی ایسی فضول باتوں سے متاثر ہو گئی۔یہ بات مجھے ہمیشہ متحیر رکھے گی، مگر بھئی حقیقت سے تو انکار نہیں ہو سکتا۔اس نے میری اوٹ پٹانگ باتیں بڑے غور سے سنیں جیسے اسے دنیا کا کوئی رازِ نہفتہ بتا رہا ہوں۔۔۔۔واللہ یہ ذہین لڑکیاں بھی پرلے درجے کی سادہ لوح ہوتی ہیں سادہ لوح نہیں کہنا چاہیے۔خدا معلوم کیا ہوتی ہیں۔تم ان سے کوئی عقل کی بات کہو تو بس بگڑ جائیں گی۔یہ سمجھیں گی کہ ہم نے ان کی عقل و دانش پر حملہ کر دیا ہے اور جب اُن سے کوئی معمولی سی بات کہو جس سے ذہانت کو دور کا تعلق بھی نہ ہو تو وہ یہ سمجھیں گی کہ ان کی معلومات میں اضافہ ہو رہا ہے۔۔۔تم کسی فلسفہ داں اور بال کی کھال اتارنے والی عورت سے کہو کہ خدا ایک ہے تو وہ نکتہ چینی شروع کر دے گی۔اگر اس سے یہ کہو دیکھو میں نے تمہارے سامنے ماچس کی ڈبیا سے یہ ایک تیلی نکالی ہے، یہ ہوئی ایک تیلی، اب میں دوسری نکالتا ہوں۔میز پر ان تیلیوں کو پاس پاس رکھ کر جب تم اس سے یہ کہو گے، دیکھو، اب یہ دو تیلیاں ہو گئی ہیں تو وہ اس قدر خوش ہو گی کہ اٹھ کر تمہیں چومنا شروع کر دے گی۔‘‘

یہ کہہ کر ارشد خوب خوب ہنسا۔ مجھے بھی ہنسنا پڑا اس لیے کہ بات ہی ہنسی پیدا کرنے والی تھی۔ جب ہم دونوں کی

ہنسی کم ہوئی۔ میں نے اس سے کہا، ''اب تم اپنی بقیہ کہانی سناؤ اور ہنسی مذاق کو چھوڑو۔'' ''ہنسی مذاق میں کیسے چھوڑ سکتا ہوں بھائی۔'' ارشد نے بڑی سنجیدگی سے کہا، ''میں تو اس سے ہنسی مذاق ہی میں باتیں کر رہا تھا مگر وہ بڑی سنجیدگی سے سن رہی تھی۔ ہاں تو جب میں نے چوہے پکڑنے کے اصول اس کو بتا دیئے تو وہ زیادہ بچہ بن کر اس نے مجھ سے کہا، ''ارشد صاحب! آپ تو فوراً چوہے پکڑ لیتے ہوں گے؟'' میں نے بڑے فخر کے ساتھ جواب دیا، ''جی ہاں، کیوں نہیں۔'' اس پر سلیمہ نے بڑے اشتیاق کے ساتھ کہا، ''کیا آپ اس چوہے کو جو آپ نے ابھی ابھی دیکھا تھا میرے سامنے پکڑ سکتے ہیں؟'' ''اجی یہ بھی کوئی مشکل بات ہے، یوں چٹکیوں میں اسے گرفتار کیا جا سکتا ہے۔'' سلیمہ اٹھ کھڑی ہوئی، ''تو چلیے، میرے سامنے اسے گرفتار کیجیے۔ میں سمجھتی ہوں آپ کبھی اس چوہے کو پکڑ نہیں سکیں گے۔'' میں یہ سن کر یونہی مسکرا دیا، ''آپ غلط سمجھتی ہیں۔ پندرہ نہیں تو بیس منٹ میں وہ چوہا اس چوہے دان میں ہو گا اور آپ کی نظروں کے سامنے، بشرطیکہ آپ اتنے عرصہ تک انتظار کر سکیں۔'' سلیمہ نے کہا، ''میں ایک گھنٹے تک یہاں بیٹھنے کے لیے تیار ہوں مگر میں آپ سے پھر کہتی ہوں کہ آپ ناکام رہیں گے ۔۔۔ وقت مقرر کر کے آپ چوہے کو کیسے پکڑ سکتے ہیں ۔۔؟''

''میں اس وقت عجیب و غریب موڈ میں تھا۔ اگر کوئی مجھ سے یہ کہتا کہ تم خدا دکھا سکتے ہو تو میں فوراً کہتا، ہاں میں دکھا سکتا ہوں۔ چنانچہ میں نے بڑے فخر یہ لہجہ میں سلیمہ سے کہا، ''ہاتھ کنگن کو آرسی کیا۔۔۔ میں ابھی آپ کو وہ چوہا پکڑ کے دکھا دیتا ہوں مگر شرط باندھیے۔'' اس نے کہا، ''میں ہر شرط باندھنے کے لیے تیار ہوں، اس لیے کہ ہار آپ ہی کی ہو گی۔'' اس پر خدا معلوم مجھ سے کہاں سے جرأت آ گئی جو میں نے اس سے کہا، ''تو یہ وعدہ کیجیے کہ اگر میں نے چوہا پکڑ لیا تو آپ سے جو چیز طلب کروں گا آپ بخوشی دے دیں گی۔'' سلیمہ نے جواب دیا، ''مجھے منظور ہے۔''

چنانچہ میں نے کانپتے ہوئے ہاتھوں سے چوہے دان میں صبح کی تلی ہوئی مچھلی کا ایک ٹکڑا لگایا اور اس کو اپنی کتابوں کی الماری سے دور صوفے کے پاس رکھ دیا۔ شرط و رط کا مجھے اس وقت کوئی خیال نہیں تھا۔ لیکن میں دل میں یہ دعا ضرور مانگ رہا تھا کہ کوئی نہ کوئی چوہا ضرور پھنس جائے تا کہ میری سرخ روئی ہو۔ نہ جانے کس جذبہ کے ماتحت میں نے گپ ہانک دی۔ بعد میں مجھے افسوس ہوا کہ خواہ مخواہ شرمندہ ہونا پڑے گا۔ چنانچہ ایک بار میرے جی میں آئی کہ اس سے کہہ دوں، میں تو آپ سے یونہی مذاق کر رہا تھا۔ چوہا پندرہ منٹ میں کیسے پکڑا جا سکتا ہے ۔۔۔ گاندھی جی کا ستیہ گرہ ہی ہوتا تو واسے جب چاہے پکڑ لیتے مگر یہ تو چوہا

ہے۔آپ خود ہی غور فرمائیں۔مگر میں اس سے یہ نہ کہہ سکا۔اس لیے کہ اس میں میری شکست تھی۔''

یہ کہہ کر ارشد نے جیب سے سگریٹ نکال کر سلگایا اور مجھ سے پوچھا،'' کیا خیال ہے تمہارا اس داستان کے متعلق؟''

میں نے کہا، ''بہت دلچسپ ہے، مگر اس کا دلچسپ ترین حصّہ تو ابھی باقی ہے۔جلدی جلدی وہ بھی سنا دو۔''

'' کیا پوچھتے ہو دوست۔۔۔وہ پندرہ منٹ جو میں نے انتظار میں گزارے ساری عمر مجھے یاد رہیں گے۔ میں اور سلیمہ کمرے کے باہر کرسیوں پر بیٹھے تھے۔وہ خدا معلوم کیا سوچ رہی تھی۔مگر میری بری حالت تھی۔ سلیمہ نے میری جیب گھڑی اپنی ران پر رکھی ہوئی تھی۔میں بار بار جھک کر اس میں وقت دیکھ رہا تھا۔دس منٹ گزر گئے مگر پاس والے کمرے میں چوہے دان بند ہونے کی کھٹ نہ سنائی دی۔گیارہ منٹ گزر گئے۔ کوئی آواز نہ آئی۔ساڑھے گیارہ منٹ ہو گئے۔خاموشی طاری رہی۔بارہ منٹ گزرنے پر بھی کچھ نہ ہوا۔ سوا بارہ منٹ ہو گئے، ساڑھے بارہ ہوئے کہ دفعتاً کھٹ کی آواز بلند ہوئی۔ مجھے ایسا محسوس ہوا کہ چوہے دان میرے سینے میں بند ہوا ہے۔ایک لمحہ کے لیے میرے دل کی دھڑکن بند سی ہو گئی۔لیکن فوراً ہی ہم دونوں اٹھے۔دوڑ کر کمرے میں گئے اور چوہے دان کے تاروں میں سے جب مجھے ایک موٹے چوہے کی تھوتھنی اور اس کی لمبی لمبی مونچھیں نظر آئیں تو میں خوشی سے اچھل پڑا۔پاس ہی سلیمہ کھڑی تھی، اس کی طرف میں نے فتح مند نظروں سے دیکھا اور جھٹ اس کے حیرت سے کھلے ہوئے ہونٹوں کو چوم لیا۔ یہ سب کچھ اس قدر جلدی میں ہوا کہ سلیمہ چند لمحات تک بالکل خاموش رہی، لیکن اس کے بعد اس نے خفگی آمیز لہجہ میں مجھ سے کہا،'' یہ کیا بیہودگی ہے؟''اس وقت خدا معلوم میں کیسے موڈ میں تھا کہ ایک بار میں نے پھر اسی افراتفری میں اس کا بوسہ لے لیا اور کہا،''اجی مولانا آپ نے شرط ہاری ہے۔''اور ۔۔۔تیسری مرتبہ اس نے اپنے ہونٹ بوسے کے لیے خود پیش کر دیئے۔۔۔جس طرح چوہا ہاتھ آیا اسی طرح سلیمہ بھی ہاتھ آ گئی، مگر بھئی میں شوکت کا بہت ممنون ہوں۔اگر میں نے چوہے کو گرم پانی سے نہ دھویا ہوتا تو چوہا کبھی نہ پھنستا۔''

یہ داستان سن کر مجھے بہت لطف آیا۔لیکن افسوس بھی ہوا۔اس لیے کہ شوکت اس لڑکی سلیمہ کی محبت میں بری طرح گرفتار ہے۔

مجید کا ماضی

مجید کی ماہانہ آمدن ڈھائی ہزار روپے تھی۔ موٹر تھی۔ ایک عالی شان کوٹھی تھی۔ بیوی تھی۔ اس کے علاوہ دس پندرہ عورتوں سے میل جول تھا۔ مگر جب کبھی وہ وہسکی کے تین چار پیگ پیتا تو اسے اپنا ماضی یاد آجاتا۔ وہ سوچتا کہ اب وہ اتنا خوش نہیں جتنا کہ پندرہ برس پہلے تھا۔ جب اس کے پاس رہنے کو کوٹھی تھی، نہ سواری کے لیے موٹر۔ بیوی تھی نہ کسی عورت سے اس کی شناسائی تھی۔ ڈھائی ہزار روپے تو ایک اچھی خاصی رقم ہے۔ ان دنوں اس کی آمدن صرف ساٹھ روپے ماہوار تھی۔ ساٹھ روپے جو اسے بڑی مشکل سے ملتے تھے لیکن اس کے باوجود وہ خوش تھا۔ اس کی زندگی افتاں و خیزاں حالات کے ہوتے ہوئے بھی ہموار تھی۔

اب اسے بے شمار تفکرات تھے۔ کوٹھی کے، بیوی کے، بچوں کے، ان عورتوں کے جن سے اس کا میل جول تھا۔ انکم ٹیکس کا ٹنٹا الگ تھا، سیلز ٹیکس کا جھگڑا جدا۔ اس کے علاوہ اور بہت سی الجھنیں تھیں جن سے مجید کو کبھی نجات ہی نہیں ملتی تھی۔ چنانچہ اب وہ اس زمانے کو اکثر یاد کرتا تھا جب اس کی زندگی ایسے تفکرات اور ایسی الجھنوں سے آزاد تھی۔ وہ ایک بڑی غربی کی لیکن بڑی خوش گوار زندگی بسر کرتا تھا۔

انکم ٹیکس زیادہ لگ گیا ہے۔ ماہروں سے مشورہ کرو، افسروں سے ملو، ان کو رشوت دو، سیلز ٹیکس کا جھگڑا چکاؤ، بلیک مارکیٹ کرو، یہاں سے جو کماؤ اس کو وائٹ کرو، جھوٹی رسیدیں بناؤ، مقدموں کی تاریخیں بھگتو، بیوی کی فرمائشیں پوری کرو، بچوں کی نگہداشت کرو۔ یوں تو مجید کام بڑی مستعدی سے کرتا تھا اور وہ اپنی اس نئی ہنگامہ خیز زندگی میں رچ پچ گیا تھا لیکن اس کے باوجود نا خوش تھا۔ یہ ناخوشی اسے کاروباری اوقات میں محسوس نہیں ہوتی تھی۔ اس کا احساس اس کو صرف اس وقت ہوتا تھا جب وہ فرصت کے اوقات میں

آرام سے بیٹھ کر وہسکی کے تین چار پیگ پیتا تھا۔ اس وقت بیتا ہوا زمانہ اس کے دل و دماغ میں ایک دم انگڑائیاں لیتا ہوا بیدار ہو جاتا اور وہ بڑا سکون محسوس کرتا۔ لیکن جب اس بیتے ہوئے زمانے کی تصویر اس کے دل و دماغ میں محو ہو جاتی تو وہ بہت مُضطرب ہو جاتا، پر یہ اضطراب اب دیر پا نہیں ہوتا تھا کیونکہ مجید فوراً ہی اپنی کاروباری الجھنوں میں گرفتار ہو جاتا تھا۔

مجید نے جو کچھ بنایا تھا، اپنی محنت و مشقت سے بنایا تھا۔ کوٹھی، اس کا ساز و سامان، موٹر غرضیکہ ہر چیز اس کے گاڑھے پسینے کی کمائی تھی۔ اس کو اس بات کا بہت مان تھا کہ آسائش کے جتنے سامان ہیں، سب اس نے خود بنائے ہیں۔ اس نے کسی سے مدد نہیں لی، لیکن تفکرات اب زیادہ ہو گئے تھے۔

وہ جو دس پندرہ عورتیں تھیں، اس کے لیے وبال جان بن گئی تھیں۔ ایک سے ملو تو دوسری ناراض ہو جاتی تھی۔ ٹیلی فون پہ ٹیلی فون آ رہے ہیں۔ بیوی کا ڈر الگ، کاروبار کی فکر جدا، عجب جھنجٹ تھا۔ مگر وہ دن بھی تھے جب مجید کو صرف دو روپے روزانہ ملتے تھے۔ ساٹھ روپے ماہوار، جو اسے بڑی مشکل سے ملتے تھے مگر دن عجیب انداز میں گزرتے تھے۔ بڑے دلچسپ تھے وہ دن۔ بڑی دلچسپ تھیں وہ راتیں جو لکڑی کے ایک بنچ پر گزرتی تھیں جس میں ہزار ہا کھٹمل تھے، خدا معلوم کتنے عمر رسیدہ۔ کیونکہ وہ بنچ بہت پرانی تھی۔ اس کے مالک نے دس برس پہلے اس کو ایک دکاندار سے لیا تھا جو اپنا کاروبار سمیٹ رہا تھا۔ اس دکاندار نے گیارہ برس پہلے اس کا سودا ایک کباڑی سے کیا تھا۔

مجید کو جو مزا، جو لطف اس کھٹملوں سے بھری ہوئی بنچ پر سونے میں آیا تھا اب اسے اپنے پُر تکلف اسپرنگوں والے پلنگ پر سونے میں نہیں آتا تھا۔ اب اسے ہزاروں کی فکر ہوتی تھی۔ اس وقت صرف دو روپے روزانہ کی۔ ان دنوں اس کے پاس کینوس کے دو بوٹ تھے، اب سیکڑوں تھے ۔ ۔ ۔ مگر وہ بات نہیں تھی۔ ہر روز دن کے کام سے فارغ ہو کر جب وہ اپنے دفتر کے بنچ پر سونے لگتا تو بوٹ اتار کر اس پر بیلنگ ملتا۔ صبح اٹھ کر حمام میں اِتنی دے کر نہاتا، شیو کرتا سامنے ہوٹل میں، باہر والے سے کہتا کہ اس کا ناشتا لے آئے، ایک مکھن لگا براؤن، ایک پیالی چائے۔ لطف آ جاتا۔ ناشتا کر کے پاسنگ شو کا سگریٹ پیتا، ایک پان کھاتا اور کام شروع کر دیتا۔

دوپہر کا کھانا وہ بھنڈی بازار میں حاجی کے ہوٹل میں کھاتا، یہ ہوٹل کتنا اچھا تھا۔ کھڑی دال، گھی میں بگھاری ہوئی، کتنی مزے دار ہوتی تھی۔ کھارا گوشت تو بے حد لذیذ ہوتا تھا، پھر برف کا ٹھنڈا پانی، پاسنگ شو کا ایک سگریٹ، اس کا سارا وجود ہشاش بشاش ہو جاتا تھا۔

کھانے کے بعد تھوڑا سا آرام کیا پھر کام شروع کر دیا۔ شام کو چھ بجے فارغ ہوئے، ایک آنہ ٹرام پر خرچہ، اور اپولو بندر پہنچ گئے۔ ٹھنڈی ہوا، بھانت بھانت کے آدمی، بھانت بھانت کی بولیاں، بڑی بڑی عالی شان عمارتیں، وسیع و عریض سمندر، اونچی اونچی نہریں، کشتیاں، موٹریں، سائیکلیں، خوبصورت عورتیں، گجراتی عورتیں، مرہٹی عورتیں، جو اپنے چمکیلے جوڑوں پر پھولوں کی بینی لگاتی تھیں۔ پارسی عورتیں، یہودی عورتیں، تیکھی تیکھی ناک والی اینگلو انڈین اور یورپین عورتیں۔ یہ سب اس کے پاس سے گزرتیں، وہ ان کو دیکھتا تو اس کے دل و دماغ کو فرحت پہنچتی۔ اس کو کبھی یہ خواہش نہ ہوتی کہ ان میں کوئی اس کی ہو جائے۔ لیکن اب بیوی کے علاوہ دس پندرہ عورتوں سے اس کا جنسی میل جول تھا۔ اب وہ ہر خوبصورت عورت کو شہوانی نظروں سے دیکھتا تھا۔ ترکیبیں سوچتا کہ کس طرح ان کو حاصل کیا جائے۔

اب بھی وہ سیر کرتا تھا، باغوں میں گھومتا تھا، مگر پھول اتنے خوبصورت دکھائی نہ دیتے جتنے کہ اس زمانے میں دکھائی دیتے تھے۔ اب سینکڑوں پھول اس کے گل دانوں میں پڑے رہتے تھے جو مرجھا جانے پر پھینک دیئے جاتے تھے، اس کی نگاہ ان پر پڑتی ہی نہیں تھی، پڑتی بھی ہو گی تو وہ ان میں کوئی کشش محسوس نہیں کرتا تھا۔

ایک دن اپولو بندر گئے، دوسرے دن چوپاٹی چلے گئے، دہی بڑے اور چاٹ کھائی، گیلی رات پر بیٹھے سمندر کا نظارہ کرتے رہے۔ دُور حد نگاہ تک پھیلا سمندر، دھوپ میں چاندنی کی طرح چمکتی ہوئی لہریں، کشتیوں کے سفید سفید بادبان، یہاں سے جی اکتایا تو مالابار ہِل چلے گئے۔ ہینگنگ گارڈنز کیسا فرحت بخش مقام تھا۔ اس زمانے میں اس کا کوئی دشمن نہیں تھا، اس کو ساری دنیا دوست نظر آتی تھی، ٹرام اس کی دوست تھی، کھلا آسمان اس کا دوست تھا، سڑکیں اور فٹ پاتھ اس کے دوست تھے، کھمبوں سے بھری ہوئی بینچ پر سونے سے پہلے وہ فٹ پاتھوں پر سویا کرتا تھا۔ ۔ ۔ ہر چیز اس کو اپنی محسوس ہوتی تھی مگر اب بھی اپنے پرائے لگتے تھے۔ سینکڑوں حریف تھے کاروبار میں، عشق بازیوں میں، ہر جگہ، ہر مقام پر اس کا نہ کوئی حریف موجود ہوتا تھا۔

وہ زندگی عجیب و غریب تھی۔ یہ زندگی بھی عجیب و غریب تھی مگر دونوں میں زمین و آسمان کا فرق تھا۔ وہ تفکر سے آزاد تھی، یہ تفکر سے پُر۔ چھوٹی سے چھوٹی خوشی اس کے دل و دماغ میں ایک عرصے تک موجود رہتی، ایک عرصے تک اس کو شاداں و فرحاں رکھتی۔ چھ آنے دے کر ایک میل ٹیکسی میں بیٹھے تو یہ ایک بہت بڑی عیاشی تھی۔ بھکاری کو ایک پیسہ دیا تو بڑی روحانی مسرت محسوس کی۔ اب وہ سینکڑوں کی خیرات کرتا تھا

اور کوئی روحانی مسرت محسوس نہیں کرتا تھا اس لیے کہ یہ محض نمائش کی خاطر ہوتی۔ اس زمانے میں اس کی عیاشیاں بڑی چھوٹی چھوٹی مگر بڑی دلچسپ ہوتی تھیں۔ خود کو خوش کرنے کے لیے وہ بڑے نرالے طریقے ایجاد کر لیتا تھا۔ الیکٹرک ٹرین میں بیٹھے اور کسی گاؤں میں جا کر تاڑی پینے لگے۔ پننگ لیا اور چوپاٹی پر بچوں کے ساتھ اڑانے لگے۔ دادر اسٹیشن پر صبح سویرے چلے گئے اور اسکول جانے والی لڑکیاں تاڑتے رہے۔ ۔ ۔ پل کے نیچے کھڑے ہو گئے۔ اینگلو انڈین لڑکیاں اسکرٹ پہنے اوپر چڑھتیں تو ان کی ننگی ٹانگیں نظر آتیں۔ اس نظارے سے اس کو بڑی طفلانہ سی مسرت محسوس ہوتی۔

کبھی کبھی طویل فاصلے پیدل طے کرتا۔ گھر پہنچتا تو اسے خوشی ہوتی کہ اس نے اَٹھنّی یا دونی بچا لی ہے۔ یہ اَٹھنّی یا دونی وہ کسی ایسی چیز پر خرچ کرتا جو اس کے روزانہ پروگرام میں ہوتی نہیں تھی۔ کسی لڑکی کو محبت بھرا خط لکھا اور جو پتا دماغ میں آیا لکھ کر پوسٹ کر دیا اور اس حماقت پر دل ہی دل میں خوب ہنسے۔ ایک انگلی کا ناخن بڑھا لیا اور کسی دکان سے ٹسٹ کرنے کے بہانے اس پر کیوٹکس لگا لیا۔ ایک دن صرف دوسروں سے مانگ مانگ کے سگریٹ پیے اور بے حد شرارت بھری خوشی محسوس کی۔ دفتر میں بڑے کے کھٹملوں نے زیادہ تنگ کیا تو ساری رات بازاروں میں گھومتے رہے اور بجائے کوفت کے راحت محسوس کی۔ جیب میں پیسے کم ہوئے تو دو پہر کا پہر کا کھانا گول کر دیا اور یہ محسوس کیا کہ وہ کھا چکا ہے۔

اب یہ باتیں نہیں تھیں۔ دفتر سے اس نے روپے کمانے کے ڈھنگ سیکھے۔ دولت آنے لگی تو یہ سب باتیں آہستہ آہستہ غائب ہو گئیں۔ اس کی یہ ننھی ننھی مسرتیں سب سونے اور چاندی کے نیچے دب گئیں۔ اب رقص و سرود کی محفلیں جمتی تھیں مگر ان سے وہ لطف حاصل نہیں ہوتا تھا، جو پل کے نیچے کھڑے ہو کر ایک خاص زاویے سے ننگی متحرک ٹانگیں دیکھنے میں محسوس ہوتا تھا۔ اس کی راتیں پہلے بالکل تنہا گزرتی تھیں، اب کوئی نہ کوئی عورت اس کی آغوش میں ہوتی مگر وہ سکون غائب تھا۔ وہ کنوارا سکون جس میں وہ رات بھر ملفوف رہتا تھا۔ اب اسے یہ فکر دامن گیر ہوتی تھی کہ کہیں اس کی بیوی کو پتہ نہ چل جائے، کہیں یہ عورت حاملہ نہ ہو جائے، کہیں اس کو بیماری نہ لگ جائے، کہیں اس عورت کا خاوند نہ آن دھمکے۔ پہلے ایسے تفکرات کا سوال ہی پیدا نہیں ہوتا تھا۔

اب اس کے پاس ہر قسم کی شراب موجود رہتی تھی مگر وہ مزا، وہ سرور جو اسے پہلے ہر روز شام کو جاپان کی بنی ہوئی، ''اب ہی بیئر'' پینے میں آتا تھا، بالکل غائب ہی ہو گیا تھا۔ اس کا معمول تھا کہ دفتر سے فارغ ہو کر چوپاٹی یا اپولو بندر کی سیر کی، خوب گھومے پھرے، نظاروں کا مزا لیا، آٹھ بجے تو گھر کا رخ کیا، کسی

نل سے منہ دھویا اور بائیں پل کے پاس والی بار میں داخل ہو گئے۔ پارسی سیٹھ کی جو بہت ہی موٹا اور اس کی ناک بڑی بے ہنگم تھی، صاحب جی کہا، ''کیم سیٹھ سوں حال چھے؟''

اس کو بس صرف اتنی گجراتی آتی تھی، مگر جب وہ کہتا تو اسے بڑی خوشی ہوتی کہ وہ اتنے الفاظ بول سکتا ہے۔ سیٹھ مسکراتا اور کہتا، ''سارو چھے، سارو چھے۔'' پھر وہ پارسی سیٹھ سے کاؤنٹر کے پاس کھڑے ہو کر جنگ کی باتیں چھیڑ دیتا۔ تھوڑی دیر کے بعد یہاں سے ہٹ کر وہ کونے والی میز کے پاس بیٹھ جاتا۔ یہ اس کی محبوب میز تھی۔ اس کے اوپر کا حصہ سنگ مرمر کا تھا۔ بیرا اسے گیلے کپڑے سے صاف کرتا اور مجید سے کہتا، ''بولو سیٹھ۔''

یہ سن کر مجید خود کو واقعی سیٹھ سمجھتا۔ اُس وقت اِس کی جیب میں ایک روپے چار آنے ہوتے۔ وہ بیرے کی طرف دیکھ کر بڑی شان سے مسکراتا اور کہتا، ''ہر روز تم مجھ سے پوچھتے ہو سب جانتے ہو۔۔۔ لے آؤ جو پیا کرتا ہوں۔''

بیرا اپنی عادت کے مطابق جانے سے پہلے گیلے کپڑے سے میز صاف کرتا۔ پونچھ کر ایک گلاس رکھتا۔ ایک پلیٹ میں کابلی چنے، دوسری میں کھاری سینگ یعنی نمک لگی مونگ پھلی لاتا۔ مجید اس سے کہتا، ''پاپڑ لانا تم ہمیشہ بھول جاتے ہو۔''

یہ چیزیں گز ک کے طور پر بیئر کے ساتھ مفت ملتی تھیں۔ مجید نے یہ طریقہ ایجاد کیا تھا کہ بیرے سے کابلی چنوں کی ایک اور پلیٹ منگوا لیتا تھا۔ چنے کافی بڑے بڑے ہوتے تھے۔ نمک اور کالی مرچ سے بہت مزیدار بن جاتے تھے مونگ پھلی کی پلیٹ ہوتی تھی۔ یہ سب مل ملا کر مجید کا رات کا کھانا بن جاتے تھے۔ بیئر آتی تو وہ بڑے پرسکون انداز میں اس کو گلاس میں انڈیلتا۔ آہستہ آہستہ گھونٹ بھرتا۔ ٹھنڈی تخ بیئر اس کے حلق سے اترتی تو ایک بڑی عجیب فرحت اس کو محسوس ہوتی۔ اس کو ایسا لگتا کہ ساری دنیا کی ٹھنڈک اس کے دل و دماغ میں جمع ہو گئی ہے۔۔۔ وہ موٹے پارسی کی طرف دیکھتا اور سوچتا، یہ پارسیوں کی ناک کیوں اتنی موٹی ہوتی ہے۔ اس قوم نے کیا قصور کیا ہے کہ خدا ان کی ناکوں سے بالکل غافل ہے ۔۔۔ پرسوں ٹرم میں جو پارسن بیٹھی تھی، بڑا اسڈول بدن خوبصورت آنکھیں، ابھرا ہوا سینہ بے داغ سفید رنگ، ماتھا کشادہ، پتلے پتلے ہونٹ، لیکن یہ بڑی طوطے ایسی ناک۔ اس کو دیکھ کر مجید کو بہت ترس آیا تھا۔ اس نے سوچا تھا کہ آیا ایسی کوئی ترکیب نہیں ہو سکتی کہ اس کی ناک ٹھیک ہو جائے ۔۔۔ پھر اس کے دماغ میں مختلف اوقات پر دیکھی ہوئی خوبصورت اور جوان لڑکیاں تیرنے لگتی تھیں۔ اس کو ایسا لگتا تھا کہ

وہ ان کا شباب بیئر میں گھول کر پی رہا ہے۔ دیر تک وہاں بیٹھا وہ اپنی زندگی کے حسین لمحات دہراتا رہتا۔ پندرہ دن ہوئے اپالو بندر پر جب تیز ہوا میں ایک یہودی لڑکی کا ریشمی اسکرٹ اٹھا تھا تو کتنی متناسب اور حسین ٹانگوں کی جھلک دکھائی دی تھی۔ پچھلے اتوار ایرانی کے ہوٹل میں پائے کا شوربہ کتنا لذیذ تھا۔ کیسے چٹخارے لے لے کر اس نے اس میں گرم گرم نان بھگو کر کھایا تھا۔ رنگین فلم کتنا اچھا تھا۔ رقص کتنا دلفریب تھا ان عورتوں کا۔ آج صبح ناشتے کے بعد سگریٹ پی کر لطف آ گیا۔ ایسا لطف ہر روز آیا کرے تو مزے تو آ جائیں۔ وہ میاں بیوی جو اس نے دادر اسٹیشن پر دیکھے تھے، آپس میں کتنے خوش تھے، کبوتر اور کبوتری کی طرح گٹک رہے تھے۔

کیکی مستری بڑا اچھا آدمی ہے۔ کل میں نے اسپرو مانگی تو اس نے مفت دے دی کہنے لگا، ''اس کے دام کیا لوں گا آپ سے،'' پچھلے ماہ اس نے وقت پر میری مدد بھی کی تھی۔ پانچ روپے ادھار مانگے، فوراً اُدے دیئے اور کبھی تقاضا نہ کیا۔ ٹریم میں جب اس نے اس روز مرہٹی لڑکی کو اپنی سیٹ دی تو اس نے کتنی پیاری شکر گزاری سے کہا تھا، ''تھینک یو۔''

پھر وہ موٹے پارسی کی طرف دیکھتا، اس کے چہرے پر یہ بڑی ناک اس کو نظر آتی۔ مجید پھر سوچتا، ''یہ کیا بات ہے، ان پارسیوں کی ناکوں کے ساتھ اتنا برا سلوک کیا گیا ہے۔ ۔ ۔ کتنی کوفت ہو رہی ہے اس ناک سے۔ ۔'' فوراً ہی اسے خیال آتا کہ یہ پارسی بڑا نیک آدمی ہے کیونکہ وہ اس کو ادھار دے دیتا تھا۔ جب اس کی جیب میں پیسے نہ ہوتے تو وہ کاؤنٹر کے پاس جاتا اور اس سے کہتا، ''سیٹھ آج مال پانی نہیں۔ ۔ کل!'' سیٹھ مسکراتا، ''کوئی واندہ نہیں۔'' یعنی کوئی ہرج نہیں۔ پھر آ جائیں گے۔

بیئر کی بوتل چودہ آنے میں آتی تھی۔ اس کو خالی کر کے اور پلیٹیں صاف کر کے وہ اپنے بڑے خوبصورت اشارے سے بیرے کو بل لانے کے لیے کہتا۔ بیرا بل لاتا تو وہ ایک روپیہ دیتا اور بڑی شان سے کہتا، ''باقی دو آنے تم اپنے پاس رکھو۔''

بیرا اسلام کرتا۔ مجید بے حد مسرور اور شادماں اٹھتا اور پارسی سیٹھ کو ''صاحب،'' کہہ کر دفتر کی طرف روانہ ہوتا۔ وہاں پہنچتے ہی اس کے قدم رک جاتے۔ پڑوس کی گلی میں ایک چھوٹی سی تاریک کھولی میں مس لینا رہتی تھی۔ کسی زمانے میں بڑی مشہور ڈانسر تھی مگر اب بوڑھی ہو چکی تھی۔ یہودن تھی۔ اس کی دو لڑکیاں تھیں۔ ایستھر اور ہیلین۔ ایستھر سولہ برس کی تھی اور ہیلین تیرہ برس کی۔ دونوں رات کو اپنی ماں کے پاس ایک لمبا کرتہ پہنے لیٹی ہوتی تھیں۔ صرف ایک لنگ تھا۔ مس لینا فرش پر چٹائی بچھا کر سوتی تھی۔

رات کو بیئر پی کر مس لینا کے ہاں جانا مجید کا معمول بن گیا۔ وہ باہر ہوٹل والے کو تین چائے کا آرڈر دے کر گلی میں داخل ہوتا اور مس لینا کی کھولی میں پہنچ جاتا۔ اندر ٹین کی کپی جل رہی ہوتی۔ ایستھر اور ہیلین قریب قریب نیم برہنہ ہوتیں۔ مجید پہنچتا تو زور سے پکارتا، ''السلام علیکم۔''

ماں بیٹیاں ٹھیٹ عربی لہجے میں وعلیکم السلام کہتیں اور وہ لوہے کی کرسی پر بیٹھ جاتا اور مس لینا سے کہتا، ''چائے کا آرڈر دے آیا ہوں۔'' ایستھر باریک آواز میں کہتی ''تھینک یو۔'' چھوٹی بستر پر لوٹیں لگانا شروع کر دیتی۔ مجید کو اس کی آڑ و ٹآڑو جتنی چھاتیوں اور ننگی ٹانگوں کی کئی جھلکیاں دکھائی دیتیں جو اس کے مسرور و مخمور دماغ کو بڑی فرحت بخشتیں۔

باہر والا چائے لے کر آتا تو ماں بیٹیاں پینا شروع کر دیتیں۔ مجید خاموش بیٹھا رہتا، اس تنگ و تار ماحول میں ایک عجیب و غریب سکون اس کو محسوس ہوتا۔ وہ چاہتا کہ ان تینوں کا شکریہ ادا کرے۔ اس دھواں دینے والی کپی کا بھی شکریہ ادا کرے جو دھیمی دھیمی روشنی پھیلا رہی تھی۔ وہ لوہے کی اس کرسی کا بھی شکریہ ادا کرنا چاہتا تھا جس نے اس کو نشست پیش کی ہوئی تھی۔

تھوڑی دیر وہ ماں بیٹیوں کے پاس بیٹھتا۔ دونوں لڑکیاں خوبصورت تھیں۔ ان کی خوبصورتی مجید کی آنکھوں میں بڑی پیاری نیند لے آتی۔ رخصت لے کر وہ اٹھتا اور جھومتا جھامتا اپنے دفتر میں پہنچ جاتا اور کپڑے بدل کر بنچ پر لیٹتا اور لیٹتے ہی خوش گوار اور پرسکون نیند کی گہرائیوں میں اتر جاتا۔

فرصت کے اوقات میں وہسکی کے تین چار پیگ پی کر جب مجید اس زمانے کو یاد کرتا تو کچھ عرصے کے لیے سب کچھ بھول کر اس میں محو ہو جاتا، نشہ کم ہوتا تو وہ بلیک مارکیٹ کے متعلق سوچنے لگتا۔ روپیہ کمانے کے نئے ڈھنگ تخلیق کرتا۔ ان عورتوں کے متعلق غور کرتا جن سے وہ جنسی رشتہ قائم کرنا چاہتا تھا۔

مجید کا ماضی جنگ سے پہلے کی فضا میں گم ہو چکا تھا۔۔۔ ایک مدھم لکیر سی رہ گئی تھی جس کو مجید اب دولت سے پیٹ رہا تھا۔

مسز ڈی سلوا

بالکل آمنے سامنے فلیٹ تھے۔ہمارے فلیٹ کا نمبر تیرہ تھا، اس کے فلیٹ کا چودہ۔ کبھی کوئی سامنے کا دروازہ کھٹکھٹاتا تو مجھے یہی معلوم ہوتا کہ ہمارے دروازے پر دستک ہو رہی ہے۔اسی غلط فہمی میں جب میں نے ایک بار دروازہ کھولا تو اس سے میری پہلی ملاقات ہوئی۔

یوں تو اس سے پہلے کئی دفعہ میں اسے سیڑھیوں میں، بازار میں اور بالکونی میں دیکھ چکی تھی مگر کبھی بات کرنے کا اتفاق نہ ہوا تھا۔ جب میں نے دروازہ کھولا تو وہ میری طرف دیکھ کر مسکرائی اور کہنے لگی، ''تم نے سمجھا کوئی تمہارے گھر آیا ہے۔'' میں بھی جواب میں مسکرا دی۔ چند لمحات تک وہ اپنے دروازے کی دہلیز میں اور مَیں اپنے دروازے کی دہلیز میں کھڑی رہی۔اس کے بعد وہ مجھ سے اور مَیں اس سے اچھی طرح واقف ہو گئی۔

اس کا نام میری یا خدا معلوم کیا تھا۔ مگر اس کے خاوند کا نام پی۔ این ڈِسلوا تھا چنانچہ میں اسے مسز ڈی سلوا ہی کہتی تھی۔ میں اسے میری ضرور کہتی مگر وہ عمر میں مجھ سے کہیں بڑی تھی۔موٹے موٹے نقش، چھوٹی گردن، اندر دھنسی ہوئی ناک پکوراسی، سر چھوٹا جس پر کٹے ہوئے بال ہمیشہ پریشان رہتے تھے۔ آنکھیں دوات کے منہ کی طرح کھلی رہتی تھیں۔معلوم نہیں سوتے میں ان کی شکل کیسی ہوتی ہو گی؟

اس کا خاوند معمولی شکل و صورت کا آدمی تھا۔کسی دفتر میں کام کرتا تھا۔ جب شام کو گھر لوٹتا اور مجھے باہر بالکنی میں دیکھتا تو اپنے بھورے رنگ کا ہیٹ اتار کر مجھے سلام ضرور کرتا۔ بے حد شریف آدمی تھا۔مسز ڈی سلوا بھی بہت ملنسار اور بااخلاق عورت تھی۔ دونوں میاں بیوی پرسکون زندگی بسر کرتے تھے۔

چار پانچ برس کا ایک لڑکا تھا، اس کو دیکھ کر کبھی ایسا معلوم ہوتا تھا کہ باپ چھوٹا ہو گیا ہے اور کبھی ایسا معلوم ہوتا تھا کہ ماں سکٹر گئی ہے۔ ماں باپ دونوں کے نقش کچھ اس طرح اس بچے میں خلط ملط ہو گئے تھے کہ آدمی فیصلہ نہیں کر سکتا تھا کہ وہ ماں پر ہے یا باپ پر۔

پانچ برس میں ان کے یہاں صرف یہی ایک بچہ تھا۔ مسز ڈی سلوا نے ایک روز مجھ سے کہا تھا، ''ہمارا ماں بھی اس موافق بچہ دیا کرتا تھا۔۔۔ پانچ برس کے پیچھے ایک پہلے ہم ہوا۔ پانچ برس کے پیچھے ہمارا بھائی ہوا۔۔۔ اس کے پیچھے ہمارا ایک اور بہن۔''

پانچ برس کی قید چونکہ پوری ہو چکی تھی۔ اس لیے مسز ڈی سلوا اب پیٹ سے تھی، اس کا خاوند بہت خوش تھا۔ مجھے مسز ڈی سلوا نے بتایا کہ اپنی ڈائری میں اس نے کئی تاریخیں لکھ رکھی ہیں۔ پہلے بچے کی پیدائش کی تاریخ۔ ہونے والے بچے کی پیدائش کی تاریخ کا اندازہ اور وہ سال جس میں کہ تیسرا بچہ پیدا ہو گا۔۔ ۔ یہ سارا حساب اس نے اپنی ڈائری میں درج کر رکھا تھا۔ مسز ڈی سلوا کہتی تھی کہ اس کے خاوند کو پانچ برس کی یہ قید اچھی معلوم نہیں ہوتی۔ اس کی سمجھ میں نہیں آتا کہ ایک بچہ پیدا کرنے کے بعد وہ پانچ برس کے لیے کیوں چھٹی پر چلی جاتی ہے۔ مسز ڈی سلوا خود حیران تھی مگر اسے فخر سمجھتی تھی کہ وہ اپنی ماں کے نقش قدم پر چل رہی ہے۔

میں بھی کم متحیرہ نہ تھی، سوچتی تھی یا الٰہی یہ پانچ برسوں کا چکر کیا ہے کیوں ان دونوں میں سے ایک گنتی نہیں بھول جاتا۔۔۔؟ قدرت نے کیا اس عورت کے اندر ایسی مشین لگا دی ہے کہ جب پانچ سال کے پانچ چکر ختم ہو جاتے ہیں تو کھٹ سے بچہ پیدا ہو جاتا ہے۔ خدا کی باتیں خدا ہی جانے۔ ہمارے پڑوس میں ایک اور عورت بھی جو ڈیڑھ برس سے پیٹ سے تھی۔ ڈاکٹر کہتے تھے کہ اس کے رحم میں کوئی خرابی ہے۔ بچہ موجود ہے جو پیدا ہو جائے گا مگر اس کی نشوونما تھوڑے تھوڑے وقفوں کے بعد چونکہ رک جاتی ہے اس لیے ابھی تک اتنا بڑا نہیں ہوا کہ پیدا ہو سکے۔

امی جان جب مجھ سے یہ باتیں سنتی تھیں تو کہا کرتی تھیں، قیامت آنے والی ہے خدا جانے دنیا کو کیا ہو گیا ہے۔ پہلے کبھی ایسی باتیں سننے میں نہیں آتی تھیں۔ عورتیں چپ چاپ نو مہینے کے بعد بچے جَن دیا کرتی تھیں۔ کسی کو کانوں کان خبر بھی نہیں ہوتی تھی۔ اب کسی کے بچہ پیدا ہونے والا ہو تو سارے شہر کو خبر ہو جاتی ہے۔ مٹکا سا پیٹ لیے باہر جا رہی ہیں۔ سڑکوں پر گھوم رہی ہیں۔ لوگ دیکھ رہے ہیں مگر مجال کیا کہ ان کو ذرا سی بھی حیا آ جائے۔۔۔ ۔ آج کل تو وِیدوں کا پانی ہی مر گیا ہے۔

میں یہ سنتی تھی تو دل ہی دل میں ہنستی تھی۔ امی جان کا پیٹ بھی کئی بار پھول کر مٹکا بن چکا تھا اور یہ مٹکا لیے وہ گھر کا سارا کام کاج کرتی تھیں، ہر روز مارکیٹ جاتی تھیں مگر جب دوسروں کو دیکھتی تھیں یا ان کے متعلق باتیں سنتی تھیں تو اپنی آنکھ کا شہتیر نہیں دیکھتی تھیں دوسروں کی آنکھ کا تنکا انہیں فوراً نظر آ جاتا تھا۔ آدمی اگر اس مصیبت میں گرفتار ہو جائے تو کیا اسے باہر آنا جانا بالکل بند کر دینا چاہیے۔ مٹکا سا پیٹ لیے بس گھر میں بیٹھے رہو۔ صوفے پر سے اٹھو چارپائی پر لیٹ جاؤ۔ چارپائی سے اٹھو تو کسی کرسی پر لیٹ جاؤ۔ مگر آفت تو یہ ہے کہ مٹکا سا پیٹ لیے بیٹھنے اور لیٹنے میں بھی تو تکلیف ہوتی ہے۔ جی چاہتا ہے کہ آدمی چلے پھرے تاکہ بوجھ کچھ ہلکا ہو۔ یہ کیا کہ پیٹ میں بڑی سی فٹ بال ڈالے گھر کی چار دیواری میں قید رہو۔ سمجھ میں نہیں آتا کہ امی جان حیا کیوں طاری کرنا چاہتی ہیں۔ بھئی اگر کوئی پیٹ سے ہے تو کیا اس کا قصور ہے؟ اس نے کوئی شرمناک بات کی ہے جو وہ شرم محسوس کرے۔

جب خدا کی طرف سے یہ مصیبت عورتوں پر عائد کر دی گئی کہ وہ ایک مقررہ مدت تک بچے کو پیٹ میں رکھیں تو اس میں شرمانے اور لجانے کی بات ہی کیا ہے اور اس کا یہ مطلب بھی نہیں کہ سب کام چھوڑ کر آدمی بالکل نکما ہو جائے، اس لیے کہ اسے بچہ پیدا کرنا ہے۔ بچہ پیدا ہوتا رہے۔ اب کیا اس کے لیے باہر آنا جانا موقوف کر دیا جائے۔ لوگ ہنستے ہیں تو ہنسیں، کیا ان کے گھر میں ان کی مائیں اور بہنیں کبھی پیٹ سے نہیں ہوں گی۔ بھئی، مجھے تو امی جان کی یہ منطق بڑی عجیب سی معلوم ہوتی ہے۔

اصل میں ان کی عادت یہ ہے کہ خواہ مخواہ ہر بات پر اپنا لیکچر شروع کر دیتی ہیں، خواہ کسی کو برا لگے یا اچھا۔ اپنی لڑکی کی بات ہو تو کبھی کچھ نہ کہیں گی۔ پچھلی دفعہ جب عارف میرے پیٹ میں تھا اور میں ہر روز اپالو بندر سیر کو جاتی تھی تو قسم لے لو جوان کے منہ سے میرے خلاف کچھ نکلا ہو، پر اب چونکہ بات مسز ڈی سلوا کی تھی جو بیچاری صرف اتوار کی صبح گرجا میں نماز پڑھنے اور شام کو سودا سلف لانے کے لیے اپنے خاوند کے ساتھ باہر نکلتی تھی، اس لیے امی جان کو ''یہ ہے بیوی، تو یہ ہے بیوی،'' کہنے کا موقع مل جاتا ہے۔

پہلے بچے پر پیٹ زیادہ نہیں پھولتا، لیکن دوسرے بچے کو چونکہ پھیلنے کے لیے زیادہ جگہ مل جاتی ہے اس لیے پیٹ بہت بڑا ہو جاتا ہے۔ مسز ڈی سلوا البسا چغہ پہنے جب گھر میں چلتی پھرتی تھی تو اس کا پیٹ بہت بدنما معلوم ہوتا تھا۔ قد اس کا چھوٹا تھا۔ پنڈلیاں جو بہت پتلی تھیں اور چغے کے نیچے آہستہ آہستہ حرکت کرتی تھیں، بہت ہی بھدی تصویر پیش کرتی تھیں۔ ایسا معلوم ہوتا تھا کہ گھڑونچی پر مٹکا رکھا ہے، سارا دن اس لمبے چغے میں وہ کارٹون بنی رہتی تھی۔

شروع شروع میں بیچاری کی بہت بری حالت ہوئی تھی۔ ہر وقت قے اور متلی۔ قلفی والے کی آواز سنتی تو تڑپ جاتی، اس کو بلاتی لیکن کھانے جب کھانے لگتی تو فوراً ہی جی مالش کرنے لگتا۔ سارا دن لیمو چوستی رہتی۔ ایک دن دوپہر کے وقت میں اس کے یہاں گئی۔ کیا دیکھتی ہوں کہ بستر پر لیٹی ہے لیکن ٹانگیں اوپر اٹھا رکھی ہیں میں نے مسکرا کر کہا، ''مسز ڈی سلوا اکسرسائز کر رہی ہو کیا؟''، جھنجھلا کر بولی، ''ہم بہت تنگ آ گیا ہے۔ یوں ٹانگیں اوپر کرتا ہے تو ہمارا طبیعت کچھ ٹھیک ہو جاتا ہے۔''

ٹھنڈی ٹھنڈی دیوار کے ساتھ پیر لگانے سے اسے کچھ تسکین ہوتی تھی۔ بعض اوقات اس کی طبیعت گھبراتی تھی تو زور زور سے میز کو یا بستر کو جہاں بھی وہ بیٹھی ہو، مکیاں مارنا شروع کر دیتی تھی۔ اور جب اس طرح گھبراہٹ کم نہیں ہوتی تھی تو تنگ آ کر رونا شروع کر دیتی تھی۔

اس کی یہ حالت دیکھ کر مجھے بہت ہنسی آتی تھی۔ چنانچہ وہ تمام تکلیفیں جو مجھ پر بیت چکی تھیں بھول کر اس سے کہا کرتی تھی، ''مسز ڈی سلوا! جان بوجھ کر تم نے یہ مصیبت کیوں مول لی۔'' اس پر وہ بگڑ کر کہتی، ''ہم نے کب لیا۔ پانچ برس کے پیچھے سالا یہ ہونے کو ہی مانگتا تھا۔''

میں کہتی، ''تو مسز ڈی سلوا اپانچویں سال تم بنگلور کیوں نہ چلی گئیں۔'' وہ جواب دیتی، ''ہم چلا جاتا۔ سچ ہم جانے کو ایک دم تیار تھا پر یہ وار اسٹارٹ ہو گیا۔ ہم وہاں رہتا ہمارا صاحب یہاں رہتا۔۔۔ خرچ بہت ہوتا۔ سو یہ سوچ کر ہم نہ گیا اور رسالا یہ آفت سر پر آن پڑا۔''

شروع شروع میں مسز ڈی سلوا کو یہ آفت معلوم ہوتی تھیں پر اب وہ خوش تھی کہ دوسرا بچہ پیدا ہونے والا ہے۔ قے اور متلی ختم ہو گئی تھی۔ ٹانگیں اوپر کر کے لیٹنے کی اب ضرورت نہیں تھی کیونکہ اس کی طبیعت ٹھیک رہتی تھی۔ یہ سلسلہ صرف پہلے دو مہینے تک رہا تھا۔ اب اسے کوئی تکلیف نہیں تھی۔ ایک صرف کبھی کبھی پیٹ میں اینٹھن سی پیدا ہو جاتی تھی یا بچہ جب پیٹ میں پھر تا تھا تو اسے تھوڑے عرصے کے لیے بے چینی سی محسوس ہوتی تھی۔

مسز ڈی سلوا بالکل تیار تھی۔ چھوٹے چھوٹے فراک سی کر اس نے ایک چھوٹی سی منے بیگ میں رکھ چھوڑے تھے۔ نہالچے پوتڑے بھی تیار تھے۔ اس کا خاوند لوہے کا ایک جھولا بھی لے آیا تھا۔ اس کے لیے مسز ڈی سلوا نے پرانے تکیوں کے روئی سے ایک گدا بھی بنا لیا تھا۔ غرض کہ سب سامان تیار تھا۔ اب مسز ڈی سلوا کو صرف کسی ہسپتال میں جا کر بچہ جن دینا تھا اور بس۔

مسٹر ڈی سلوا نے دو مہینے پہلے ہسپتال میں اپنی بیوی کے لیے جگہ بک کر رکھی تھی۔ پانچ روپے ایڈوانس

دے دیئے تھے تا کہ عین وقت پر گڑ بڑ نہ ہو اور ہسپتال میں جگہ مل جائے۔ مسٹر ڈی سلوا بہت دور اندیش تھا۔ پہلے بچے کی پیدائش پر بھی اس کے انتظامات ایسے ہی مکمل تھے۔

مسز ڈی سلوا اپنے خاوند سے بھی کہیں زیادہ دور اندیش تھی جیسا کہ میں بتا چکی ہوں۔ اس نے ان نو مہینوں کے اندر اندر وہ تمام سامان تیار کر لیا تھا جو بچے کے پہلے دو برسوں کے لیے ضروری ہوتا ہے۔ بچھانے کے لیے کپڑے، ربڑ کے فیڈر، چُسنیاں، جھنجھنے اور دوسرے جاپانی کھلونے اور اسی قسم کی اور چیزیں سب بڑی احتیاط سے اس نے ایک علیحدہ ٹرنک میں بند کر رکھی تھیں۔ ہر دوسرے تیسرے دن وہ یہ ٹرنک کھول کر بیٹھ جاتی تھی اور ان چیزوں کو اور زیادہ قرینے سے رکھنے کی کوشش کرتی تھی۔ دراصل وہ دن گنتی تھی کہ جلدی بچہ پیدا ہو اور وہ اسے گود میں لے کر کھلائے دودھ پلائے۔ لوریاں دے اور جھولے میں لٹا کر سلائے۔ پانچ برس کی تعطیل کے بعد اب گویا اس کا اسکول کھلنے والا تھا، وہ اتنی ہی خوش تھی جتنا کہ طالب علم ایسے موقعوں پر ہوا کرتے ہیں۔

ہماری بلڈنگ کے سامنے ایک پارسی ڈاکٹر کا مطب تھا۔ اس ڈاکٹر کے پاس مسز ڈی سلوا ہر روز نو کر کے ہاتھ اپنا قارورہ بھیجتی تھی، کہتے ہیں آخری دنوں میں قارورہ دیکھ کر ڈاکٹر بتا سکتے ہیں کہ بچہ کب پیدا ہو گا۔ مسز ڈی سلوا کا خیال تھا کہ دن پورے ہو گئے ہیں مگر یہ ڈاکٹر کہتا تھا کہ نہیں ابھی کچھ دن باقی ہیں۔ ایک روز میں غسل خانے میں نہا رہی تھی کہ میں نے مسز ڈی سلوا کی گھبرائی ہوئی آواز سنی، پھر دروازہ کھلا اور مسز ڈی سلوا کے کراہنے کی آواز آئی۔ میں نے کھڑکی کھول کر دیکھا تو مسز ڈی سلوا اپنے خاوند کا سہارا لے کر اُترنے والی تھی۔ رنگ ہلدی کی طرح زرد تھا۔ میری طرف دیکھ کر اس نے مسکرانے کی کوشش کی۔ میں نے بڑی بوڑھی عورتوں کا سا انداز اختیار کر کے کہا، ''ساتھ خیر کے جاؤ اور ساتھ خیر کے واپس آؤ۔''

مسٹر ڈی سلوا نے جب میری آواز سنی تو مسکرا کر اپنے بھورے رنگ کا ہیٹ اتار مجھے سلام کیا۔ میں نے اس سے کہا، ''مسٹر ڈی سلوا جو نہی بے بی ہو مجھے ضرور خبر دیجیے گا۔'' وہ مسکراہٹ جو مسٹر ڈی سلوا کے میلے ہونٹوں پر سلام کرتے وقت پیدا ہو چکی تھی، یہ سن کر اور پھیل گئی۔

سارا دن میرا دھیان مسز ڈی سلوا ہی میں پڑا رہا۔ کئی بار دروازہ کھول کر دیکھا مگر ہسپتال سے نہ تو نو کر ہی واپس آیا تھا نہ مسز ڈی سلوا کا خاوند، شام ہو گئی۔ خدا جانے یہ لوگ کہاں غائب ہو گئے تھے۔ مجھے کچھ دنوں کے لیے ماہم جانا تھا جہاں میری بہن رہتی تھی۔ مجھے لینے کے لیے آدمی بھی آ گیا مگر ہسپتال سے کوئی خبر نہ آئی۔

تیسرے روز ماہم سے جب میں واپس آئی تواپنے گھر جانے کے بجائے میں نے مسز ڈی سلوا کے دروازے پر دستک دی۔ تھوڑی دیر کے بعد دروازہ کھلا، کیا دیکھتی ہوں کہ مسز ڈی سلوا میرے سامنے کھڑی ہے ۔

۔ مٹکاسا پیٹ لیے، میں نے حیرت زدہ ہو کر پوچھا، '' یہ کیا؟''

وہ مجھے اندر لے گئی اور کہنے لگی، '' ہم کو درد ہوا تو ہم سمجھا ٹائم پورا ہوا، وہاں ہسپتال میں گیا اور جب نرس نے بیڈ پر لٹایا تو درد ایک دم غائب ہو گیا۔ ۔ ہم بڑا حیران ہوا۔ نرس لوگ تو بڑا ہنسا، بولا، اتنا جلدی تم یہاں کیوں آ گیا۔ ابھی کچھ دن گھر پر اور ٹھہرو۔ پیچھے آؤ۔ ۔ ۔ ہم کو بہت شرم آیا۔''

اس کا یہ بیان سن کر میں بہت ہنسی، وہ بھی ہنسی۔ دیر تک ہم دونوں ہنستے رہے۔ اس کے بعد اس نے مجھے سارا واقعہ تفصیل سے سنایا کہ کس طرح ٹیکسی میں بیٹھ کر وہ ہسپتال گئی۔ وہاں ایک کمرے میں اس کے تمام کپڑے اتارے گئے۔ نام وغیرہ درج کیا گیا اور ایک بستر پر لٹا کر اسے نرسیں دوسرے کمرے میں چلی گئیں جہاں سے کئی دفعہ اسے چیخوں کی آواز سنائی دی۔ اس بستر پر وہ چار پانچ گھنٹے تک پڑی رہی اس دوران میں پہلے ایک نرس آئی، اس نے اسے نہانے کو کہا۔ نہانے سے فارغ ہوئی تو ایک نرس آئی اس نے اسے اینما دیا۔ اینما دینے کے بعد تیسری نرس آئی جو اس کے انجکشن لگا گئی۔ اس کے بعد ڈاکٹر آئی اس نے پیٹ ویٹ دیکھا تو جھنجھلا کر کہا، '' تم کیوں اتنی جلدی یہاں آ گیا ہے۔ ابھی گھر جاکر آرام کرو۔''

سب نرسیں ہنسنے لگیں۔ وہ پانی پانی ہو گئی۔ کپڑے پہن کر باہر نکل آئی جہاں اس کا خاوند کھڑا تھا۔ دونوں کو چونکہ ناامیدی کا سامنا کرنا پڑا تھا اور مسٹر ڈی سلوا نے اس دن کی چھٹی لے رکھی تھی اس لیے وہ ریگل سینما میں میٹنی شو دیکھنے کے لیے چلے گئے۔ مسز ڈی سلوا کو سخت حیرت تھی کہ یہ ہوا کیا، پچھلی دفعہ جب اس کے بچہ ہونے والا تھا تو وہ عین موقع پر ہسپتال پہنچی تھی۔ اب اس کا اندازہ غلط کیوں نکلا۔ درد ضرور ہوا تھا اور یہ بالکل ویسا ہی تھا جو اسے پہلے بچے کی پیدائش سے تھوڑی دیر پہلے ہوا تھا پھر یہ گڑ بڑ کیوں ہو گئی؟

چھٹے روز شام کو ساڑھے آٹھ بجے کے قریب میں بالکنی میں بیٹھی تھی کہ مسز ڈی سلوا کا نو کر آیا۔ دس روپے کا نوٹ اس کے ہاتھ میں تھا کہنے لگا، '' میم صاحب نے چھٹّا مانگا ہے۔ وہ ہسپتاں جا رہی ہے۔'' میں نے جھٹ پٹ دس روپے کی ریز گاری نکالی اور بھاگی بھاگی وہاں گئی۔ میاں بیوی دونوں تیار تھے۔ مسز ڈی سلوا کا رنگ ہلدی کی طرح زرد تھا۔ درد کے مارے اس کا برا حال ہو رہا تھا۔ میں نے اور اس کے خاوند نے سہارا دے کر اسے نیچے اتارا اور ٹیکسی میں بٹھا دیا، '' ساتھ خیر کے جاؤ اور ساتھ خیر کے واپس آؤ۔''، کہہ کر میں اوپر گئی اور انتظار کرنے لگی۔

رات کے بارہ بجے تک میں سیڑھیوں کی طرف کان لگائے بیٹھی رہی۔ مگر ہسپتال سے کوئی واپس نہ آیا۔ تھک ہار کر سوگئی۔ صبح اٹھی تو دھوبی آگیا، اس سے پندرہ دھلائیوں کا حساب کرنے میں کچھ ایسی مشغول ہوئی کہ مسز ڈی سلوا کا دھیان ہی نہ رہا۔ دھوبی میلے کپڑوں کی گٹھری باندھ کر باہر نکلا۔ میں دروازے کے سامنے بیٹھی تھی۔ اس نے باہر نکل کر مسز ڈی سلوا کے دروازے پر دستک دی۔ دروازہ کھلا، کیا دیکھتی ہوں کہ مسز ڈی سلوا کھڑی ہے، مٹکا سا پیٹ لیے۔

میں نے قریب قریب چیخ کر پوچھا، ''مسز ڈی سلوا۔۔۔ پھر واپس آگئیں۔'' جب اس کے پاس گئی تو وہ مجھے دوسرے کمرے میں لے گئی۔ شرم سے اس کا چہرہ گہرے سانولے رنگ کے باوجود سرخ ہو رہا تھا۔ رک رک کر اس نے مجھ سے کہا، '' کچھ سمجھ میں نہیں آتا۔ درد بالکل پہلے کے موافق ہوتا ہے پر وہاں نرس لوگ کہتا ہے کہ جاؤ، گھر جاؤ ابھی دیر ہے۔۔۔ یہ کیا ہو رہا ہے۔۔۔؟''

یہ کہتے ہوئے اس کی آنکھوں میں آنسو آگئے۔ بیچاری کی حالت قابل رحم تھی۔ ایسا معلوم ہوتا تھا کہ اس مرتبہ نرسوں نے اسے بہت بری طرح جھڑکا تھا۔ حیرت، شرم اور بوکھلاہٹ نے مل جل کر اس کو اس قدر قابل رحم بنا دیا تھا کہ مجھے اس کے ساتھ تھوڑے عرصے کے لیے انتہائی ہمدردی ہوگئی۔ میں دیر تک اس سے باتیں کرتی رہی۔ اس کو سمجھایا کہ اس میں شرم کی بات ہی کیا ہے۔ جب بچہ ہونے والا ہو تو ایسی غلط فہمیاں ہو ہی جایا کرتی ہیں۔ نرسوں کا کام ہے بچے جننا۔ ان کے پاس آدمی اسی لیے جاتا ہے کہ آسانی سے یہ مرحلہ طے ہو جائے۔ انہیں مذاق اڑانے کا کوئی حق حاصل نہیں۔ اور جب فیس وغیرہ دی جائے گی اور ایڈوانس دے دیا گیا ہے تو پھر وہ بے کار باتیں کیوں بناتی ہیں۔

مسز ڈی سلوا کی پریشانی کم نہ ہوئی۔ بات یہ تھی کہ اس کا خاوند دفتر سے دو دفعہ چھٹی لے چکا تھا۔ بڑے صاحب سے لے کر چپراسی تک سب کو معلوم تھا کہ بچہ ہونے والا ہے۔ اب وہ منہ دکھانے کے قابل نہیں رہا تھا۔ اسی طرح محلے میں سب کو معلوم تھا کہ مسز ڈی سلوا دو بار ہسپتال جا کر واپس آچکی ہے۔ کئی عورتیں اس کے پاس آچکی تھیں اور ان سب کو فرداً فرداً اسے بتانا پڑتا تھا کہ بچہ ابھی تک کیوں پیدا نہیں ہوا۔ ہر ایک سے اس نے جھوٹ بولا تھا۔ وہ ایک پکی کرسچین عورت تھی، جھوٹ بولنے پر اسے سخت روحانی تکلیف ہوتی تھی۔ مگر کیا کرتی، مجبور تھی۔

ساتویں روز جب میں دوپہر کا کھانا کھانے کے بعد پلنگ پر لیٹ کر قریب قریب سو چکی تھی۔ دفعتاً میرے کانوں میں بچے کے رونے کی آواز آئی۔ یہ کیا۔۔۔؟ دوڑ کر میں نے دروازہ کھولا۔ سامنے فلیٹ سے مسز

ڈی سلوا کا نوکر گھبرایا ہوا باہر نکل رہا تھا۔ اس کا رنگ فق تھا۔ کہنے لگا۔ میم صاحب بے بی۔۔۔ میم صاحب بی بی۔۔۔ میں نے اندر جا کر دیکھا تو مسز ڈی سلوا نیم مدہوشی کی حالت میں پڑی تھی، بے چاری نے اب مزید ندامت کے خوف سے وہیں بچہ جن دیا تھا۔

حافظ حسین دین

حافظ حسین دین جو دونوں آنکھوں سے اندھا تھا، ظفر شاہ کے گھر میں آیا۔ پٹیالے کا ایک دوست رمضان علی تھا، جس نے ظفر شاہ سے اُس کا تعارف کرایا۔ وہ حافظ صاحب سے مل کر بہت متاثر ہوا۔ گو اُن کی آنکھیں دیکھتی نہیں تھیں مگر ظفر شاہ نے یوں محسوس کیا کہ اُس کو ایک نئی بصارت مل گئی ہے۔

ظفر شاہ ضعیفُ الاعتقاد تھا۔ اُس کو پیروں فقیروں سے بڑی عقیدت تھی۔ جب حافظ حسین دین اُس کے پاس آیا تو اُس نے اُس کو اپنے فلیٹ کے نیچے موٹر گراج میں ٹھہرایا۔۔۔ اِس کو وہ وائٹ ہاؤس کہتا تھا۔

ظفر شاہ سیّد تھا۔ مگر اُس کو ایسا معلوم ہوتا تھا کہ وہ مکمل سیّد نہیں ہے۔ چنانچہ اُس نے حافظ حسین دین کی خِدمت میں گزارش کی کہ وہ اِس کی تکمیل کر دیں۔ حافظ صاحب نے تھوڑی دیر بعد اپنی بے نور آنکھیں گھما کر اُس کو جواب دیا، ''بیٹا۔۔۔ تُو پُورا بننا چاہتا ہے تو غوث اعظم جیلانی سے اجازت لینا پڑے گی۔''

'' تو آپ اَز راہِ کَرَم اِجازت لے لیجیے۔''

حافظ صاحب نے پھر اپنی بے نور آنکھیں گھمائیں، ''اُن کے حضور میں تو فرشتوں کے بھی پَر جلتے ہیں۔''

ظفر شاہ کو بڑی نااُمّیدی ہوئی، ''آپ صاحبِ کَشف ہیں۔۔۔ کوئی مداوا تو ہو گا۔''

حافظ صاحب نے اپنے سَر کو خَفیف سی جُنبِش دی، ''ہاں چِلّہ کاٹنا پڑے گا مجھے۔''

'' اگر آپ کو زحمت نہ ہو تو اپنے اِس خادم کے لیے کاٹ لیجیے۔''

'' سوچوں گا۔''

حافظ حسین دین ایک مہینے تک سوچتا رہا۔ اِس دوران ظفر شاہ نے اُن کی خاطِر و مدارات میں کوئی کَسر اُٹھا نہ رکھی۔ حافظ صاحب کے لیے صبح اُٹھتے ہی ڈیڑھ پاؤ بادام توڑتا، ان کے مغز نکال کر سردائی تیار کرتا۔ دوپہر کو ایک سیر گوشت بھُنوا کے اُن کی خدمت میں پیش کرتا، شام کو بالائی ملی ہوئی چائے پِلاتا، رات کو ایک مُرغ مُسلّم حاضر کرتا۔

یہ سِلسِلہ چلتا رہا۔ آخر حافظ حسین نے ظفر شاہ سے کہا، ''اب مجھے آوازیں آنی شروع ہو گئی ہیں۔''

ظفر شاہ نے پوچھا، ''کیسی آوازیں قبلہ؟''

''تمہارے متعلق۔''

''کیا کہتی ہیں؟''

''تم ایسی باتوں کے متعلق مَت پوچھا کرو۔''

''معافی چاہتا ہوں۔''

حافظ صاحب نے ٹَٹول ٹَٹول کر مُرغ کی ٹانگ اٹھائی اور اُسے دانتوں سے کاٹتے ہوئے کہا، ''تم اصل میں مُنکِر ہو۔ ۔ ۔ آزمانا چاہتے ہو تو کسی کنویں پر چلو۔''

ظفر شاہ تھَر تھَرا گیا، ''حضور میں آپ کو آزمانا نہیں چاہتا۔ ۔ ۔ آپ کا ہر لفظ صداقَت سے لَبریز ہے۔''

حافظ صاحب نے سَر کو زور سے جُنبش دی، ''نہیں۔ ۔ ۔ ہم چاہتے ہیں کہ تم ہمیں آزماؤ۔ ۔ ۔ کھانا کھا لیں تو ہمیں کسی بھی کنویں پر لے چلو۔''

''وہاں کیا ہو گا قبلہ؟''

''میرا مَعمُول آواز دے گا۔ ۔ ۔ وہ کنواں پانی سے لَبا لَب بھر جائے گا اور تمہارے پاؤں گیلے ہو جائیں گے۔ ۔ ۔ ڈرو گے تو نہیں؟''

ظفر شاہ ڈر گیا تھا۔ حافظ حسین دین جس لہجے میں باتیں کر رہا تھا، بڑا پُراَبیَت تھا۔ ۔ ۔ لیکن اُس نے اِس خوف پر قابو پا کر حافظ صاحب سے کہا، ''جی نہیں۔ ۔ ۔ آپ کی ذاتِ اَقدَس میرے ساتھ ہو گی تو ڈر کا سوال ہی پیدا نہیں ہوتا۔''

جب سارا مُرغ ختم ہو گیا تو حافظ صاحب نے ظفر شاہ سے کہا، ''میرے ہاتھ دھُلواؤ۔ ۔ ۔ اور کسی کنویں پر لے چلو۔''

ظفر شاہ نے اس کے ہاتھ دھُلوائے، تَولیے سے پونچھے اور اُسے ایک کنوئیں پر لے گیا، جو شہر سے کافی دُور تھا۔ ظفر شاہ چادر لپیٹ کر اُس کی مُنڈیر کے پاس بیٹھ گیا مگر حافظ صاحب نے چلّا کر کہا، ''پانچ قدم پیچھے ہَٹ جاؤ۔ ۔ ۔ میں پڑھنے والا ہوں، کنوئیں کا پانی لبالب بھر جائے گا۔ ۔ تم ڈر جاؤ گے ۔ ''

ظفر شاہ ڈر کر دس قدم پیچھے ہَٹ گیا۔ حافظ صاحب نے پڑھنا شروع کر دیا۔ رمضان علی بھی ساتھ تھا جس نے ظفر شاہ سے حافظ صاحب کا تَعارُف کرایا تھا۔ ۔ ۔ وہ دُور بیٹھا مُونگ پھلی کھا رہا تھا۔

حافظ صاحب نے کنوئیں پر آنے سے پہلے ظفر شاہ سے کہا تھا کہ دو سیر چاول، ڈیڑھ سیر شَکّر اور پاؤ بھر کالی مِرچوں کی ضرورت ہے جو اُس کا مَعمُول کھا جائے گا۔ ۔ ۔ یہ تمام چیزیں حافظ صاحب کی چادر میں بندھی تھیں۔

دیر تک حافظ حسین دین معلوم نہیں کس زبان میں پڑھتا رہا۔ مگر اُس کے مَعمُول کی کوئی آواز نہ آئی۔ ۔ ۔ نہ کنوئیں کا پانی اوپر چڑھا۔ حافظ نے چاول، شَکّر اور مِرچیں کنوئیں میں پھینک دیں۔ پھر بھی کچھ نہ ہوا۔ ۔ ۔ چند لمحات سُکوت طاری رہا۔ اِس کے بعد حافظ پر جذب کی سی کیفیت طاری ہوئی اور وہ بُلند آواز میں بولا، ''ظفر شاہ کو کراچی لے جاؤ۔ ۔ ۔ اِس سے پانچ سَو روپے لو اور گوجرانوالہ میں زمین الاٹ کرا لو۔ ''

ظفر شاہ نے پانچ سَو روپے حافظ کی خدمت میں پیش کر دیئے۔ اُس نے یہ روپے اپنی جیب میں ڈال کر اِس سے بڑے جلال میں کہا، ''ظفر شاہ! تُو یہ روپے دے کر سمجھتا ہے مجھ پر کوئی احسان کیا؟''

ظفر شاہ نے سَرتا پا عجز بَن کر کہا، ''نہیں حضور! میں نے تو آپ کے ارشاد کی تعمیل کی ہے ۔ '' حافظ حسین دین کا لہجہ ذرا نرم ہو گیا، ''دیکھو سردیوں کا موسم ہے، ہمیں ایک دُھسّے کی ضرورت ہے۔ ''

''چلیے ابھی خرید لیتے ہیں۔ ''

''دو گھوڑے کی بوسکی کی قمیض اور ایک پَمپ شُو۔ ''

ظفر شاہ نے غلاموں کی طرح کہا، ''حضور آپ کے حکم کی تعمیل ہو جائے گی۔ ''

حافظ صاحب کے حکم کی تعمیل ہو گئی۔ پانچ سَو روپے کا دُھسّہ، پچاس روپے کی قَراقلی کی ٹوپی، بیس روپے کا پَمپ شُو۔ ۔ ظفر شاہ خوش تھا کہ اُس نے ایک پہنچے ہوئے بزرگ کی خدمت کی۔ حافظ صاحب وائٹ ہاؤس میں سو رہے تھے کہ اچانک بڑبڑانے لگے۔ ظفر شاہ فرش پر لیٹا تھا۔ اُس کی آنکھ لگنے ہی والی تھی کہ چُونک کر سُننے لگا۔ حافظ صاحب کہہ رہے تھے، ''حکم ہوا ہے ۔ ۔ ۔ ابھی ابھی

حکم ہوا ہے کہ حافظ حسین دین تم دریا راوی جاؤ اور وہاں چِلّہ کاٹو ۔ ۔ ۔ چِلّہ کاٹو ۔ ۔ ۔ وہاں تم اپنے مَعمُول سے بات کر سکو گے ۔ ‘‘

ظفر شاہ، حافظ کو ٹیکسی میں دریائے راوی پر لے گیا۔ وہاں حافظ چھیالیس گھنٹے معلوم نہیں کیا کچھ پڑھتا رہا۔ اس کے بعد اُس نے ایسی آواز میں جو اُس کی اپنی نہیں تھی کہا، ‘‘ ظفر شاہ سے تین سَو روپیہ اور لو ۔ ۔ ۔ اپنے بھائی کی آنکھوں کا علاج کرو ۔ ۔ ۔ تم اتنے غافل کیوں ہو ۔ ۔ ۔ اگر تم نے علاج نہ کرایا تو وہ بھی تمہاری طرح اندھا ہو جائے گا۔ ‘‘

ظفر شاہ نے تین سَو روپے اور دے دیئے ۔ حافظ حسین دین نے اپنی بے نور آنکھیں گُھمائیں جس میں مَسَرَّت کی جھلک نظر آ سکتی تھی۔ اور کہا، ‘‘ ڈاک خانے میں میرے بارہ سَو روپے جمع ہیں ۔ ۔ تم کچھ فکر نہ کرو پہلے پانچ سَو اور یہ تین سَو ۔ ۔ ۔ کُل آٹھ سَو ہوئے ۔ ۔ ۔ مَیں تمھیں ادا کر دوں گا۔ ‘‘ ظفر شاہ بہت متاثر ہوا، ‘‘ جی نہیں ۔ ۔ ۔ ادائیگی کی کیا ضرورت ہے ۔ ۔ ۔ آپ کی خدمت کرنا میرا فرض ہے ۔ ‘‘

ظفر شاہ دیر تک حافظ کی خدمت کرتا رہا۔ اِس کے عِوَض حافظ نے چالیس دن کا چِلّہ کاٹا مگر کوئی نتیجہ بر آمد نہ ہوا۔ ظفر شاہ نے ویسے کئی مرتبہ محسوس کیا کہ وہ پورا سَیّد بن گیا ہے اور اُس کی تطہیر ہو گئی ہے مگر بعد میں اُس کو مایوسی ہوئی کیونکہ وہ اپنے میں کوئی فرق نہ دیکھتا، اُس کی تَشَفّی نہیں ہوئی تھی۔ اُس نے سمجھا کہ شاید اُس نے حافظ صاحب کی خدمت پوری طرح ادا نہیں کی۔ جس کی وجہ سے اُس کی اُمید بر نہیں آئی۔ چنانچہ اُس نے حافظ صاحب کو روزانہ ایک مُرغ کھلانا شروع کر دیا۔ بادِاموں کی تعداد بڑھا دی۔ دودھ کی مقدار بھی زیادہ کر دی۔

ایک دن اُس نے حافظ صاحب سے کہا، ‘‘ پیر صاحب ۔ ۔ ۔ میرے حال پر کرم فرمائیے، میری مُراد کبھی تو پوری ہو گی یا نہیں۔ ‘‘

حافظ حسین دین نے بڑے پیرانہ انداز میں جواب دیا، ‘‘ ہو گی ۔ ۔ ۔ ضرور ہو گی ۔ ۔ ۔ ہم اتنے چِلّے کاٹ چکے ہیں ایسا معلوم ہوتا ہے کہ اللہ تبارک و تعالیٰ تم سے ناراض ہیں ۔ ۔ تم نے ضرور اپنی زندگی میں کوئی گناہ کیا ہو گا۔ ‘‘

ظفر شاہ نے کچھ دیر سوچا، ‘‘ حضور ۔ ۔ ۔ مَیں نے ۔ ۔ ۔ ایسا کوئی گناہ نہیں کیا جو ۔ ۔ ۔ ‘‘

حافظ صاحب نے اُس کی بات کاٹ کر کہا، ‘‘ نہیں ضرور کیا ہو گا ۔ ۔ ۔ ذرا سوچو ۔ ۔ ۔ ‘‘

ظفر شاہ نے کچھ دیر سوچا، ''ایک مرتبہ اپنے والد صاحب کے بٹوے سے آٹھ آنے چُرائے تھے۔''

''یہ کوئی اتنا بڑا گناہ نہیں۔۔۔اور سوچو۔۔۔کبھی تم نے کسی لڑکی کو بری نگاہوں سے دیکھا تھا؟''

ظفر شاہ نے ہچکچاہٹ کے بعد جواب دیا، ''ہاں پیر و مُرشد۔۔صرف ایک مرتبہ۔''

''کون تھی وہ لڑکی؟''

''جی میرے چچا کی۔''

''کہاں رہتی ہے؟''

''جی اِسی گھر میں۔''

حافظ صاحب نے حکم دیا، ''بلاؤ اُس کو۔۔۔کیا تم اُس سے شادی کرنا چاہتے ہو؟''

''جی ہاں۔۔۔ہماری منگنی قریب قریب طے ہو چکی ہے۔''

حافظ صاحب نے بڑے پُر جلال لہجے میں کہا، ''ظفر شاہ۔۔۔بلاؤ اُس کو۔۔۔تم نے مجھ سے پہلے ہی یہ بات کہہ دی ہوتی تو مجھے بے کار اِتنا وقت ضائع نہ کرنا پڑتا۔''

ظفر شاہ شش و پنج میں پڑ گیا۔ وہ حافظ صاحب کا حکم ٹال نہیں سکتا تھا اور پھر اپنی ہونے والی منگیتر سے یہ بھی نہیں کہہ سکتا تھا کہ وہ حافظ صاحب کو ملے۔۔۔بادلِ ناخواستہ اوپر گیا۔ بلقیس بیٹھی ناول پڑھ رہی تھی۔ظفر شاہ کو دیکھ کر ذرا سہمٹ گئی اور کہا، ''آپ میرے کمرے میں کیسے آ گئے؟''

ظفر شاہ نے دبے دبے لہجے میں جواب دیا، ''وہ۔۔۔جو حافظ صاحب آئے ہوئے ہیں نا۔۔''

بلقیس نے ناول ایک طرف رکھ دیا، ''ہاں ہاں۔۔۔میں نے اُنہیں کئی مرتبہ دیکھا ہے۔۔۔کیا بات ہے؟''

''بات یہ ہے کہ تم سے ملنا چاہتے ہیں۔''

بلقیس نے حیرت کا اظہار کیا، ''وہ مجھ سے کیوں ملنا چاہتے ہیں۔۔۔اُن کی تو آنکھیں ہی نہیں۔''

''وہ تم سے چند باتیں کرنا چاہتے ہیں۔۔۔بڑے صاحبِ کشف بزرگ ہیں۔۔۔اُن کی بات سے ممکن ہے ہم دونوں کا بھلا ہو جائے۔''

بلقیس مُسکرائی، ''معلوم نہیں۔۔۔آپ اِتنے ضعیفُ الاعتقاد کیوں ہیں۔۔۔لیکن چلیے۔۔۔اندھا ہی تو ہے۔۔۔اس سے کیا پردہ ہے۔''

بلقیس ظفر شاہ کے ساتھ وائٹ ہاؤس میں گئی۔ حافظ حسین دین بیٹھا چلغوزے کھا رہا تھا۔ جب اُس

نے قدموں کی چاپ سنی تو بولا، ''آ گئے ظفر شاہ؟''

ظفر شاہ نے تعظیماً جواب دیا، ''جی ہاں حضور!''

''لڑکی آئی ہے؟''

''جی ہاں!''

حافظ صاحب نے اپنی بے نور آنکھوں سے بِلقیس کو دیکھنے کی کوشش کی اور کہا، ''بیٹھ جاؤ میرے سامنے ۔۔۔'' بِلقیس سامنے اسٹول پر بیٹھ گئی۔

حافظ صاحب نے ظفر شاہ سے کہا، ''اب تمہاری مُراد بر آئے گی۔۔۔ہم لڑکی کو وظیفہ بتائیں گے ۔۔۔ اِن شاء اللہ سب کام ٹھیک ہو جائیں گے۔''

ظفر شاہ بہت خوش ہوا۔۔۔اُس نے فوراً پھل منگوائے اور بِلقیس سے کہا۔۔۔حافظ صاحب معلوم نہیں کتنی دیر لگائیں۔۔۔اِن کی خدمت کرنا نہ بھولنا۔''

حافظ صاحب نے کہا، ''دیکھو ہم تم سے بہت خوش ہیں۔ آج ہماری طبیعت چاہتی ہے کہ تمہیں بھی خوش کر دیں۔ جاؤ بازار سے چار تولے نوشادر، ایک تولہ چُونا، دس تولے شنگرف اور ایک مٹی کا کُوزا لے آؤ۔۔۔ جِتنا اِس کا وزن ہے اُتنا ہی سونا بن جائے گا۔''

ظفر شاہ بھاگا بھاگا بازار گیا اور یہ چیزیں لے آیا۔ جب اپنے وائٹ ہاؤس پہنچا تو کِواڑ کھُلے تھے اور اُس میں کوئی نہیں تھا۔ اُوپر گیا تو معلوم ہوا کہ بی بی بِلقیس بھی نہیں ہے ۔

حامد کا بچہ

لاہور سے بابو ہر گوپال آئے تو حامد گھر کا رہا نہ گھاٹ کا۔ انہوں نے آتے ہی حامد سے کہا، ''لو بھئی فوراً ایک ٹیکسی کا بندوبست کرو۔''

حامد نے کہا، ''آپ ذرا تو آرام کر لیجیے، اتنا لمبا سفر طے کر کے یہاں آئے ہیں، تھکاوٹ ہوگی۔''

بابو ہر گوپال اپنی دھن کے پکے تھے، ''نہیں بھائی، مجھے تھکاوٹ وکاوٹ کچھ نہیں۔ میں یہاں سیر کی غرض سے آیا ہوں، آرام کرنے نہیں آیا۔ بڑی مشکل سے دس دن نکالے ہیں۔ یہ دس دن تم میرے ہو، جو میں کہوں گا تمہیں ماننا ہوگا۔ میں اب کے عیاشی کی انتہا کر دینا چاہتا ہوں۔۔ سوڈا منگواؤ۔''

حامد نے بہت منع کیا کہ دیکھیے بابو ہر گوپال صبح سویرے مت شروع کیجیے مگر وہ نہ مانے۔ بکس کھول کر جونی واکر کی بوتل نکالی اور اسے کھولنا شروع کر دیا۔ ''سوڈا نہیں منگواتے تو لاؤ تھوڑا سا پانی لاؤ۔۔ کیا پانی بھی نہیں دو گے!''

بابو ہر گوپال، حامد سے عمر میں بڑے تھے۔ حامد تیس کا تھا تو وہ چالیس کے تھے۔ حامد ان کی عزت کرتا تھا اس لیے کہ اس کے مرحوم باپ سے بابو صاحب کے مراسم تھے۔ اس نے فوراً سوڈا منگوایا اور بڑی لجاجت سے کہا، ''دیکھیے مجھے مجبور نہ کیجیے گا۔ آپ جانتے ہیں کہ میری بیوی بڑی سخت گیر ہے۔''

مگر بابو ہر گوپال کے سامنے اس کی کوئی پیش نہ چلی اور اسے دینا ہی پڑا۔ جیسی کہ امید تھی، چار پیگ پینے کے بعد بابو ہر گوپال نے حامد سے کہا، ''لو بھئی اب چلیں گھومنے۔ مگر دیکھو کوئی ایسی ٹیکسی پکڑنا جو ذرا شان دار ہو۔ پرائیویٹ ٹیکسی ہو تو بہت اچھا ہے۔ مجھے ان میٹروں سے نفرت ہے۔''

حامد نے پرائیویٹ ٹیکسی کا بندوبست کر دیا۔ نئی فورڈ تھی، ڈرائیور بھی بہت اچھا تھا۔ ۔ بابو ہرگوپال بہت خوش ہوئے۔ ٹیکسی میں بیٹھ کر اپنا چمڑا بٹوا نکالا، کھول کر دیکھا، سو سو کے کئی نوٹ تھے اور اطمینان کا سانس لیا اور اپنے آپ سے کہا، ''کافی ہیں۔ ۔ لو بھئی ڈرائیور اب چلو۔ ''

ڈرائیور نے اپنے سر پر ٹوپی کو ترچھا کیا اور پوچھا، ''کہاں سیٹھ؟''

بابو ہرگوپال حامد سے مخاطب ہوئے، ''بولو بھئی تم۔ ''

حامد نے کچھ دیر سوچ کر ایک ٹھکانہ بتایا۔ ٹیکسی نے اُدھر کا رخ کیا۔ تھوڑی ہی دیر کے بعد بمبئی کا سب سے بڑا دلال ان کے ساتھ تھا۔ اس نے مختلف مقامات سے مختلف لڑکیاں نکال کر پیش کیں مگر حامد کو کوئی پسند نہ آئی۔ وہ نفاست پسند تھا، صفائی کا شیدا تھا۔ یہ لڑکیاں سرخی پاؤڈر کے باوجود اس کو گندی دکھائی دیں۔ اس کے علاوہ ان کے چہروں پر کسبیت کی مہر تھی، یہ اسے بہت گھناؤنی معلوم ہوتی تھی۔ وہ چاہتا تھا کہ عورت کو کسبی ہونے پر بھی عورت ہی رہنا چاہیے۔ اپنے عورت پن کو اپنے پیشے کے نیچے دبا نہیں دینا چاہیے۔ اس کے برعکس بابو ہرگوپال غلاظت پسند تھا۔ لاکھوں میں کھیلتا تھا، چاہتا تو بمبئی کا پورا شہر صابن پانی سے دھلوا دیتا مگر اپنی ذاتی صفائی کا اسے کچھ خیال نہیں تھا۔ نہاتا تھا تو بہت ہی تھوڑے پانی سے کئی کئی دن شیو نہیں کرتا تھا۔ گلاس چاہے میلا چکٹ ہو، اٹھا کر اس میں فرسٹ کلاس وہسکی انڈیل دیتا تھا۔ غلیظ بھکارن کو سینے کے ساتھ چمٹا کر سو جاتا تھا اور کہتا تھا، ''لطف آ گیا۔ ۔ ۔ کیا چیز تھی۔ ''

حامد کو حیرت ہوتی تھی کہ یہ بابو کس قسم کا انسان ہے۔ اوپر نہایت ہی قیمتی شیروانی ہے، نیچے ایسی بنیان ہے کہ اس کو دیکھنے سے ابکائیاں آنی شروع ہو جاتی ہیں۔ رومال پاس ہے لیکن کرتے کے دامن سے ناک کا بہتا ہوا بینٹھ صاف کر رہا ہے۔ غلط پلیٹ میں چاٹ کھا کر خوش ہو رہا ہے۔ تکیے کے غلاف میلے ہو کر بدبو چھوڑ رہے ہیں مگر اسے ان کو بدلوانے کا خیال تک نہیں آتا۔ ۔ ۔ حامد نے اس کے متعلق بہت غور کیا تھا مگر کسی نتیجے پر نہ پہنچا۔ اس نے کئی مرتبہ بابو ہرگوپال سے کہا، ''بابو جی آپ کو غلاظت سے گھن کیوں نہیں آتی۔ ''

یہ سن کر بابو ہرگوپال مسکرا دیتے، ''کیوں نہیں آتی۔ ۔ ۔ لیکن تمہیں تو ہر جگہ غلاظت ہی غلاظت نظر آتی ہے۔ اب اس کا کیا علاج ہے۔ '' حامد خاموش ہو جاتا اور دل ہی دل میں بابو ہرگوپال کی غلاظت پسندی پر کڑھتا رہتا۔

ٹیکسی دیر تک اِدھر اُدھر گھومتی رہی۔ دلال نے جب دیکھا کہ حامد انتخاب کے معاملے میں بہت کڑا ہے تو اس نے دل میں کچھ سوچا اور ڈرائیور سے کہا، ''شوا جی پارک کی طرف دباؤ۔ ۔ ۔ وہ بھی پسند نہ آئی تو

قسم خدا کی بھٹو اگیری چھوڑ دوں گا۔''

ٹیکسی شوا جی پارک کی ایک بنگلہ نما بلڈنگ کے پاس رکی۔ دلال اوپر چلا گیا۔تھوڑی دیر کے بعد واپس آیا اور بابو ہر گوپال اور حامد کو اپنے ساتھ لے گیا۔

بڑا صاف ستھرا کمرہ تھا، فرش کی ٹائلیں چمک رہی تھیں، فرنیچر پر گرد کا ذرہ تک نہیں تھا، ادھر دیوار پر سوامی وویکا نند کی تصویر لٹک رہی تھی، سامنے گاندھی جی کی تصویر، سُبھاش بابو کا فوٹو بھی تھا۔ میز پر مرہٹی کی کتابیں پڑی تھیں۔ دلال نے ان کو بیٹھنے کے لیے کہا، دونوں صوفے پر بیٹھ گئے۔ حامد گھر کی صفائی سے بہت متاثر ہوا۔ چیزیں مختصر تھیں مگر قرینے سے رکھی گئی تھیں۔ فضا بڑی سنجیدہ تھی اس میں کسبیوں کا وہ بے شرم ٹیکھا پن نہیں تھا۔

حامد بڑی بے صبری سے لڑکی کی آمد کا انتظار کرنے لگا۔ دوسرے کمرے سے ایک مرد نمودار ہوا۔ اس نے ہولے ہولے سرگوشیوں میں دلال سے باتیں کیں۔ بابو ہر گوپال اور حامد کی طرف دیکھا اور کہا، ''ابھی آتی ہے۔۔۔ نہا رہی تھی، کپڑے پہن رہی ہے۔'' یہ کہہ کر وہ چلا گیا۔

حامد نے غور سے کمرے کی چیزیں دیکھنا شروع کیں۔ میز کے پاس کونے میں بڑی خوبصورت رنگین چٹائی پڑی تھی۔ میز پر کتابوں کے ساتھ دس پندرہ بڑے رسالے تھے، نیچے بڑے نازک چپل، چمکیلے فرش پر پڑے تھے۔ کچھ اس انداز سے کہ ابھی ابھی ان سے پاؤں نکل کر گئے ہیں۔ سامنے شیشوں والی الماری میں قطار در قطار کتابیں تھیں۔

بابو ہر گوپال نے فرش پر جب اپنے سگریٹ کا آخری حصہ اپنی گر گابی کے نیچے دبایا تو حامد کو بہت غصہ آیا۔ سوچ ہی رہا تھا کہ اسے اٹھا کر باہر پھینک دے کہ دوسرے کمرے کے دروازے سے اس کے کانوں میں ریشمیں سرسراہٹ پہنچی۔ اس نے زاویہ بدل کر دیکھا ایک گوری چٹی لڑکی، بالکل نئے کاٹھے میں ملبوس، ننگے پیر آ رہی تھی۔

کاٹھے کا پلو اس کے سرے سے کھسکا، سیدھی مانگ تھی۔ جب قریب آ کر اس نے ہاتھ جوڑ کر پرنام کیا تو اس کے چمکیلے جوڑے میں حامد نے ایک پتا اڑسا ہوا دیکھا۔ پتے کا رنگ سفیدی مائل تھا۔ موٹے جوڑے میں جو بڑی صفائی سے کیا گیا تھا، یہ پتا بہت خوبصورت دکھائی دیتا تھا۔ حامد نے پرنام کا جواب اٹھ کر دیا۔ لڑکی شرماتی لجاتی ان کے پاس کرسی پر بیٹھ گئی۔

اس کی عمر، حامد کے اندازے کے مطابق سترہ برس سے اوپر نہیں تھی۔ قد درمیانہ، رنگ گورا جس میں ہلکی

ہلکی پیازی جھلک تھی۔ جس طرح اس کی ساڑی نئی تھی اسی طرح وہ خود بھی نئی معلوم ہوتی تھی۔ کرسی پر بیٹھ کر اس نے بڑی بڑی سیاہ آنکھیں جھکالیں۔ حامد کو ایسا محسوس ہونے لگا کہ وہ آہستہ آہستہ اس کے وجود میں سرایت کر رہی ہے۔ لڑکی بڑی صاف ستھری، بڑی اجلی تھی۔

بابو ہر گوپال نے حامد سے کچھ کہا تو وہ چونک پڑا جیسے اس کو کسی نے جھنجھوڑ کر جگا دیا ہے، ''کیا کہا بابو ہر گوپال؟''

بابو ہر گوپال نے کہا، ''بات کرو بھئی۔'' پھر آواز دھیمی کر دی، ''مجھے تو کوئی خاص پسند نہیں۔''

حامد کباب ہو گیا۔ اس نے لڑکی کی طرف دیکھا۔ دھلا ہوا شباب اس کے سامنے بیٹھا تھا۔ نکھری ہوئی بے داغ جوانی ریشم میں لپٹی ہوئی، اس کی نظروں کے سامنے تھی جس کو وہ حاصل کر سکتا تھا۔ ایک رات کے لیے نہیں، کئی راتوں کے لیے، کیونکہ وہ قیمت ادا کر کے اپنائی جا سکتی تھی، لیکن حامد نے جب یہ سوچا تو اسے دکھ ہوا کہ ایسا کیوں ہے۔ یہ لڑکی بکاؤ مال ہرگز نہیں ہونی چاہیے تھی۔ پھر اسے خیال کہ آیا اگر ایسا ہوتا تو اس کو حاصل کیسے کرتا۔

بابو ہر گوپال نے بڑے بھونڈے انداز میں پوچھا، ''کیا خیال ہے بھئی؟''

''خیال؟'' حامد پھر چونکا۔ ''آپ کو تو پسند نہیں، لیکن میں۔۔۔'' وہ کچھ کہتے کہتے رک گیا۔

بابو ہر گوپال بڑے دوست نواز تھے۔ اٹھے اور دلال سے کاروباری انداز میں پوچھا، ''کیوں بھئی کیا دینا پڑے گا؟''

دلال نے جواب دیا، ''چھوکری دیکھ لیجیے۔ ابھی تازہ تازہ دھندا شروع کیا ہے۔''

بابو ہر گوپال نے اس کی بات کاٹی، ''تم اسے چھوڑو۔ معاملے کی بات کرو۔''

دلال نے بیڑی سلگائی، ''سو روپے ہوں گے۔ پورا دن رکھیے یا پوری رات رکھیے۔ ایک دیڑھ یا کم نہیں ہو گا۔''

بابو ہر گوپال حامد سے مخاطب ہوئے، ''کیوں بھئی۔''

حامد کو بابو ہر گوپال اور دلال کی گفتگو بہت ناگوار گزر رہی تھی۔ اس کو یوں محسوس ہوتا تھا کہ اس لڑکی کی توہین ہو رہی ہے۔۔۔ سو روپے میں یہ دھڑکتا ہوا شباب، یہ دہکتی ہوئی جوانی۔۔۔ اسے یہ کو یہ سن کر بہت کوفت ہوئی کہ مرمری حسن کا جو یہ نادر نمونہ اس کے سامنے سانس لے رہا تھا اس کی قیمت صرف سو روپے ہے۔۔۔ مگر اس کوفت کے ساتھ ہی اس خیال نے اس کے دل میں چٹکی لی کہ سو روپے دے کر آدمی اس کو

حاصل تو کر سکتا ہے، ایک دن یا ایک رات کے بلیے، لیکن پھر اس نے سوچا، ''صرف ایک دن یا ایک رات کے لیے کیوں۔۔۔اس کے ساتھ تو آدمی کو اپنی ساری عمر بتا دینی چاہیے۔اس کی ہستی میں اپنی ہستی مدغم کر دینی چاہیے۔''

بابو ہر گوپال نے پھر پوچھا، ''کیوں بھئی کیا خیال ہے؟''

حامد اپنا خیال ظاہر نہیں کرنا چاہتا تھا۔بابو ہر گوپال مسکرایا، جیب سے بٹوا نکالا اور سو کا ایک نوٹ دلال کو دے دیا، ''ایک ڈیڑھ یا کم نہ ایک ڈیڑھ زیادہ۔ پھر وہ حامد سے مخاطب ہوا، ''چلو بھئی۔۔۔معاملہ طے ہو گیا۔''

حامد خاموش ہو گیا۔ دونوں نیچے اتر کر ٹیکسی میں بیٹھے۔ دلال لڑکی کو لے کر آ گیا۔ وہ شرماتی لجاتی ان کے ساتھ بیٹھ گئی۔۔۔۔ ہوٹل میں ایک کمرے کا بندوبست کر کے بابو ہر گوپال اپنے لیے کوئی لڑکی تلاش کرنے چلا گیا۔ لڑکی پلنگ پر آنکھیں جھکائے بیٹھی تھی۔ حامد کا دل دھک دھک کر رہا تھا۔ بابو ہر گوپال وہسکی کی بوتل چھوڑ گیا تھا۔ آدھی کے قریب باقی تھی۔ حامد نے سوڈا منگوا کر ایک بہت بڑا پیگ لگایا۔اس اس میں کچھ جرأت پیدا ہوئی۔اس نے لڑکی کے پاس بیٹھ کر پوچھا، ''آپ کا نام؟''

لڑکی نے نگاہیں اٹھا کر جواب دیا، ''لتا منگلاؤں کر۔''

بڑی پیاری آواز تھی۔ حامد نے ایک بڑا پیگ اپنے اندر انڈیلا اور لتا کے سر سے کاشٹے کا پلو ہٹا کر اس کے چمکیلے بالوں پر ہاتھ پھیرا۔لتا نے بڑی بڑی سیاہ آنکھیں جھکائیں۔ حامد نے ساڑی کا پلو بالکل نیچے گرا دیا۔ چست چولی کے کھلے گریبان سے اس کو لتا کے سینے کی ابھار کی ننھی سی دھڑکتی ہوئی جھلک دکھائی دی۔ حامد کا سارا وجود تھرا اگیا۔اس کے دل میں خواہش پیدا ہوئی کہ وہ چولی بن کر لتا کے ساتھ چمٹ جائے۔اس کی میٹھی میٹھی گرمی محسوس کرے اور سو جائے۔

لتا ہندوستانی نہیں جانتی تھی۔اس کو منگلاؤں سے آئے صرف دو مہینے ہوئے تھے، مرہٹی بولتی تھی، بڑی کرخت زبان ہے لیکن اس کے منہ میں یہ بڑی ملائم ہو گئی تھی۔ وہ ٹوٹی پھوٹی ہندوستانی میں حامد کی باتوں کا جواب دیتی تو وہ اس سے کہتا، ''نہیں لتا، تم مرہٹی میں بات کرو۔ مجھے بہت چانگلی لگتی۔''

لفظ ''چانگلی''سن کر لتا ہنس پڑتی اور صحیح تلفظ اس کو بتاتی، لیکن حامد بچے اور ڑ ے کی درمیانی آواز پیدا نہ کر سکتا۔اس پر دونوں کھلکھلا کر ہنسنے لگتے۔ حامد اس کی باتیں نہ سمجھتا لیکن اس کو سمجھنے میں اس کو لطف آتا تھا۔ کبھی کبھی وہ اس کے ہونٹ چوم لیتا اور اس سے کہتا، ''یہ پیارے پیارے بول جو تم اپنے منہ سے نکال رہی ہو میرے منہ میں ڈال دو۔ میں انہیں پینا چاہتا ہوں۔'' وہ کچھ نہ سمجھتی اور ہنس دیتی۔ حامد اسے اپنے

سینے کے ساتھ ساتھ لگا لیتا۔ لتا کی بانہیں بڑی سڈول اور گوری گوری تھیں ان پر چولی کی چھوٹی چھوٹی آستینیں پھنسی ہوئی تھیں۔ حامد نے ان کو بھی کئی بار چوما، لتا کا ہر عضو حامد کو پیارا لگتا تھا۔

رات کو نو بجے حامد نے لتا کو اس کے گھر چھوڑا تو اپنے اندر ایک خلا سا محسوس کیا۔ اس کے ملائم جسم کا لمس جیسے ایک دم چھال کی طرح اتر کر اس سے جدا ہو گیا۔ ساری رات کروٹیں بدلتا رہا۔ صبح بابو ہر گوپال آئے۔ انہوں نے تجلیسے میں اس سے پوچھا، '' کیوں کیسی رہی؟ ''

حامد نے صرف اتنا کہا، '' ٹھیک تھی۔ ''

'' چلتے ہو پھر؟ ''

'' نہیں مجھے ایک ضروری کام ہے۔ ''

'' بکواس نہ کرو۔۔۔ میں نے تم سے آتے ہی کہہ دیا تھا کہ یہ دس دن تم میرے ہو۔ ''

حامد نے بابو ہر گوپال کو یقین دلایا کہ اسے واقعی بہت ضروری کام ہے، پُونے جا رہا ہوں، وہاں اس کو ایک آدمی سے مل کر اپنا کام کرانا ہے۔ بابو ہر گوپال انجام کار مان گئے اور اکیلے عیاشی کرنے کے چلے گئے۔ حامد نے ٹیکسی لی۔ بینک سے روپے نکلوائے اور رسید ھا لتا کے ہاں پہنچا۔ وہ اندر نہا رہی تھی۔ کمرے میں ایک مرد بیٹھا تھا، وہی جس نے پہلے دن کہا تھا، '' ابھی آتی ہے۔۔۔ نہا رہی تھی، کپڑے بدل رہی ہے۔ ''

حامد نے اس سے کچھ دیر باتیں کیں اور رسو کا ایک نوٹ اس کے حوالے کر دیا۔ لتا آئی، پہلے سے بھی زیادہ صاف ستھری اور نکھری ہوئی۔ ہاتھ جوڑ کر اس پر نام کیا۔ حامد اٹھا اور اس مرد سے مخاطب ہوا، '' میں چلتا ہوں تم لے آؤ انہیں۔۔۔ وقت پر چھوڑ جاؤں گا۔ ''

یہ کہہ کر وہ نیچے اتر گیا، لتا آئی اور حامد کے پاس بیٹھ گئی۔ اس کا لمس محسوس کر کے حامد کو بڑی راحت ہوئی۔ وہ اس کو وہیں ٹیکسی میں اپنے سینے کے ساتھ بھینچ لیتا مگر لتا نے ہاتھ کے اشارے سے منع کر دیا۔ شام کو ساڑھے سات بجے تک وہ اس کے ساتھ رہی۔۔۔ جب اس کے گھر چھوڑا تو ایسا محسوس کیا کہ اس کے دل کی راحت اس سے جدا ہو گئی ہے۔ رات بھر وہ بے چین رہا۔ حامد شادی شدہ تھا، چھوٹے چھوٹے دو بچوں کا باپ تھا۔ اس نے سوچا کہ وہ سخت حماقت کر رہا ہے۔ اگر اس کی بیوی کو پتہ چل گیا تو آفت برپا ہو جائے گی ایک بار سلسلہ ہو گیا، ٹھیک ہے مگر یہ سلسلہ تو اب دراز ہونے کی طرف مائل تھا۔ اس نے عہد کر لیا کہ اب شوا جی پارک کا رخ نہیں کرے گا مگر صبح دس بجے وہ پھر لتا کے ساتھ ہوٹل میں لیٹا تھا۔

پندرہ روز تک حامد بلا ناغہ لتا کے ہاں جاتا رہا۔۔۔ اس کے بینک کے اکاؤنٹ میں سے دو ہزار روپے اڑ چکے

تھے، کاروبار الگ اس کی غیر موجودگی کے باعث نقصان اٹھا رہا تھا، حامد کو اس کا کامل احساس تھا مگر لتا اس کے دل و دماغ پر بری طرح چھا چکی تھی۔ لیکن حامد نے ہمت سے کام لیا اور ایک دن یہ سلسلہ منقطع کر دیا۔ اس دوران میں بابو ہر گوپال اپنی میلی اور غلیظ عیاشیاں ختم کر کے لاہور واپس جا چکا تھا۔ حامد نے خود کو زبردستی اپنے کاروباری کاموں میں مصروف کر دیا اور لتا کو بھولنے کی کوشش کی۔

چار مہینے گزر گئے۔ حامد ثابت قدم رہا۔ لیکن ایک دن اتفاق سے اس کا گزر شوا جی پارک سے ہوا۔ حامد نے غیر ارادی طور پر ٹیکسی والے سے کہا، ''روک لو یہاں۔'' ٹیکسی رکی۔ حامد سوچنے لگا، ''نہیں یہ ٹھیک نہیں۔۔۔ٹیکسی والے سے کہو چلے!'' مگر دروازہ کھول کر وہ باہر نکلا اور او پر چلا گیا۔

لتا آئی تو حامد نے دیکھا کہ وہ پہلے سے موٹی ہے، چھاتیاں زیادہ بڑھی ہیں، چہرے پر گوشت بڑھ گیا ہے۔ حامد نے سو روپے دیئے اور اس کو ہوٹل میں لے گیا۔ یہاں اس کو جب معلوم ہوا کہ لتا حاملہ ہے تو اس کے اوسان خطا ہو گئے، سارا نشہ ہرن ہو گیا۔ گھبرا کر اس نے پوچھا، ''یہ۔۔۔یہ حمل کس کا ہے؟''

لتا کچھ نہ سمجھی۔ حامد نے اس کو بڑی مشکل سے سمجھایا تو اس نے سر ہلا کر کہا، ''ہم کو معلوم نہیں۔''

حامد پسینہ پسینہ ہو گیا، ''تمھیں بالکل معلوم نہیں؟''

لتا نے سر ہلایا، ''نہیں۔''

حامد نے تھوک نگل کر پوچھا، ''کہیں۔۔۔میرا تو نہیں؟''

''معلوم نہیں۔''

حامد نے مزید استفسار کیا۔ بہت سی باتیں کیں تو اسے معلوم ہوا کہ لتا کے لواحقین نے حمل گروانے کی بہت کوشش کی مگر کامیاب نہ ہوئے۔ کوئی دوا اثر نہیں کرتی تھی، ایک دوا نے تو اسے بیمار کر دیا چنانچہ ایک مہینہ وہ بستر پر پڑی رہی۔ حامد نے بہت سوچا، ایک ہی بات اس کی سمجھ میں آئی کہ کسی اچھے ڈاکٹر سے مشورہ کرے اور بہت جلدی کرے کیونکہ بچے کی خاطر لتا کو گاؤں بھیجا جا رہا تھا۔

حامد نے اس کو گھر چھوڑا اور ایک ڈاکٹر کے پاس گیا جو اس کا دوست تھا اس نے حامد سے کہا، ''دیکھو یہ معاملہ بڑا خطرناک ہے۔ زندگی اور موت کا سوال درپیش ہوتا ہے۔''

حامد نے اس سے کہا، ''یہاں میری زندگی اور موت کا سوال ہے۔ نطفہ یقیناً میرا ہے۔ میں نے اچھی طرح حساب لگایا ہے۔ اس سے بھی اچھی طرح دریافت کیا ہے۔ خدا کے لیے آپ سوچیے میری پوزیشن کیا ہے۔۔۔میری اولاد۔۔۔میں تو یہ سوچتے ہی کانپ کانپ جاتا ہوں۔ آپ میری مدد نہیں کریں گے

تو سوچتا سوچتا پاگل ہو جاؤں گا۔ ''

ڈاکٹر آنے اس کو دوا دے دی۔ حامد نے لتا کو پہنچادی مگر کوئی اثر نہ ہوا۔ حامد خوش خبری سننے کے لیے بے قرار تھا مگر لتا نے اس سے کہا کہ اس پر پہلے بھی کسی دوا نے اثر نہیں کیا تھا۔ حامد بڑی مشکلوں سے ایک اور دوا لایا مگر یہ بھی کارگر ثابت نہ ہوئی۔ اب لتا کا پیٹ صاف نمایاں تھا، اس کے لواحقین اسے گاؤں بھیجنا چاہتے تھے لیکن حامد نے ان سے کہا، '' نہیں ابھی ٹھہر جاؤ۔ ۔ ۔ میں کچھ اور بندوبست کرتا ہوں۔ ''

بندوبست کچھ بھی نہ ہوا سوچ سوچ کر حامد کا دماغ عاجز آ گیا۔ کیا کرے کیا نہ کرے۔ کچھ اس کی سمجھ میں نہیں آتا۔ ۔ ۔ بابو ہر گوپال پر سو لعنتیں بھیجتا تھا، اپنے آپ کو کوستا تھا کہ کیوں اس نے حماقت کی۔ یہ سوچتا تو لرز جاتا کہ اگر لڑکی پیدا ہوئی تو وہ بھی اپنی ماں کی طرح پیشہ کرے گی۔ ڈوب مرنے کی بات ہے۔

اس کو لتا سے نفرت ہو گئی۔ اس کا حسن اس کے دل میں اب پہلے سے جذبات پیدا نہ کرتا، غلطی سے اس کا ہاتھ لتا سے چھو جاتا تو اس کو ایسا محسوس ہوتا کہ اس نے انگاروں میں ہاتھ جھونک دیا ہے، اس کو اب لتا کی کوئی ادا پسند نہیں تھی، اس کی زبردست خواہش تھی کہ وہ اس کا بچہ جننے سے پہلے مر جائے۔ وہ اور مردوں کے پاس بھی جاتی رہی تھی، کیا اسے حامد ہی کا نطفہ قبول کرنا تھا؟

حامد کے جی میں آئی کہ وہ اس کے سُوجے ہوئے پیٹ میں چھرا بھونک دے یا کوئی ایسا حیلہ کرے کہ اس کا بچہ پیٹ ہی میں مر جائے۔ لتا بھی کافی فکر مند تھی، اس کی کبھی خواہش نہیں تھی کہ بچہ ہو، اس کے علاوہ اس کو بہت بوجھ محسوس ہوتا تھا۔ شروع شروع میں تو اس کو الٹیوں نے نڈھال کر دیا تھا، اب ہر وقت اس کے پیٹ میں ایٹھن سی رہتی تھی۔ مگر حامد سمجھتا تھا کہ وہ فکر مند نہیں ہے، '' اور کچھ نہیں تو کم بخت میری حالت دیکھ کر ہی ترس کھا کر بچہ ٹپقے کر دے۔ ''

دوائیں چھوڑ کر ٹوٹکے بھی کیے مگر بچہ اتنا ہٹ دھرم تھا کہ اپنی جگہ پر قائم رہا۔ ۔ ۔ تھک ہار کر حامد نے لتا کو گاؤں جانے کی اجازت دے دی لیکن خود وہاں جا کر مکان دیکھ آیا۔ حساب کے مطابق بچہ اکتوبر کے پہلے ہفتے میں پیدا ہونا تھا۔ حامد نے سوچ لیا تھا کہ وہ اسے کسی نہ کسی طرح مروا ڈالے گا، چنانچہ اس غرض سے اس نے بمبئی کے ایک بہت بڑے دادا سے راہ و رسم پیدا کی، اس کو خوب کھلاتا پلاتا رہا، اس پر اس کا کافی روپیہ خرچ ہوا۔ مگر حامد نے کوئی خیال نہ کیا۔

وقت آیا تو اس نے اپنی ساری اسکیم دادا کریم کو بتا دی۔ ایک ہزار روپے طے ہوئے، حامد نے فوراً دے دیئے، دادا کریم نے کہا، '' اتنا چھوٹا بچہ مجھ سے نہیں مارا جائے گا۔ میں لا کر تمہارے حوالے کر دوں گا۔

آگے تم جانو اور تمہارا کام ۔ ویسے یہ راز میرے سینے میں دفن رہے گا۔ اس کی تم کچھ فکر نہ کرو۔ ''
حامد مان گیا۔ اس نے سوچا کہ وہ بچے کو گاڑی کی پٹری پر رکھ دے گا، اپنے آپ کچلا جائے گا یا کسی اور ترکیب
سے اس کا خاتمہ کر دے گا۔ ۔ ۔ دادا کریم کو ساتھ لے کر وہ لتا کے گاؤں جا پہنچا۔ دادا کریم نے پتہ لیا کہ
بچہ پندرہ روز ہوئے پیدا ہو چکا ہے ۔ حامد کے دل میں وہ جذبہ پیدا ہوا جو اپنے پہلے لڑکے کی پیدائش پر
اس کو محسوس ہوا تھا مگر اس نے اس کو وہیں دبا دیا اور کریم سے کہا، ''دیکھو آج رات یہ کام ہو جائے۔''
رات کے بارہ بجے ایک اجاڑ جگہ پر حامد کھڑا انتظار کر رہا تھا، اس کے دل و دماغ میں ایک عجیب طوفان برپا
تھا، وہ خود کو بڑی مشکلوں سے قاتل میں تبدیل کر چکا تھا، وہ پتھر جو اس کے سامنے پڑا تھا بچے کا سر کچلنے
کے لیے کافی تھا۔ کئی بار اسے اٹھا کر وہ اس کے وزن کا اندازہ کر چکا تھا۔

ساڑھے بارہ ہوئے تو حامد کو قدموں کی آواز آئی۔ حامد کا دل اس زور سے دھڑکنے لگا جیسے سینے سے باہر
آ جائے گا۔ دادا کریم اندھیرے میں نمودار ہوا۔ اس کے ہاتھوں میں کپڑے کی ایک چھوٹی سی گٹھری تھی۔
پاس آ کر اس نے حامد کے کانپتے ہوئے ہاتھوں میں دے دی اور کہا، ''میرا کام ختم ہوا۔ ۔ ۔ میں چلا۔''
یہ کہہ وہ چلا گیا۔ حامد بہت بری طرح کانپ رہا تھا۔ بچہ کپڑے کے اندر ہاتھ پاؤں مار رہا تھا۔ حامد نے اسے
زمین پر رکھ دیا۔ تھوڑی دیر اپنے لرزے پر قابو پانے کی کوشش کی، جب یہ کچھ کم ہوا تو اس نے وزنی پتھر
اٹھایا، ٹٹول کر سر دیکھا۔ پتھر زور سے پٹکنے ہی والا تھا کہ اس نے سوچا بچے کو ایک نظر دیکھ تو لوں۔ پتھر
ایک طرف رکھ کر اس نے کانپتے ہوئے ہاتھوں سے دیا سلائی نکالی اور ایک تیلی سلگائی۔ یہ اس کی انگلیوں
ہی میں جل گئی۔ اس کی ہمت نہ پڑی، کچھ دیر سوچا، دل مضبوط کیا، دیا سلائی کی تیلی جلائی، کپڑا ہٹایا، پہلے
سرسری نظر سے پھر ایک دم غور سے دیکھا، تیلی بجھ گئی۔ ۔ ۔ یہ کس کی شکل تھی۔ ۔ ۔ ؟ اس نے کہیں دیکھی
تھی۔ ۔ ۔ کہاں۔ ۔ ۔ ؟ کب۔ ۔ ۔ ؟

حامد نے جلدی جلدی ایک تیلی جلائی اور بچے کے چہرے کو غور سے دیکھا۔ ایک دم اس کی آنکھوں کے
سامنے اس مرد کا چہرہ آ گیا جس کے ساتھ لتا شواجی پارک میں رہتی تھی۔ ۔ ۔ ہٹ تیری ایسی کی تیسی۔ ۔
۔ ہو بہو وہی شکل۔ ۔ ۔ وہی ناک نقشہ !

حامد نے بچے کو وہیں چھوڑا اور قہقہے لگاتا چلا گیا۔

حج اکبر

امتیاز اور صغیر کی شادی ہوئی تو شہر بھر میں دھوم مچ گئی۔ آتش بازیوں کا رواج باقی نہیں رہا تھا مگر دولہے کے باپ نے اس پرانی عیاشی پر بے دریغ روپیہ صرف کیا۔

جب صغیر زیوروں سے لدے پھندے سفید براق گھوڑے پر سوار تھا تو اس کے چاروں طرف انار چھوٹ رہے تھے۔ مہتابیاں اپنے رنگ برنگ شعلے بکھیر رہی تھیں۔ پٹاخے پھوٹ رہے تھے۔ صغیر خوش تھا۔ بہت خوش کہ اس کی شادی امتیاز سے طے پا گئی تھی جس سے اس کو بے پناہ محبت تھی۔

صغیر نے امتیاز کو ایک شادی کی تقریب میں دیکھا۔ اس کی صرف ایک جھلک اسے دکھائی دی تھی مگر وہ اس پر سو جان سے فریفتہ ہو گیا اور اس نے دل میں عہد کر لیا کہ وہ اس کے علاوہ اور کسی کو اپنی رفیقۂ حیات نہیں بنائے گا، چاہے دنیا اِدھر کی اُدھر ہو جائے۔

دنیا اِدھر کی اُدھر نہ ہوئی۔ صغیر نے امتیاز سے ملنے کے راستے ڈھونڈ لیے۔ شروع شروع میں اس خوبرو لڑکی کے حجاب آڑے آئے، لیکن بعد میں صغیر کو اس کا التفات حاصل ہو گیا۔

صغیر بہت مخلص دل نوجوان تھا۔ اس میں ریا کاری نام کو بھی نہ تھی۔ اس کو امتیاز سے محبت ہو گئی تو اس نے یہ سمجھا کہ اسے اپنی زندگی کا اصل مقصد حاصل ہو گیا ہے۔ اس کو اس بات کی کوئی فکر نہیں تھی کہ امتیاز اسے قبول کرے گی یا نہیں۔ وہ اس قسم کا آدمی تھا کہ اپنی محبت کے جذبے ہی کے سہارے ساری زندگی بسر کر دیتا۔

اس کو جب امتیاز سے پہلی مرتبہ بات کرنے کا موقع ملا تو اس نے گفتگو کی ابتدا ہی ان الفاظ سے کی، ''دیکھو تازی، میں ایک نامحرم آدمی ہوں۔ میں نے مجبور کیا ہے کہ تم مجھ سے ملو۔۔۔ اب اس ملاپ کا انجام نیک

ہونا چاہیے۔ میں تم سے شادی کرنا چاہتا ہوں۔۔۔اور خدا کی قسم کھا کر کہتا ہوں کہ تمہارے علاوہ اور کوئی عورت زندگی میں نہیں آئے گی۔۔۔یہ میرے ضمیر اور دل کی اکٹھی آواز ہے۔۔۔تم بھی وعدہ کرو کہ جب تک میں زندہ ہوں مجھے کوئی آزار نہیں پہنچاؤ گی اور میری موت کے بعد بھی مجھے یاد کرتی رہو گی۔اس لیے کہ قبر میں بھی میری سوکھی ہڈیاں تمہارے پیار کی بھوکی ہوں گی۔''

امتیاز نے دھڑکتے ہوئے دل سے وعدہ کیا کہ وہ اس عہد پر قائم رہے گی۔اس کے بعد ان دونوں میں چھپ چھپ کے ملاقاتیں رہیں۔صغیر اس کو نکاح سے پہلے ہاتھ لگانا بہت بڑا گناہ سمجھتا تھا۔ان ملاقاتوں میں ان کا موضوع عشق و محبت نہیں ہوتا تھا۔صغیر مطمئن تھا کہ امتیاز اس کی محبت کی دعوت قبول کر چکی ہے۔اس پر اب اور زیادہ گفتگو کرنے کی کیا ضرورت تھی۔ ویسے وہ اپنی محبوبہ سے ملنا اس لیے ضروری سمجھتا تھا کہ وہ اس کے عادات و خصائل سے واقف ہو جائے اور وہ بھی اس کو اچھی طرح جان پہچان لے تا کہ وہ اس کی جبلت کا اندازہ کر سکے، اور اس کو شکایت کا کوئی موقع نہ دے۔

اس نے ایک دن امتیاز سے بڑے غیر عاشقانہ انداز میں کہا، ''تازی میں اب بھی تم سے کہتا ہوں کہ اگر تم نے مجھ میں کوئی خامی دیکھی ہے، اگر میں تمہارے معیار پر پورا نہیں اترا تو مجھ سے صاف صاف کہہ دو۔ تم کسی بندھن میں گرفتار نہیں ہو۔۔۔تم مجھے دھتکار دو تو مجھے کوئی شکایت نہیں ہو گی۔میری محبت میرے لیے کافی ہے۔ میں اس کے اور ان ملاقاتوں کے سہارے کافی دیر تک جی سکتا ہوں۔''

امتیاز اس سے بہت متاثر ہوئی، اس کا جی چاہا کہ صغیر کو اپنے گلے سے لگا کر رونا شروع کر دے، مگر وہ اسے ناپسند کرتا۔اس لیے اس نے اپنے جذبات اندر ہی اندر مسل ڈالے۔ وہ چاہتی تھی کہ صغیر اس سے فلسفیانہ باتیں نہ کرے۔ لیکن کبھی کبھی اس طور پر بھی اس سے پیش آئے جس طرح فلموں میں ہیرو ہیروئن سے پیش آتا ہے۔ مگر صغیر کو ایسی عامیانہ حرکات سے نفرت تھی۔

بہر حال ان دونوں کی شادی ہو گئی۔

پہلی رات کو حجلۂ عروسی میں جب صغیر داخل ہوا تو امتیاز چھینک رہی تھی۔ وہ بہت متفکر ہوا۔ امتیاز کو بلاشبہ زکام ہو رہا تھا، لیکن وہ نہیں چاہتی تھی کہ اس کا خاوند اس معمولی سے عارضے کی طرف اتنا متوجہ ہو کہ اس کی تمام امنگوں کو فراموش کر دے۔ وہ سر تا پا سپردگی تھی۔ مگر صغیر کو اس بات کی تشویش تھی کہ امتیاز اس کی جان سے زیادہ عزیز ہستی علیل ہے، چنانچہ اس نے فوراً ڈاکٹر بلوایا۔ جو دوائیاں اس نے تجویز کیں بازار سے خرید کر لایا اور اپنی نئی نویلی دلہن کو جس کو ڈاکٹر کی آمد سے کوئی دلچسپی تھی، نہ اپنے خاوند کی تیمار داری

سے، اسے مجبور کیا کہ وہ انجکشن لگوائے اور چار چار گھنٹے کے بعد دو دو پسے ۔

زکام کچھ شدید قسم کا تھا، اس لیے چار دن اور چار راتیں صغیر اپنی دلہن کی تیار داری میں مصروف رہا۔ امتیاز چِڑ گئی۔ وہ جانے کیا سوچ کر عروسی جوڑا پہنے صغیر کے گھر کو آئی تھی۔ مگر وہ بے کار اس کے زکام کو درست کرنے کے پیچھے پڑا ہوا تھا، جیسے دولہا دلہن کے لیے بس ایک یہی چیز اہم ہے، باقی اور باتیں فضول ہیں ۔ تنگ آ کر ایک دن اس نے اپنے ضرورت سے زیادہ شریف شوہر سے کہا، ''آپ چھوڑیے میرے علاج معالجے کو۔۔۔ میں اچھی بھلی ہوں ۔'' پھر اس نے دعوت بھری نگاہوں سے اس کی طرف دیکھا، ''میں دلہن ہوں۔ آپ کے گھر کو آئی ہوں، اور آپ نے اسے ہسپتال بنا دیا ہے ۔''

صغیر نے بڑے پیار سے اپنی دلہن کا ہاتھ دبایا اور مسکرا کر کہا، ''تازی، خدا نہ کرے کہ یہ ہسپتال ہو۔ یہ میرا گھر نہیں تمہارا گھر ہے ۔'' اس کے بعد امتیاز کو جو فوری شکایت تھی رفع ہو گئی اور وہ شیر و شکر ہو کر رہنے لگے ۔ صغیر اس سے محبت کرتا تھا، لیکن اس کو ہمیشہ امتیاز کی صحت، اس کے جسم کی خوبصورتیوں اور اس کو ترو تازہ دیکھنے کا خیال رہتا۔ وہ اسے کانچ کے نازک پھولدان کی طرح سمجھتا تھا جس کے متعلق ہر وقت یہ خدشہ ہو کہ ذرا سی بے احتیاطی سے ٹوٹ جائے گا۔

امتیاز اور صغیر کا رشتہ دوہرا تھا۔ دو بھائی اصغر حسین اور امجد حسین تھے ۔ کھاتے پیتے تاجر۔ صغیر بڑے بھائی اصغر حسین کا لڑکا تھا، اور امتیاز امجد حسین کی بیٹی۔ اب یہ دونوں میاں بیوی تھے ۔ شادی سے پہلے دونوں بھائیوں میں کچھ اختلاف تھے تھے جو اس کے بعد دور ہو گئے تھے ۔

امتیاز کی دو بہنیں اور تھیں جو اس پر جان چھڑکتی تھیں۔ امتیاز کا بیاہ ہوا تو ان دونوں کی باری قدرتی طور پر آ گئی۔ وہ اپنے گھروں میں آباد بہت خوش تھیں۔ کبھی کبھی امتیاز سے ملنے آتیں اور صغیر کے اخلاق سے بہت متاثر ہوتیں۔ ان کی نظر میں وہ آئیڈیل شوہر تھا۔

دو برس گزر گئے، امتیاز کے ہاں کوئی بچہ نہ ہوا۔ دراصل صغیر چاہتا تھا اتنی چھوٹی عمر میں وہ اولاد کے بکھیڑوں میں نہ پڑے۔۔۔ ان دونوں کے دن ابھی تک کھیلنے کو دنے کے تھے۔ صغیر اسے ہر روز سینما لے جاتا، باغ کی سیر کراتا، نہر کے کنارے اس کے ساتھ چہل قدمی کرتا۔ اس کی ہر آسائش کا اسے خیال تھا۔ بہترین سے بہترین کھانے، اچھے سے اچھے باورچی۔ اگر امتیاز کبھی باورچی خانے کا رخ کرتی تو وہ اس سے کہتا، ''تازی، انگیٹھیوں پر پتھر کے کوئلے جلتے ہیں۔ ان کی بو بہت بری ہوتی ہے اور صحت کے لیے بھی نا مفید۔۔۔ میری جان تم اندر نہ جایا کرو، دونو کر ہیں۔ کھانے پکانے کا کام جب تم نے ان کے سپرد کر

رکھا ہے تو پھر اس زحمت کی کیا ضرورت؟''

امتیاز مان جاتی۔

سردیوں میں صغیر کا بڑا بھائی اکبر جو نیروبی میں ایک عرصہ سے مقیم تھا اور ڈاکٹر تھا، کسی کام کے سلسلے میں کراچی آیا تو اس نے سوچا کہ چلو لاہور صغیر سے مل آئیں۔ بذریعہ ہوائی جہاز پہنچا اور اپنے چھوٹے بھائی کے پاس ٹھہرا۔ وہ صرف چار روز کے لیے آیا کہ ہوائی جہاز میں اس کی سیٹ پانچویں روز کے لیے بک تھی۔ مگر جب اس کی بھابی نے جو اس کی آمد پر بہت خوش ہوئی تھی، اصرار کیا تو چھوٹے بھائی صغیر نے اس سے کہا ''بھائی جان! آپ اتنی دیر کے بعد آئے ہیں کچھ دن اور ٹھہر جائیے۔ میری شادی میں آپ شریک نہیں ہوئے تھے، جتنے دن آپ فالتو ٹھہریں گے، انہیں جرمانہ سمجھ لیجیے گا۔''

امتیاز مسکرائی اور اکبر سے مخاطب ہوئی، ''اب تو آپ کو ٹھہرنا ہی پڑے گا۔۔۔اور پھر مجھے آپ نے شادی پر کوئی تحفہ بھی تو نہیں دیا۔ میں جب تک وصول نہیں کر لوں گی، آپ کیسے جا سکتے ہیں اور آپ کو میں جانے بھی کب دوں گی۔'' دوسرے روز اکبر اس کو ساتھ لے کر گیا اور سچے موتیوں کا ایک ہار لے دیا۔ صغیر نے اپنے بھائی کا شکریہ ادا کیا۔ اس لیے کہ ہار بہت قیمتی تھا، کم از کم پانچ ہزار روپے کا ہو گا۔

اسی دن اکبر نے واپس نیروبی جانے کا ارادہ ظاہر کیا اور صغیر سے کہا کہ وہ ہوائی جہاز میں اس کے ٹکٹ کا بندوبست کرے، اس لیے کہ اس کی لاہور شہر میں کافی واقفیت تھی۔ اکبر نے اس کو روپے دیے مگر اس نے برخورداران انداز میں کہا، ''آپ ابھی اپنے پاس رکھیے، میں لے لوں گا'' اور ٹکٹ کا بندوبست کرنے چلا گیا۔ اسے کوئی دِقّت نہ ہوئی، اس لیے کہ ہوائی جہاز سروس کا جنرل منیجر اس کا دوست تھا۔ اس نے فوراً ٹکٹ لے دیا۔ صغیر کچھ دیر اس کے ساتھ بیٹھا گپ لڑاتا رہا اس کے بعد گھر کا رخ کیا۔ موٹر گراج میں بند کر کے وہ اندر داخل ہوا لیکن فوراً باہر نکل آیا۔ گراج سے موٹر نکالی اور اس میں بیٹھ کر جانے کہاں روانہ ہو گیا۔

اکبر اور امتیاز دیر تک اس کا انتظار کرتے رہے مگر وہ نہ آیا۔ انہوں نے موٹر کے آنے اور گراج میں بند کیے جانے کی آواز سنی تھی، مگر انہوں نے سوچا کہ شاید ان کے کانوں کو دھوکا ہوا تھا۔ اس لیے کہ صغیر موجود تھا نہ اس کی موٹر۔ مگر وہ غائب کہاں ہو گیا تھا؟

اکبر کو واپس جانا تھا مگر اس نے پورا ایک ہفتہ انتظار کیا۔ ادھر اُدھر کئی جگہ پوچھ گچھ کی۔ پولیس میں رپورٹ لکھوائی مگر صغیر کی کوئی اُئن گن نہ ملی۔ آخری دن جب کہ اکبر جا رہا تھا، پولیس اسٹیشن سے اطلاع ملی کہ پی

بی ایل کے 10059 نمبر کی موٹر کار جس کے ایک خانے میں صغیر اختر کے نام کا لائسنس نکلا ہے، ہوائی اڈے کے باہر کئی دنوں سے پڑی ہے۔

دریافت کرنے پر معلوم ہوا کہ اکبر امجد حسین نام کے ایک آدمی نے آٹھ روز پہلے ہوائی جہاز میں نیروبی کا سفر کیا ہے۔۔۔ اکبر کی سیٹ نیروبی کے لیے بُک تھی۔ امتیاز سے رخصت لے کر جب وہ کینیا پہنچا تو اسے بڑی مشکلوں کے بعد صرف اتنا معلوم ہوا کہ ایک صاحب جن کا نام اکبر امجد تھا ہوائی جہاز کے ذریعے سے یہاں پہنچے تھے۔ ایک ہوٹل میں دو روز ٹھہرے، اس کے بعد چلے گئے۔

اکبر نے بہت کوشش کی مگر پتہ نہ چلا۔ اس دوران میں اس کو امتیاز کے کئی خط آئے۔ پہلے دو تین خطوں کی تو اس نے رسید بھیجی، اس کے بعد جو بھی خط آتا، پھاڑ دیتا کہ اس کی بیوی نہ پڑھ لے۔

دس برس گزر گئے۔ امجد حسین، یعنی امتیاز کا باپ بہت پریشان تھا۔ بہت لوگوں کا خیال تھا کہ صغیر مر کھپ چکا ہے مگر امجد کا دل نہیں مانتا تھا۔ کہیں اس کی لاش ہی مل جاتی۔ خودکشی کرنے کی وجہ کیا ہوسکتی ہے۔۔۔؟ بڑا نیک، شریف اور برخوردار لڑکا تھا۔ امجد کو اس سے بہت محبت تھی۔ ایک ہی بات اس کی سمجھ میں آتی تھی کہ اس کی بیٹی امتیاز نے کہیں اس جیسے ذکیُ الحس آدمی کو ایسی ٹھیس نہ پہنچائی ہو کہ وہ شکستہ دل ہو کر کہیں روپوش ہو گیا ہے۔ چنانچہ اس نے امتیاز سے کئی مرتبہ اس بارے میں پوچھا مگر وہ صاف منکر ہوگئی۔ خدا اور رسول کی قسمیں کھا کر اس نے اپنے باپ کی تشفی کردی کہ اس سے ایسی کوئی حرکت سرزد نہیں ہوئی۔

اکثر اوقات وہ روتی بھی تھی۔ اس کو صغیر یاد آتا تھا۔ اس کی نرم و نازک محبت یاد آتی تھی۔ اس کا وہ دھیما دھیما، نسیم سحری کا سلوک یاد آتا تھا جو اس کی فطرت تھی۔

امجد حسین کا ایک دوست حج کو گیا۔ واپس آیا تو اس نے اس کو یہ خوش خبری سنائی کہ صغیر زندہ ہے اور ایک عرصے سے مکے میں مقیم ہے۔ امجد حسین بہت خوش ہوا۔ اس کو اس کے دوست نے صغیر ہندی کا اتا پتا بتا دیا تھا۔ اس نے اپنی بیٹی امتیاز کو تیار کیا کہ وہ اس کے ساتھ حجاز چلے۔ فوراً ہوائی جہاز کے سفر کا انتظام ہو گیا۔ امتیاز جانے کے لیے تیار نہیں تھی، اس کو جھجک سی محسوس ہو رہی تھی۔

بہرحال باپ بیٹی سرِ زمینِ حجاز پہنچے۔ ہر مقدس مقام کی زیارت کی۔ امجد حسین نے ایک ایک کونہ چھان مارا مگر صغیر کا پتہ نہ چلا۔ چند آدمیوں سے جو اس کو جانتے تھے، صرف اتنا معلوم ہوا کہ وہ آپ کی آمد سے دس روز پہلے، کیوں کہ اسے کسی نہ کسی طریق سے معلوم ہو چکا تھا کہ آپ تشریف لا رہے ہیں، کھڑکی سے کود ا اور گر کر ہلاک ہو گیا۔ مرنے سے چند لمحات پہلے اس کے ہونٹوں پر ایک لفظ کانپ رہا تھا۔۔۔ غالباً امتیاز تھا۔

اس کی قبر کہاں تھی۔ وہ کب اور کیسے دفن ہوا، اس کے متعلق صغیر کے جاننے والوں نے کچھ نہ بتایا۔ یہ ان کے علم میں نہیں تھا۔ امتیاز کو یقین آ گیا کہ اس کے خاوند نے خودکشی کر لی ہے۔ اس کو شاید اس کا سبب معلوم تھا، مگر اس کا باپ یہ ماننے سے یکسر منکر تھا۔ چنانچہ اس نے کئی بار اپنی بیٹی سے کہا، ''میرا دل نہیں مانتا۔۔۔وہ زندہ ہے۔۔۔وہ تمہاری محبت کی خاطر اس وقت تک زندہ رہے گا جب تک خدا اس کو موت کے فرشتے کے حوالے نہ کر دے۔۔۔میں اس کو اچھی طرح سمجھتا ہوں۔۔۔تمہاری جگہ اگر وہ میرا بیٹا ہوتا تو میں خود کو دنیا کا سب سے خوش نصیب انسان سمجھتا''۔

یہ سن کر امتیاز خاموش رہی۔

وہ سرزمین حجاز سے بے نیل مرام واپس آ گئے۔۔۔ایک برس اور گزر گیا۔ اس دوران میں امجد حسین بڑی مہلک بیماری، یعنی دل کے عارضے میں گرفتار ہوا اور وفات پا گیا۔ مرتے وقت اس نے اپنی بیٹی سے کچھ کہنا چاہا، مگر وہ بات شاید بڑی اذیت دہ تھی کہ وہ خاموش رہا اور صرف سرزنش بھری نگاہوں سے امتیاز کو دیکھتے دیکھتے مر گیا۔

اس کے بعد امتیاز اپنی بہن ممتاز کے پاس راولپنڈی چلی گئی۔ ان کی کوٹھی کے سامنے ایک اور کوٹھی تھی۔ جس میں ایک ادھیڑ عمر کا مرد جو بہت تھکا تھکا سا دکھائی دیتا تھا، دھوپ تاپتا اور کتابیں پڑھتا رہتا تھا۔ ممتاز اس کو ہر روز دیکھتی۔۔۔ایک دن اس نے امتیاز سے کہا، ''مجھے ایسا معلوم ہوتا ہے یہ صغیر ہے۔۔۔کیا تم نہیں پہچان سکتی ہو۔ وہی ناک نقشہ ہے، وہی متانت، وہی سنجیدگی''۔ امتیاز نے اس آدمی کی طرف غور سے دیکھا اور ایک دم چلّائی، ''ہاں ہاں وہی ہے''۔ پھر فوراً رک گئی، ''لیکن وہ کیسے ہو سکتے ہیں۔ وہ تو وفات پا چکے ہیں''۔

اُنہیں ان دنوں کی دونوں کی چھوٹی بہن شہناز بھی آ گئی۔ ممتاز اور امتیاز نے اس کو یہ قبل از وقت مرجھایا اور افسردہ مرد دکھایا جس کی داڑھی کھچڑی تھی اور اس سے پوچھا، ''تم بتاؤ، اس کی شکل صغیر سے ملتی ہے یا کہ نہیں؟''

شہناز نے اس کو بڑی گہری نظروں سے دیکھا اور فیصلہ کن لہجے میں کہا، ''شکل ملتی ہے۔۔۔یہ خود صغیر ہے۔۔۔سوفی صدی صغیر''۔

اور یہ کہہ کر وہ سامنے والی کوٹھی میں داخل ہو گئی۔ وہ شخص جو کتاب پڑھنے میں مشغول تھا، چونکہ شہناز نے شادی کے موقعے پر اس کی جوتی چرائی تھی، اسی پرانے انداز میں کہا، ''جناب! آپ کب تک چھپے رہیں

گے؟''،'اس شخص نے شہناز کی طرف دیکھا اور بڑی سنجیدگی اختیار کرتے ہوئے پوچھا، ''آپ کون ہیں؟''

شہناز طرار تھی۔ اس کے علاوہ اس کو یقین تھا کہ جس سے وہ ہم کلام ہے وہ اس کا بہنوئی ہے۔ چنانچہ اس نے بڑے نوکیلے لہجے میں کہا، ''جناب، میں آپ کی سالی شہناز ہوں''۔ اس شخص نے شہناز کو سخت ناامید کیا۔ اس نے کہا، ''مجھے افسوس ہے کہ آپ کو غلط فہمی ہوئی ہے۔''

اس کے بعد شہناز نے اور بہت سی باتیں کیں مگر اس نے اس سے جو کچھ کہا، اس کا یہ مطلب تھا کہ تم ناحق اپنا وقت ضائع کر رہی ہو۔ میں تمہیں جانتا ہوں نہ تمہاری بہن کو جس کے متعلق تم کہتی ہو کہ میری بیوی ہے۔۔۔میری بیوی، میری اپنی زندگی ہے اور میں ہی اس کا خاوند۔

شہناز اور ممتاز نے لاکھ سر پٹکا، مگر وہ شخص جس کا نام راولپنڈی میں کسی کو بھی معلوم نہیں تھا، ماننے ہی نہیں تھا کہ وہ صغیر ہے۔۔۔اس کو کسی چیز سے دلچسپی نہیں تھی، سوائے کتابوں کے۔ لیکن شہناز اور ممتاز کو معلوم ہو گیا تھا کہ وہ امتیاز کے متعلق تمام معلومات حاصل کرتا ہے۔ اس کو یہ بھی پتہ چل گیا تھا، اس پُر اَسرار مرد کے نوکر کے ذریعے سے کہ وہ راتوں کو اکثر روتا ہے، نمازیں پڑھتا ہے اور دعائیں مانگتا ہے کہ وہ زندہ رہے۔۔۔۔ وہ چاہتا ہے کہ اس کو جو اذیت پہنچی ہے اس سے دیر تک لطف اندوز ہوتا رہے۔

نوکر حیران تھا کہ انسان کی زندگی میں ایسی کون سی تکلیف ہو سکتی ہے جس سے وہ لطف اٹھا سکتا ہے۔۔۔۔ سب باتیں امتیاز سنتی تھی اور اس کے دل میں یہ خواہش پیدا ہوتی تھی کہ مر جائے۔ چنانچہ اس نے جب یہ سنا کہ وہ شخص جس کو امتیاز اچھی طرح پہچانتی تھی، اس کے نام سے قطعاً نا آشنا ہے تو اس نے ایک روز تولہ افیم کھالی اور یہ ظاہر کیا کہ اس کے سر میں درد ہے اور اکیلی آرام کرنا چاہتی ہے۔

وہ آرام کرنے چلی گئی۔۔۔لیکن شہناز نے جب اس کو غنودگی کے عالم میں دیکھا تو اسے کچھ شبہ ہوا۔ اس نے ممتاز سے بات کی۔ اس کا ماتھا بھی ٹھنکا، کمرے میں جا کر دیکھا تو امتیاز بالکل بے ہوش تھی۔ اس کو جھنجوڑا مگر وہ نہ جاگی۔ شہناز دوڑی دوڑی سامنے والی کوٹھی میں گئی اور اس شخص سے جس کا نام راولپنڈی میں کسی کو معلوم نہیں تھا، سخت گھبراہٹ میں یہ اطلاع دی کہ اس کی بیوی نے زہر کھالیا ہے اور مرنے کے قریب ہے۔ یہ سن کر صرف اس نے اتنا کہا، ''آپ کو غلط فہمی ہے، وہ میری بیوی نہیں ہے۔۔۔لیکن میرے ہاں اتفاق سے ایک ڈاکٹر آیا ہوا ہے۔ آپ چلیے میں اسے بھیج دیتا ہوں۔''

شہناز گئی تو وہ اندر کوٹھی میں گیا، اور اپنے بھائی اکبر سے کہا، ''یہ کوٹھی جو سامنے ہے، اس میں کسی عورت نے زہر کھالیا ہے۔۔۔بھائی جان آپ جلدی جائیے اور کوشش کیجیے کہ بچ جائے۔''

اس کا بھائی جو نیروبی میں بہت بڑا ڈاکٹر تھا، امتیاز کو نہ بچا سکا۔ دونوں نے جب ایک دوسرے کو دیکھا تو اس کا ردِعمل بہت مختلف تھا۔۔۔ امتیاز فوراً مر گئی اور اکبر اپنا بیگ لے کر واپس چلا گیا۔

صغیر نے اس سے پوچھا، ''کیا حال ہے مریضہ کا؟''

اکبر نے جواب دیا، ''مر گئی۔''

صغیر نے اپنے ہونٹ بھینچ کر بڑے مضبوط لہجے میں کہا، ''میں زندہ رہوں گا۔''

لیکن ایک دم سنگین فرش پر لڑکھڑانے کے بعد گرا اور۔۔۔ جب اکبر نے اس کی نبض دیکھی تو وہ ساکت تھی۔

حجامت

''میری تو آپ نے زندگی حرام کر رکھی ہے۔۔۔ خدا کرے میں مر جاؤں۔''

''اپنے مرنے کی دعائیں کیوں مانگتی ہو۔ میں مر جاؤں تو سارا قصہ پاک ہو جائے گا۔۔۔ کہو تو میں ابھی خود کشی کرنے کے لیے تیار ہوں۔ یہاں پاس ہی افیم کا ٹھیکا ہے۔ ایک تولہ افیم کافی ہو گی۔''

''جاؤ، سوچتے کیا ہو۔''

''جاتا ہوں۔۔۔ تم اٹھو اور مجھے۔۔۔ معلوم نہیں ایک تولہ افیم کتنے میں آتی ہے۔ تم مجھے اندازاً دس روپے دے دو۔''

''دس روپے؟''

''ہاں بھئی۔۔۔ اپنی جان گنوانی ہے۔۔۔ دس روپے زیادہ تو نہیں۔''

''میں نہیں دے سکتی۔''

''ضرور آپ کو افیم کھا کے ہی مرنا ہے؟''

''سنکھیا بھی ہو سکتی ہے۔''

''کتنے میں آئے گی؟''

''معلوم نہیں۔۔۔ میں نے آج تک کبھی سنکھیا نہیں کھائی۔''

''آپ کو ہر چیز کا علم ہے۔۔ بنتے کیوں ہیں؟''

''بنا تم مجھے رہی ہو۔۔ بھلا مجھے زہروں کی قیمتوں کے متعلق کیا علم ہو سکتا ہے۔''

’’آپ کو ہر چیز کا علم ہے۔‘‘

’’تمہارے متعلق تو میں ابھی تک کچھ بھی نہ جان سکا۔‘‘

’’اس لیے کہ آپ نے میرے متعلق کبھی سوچا ہی نہیں۔‘‘

’’یہ صریحاً تمہاری زیادتی ہے۔۔۔ پانچ برس ہو گئے ہیں۔ تم ان میں سے کوئی ایسا دن پیش کرو جب میں نے تمہارے متعلق نہ سوچا ہو۔‘‘

’’ہٹائیے۔۔۔ ان پانچ برسوں کے جتنے دن ہوتے ہیں، ان میں آپ مجھ سے یہی خرافات کہتے رہے ہیں۔‘‘

’’تم حقیقت کو خرافات کہتی ہو۔۔۔؟ میں اب کیا کہوں۔‘‘

’’جو کہنا چاہتے ہیں کہہ ڈالیے۔۔۔ آپ کی زبان میں لگام ہی کہاں ہے۔‘‘

’’پھر تم نے بد زبانی شروع کر دی۔‘‘

’’بد زبان تو آپ ہیں۔۔۔ میں نے ان پانچ برسوں میں، آپ سر پر قرآن اٹھا کر کہیے، کب آپ سے اس قسم کی گستاخی کی ہے؟ گستاخ ہوں گے آپ کے۔۔۔۔‘‘

’’رک کیوں گئی ہو۔۔۔ جو کہنا چاہتی ہو کہہ دو۔‘‘

’’میں کچھ کہنا نہیں چاہتی۔۔۔ آپ سے کوئی کیا کہے۔۔۔ آپ تو یہ چاہتے ہیں کہ آدمی کو تکلیف پہنچے، لیکن وہ اف بھی نہ کرے۔ میں تو ایسی زندگی سے گھبرا گئی ہوں۔‘‘

’’تم چاہتی کیا ہو، یہ بھی تو پتا چلے۔‘‘

’’میں کچھ نہیں چاہتی۔‘‘

’’پھر یہ گلے شکوے کیا معنی رکھتے ہیں؟‘‘

’’ان کے معنی آپ بخوبی سمجھتے ہیں۔۔۔ ان جان کیوں بنتے ہیں؟ ان گلے شکووں کے پیچھے کوئی بات تو ہو گی۔‘‘

’’کیا؟‘‘

’’میں کیا جانوں۔ یہ عجیب منطق ہے۔۔۔ خود ہی پھاڑتی ہو خود ہی رفو کرتی ہو۔۔۔ جو صحیح بات ہے اس کو بتاتی کیوں نہیں ہو۔۔۔ میری سمجھ میں نہیں آتا یہ ہر روز کے جھگڑے ہمیں کہاں لے جائیں گے۔‘‘

’’جہنم میں۔‘‘

'' وہاں بھی تو ہمارا ساتھ ہو گا۔ ''

'' میں تو وہاں بالکل نہیں جاؤں گی۔ ''

'' تو کہاں ہو گی تم؟ ''

'' مجھے معلوم نہیں۔ ''

'' تمہیں بہت سی باتیں معلوم نہیں ہوتیں۔ ۔ ۔ سب سے بڑی بات میری محبت ہے، جس کا احساس تمہیں ابھی تک نہیں ہوا۔ ۔ میری سمجھ میں نہیں آتا۔ ۔ ۔ یا میں نے اس کے اظہار میں بخل کیا ہے، یا تم میں وہ حس نہیں جو اس جذبے کو پہچان سکے۔ ''

'' اصل میں بے حس تو آپ ہیں۔ ''

'' کیسے؟ ''

'' یہ بھی کوئی بات ہے۔ ان پانچ برسوں میں ہر روز۔ ۔ ۔ ہر روز۔ ۔ ۔ ''

'' یہی تو میری محبت کا ثبوت ہے۔ ''

'' لعنت ہے ایسی محبت پر کہ آدمی تنگ آ جائے۔ ''

'' محبت سے کون تنگ آ سکتا ہے؟ ''

'' میری مثال موجود ہے۔ ''

'' اس کا مطلب یہ ہے کہ تم نے اقرار کیا ہے کہ میں تم سے محبت کرتا ہوں؟ ''

'' میں نے کب اقرار کیا ہے؟ ''

'' یہ اقرار ہی تو تھا۔ ''

'' ہو گا۔ ''

'' ہو گا نہیں۔ ۔ ۔ تھا۔ ۔ ۔ لیکن تم مانو گی نہیں، اس لیے کہ ضدی ہو۔ میری سمجھ میں نہیں آتا کہ عورتوں کی نفسیات کیا ہیں۔ جب ان سے پیار کیا جائے تو گھبرا جاتی ہیں اور جب ان سے ذرا بے اعتنائی برتی جائے تو برہم ہو جاتی ہیں۔ ''

'' محض بکواس ہے۔ ''

'' اس لیے کہ یہ پر خلوص خاوند کی زبان سے نکلی ہے۔ ''

'' ہٹائیے۔ ۔ ۔ آپ کا خلوص میں دیکھ چکی ہوں۔ ''

’’جب دیکھ چکی ہو تو ایمان کیوں نہیں لاتی ہو؟‘‘

’’مجھے تنگ نہ کیجیے، میری طبیعت خراب ہے۔ مجھے کوئی چیز اچھی نہیں لگتی۔۔۔‘‘

’’اپنے آپ کو بھی اچھا نہیں سمجھتی؟‘‘

’’خدا کی قسم۔۔۔آج نہیں۔‘‘

’’کل تو اچھا سمجھو گی؟‘‘

’’مجھے کچھ معلوم نہیں۔‘‘

’’یہ عجیب بات ہے کہ تمہیں سب کچھ معلوم ہوتا ہے۔۔۔مگر تمہیں معلوم نہیں ہوتا۔۔۔یہ کیا سلسلہ ہے۔۔۔؟ تم صاف الفاظ میں یہ کیوں نہیں کہہ دیتیں کہ تم مجھ سے نفرت کرتی ہو۔‘‘

’’تو سن لیجیے۔۔۔میں آپ سے نفرت کرتی ہوں۔‘‘

’’مجھے یہ سن کر بڑا دکھ ہوا ہے۔۔۔میں نے تمہاری ہر آسائش کا خیال رکھا۔۔۔‘‘

’’لیکن ایک بات کا خیال نہیں رکھا۔‘‘

’’کس بات کا؟‘‘

’’آپ عقل مند ہیں۔۔۔خود سمجھیے۔۔۔میں کیوں بتاؤں۔‘‘

’’کوئی اشارہ تو کر دو۔‘‘

’’میں ایسی اشارہ بازیاں نہیں جانتی۔‘‘

’’تم نے ایسی گفتگو کہاں سے سیکھی ہے؟‘‘

’’آپ سے۔‘‘

’’مجھ سے۔۔۔؟ مجھے حیرت ہے کہ یہ الزام تم نے مجھ پر کیوں لگایا ہے؟‘‘

’’آپ پر تو ہر الزام لگ سکتا ہے۔‘‘

’’مثال کے طور پر؟‘‘

’’میں آپ کو مثال نہیں دے سکتی۔۔۔خدا کے لیے یہ گفتگو بند کیجیے، میں تنگ آ گئی ہوں۔۔۔بس، میں نے کہہ دیا ہے کہ مجھے۔۔۔‘‘

’’کیا؟‘‘

’’یا اللہ میری توبہ۔۔۔! مجھے زیادہ تنگ نہ کیجیے۔۔۔میرا جی چاہتا ہے اپنے سر کے بال نوچنا شروع کر

دوں۔''

''میرا سر موجود ہے۔۔تم اس کے بال بڑے شوق سے نوچ سکتی ہو۔''

''آپ کو تو اپنے بال بڑے عزیز ہیں۔''

''انسان کو اپنی ہر چیز عزیز ہوتی ہے۔''

''لیکن مردوں کے سر پر بالوں کے چھتے بھڑوں کے چھتے معلوم ہوتے ہیں۔۔۔آپ معلوم نہیں بال کٹوانے سے کیوں پرہیز کرتے ہیں۔''

''میں پرہیزی آدمی ہوں۔''

''اس قدر جھوٹ۔۔۔ابھی پرسوں آپ نے مجھ سے کہا کہ آپ نے ایک پارٹی میں شراب پی تھی۔''

''لاحول ولا۔۔۔ میں نے تو صرف شیری کا ایک گلاس پیا تھا۔''

''وہ کیا بلا ہوتی ہے؟''

''بڑی بے ضرر قسم کی چیز ہے۔''

''تمہاری بد زبانیاں کہیں مجھے بھی بد زبان نہ بنا دیں۔''

''جیسے آپ بد زبان نہیں ہیں۔''

''بد زبان تمہارا باپ تھا۔۔۔ جانتی ہو۔۔۔وہ ہر بات میں مغلظات بکتا تھا۔''

''میں کہتی ہوں میرے موئے باپ کے متعلق کچھ نہ کہیے۔۔۔آپ بڑے واہیات ہوتے جا رہے ہیں۔''

''واہیات کیسے ہوتا جا رہا ہوں؟''

''میں نہیں جانتی۔''

''جانے کے بغیر تم نے یہ فتویٰ کیسے عائد کر دیا؟''

''میں یہ پوچھنا چاہتی ہوں کہ آپ نے اتنے بال کیوں بڑھا رکھے ہیں، مجھے وحشت ہوتی ہے۔''

''بس اتنی سی بات تھی جس کو تم نے بتنگڑ بنا دیا۔۔۔ میں جا رہا ہوں۔''

''کہاں؟''

''بس جا رہا ہوں۔''

''خدا کے لیے مجھے بتا دیجیے۔۔۔ میں خودکشی کر لوں گی۔''

''میں نصرت ہیئر کٹنگ سیلون میں جا رہا ہوں۔''

حسن کی تخلیق

کالج میں شاہدہ حسین ترین لڑکی تھی۔ اس کو اپنے حسن کا احساس تھا۔ اسی لیے وہ کسی سے سیدھے منہ بات نہ کرتی اور خود کو مغلیہ خاندان کی کوئی شہزادی سمجھتی۔ اس کے خد و خال واقعی مغلئی تھے۔ ایسا لگتا تھا کہ نور جہاں کی تصویر جو اس زمانے کے مصوروں نے بنائی تھی، اس میں جان پڑ گئی ہے۔

کالج کے لڑکے اسے شہزادی کہتے تھے، لیکن اس کے سامنے نہیں، پر اس کو معلوم ہو گیا تھا کہ اسے یہ لقب دیا گیا ہے۔ وہ اور بھی مغرور ہو گئی۔ کالج میں مخلوط تعلیم تھی۔ لڑکے زیادہ تھے اور لڑکیاں کم۔ آپس میں ملتے جلتے، لیکن بڑے تکلف کے ساتھ۔ شاہدہ الگ الگ رہتی۔ اس لیے کہ اس کو اپنے حسن پر بڑا ناز تھا۔

وہ اپنی ہم جماعت لڑکیوں سے بھی بہت کم گفتگو کرتی تھی۔ کلاس میں آتی تو ایک کونے میں بیٹھ جاتی اور بت سی بنی رہتی۔ بڑا حسین بت۔۔۔ اس کی بڑی بڑی سیاہ آنکھیں جن پر گھنی پلکوں کی چھاؤں رہتی تھی، ساکت و صامت رہتیں۔ لڑکے اسے دیکھتے اور جی ہی جی میں بہت کڑھتے کہ یہ حسن خاموش کیوں ہے، اس قدر منجمد کس لیے ہے، اسے تو متحرک ہونا چاہیے۔

اس کا رنگ گورا تھا۔۔۔ بہت گورا جس میں تھوڑی سی غلط روی بھی گھلی ہوئی تھی۔ اگر یہ نہ ہوتی تو شکر کی بنی ہوئی تتلی تھی جو دیوالی کے تہوار پر بکا کرتی ہیں۔ اس میں مٹھاس تھی، لیکن وہ ظاہر یہ کرنا چاہتی تھی کہ بڑی کڑوی للی کسیلی ہے۔۔۔ کالج میں اس کا رویہ ہی کچھ اس قسم کا تھا کہ ہر وقت نیم کی نبولی بنی رہتی تھی۔

ایک دن اس کے ایک ہم جماعت لڑکے نے جرأت سے کام لے کر اس سے کہا، ''حضور۔۔۔ خاکساری میں اپنی جگہ دے کر کبھی کسی کو سرفراز تو کریں!'' اس نے کوئی جواب نہ دیا۔ دوسرے دن اس طالب علم

کو پرنسپل نے بلایا اور اسے نکال باہر کیا۔ اس حادثے کے بعد تمام لڑکے محتاط ہو گئے۔ انہوں نے شاہدہ کو دیکھنا ہی چھوڑ دیا کہ مبادا ان کا وہی حشر ہو، جو اس طالب علم کا ہوا۔

شاہدہ اب بی۔ اے میں تھی۔ خوبصورت ہونے کے علاوہ کافی ذہین تھی۔ اس کے پروفیسر اس کی ذہانت اور خوبصورتی سے بڑے مرعوب تھے۔ پرنسپل کی چہیتی تھی، اس لیے کہ وہ اس کی بڑی بہن کے بڑے لڑکے کی بیٹی تھی۔

کالج میں چہ میگوئیاں ہوتی ہی رہتی ہیں۔ شاہدہ کے متعلق قریب قریب ہر روز طالب علموں میں باتیں ہوتی تھیں۔ وہ اس کے متعلق کوئی بری رائے قائم نہیں کر پاتے تھے، اس لیے کہ اس کا کیریکٹر بڑا مضبوط تھا۔ ٹک شاپ میں باتیں ہوتیں اور شاہدہ کا حسن زیرِ بحث ہوتا۔ سب سوچتے کہ یہ حسین قلعہ کون سر کرے گا۔ شاہدہ کو، جیسا کہ سب کو معلوم تھا، صرف خوبصورت چیزیں پسند تھیں۔ وہ کسی بدصورت چیز کو برداشت نہیں کرسکتی تھی۔ ایک دن کلاس میں ایک لڑکے کی رینٹھ بہہ رہی تھی۔ شاہدہ نے جب اس کی طرف دیکھا تو فوراً اٹھ کر چلی گئی۔ وہ بڑی نفاست پسند تھی۔ اس کو وہ ہر چیز کھلتی تھی جو بدنما ہو۔

کالج میں ایک لڑکی جمیلہ تھی۔ ۔ ۔ بڑی بدصورت، مگر شاہدہ کے مقابلے میں کہیں زیادہ ذہین۔ اس کو وہ نفرت کی نگاہوں سے دیکھتی تھی۔ ویسے وہ اس کی ذہانت کی قائل تھی اور کوئی رشک محسوس نہیں کرتی تھی۔ کالج کے سب لڑکے سوچتے تھے کہ شاہدہ اگر حسین نہ ہوتی تو کتنا اچھا ہوتا۔ ۔ ۔ وہ اس سے بات چیت تو کر سکتے۔ مگر وہ اپنے حسن کے غرور میں سرشار رہتی اور کسی کو منہ ہی نہیں لگاتی تھی۔ ایک دن کالج میں ہنگامہ سا برپا ہو گیا۔ ۔ ۔ ایک لڑکا جس کے والد کی تبدیلی ہو گئی تھی، اس کالج میں داخلہ لینے کے لیے آیا۔ لڑکوں اور لڑکیوں نے اسے دیکھا اور ششدر رہ گئے۔ وہ شاہدہ سے زیادہ خوبصورت تھا۔

اس کا نام شاہد تھا۔ ۔ ۔ اس کو داخلہ مل گیا۔

جس کلاس میں شاہدہ تھی، اسی میں شاہد تھا۔ ۔ ۔ اتفاق کی بات ہے کہ جب شاہد پہلے روز کلاس روم میں آیا تو شاہدہ موجود نہیں تھی۔ اس کو زکام ہو گیا تھا اور اس کے باعث اس نے دو روز کے لیے چھٹی لے لی تھی۔ دو دن کے بعد جب شاہد کالج کے باغ میں ٹہل رہا تھا تو اس نے دیکھا کہ ایک خوبصورت، مگر بے جان سی مورت آ رہی ہے۔ اس نے اپنی کتابیں بینچ پر رکھیں اور آگے بڑھا۔ شاہدہ نے اسے دیکھا۔ وہ اس کی خوبصورتی سے متاثر ہوئی اور تھوڑی دیر کے لیے اس کے قدم رک گئے۔ زمین گیلی تھی، کیچڑ سی ہو رہی تھی۔ شاہد جب اس کی طرف بڑھا تو وہ گھبرا سی گئی۔ اس گھبراہٹ میں اس کا پاؤں پھسلا اور وہ

اوندھے منہ زمین پر گر پڑی۔

شاہد نے لپک کر اسے اٹھایا۔ ۔ شاہدہ کے ٹخنے میں موچ آ گئی تھی، مگر اس نے مسکرا کر کہا، ''شکریہ ۔ ۔ آپ کون ہیں؟''

شاہد نے جواب دیا، ''ایک خادم!''

''آپ خادم تو دکھائی نہیں دیتے؟''

''کیا دکھائی دیتا ہوں۔ ۔ بعض اوقات صحیح شکلیں غلط دکھائی دیا کرتی ہیں۔''

شاہدہ کو یہ بات پسند آئی۔ اس کے ٹخنے میں درد ہو رہا تھا مگر وہ اسے چند لمحوں کے لیے بھول گئی، ''آپ کا نام؟''

''شاہد!''

شاہدہ نے سوچا کہ شاید وہ اس کا نام سن چکا ہے اور شرارت کے طور پر شاہد بن رہا ہے۔

''آپ غلط کہہ رہے ہیں۔''

''آپ کالج کے رجسٹر سے اس کی تصدیق کر سکتی ہیں۔''

''آپ اس کالج میں پڑھتے ہیں؟''

''جی ہاں۔ ۔ آپ یہاں کیسے چلی آئیں؟''

''واہ۔ ۔ میں بھی تو یہیں پڑھتی ہوں۔''

''کس کلاس میں؟''

''بی ۔ اے میں؟''

''میں بھی تو بی ۔ اے میں ہوں۔''

''جھوٹ۔ ۔ آپ تو مالی معلوم ہوتے ہیں۔''

''اس شکل کے آدمی واقعی مالی معلوم ہوتے ہیں۔ ۔ لیکن افسوس ہے کہ میں نے ابھی تک کوئی پھول نہیں توڑا۔''

''پھول کیا توڑنے کے لیے ہوتے ہیں۔ ۔ انہیں تو صرف سونگھنا چاہیے۔''

شاہد ایک لحظہ کے لیے خاموش ہو گیا۔ پھر اس نے سنبھل کر کہا، ''میں آپ کو سونگھ رہا ہوں۔''

شاہدہ بھنّا گئی، ''آپ بڑے بدتمیز ہیں۔''

شاہد نے بینچ پر سے کتابیں اٹھاتے ہوئے مسکرا کر کہا، ''میں نے آپ کو توڑا تو نہیں ۔۔ یہ صرف سونگھ لیا ہے ۔۔۔ اور میں سمجھتا ہوں کہ آپ کی پنکھڑیوں میں سے غرور کی بو آتی ہے۔ اوہ معاف کیجیے گا، غرور میں کر سکتا ہوں مردوں کے ساتھ ۔۔۔ میں بھی ایک پھول ہوں، پر آپ کلی ہیں۔ میں آپ سے مقابلہ نہیں کر سکتا۔ ''

شاہدہ اپنا ٹخنا پکڑے بیٹھی تھی۔ ایک دم کراہنے لگی، ''ہائے ۔۔۔ ہائے، بڑا درد ہو رہا ہے۔ ''

شاہد نے اس سے اجازت طلب کی، ''کیا میں اسے دبا دوں؟ ''

''دبائیے ۔۔۔ خدا کے لیے دبائیے۔ ''

شاہد نے اس کے موچ آئے ہوئے ٹخنے پر اس طور پر مَساس کیا کہ پندرہ منٹ کے اندر اندر شاہدہ کا درد دور ہو گیا۔

اس واقعے کے بعد کالج میں وہ دونوں خالی پیریڈوں میں اکٹھے باہر جاتے اور باغ میں بیٹھ کر جانے کیا باتیں کرتے رہتے۔ شاید وہ یہ کوشش کر رہے تھے کہ دونوں گیلی زمین پر پھسلیں اور ان کے دل کے ٹخنوں میں موچ آ جائے اور وہ ساری زندگی ان کو سہلاتے رہیں۔ دونوں نے بی۔اے پاس کر لیا۔ بڑے اچھے نمبروں پر۔ شاہدہ کے نمبر شاہد کے مقابلے میں پانچ زیادہ تھے۔ اس نے اس کا بدلہ لینا چاہا، ''شاہدہ! میں یہ پانچ نمبر ابھی لیے لیتا ہوں۔ ''

''کیسے؟ ''

شاہد نے اس کو پہلی مرتبہ اپنی گود میں اٹھایا اور اس کو پانچ مرتبہ چوم لیا۔

شاہدہ نے کوئی اعتراض نہ کیا، وہ بہت خوش ہوئی۔ لیکن تھوڑی دیر کے بعد اس نے شاہد سے بڑی سنجیدگی سے کہا، ''ہمارے نمبر پورے ہو گئے۔ لیکن آج کے اس واقعے کے بعد میں نے فیصلہ کر لیا ہے کہ آپ کی میری شادی ہو جانی چاہیے ۔۔۔ میں اپنے ہونٹ اب کسی اور کے ہونٹوں سے آلودہ نہیں کروں گی۔ ''

شاہد بہت خوش ہوا۔ اسے یقین ہی نہیں تھا کہ اس کی دلی آرزو کبھی پوری ہو گی۔ اس نے اسی خوشی میں پانچ نمبر اور حاصل کر لیے اور شاہدہ سے کہا، ''میری جان! میں اسی امید میں تو اب تک جیتا رہا ہوں۔ ''

شاہد کے والدین نے اس کی شادی کی ایک جگہ بات چیت کی، مگر شاہدہ نے صاف صاف انکار کر دیا کہ وہ کسی بدصورت مرد سے رشتہ ازدواج قائم کرنے کے لیے تیار نہیں۔ بہت جھگڑے ہوئے۔ آخر شاہدہ نے بتایا کہ وہ اپنے ہم جماعت شاہد کو، جو بہت خوش شکل ہے، پسند کرتی ہے۔ اس کے علاوہ کسی اور مرد

کو اپنی رفاقت میں نہیں لے گی۔ اس کے ماں باپ شاہد کے والدین سے ملے۔ بڑے شریف اور متمول آدمی تھے ۔۔۔ روشن خیال بھی۔

شاہد کو جب انہوں نے دیکھا تو بہت خوش ہوئے۔ اعلیٰ تعلیم کے لیے ولایت جا رہا تھا، لیکن اس کی خواہش تھی کہ پہلے شادی کرے اور اپنی بیوی کو ساتھ لے کر جائے تا کہ وہ بھی باہر کی دنیا دیکھے۔ جب والدین رضامند ہو گئے تو ان کی شادی ہو گئی۔ وہ بہت خوش تھا۔ پہلی رات شاہد نے اپنی بیوی سے کہا، ''ہمارا بچہ ۔۔۔ لڑکی ہو یا لڑکا ۔۔۔ جب پیدا ہو گا تو اسے دنیا دیکھنے آئے گی۔''

شاہدہ نے پوچھا، ''کیوں؟''

شاہد ہنسا، ''میری جان! تم اتنی حسین ہو۔ میں بھی کچھ بد شکل نہیں۔ ہمارا بچہ یقیناً ہم دونوں سے کہیں زیادہ خوبصورت ہو گا۔''

ہنی مون منانے کے لیے وہ سوئٹزرلینڈ چلے گئے۔ وہ یہاں چار مہینے رہے۔ اس کے بعد لندن چلے گئے۔ جہاں شاہد کو پی، ایچ، ڈی کی ڈگری لینا تھی۔ شاہد کے باپ میاں ہدایت اللہ کی وہاں ایک کوٹھی تھی جو ان کی آمد سے پہلے ہی خالی کرا لی گئی۔۔۔ شاہدہ بہت خوش تھی اور شاہد بھی، اس لیے کہ وہ ایک بچے کی آمد کا انتظار کر رہے تھے۔

شاہد کہتا تھا، ''ہمارا بچہ اتنا حسین اور خوبصورت ہو گا کہ اس کا جواب نہ ہو گا۔''

شاہدہ کہتی، ''خدا نظر بد سے بچائے ۔۔۔ ضرور گل گوتھنا سا ہو گا۔''

پورے دن ہوئے تو بچہ ہونے کے آثار پیدا ہوئے۔ شاہد نے اپنی بیوی کو میٹرنٹی ہوم میں داخل کرا دیا۔ لیبر وارڈ کے باہر شاہد بڑے اضطراب میں اِدھر سے اُدھر ٹہل رہا تھا۔۔۔ اس کی نظروں کے سامنے ایک ایسے بچے کی تصویر تھی جس کے خد و خال، اس کے اور اس کی بیوی کے، آپس میں بڑے طور پر مدغم ہو گئے ہوں۔ لیبر وارڈ سے نرس باہر آئی۔ شاہد نے لپک کر اس سے پوچھا، ''خیریت ہے؟''

''جی ہاں!''

''لڑکا ہوا یا لڑکی؟''

نرس پریشان سی تھی۔ اس نے صرف اتنا کہا، ''پتہ نہیں لڑکا ہے یا لڑکی ۔۔۔ پر ہم نے ایسا بچہ کبھی نہیں دیکھا۔''

شاہد نے خوش ہو کر پوچھا، ''بہت خوبصورت ہے نا؟''

نرس نے منہ بنا کر جواب دیا، ''بڑا اگلی ہے ۔ ۔ ۔ اس کے سر پر ایسا معلوم ہوتا ہے سینگ ہیں ۔ دانت بھی ہیں ۔ ۔ ۔ ناک بڑی ٹیڑھی ہے ۔ ۔ ۔ دو آنکھیں ہیں پر ایک آنکھ ایسا لگتا ہے ماتھے پر بھی ہے ۔ تم لوگ اتنے خوبصورت ہو کر کیسے بچے پیدا کرتا ہے؟''

شاہد اپنے بچے کو دیکھنے کے لیے نہ گیا ۔ ۔ ۔ لیکن دوسرے دن میٹرنٹی ہوم میں ٹکٹ لگا دی گئی کہ جو آدمی چاہے، اس عجیب الخلقت بچے کو دیکھ سکتا ہے ۔

خالد میاں

ممتاز نے صبح سویرے اٹھ کر، حسبِ معمول تینوں کمرے میں جھاڑو دی۔ کونے کھدروں سے سگریٹوں کے ٹکڑے، ماچس کی جلی ہوئی تیلیاں اور اسی طرح کی اور چیزیں ڈھونڈ ڈھونڈ کر نکالیں۔ جب تینوں کمرے اچھی طرح صاف ہو گئے تو اس نے اطمینان کا سانس لیا۔

اس کی بیوی باہر صحن میں سو رہی تھی۔ بچہ پنگوڑے میں تھا۔ ممتاز ہر صبح سویرے اٹھ کر صرف اس لیے خود تینوں کمروں میں جھاڑو دیتا تھا کہ اس کا لڑکا خالد اب چلتا پھرتا تھا اور عام بچوں کے مانند، ہر چیز جو اس کے سامنے آئے، اٹھا کر منہ میں ڈال لیتا تھا۔

ممتاز ہر روز تینوں کمرے بڑے احتیاط سے صاف کرتا مگر اس کو حیرت ہوتی جب خالد فرش پر سے اپنے چھوٹے چھوٹے ناخنوں کی مدد سے کوئی نہ کوئی چیز اٹھا لیتا۔ فرش کا پلستر کئی جگہ سے اکھڑا ہوا تھا۔ جہاں کوڑے کرکٹ کے چھوٹے چھوٹے ذرے پھنس جاتے تھے۔ ممتاز اپنی طرف سے پوری صفائی کرتا مگر کچھ نہ کچھ باقی رہ جاتا جو اس کا پلوٹھی کا بیٹا خالد جس کی عمر ابھی ایک برس کی نہیں ہوئی تھی، اٹھا کر اپنے منہ میں ڈال لیتا۔

ممتاز کو صفائی کا خبط ہو گیا تھا۔ اگر وہ خالد کو کوئی چیز فرش پر سے اٹھا کر اپنے منہ میں ڈالتے دیکھتا تو وہ خود کو اس کا ملزم سمجھتا۔ اپنے آپ کو دل ہی دل میں کوستا کہ اس نے کیوں بداحتیاطی کی۔ خالد سے اس کو پیار ہی نہیں عشق تھا، لیکن عجیب بات ہے کہ جوں جوں خالد کی پہلی سالگرہ کا دن نزدیک آتا تھا اس کا یہ وہم، یقین کی صورت اختیار کرتا جاتا تھا کہ اس کا بیٹا ایک سال کا ہونے سے پہلے مر جائے گا۔

اپنے اس خوف ناک وہم کا ذکر ممتاز اپنی بیوی سے بھی کر چکا تھا۔ ممتاز کے متعلق یہ مشہور تھا کہ وہ اوہام

کا بالکل قائل نہیں۔ اس کی بیوی نے جب پہلی بار اس کے منہ سے ایسی بات سنی تو کہا، ''آپ اور ایسے وہم۔۔۔ اللہ کے فضل و کرم سے ہمارا بیٹا سو سال زندہ رہے گا۔۔۔ میں نے اس کی پہلی سالگرہ کے لیے ایسا اہتمام کیا ہے کہ آپ دنگ رہ جائیں گے۔''

یہ سن کر ممتاز کے دل کو ایک دھکا سا لگا تھا۔ وہ کب چاہتا تھا کہ اس کا بیٹا زندہ نہ رہے لیکن اس کے وہم کا کیا علاج تھا۔۔۔ خالد بڑا تندرست بچہ تھا۔ سردیوں میں جب نوکر ایک دفعہ اس کو باہر سیر کے لیے لے گیا تو واپس آ کر اس نے ممتاز کی بیوی سے کہا، ''بیگم صاحب، آپ خالد میاں کے گالوں پر سرخی نہ لگایا کریں۔۔۔ کسی کی نظر لگ جائے گی۔''

یہ سن کر اس کی بیوی بہت ہنسی تھی، ''بے وقوف مجھے کیا ضرورت ہے سرخی لگانے کی۔ ماشاء اللہ اس کے گال تو قدرتی لال ہیں۔''

سردیوں میں خالد کے گال بہت سرخ رہتے تھے مگر اب گرمیوں میں کچھ زردی مائل ہو گئے تھے۔ اس کو پانی کا بہت شوق تھا۔ چنانچہ جب وہ انگڑائی لے کر اٹھتا اور دودھ کی بوتل پی لیتا تو دفتر جانے سے پہلے ممتاز اس کو پانی کی بالٹی میں کھڑا کر دیتا۔ دیر تک وہ پانی کے چھینٹے اڑا اڑا کر کھیلتا رہتا۔ ممتاز اور اس کی بیوی خالد کو دیکھتے اور بہت خوش ہوتے۔ لیکن ممتاز کی خوشی میں غم کا ایک برقی دھکا سا ضرور ہوتا۔

وہ سوچتا: خدا میری بیوی کی زبان مبارک کرے، لیکن یہ کیا ہے کہ مجھے اس کی موت کا کھٹکا رہتا ہے۔ یہ وہم کیوں میرے دل و دماغ میں بیٹھ گیا ہے کہ یہ مر جائے گا۔۔۔ کیوں مرے گا۔۔۔؟ اچھا بھلا صحت مند ہے۔ اپنی عمر کے بچوں سے کہیں زیادہ صحت مند۔۔۔ میں یقیناً پاگل ہوں۔ اس سے میری حد سے زیادہ بڑھی ہوئی محبت دراصل اس وہم کا باعث ہے۔۔۔ لیکن مجھے اس سے اتنی زیادہ محبت کیوں ہے۔۔۔؟ کیا سارے باپ اسی طرح بچوں سے پیار کرتے ہیں۔۔۔ کیا ہر باپ کو اپنی اولاد کی موت کا کھٹکا لگا رہتا ہے۔۔۔؟ مجھے آخر ہو کیا گیا ہے؟

ممتاز نے جب حسبِ معمول تینوں کمرے اچھی طرح صاف کر دیئے تو وہ فرش پر چٹائی بچھا کر لیٹ گیا۔ یہ اس کی عادت تھی۔ صبح اٹھ کر، جھاڑو وغیرہ دے کر وہ گرمیوں میں ضرور آدھے گھنٹے کے لیے چٹائی پر لیٹا کرتا تھا۔ بغیر تکیے کے اس طرح اس کو لطف محسوس ہوتا تھا۔

لیٹ کر وہ سوچنے لگا، ''پرسوں میرے بچے کی پہلی سالگرہ ہے۔۔۔ اگر یہ بخیر و عافیت گزر جائے تو میرے دل کا سارا بوجھ ہلکا ہو جائے گا۔ یہ میرا وہم بالکل دور ہو جائے گا۔۔۔ اللہ میاں یہ سب تیرے

ہاتھ میں ہے۔''

اس کی آنکھیں بند تھیں۔ دفعتاً اس نے اپنے ننگے سینے پر بوجھ سا محسوس کیا۔ آنکھیں کھولیں تو دیکھا خالد ہے۔ اس کی بیوی پاس کھڑی تھی۔ اس نے کہا، ''ساری رات بے چین سا رہا ہے سوتے میں جیسے ڈر ڈر کے کانپتا رہا ہے۔''

خالد، ممتاز کے سینے پر زور سے کانپا۔ ممتاز نے اس پر ہاتھ رکھا اور کہا، ''خدا میرے بیٹے کا محافظ ہو۔'' ممتاز کی بیوی نے خفگی آمیز لہجے میں کہا، ''توبہ، آپ کو بس وہموں نے گھیر رکھا ہے۔ ہلکا سا بخار ہے، انشاء اللہ دور ہو جائے گا۔'' یہ کہہ کر ممتاز کی بیوی کمرے سے چلی گئی۔

ممتاز نے ہولے ہولے بڑے پیار سے خالد کو تھپکنا شروع کیا جو اس کی چھاتی پر اوندھا لیٹا تھا اور سوتے میں کبھی کبھی کانپ اٹھتا تھا۔ تھپکنے سے وہ جاگ پڑا۔ آہستہ آہستہ اس نے اپنی بڑی بڑی سیاہ آنکھیں کھولیں اور باپ کو دیکھ کر مسکرایا۔ ممتاز نے اس کا منہ چوما۔ ''کیوں میاں خالد کیا بات ہے ۔۔۔ آپ کانپتے کیوں تھے؟''

خالد نے مسکرا کر اپنا اٹھا ہوا سر باپ کی چھاتی پر گرا دیا۔ ممتاز نے پھر اس کو تھپکانا شروع کر دیا۔ دل میں وہ دعائیں مانگ رہا تھا کہ اس کے بیٹے کی عمر دراز ہو۔ اس کی بیوی نے خالد کی پہلی سالگرہ کے لیے بڑا اہتمام کیا تھا۔ اپنی ساری سہیلیوں سے کہا تھا کہ وہ اس تقریب پر ضرور آئیں۔ درزی سے خاص طور پر اس کی سالگرہ کے کپڑے سلوائے تھے۔ دعوت پر کیا کیا چیز ہوگی، یہ سب سوچ لیا تھا۔۔۔ ممتاز کو یہ ٹھاٹ پسند نہیں تھا۔ وہ چاہتا تھا کہ کسی کو خبر نہ ہو اور سالگرہ گزر جائے۔ خود اس کو بھی پتا نہ چلے اور اس کا بیٹا ایک برس کا ہو جائے۔ اس کو اس بات کا علم صرف اس وقت ہو جب خالد ایک برس اور کچھ دنوں کا ہو گیا ہو۔ خالد اپنے باپ کی چھاتی پر سے اٹھا۔ ممتاز نے اس سے محبت میں ڈوبے ہوئے لہجے میں کہا، ''خالد بیٹا، سلام نہیں کرو گے اباجی کو۔''

خالد نے مسکرا کر ہاتھ اٹھایا اور اپنے سر پر رکھ دیا۔ ممتاز نے اس کو دعا دی، ''جیتے رہو۔'' لیکن یہ کہتے ہی اس کے دل پر اس کے وہم کی ضرب لگی اور وہ غم و فکر کے سمندر میں غرق ہو گیا۔

خالد سلام کر کے کمرے سے باہر نکل گیا۔ دفتر جانے میں ابھی کافی وقت تھا۔ ممتاز چٹائی پر لیٹا رہا اور اپنے وہم کو دل و دماغ سے محو کرنے کی کوشش کرتا رہا۔ اتنے میں باہر صحن سے اس کی بیوی کی آواز آئی، ''ممتاز صاحب، ممتاز صاحب۔۔۔ ادھر آئیے۔'' آواز میں شدید گھبراہٹ تھی۔ ممتاز چونک کر اٹھا۔ دوڑ کر باہر

گیا۔ دیکھا کہ اس کی بیوی خالد کو غسل خانے کے باہر گود میں لیے کھڑی ہے اور وہ اس کی گود میں بلبل کی طرح پھڑ پھڑا رہا ہے۔ ممتاز نے اس کو اپنی بانہوں میں لے لیا اور بیوی سے جو کانپ رہی تھی پوچھا، ''کیا ہوا؟'' اس کی بیوی نے خوف زدہ لہجے میں کہا، ''معلوم نہیں۔۔۔ پانی سے کھیل رہا تھا۔۔۔ میں نے ناک صاف کی تو دوہرا ہو گیا۔''

ممتاز کی بانہوں میں خالد ایسے بل کھا رہا تھا، جیسے کوئی اسے کپڑے کی طرح نچوڑ رہا ہے۔ سامنے چارپائی پڑی تھی۔ ممتاز نے اس کو وہاں لٹا دیا۔ میاں بیوی سخت پریشان تھے۔ وہ پڑا بل پہ بل کھا رہا تھا اور ان دونوں کے اوسان خطا تھے کہ وہ کیا کریں۔ تھپکایا، چوما، پانی کے چھینٹے مارے مگر اس کا تشنج دور نہ ہوا۔ تھوڑی دیر کے بعد خود بخود دورہ آہستہ آہستہ ختم ہو گیا اور خالد پر بے ہوشی سی طاری ہو گئی۔ ممتاز نے سمجھا، مر گیا ہے۔ چنانچہ اس نے اپنی بیوی سے کہا، ''ختم ہو گیا۔''

وہ چلائی، ''لا حول ولا۔۔۔ کیسی باتیں منہ سے نکالتے ہیں۔ کنولشن تھی، ختم ہو گئی۔ ابھی ٹھیک ہو جائے گا۔''

خالد نے اپنی مرجھائی ہوئی بڑی بڑی سیاہ آنکھیں کھولیں اور اپنے باپ کی طرف دیکھا۔ ممتاز کی ساری دنیا زندہ ہو گئی۔ بڑے ہی درد بھرے پیار سے اس نے خالد سے کہا، ''کیوں خالد بیٹا۔۔۔ یہ کیا ہوا آپ کو؟''

خالد کے ہونٹوں پر تشنج زدہ مسکراہٹ نمودار ہوئی۔ ممتاز نے اس کو گود میں اٹھالیا اور اندر کمرے میں لے گیا۔ لٹانے ہی والا تھا کہ دوسری کنولشن آئی۔ خالد پھر بل کھانے لگا۔ جس طرح مرگی کا دورہ ہوتا ہے، یہ تشنج بھی اسی قسم کا تھا۔ ممتاز کو ایسا محسوس ہوتا کہ خالد نہیں بلکہ وہ اس اذیت کے شکنجے میں کسا جا رہا ہے۔ دوسرا دورہ ختم ہوا تو خالد اور زیادہ مرجھا گیا۔ اس کی بڑی بڑی سیاہ آنکھیں دھنس گئیں۔ ممتاز اس سے باتیں کرنے لگا، ''خالد بیٹے، یہ کیا ہوتا ہے آپ کو؟''

''خالد میاں، اٹھونا۔۔۔ چلو پھرو۔''

''خالدی۔۔۔ مکھن کھائیں گے آپ؟''

خالد کو مکھن بہت پسند تھا مگر اس نے یہ سن کر اپنا سر ہلا کر ہاں نہ کی، لیکن جب ممتاز نے کہا، ''بیٹے، گلو کھائیں گے آپ؟'' تو اس نے بڑے نحیف انداز میں نہیں کے طور پر اپنا سر ہلایا۔ ممتاز مسکرایا اور خالد کو اپنے گلے سے لگا لیا، پھر اس کو اپنی بیوی کے حوالے کیا اور اس سے کہا، ''تم اس کا دھیان رکھو، میں

ڈاکٹر لے کر آتا ہوں۔ ''

ڈاکٹر ساتھ لے کر آیا تو ممتاز کی بیوی کے ہوش اڑے ہوئے تھے۔ اس کی غیر حاضری میں خالد پر تشنّج کے تین اور دورے پڑ چکے تھے۔ ان کے باعث وہ بے جان ہو گیا تھا۔ ڈاکٹر نے اسے دیکھا اور کہا، '' ترد دو کی کوئی بات نہیں۔ ایسی کنولشن بچوں کو عموماً آیا کرتی ہے ۔۔۔ اس کی وجہ دانت ہیں۔ معدے میں کرم وغیرہ ہوں تو وہ بھی اس کا باعث ہو سکتے ہیں ۔۔۔ میں دوا لکھ دیتا ہوں۔ آرام آ جائے گا۔ بخار تیز نہیں ہے، آپ کوئی فکر نہ کریں۔ ''

ممتاز نے دفتر سے چھٹی لے لی اور سارا دن خالد کے پاس بیٹھا رہا۔ ڈاکٹر کے جانے کے بعد اس کو دو مرتبہ اور دورے پڑے۔ اس کے بعد وہ نڈھال لیٹا رہا۔ شام ہو گئی تو ممتاز نے سوچا، '' شاید اب اللہ کا فضل ہو گیا ہے ۔۔۔ اتنے عرصے میں کوئی کنولشن نہیں آئی ۔۔۔ خدا کرے رات اسی طرح کٹ جائے۔ ''

ممتاز کی بیوی بھی خوش تھی، '' اللہ تعالیٰ نے چاہا تو کل میرا خالد دوڑتا پھرے گا۔ ''

رات کو چونکہ مقررہ اوقات پر دوا دینی تھی، اس لیے ممتاز چارپائی پر نہ لیٹا کہ شاید سو جائے۔ خالد کے پنگوڑے کے پاس آرام کرسی رکھ کر وہ بیٹھ گیا اور ساری رات جاگتا رہا، کیونکہ خالد بے چین تھا، کانپ کانپ کر بار بار جاگ جاتا تھا، حرارت بھی تیز تھی۔

صبح سات بجے کے قریب ممتاز نے تھرمامیٹر لگا کے دیکھا تو ایک سو چار ڈگری بخار تھا۔ ڈاکٹر بلایا۔ اس نے کہا، '' ترد دو کی کوئی بات نہیں، برونکائٹس ہے میں نسخہ لکھ دیتا ہوں۔ تین چار روز میں آرام آ جائے گا۔ '' ڈاکٹر نسخہ لکھ کر چلا گیا۔ ممتاز دوا بنوا لایا۔ خالد کو ایک خوراک پلائی مگر اس کو تسکین نہ ہوئی۔ دس بجے کے قریب وہ ایک بڑا ڈاکٹر لایا۔ اس نے اچھی طرح خالد کو دیکھا اور تسلی دی، '' گھبرانے کی کوئی بات نہیں ۔۔۔ سب ٹھیک ہو جائے گا۔ ''

سب ٹھیک نہ ہوا۔ بڑے ڈاکٹر کی دوا نے کوئی اثر نہ کیا۔ بخار تیز ہوتا گیا۔ ممتاز کے نوکر نے کہا، '' صاحب، بیماری وغیرہ کوئی نہیں ۔۔۔ خالد میاں کو نظر لگ گئی ہے، میں ایک تعویذ لکھوا کر لایا ہوں۔ اللہ کے حکم سے یوں چٹکیوں میں اثر کرے گا۔ ''

سات کنوؤں کا پانی اکٹھا کیا گیا۔ اس میں یہ تعویذ گھول کر خالد کو پلایا گیا۔ کوئی اثر نہ ہوا۔ ہمسائی آئی، وہ ایک یونانی دوا تجویز کر گئی۔ ممتاز یہ دوا لے آیا مگر اس نے خالد کو نہ دی۔ شام کو ممتاز کا ایک رشتے دار آیا، ساتھ اس کے ایک ڈاکٹر تھا۔ اس نے خالد کو دیکھا اور کہا، '' ملیریا ہے ۔۔۔ اتنا بخار ملیریا ہی میں ہوتا

ہے۔ آپ اس پر برف کا پانی ڈالیے، میں کونین کا انجکشن دیتا ہوں۔ ''

برف کا پانی ڈالا گیا۔ بخار ایک دم کم ہوگیا۔ درجہ حرارت اٹھانویں ڈگری تک آ گیا۔ ممتاز اور اس کی بیوی کی جان میں جان آئی۔ لیکن تھوڑے ہی عرصے میں بخار بہت ہی تیز ہوگیا۔ ممتاز نے تھرمامیٹر لگا کر دیکھا۔ درجہ حرارت ایک سو چھ تک پہنچ گیا تھا۔

ہمسائی آئی۔ اس نے خالد کو مایوس نظروں سے دیکھا اور ممتاز کی بیوی سے کہا، '' بچے کی گردن کا منکا ٹوٹ گیا ہے۔ ''

ممتاز اور اس کی بیوی کے دل بیٹھ گئے۔ ممتاز نے نیچے کارخانے سے ہسپتال فون کیا۔ ہسپتال والوں نے کہا مریض لے آؤ۔ ممتاز نے فوراً تانگہ منگوایا۔ خالد کو گود میں لیا۔ بیوی کو ساتھ بٹھایا اور ہسپتال کا رخ کیا۔ سارا دن وہ پانی پیتا رہا تھا۔ مگر پیاس تھی کہ بجھتی ہی نہیں تھی۔ ہسپتال جاتے ہوئے راستے میں اس کا حلق بے حد خشک ہوگیا۔ اس نے سوچا اتر کر کسی دکان سے ایک گلاس پانی پی لے، لیکن خدا معلوم کہاں سے یہ وہم ایک دم اس کے دماغ میں آن ٹپکا، دیکھو اگر تم نے پانی پیا تو تمہارا خالد مر جائے گا۔

ممتاز کا حلق سوکھ کے لکڑی ہو گیا ہو مگر اس نے پانی نہ پیا۔ ہسپتال کے قریب تانگہ پہنچا تو اس نے سگریٹ سلگایا۔ دو ہی کش لیے تھے تو اس نے ایک دم سگریٹ پھینک دیا۔ اس کے دماغ میں یہ وہم گونجا تھا: ممتاز سگریٹ نہ پیو تمہارا بچہ مر جائے گا۔

ممتاز نے تانگہ ٹھہرایا۔ اس نے سوچا: یہ کیا حماقت ہے ۔۔۔۔ یہ وہم سب فضول ہے۔ سگریٹ پینے سے بچے پر کیا آفت آ سکتی ہے۔

تانگے سے اتر کر اس نے سڑک پر سے سگریٹ اٹھایا۔ واپس تانگے میں بیٹھ کر جب اس نے کش لینا چاہا تو کسی نامعلوم طاقت نے اس کو روکا: نہیں ممتاز، ایسا نہ کرو۔ خالد مر جائے گا۔

ممتاز نے سگریٹ زور سے پھینک دیا ۔۔۔۔ تانگے والے نے اس کو گھور کے دیکھا۔ ممتاز نے محسوس کیا کہ جیسے اس کو اس کی دماغی کیفیت کا علم ہے اور وہ اس کا مذاق اڑا رہا ہے۔ اپنی خفت دور کرنے کی خاطر نے تانگے والے سے کہا، '' خراب ہو گیا تھا سگریٹ '' یہ کہہ اس نے جیب سے ایک نیا سگرٹ نکالا۔ سلگانا چاہا مگر ڈر گیا۔ اس کے دل و دماغ میں ہلچل سی مچ گئی۔ ادراک کہتا تھا کہ یہ سب اوہام ہیں فضول ہیں مگر کوئی

ایسی آواز تھی، کوئی ایسی طاقت تھی جو اس کی منطق، اس کے استدلال، اس کے ادراک پر غالب آجاتی تھی۔ تانگہ ہسپتال کے پھاٹک میں داخل ہوا تو اس نے سگریٹ انگلیوں میں مسل کر پھینک دیا۔ اس کو اپنے اوپر بہت ترس آیا کہ وہ اوہام کا غلام بن گیا ہے۔

ہسپتال والوں نے فوراً ہی خالد کو داخل کر لیا۔ ڈاکٹر نے دیکھا اور کہا، ''برونکو نمونیا ہے، حالت مخدوش ہے۔'' خالد بے ہوش تھا۔ ماں اس کے سرہانے بیٹھی ویران نگاہوں سے اس کو دیکھ رہی تھی۔ کمرے کے ساتھ غسل خانہ تھا۔ ممتاز کو سخت پیاس لگ رہی تھی۔ نل کھول کر اوک سے پانی پینے لگا تو پھر وہی وہم اس کے دماغ میں گونجا: ممتاز، یہ کیا کر رہے ہو تم۔ مت پانی پیو۔۔۔تمہارا خالد مر جائے گا۔

ممتاز نے دل میں اس وہم کو گالی دی اور انتقاماً اتنا پانی پیا کہ اس کا پیٹ اپھر گیا۔ پانی پی کر غسل خانے سے باہر آیا تو اس کا خالد اسی طرح مرجھایا ہوا بے ہوش ہسپتال کے آہنی پلنگ پر پڑا تھا۔ وہ چاہتا تھا کہ کہیں بھاگ جائے۔۔۔اس کے ہوش و حواس غائب ہو جائیں۔۔۔خالد اچھا ہو جائے اور وہ اس کے بدلے نمونیا میں گرفتار ہو جائے۔

ممتاز نے محسوس کیا کہ خالد اب پہلے سے زیادہ زرد ہے۔ اس نے سوچا، یہ سب اس کے پانی پی لینے کا باعث ہے۔۔۔اگر وہ پانی نہ پیتا تو ضرور خالد کی حالت بہتر ہو جاتی۔ اس کو بہت دکھ ہوا۔ اس نے خود کو بہت لعنت ملامت کی مگر پھر اس کو خیال آیا کہ جس بات کو سوچی تھی وہ ممتاز نہیں کوئی اور تھا۔۔۔اور کون تھا۔۔۔؟ کیوں اس کے دماغ میں ایسے وہم پیدا ہوتے تھے۔ پیاس لگتی تھی، پانی پی لیا۔ اس سے خالد پر کیا اثر پڑ سکتا ہے۔۔۔خالد ضرور اچھا ہو جائے گا۔۔۔پرسوں اس کی سالگرہ ہے۔ انشاء اللہ خوب ٹھاٹھ سے منائی جائے گی۔

لیکن فوراً ہی اس کا دل بیٹھ جاتا۔ کوئی آواز اس سے کہتی: خالد ایک برس کا ہونے ہی نہیں پائے گا۔ ممتاز کا جی چاہتا کہ وہ اس آواز کی زبان پکڑ لے اور اسے گدی سے نکال دے مگر یہ آواز تو خود اس کے دماغ میں پیدا ہوتی تھی خدا معلوم کیسے ہوتی تھی۔۔۔کیوں ہوتی تھی۔

ممتاز اس قدر رنگ آگیا کہ اس نے اپنے دل ہی دل میں اوہام سے گڑگڑا کر کہا: خدا کے لیے مجھ پر رحم کرو۔۔۔کیوں تم مجھ غریب کے پیچھے پڑ گئے ہو۔

شام ہو چکی تھی۔ کئی ڈاکٹر خالد کو دیکھ چکے تھے۔ دوا دی جا رہی تھی۔ کئی انجکشن بھی لگ چکے تھے مگر خالد

ابھی تک بے ہوش تھا۔ دفعتاً ممتاز کے دماغ میں یہ آواز گونجی: تم یہاں سے چلے جاؤ۔۔۔فوراً چلے جاؤ، ورنہ خالد مر جائے گا۔

ممتاز کمرے سے باہر چلا گیا۔ ہسپتال سے باہر چلا گیا۔ اس کے دماغ میں آوازیں گونجتی رہیں۔ اس نے اپنے آپ کو ان آوازوں کے حوالے کر دیا۔ اپنی ہر جنبش، اپنی ہر حرکت ان کے حکم کے سپرد کر دی۔۔۔یہ اسے ایک ہوٹل میں لے گئیں۔ انہوں نے اس کو شراب پینے کے لیے کہا۔ شراب آئی تو اسے پھینک دینے کا حکم دیا۔ ممتاز نے ہاتھ سے گلاس پھینک دیا تو اور منگوانے کے لیے کہا۔ دوسرا گلاس آیا تو اسے بھی پھینک دینے کے لیے کہا۔

شراب اور ٹوٹے ہوئے گلاسوں کے بل ادا کر کے ممتاز باہر نکلا۔ اس کو یوں محسوس ہوتا تھا کہ چاروں طرف خاموشی ہی خاموشی ہے۔۔۔صرف اس کا دماغ ہے جہاں شور برپا ہے۔ چلتا چلتا وہ ہسپتال پہنچ گیا۔ خالد کے کمرے کا رخ کیا تو اسے حکم ہوا: مت جاؤ ادھر۔۔۔تمہارا خالد مر جائے گا۔

وہ لوٹ آیا۔۔۔گھاس کا میدان تھا۔ وہاں ایک بنچ پڑی تھی، اس پر لیٹ گیا۔۔۔رات کے دس بج چکے تھے۔ میدان میں اندھیرا تھا۔ چاروں طرف خاموشی تھی۔ کبھی کبھی کسی موٹر کے ہارن کی آواز اس خاموشی میں خراش پیدا کرتی ہوئی گزر جاتی۔ سامنے اونچی دیوار میں ہسپتال کا روشن کلاک تھا۔۔۔ممتاز، خالد کے متعلق سوچ رہا تھا: کیا وہ بچ جائے گا۔۔۔یہ بچے کیوں پیدا ہوتے ہیں جنہیں مرنا ہوتا ہے۔۔۔وہ زندگی کیوں پیدا ہوتی ہے جسے اتنی جلدی موت کے منہ میں جانا ہوتا ہے۔۔۔خالد ضرور۔۔۔۔

ایک دم اس کے دماغ میں ایک وہم پھوٹا۔ بنچ پر سے اتر کر وہ سجدے میں گر گیا۔ حکم تھا اسی طرح پڑے رہو جب تک خالد ٹھیک نہ ہو جائے۔ ممتاز سجدے میں پڑا رہا۔ وہ دعا مانگنا چاہتا تھا مگر حکم تھا کہ مت مانگو۔ ممتاز کی آنکھوں میں آنسو آ گئے۔ وہ خالد کے لیے نہیں، اپنے لیے دعا مانگنے لگا: خدایا مجھے اس اذیت سے نجات دے۔۔۔تجھے اگر خالد کو مارنا ہے تو مار دے، یہ میرا کیا حشر کر رہا ہے تو۔۔۔۔

دفعتاً اسے آوازیں سنائی دیں۔ اس سے کچھ دور دو آدمی کرسیوں پر بیٹھے کھانا کھا رہے تھے اور آپس میں باتیں کر رہے تھے۔

''بچہ بڑا خوبصورت ہے۔''

’’ماں کا حال مجھ سے تو دیکھا نہیں گیا۔‘‘

’’بے چاری ہر ڈاکٹر کے پاؤں پڑ رہی تھی۔‘‘

’’ہم نے اپنی طرف سے تو ہر ممکن کوشش کی۔‘‘

’’بچنا محال ہے۔‘‘

’’میں نے یہی کہا تھا ماں سے کہ دعا کرو بہن!‘‘

ایک ڈاکٹر نے ممتاز کی طرف دیکھا جو سجدے میں پڑا تھا۔ اس کو زور سے آواز دی، ’’اے، کیا کر رہا ہے تو۔۔۔ اِدھر آ۔۔۔‘‘

ممتاز اٹھ کر دونوں ڈاکٹروں کے پاس گیا۔ ایک نے اس سے پوچھا،

’’کون ہو تم؟‘‘

ممتاز نے خشک ہونٹوں پر زبان پھیر کر جواب دیا،

’’میں ایک مریض۔۔۔‘‘

ڈاکٹر نے سختی سے کہا،

’’مریض ہو تو اندر جاؤ۔۔۔ یہاں میدان میں ڈنٹر کیوں پیلتے ہو؟‘‘

ممتاز نے کہا،

’’جی، میرا بچہ ہے۔۔۔ اُدھر اس وارڈ میں۔‘‘

’’وہ تمہارا بچہ ہے جو۔۔۔‘‘

’’جی ہاں۔۔۔ شاید آپ اسی کی باتیں کر رہے تھے ۔۔۔ وہ میرا بچہ ہے ۔۔۔ خالد۔‘‘

’’آپ اس کے باپ ہیں؟‘‘

ممتاز نے اپنا غم و اندوہ سے بھرا ہوا سر ہلایا،

’’جی ہاں میں اس کا باپ ہوں۔‘‘

ڈاکٹر نے کہا،

’’آپ یہاں بیٹھے ہیں۔ جایئے آپ کی وائف بہت پریشان ہیں۔‘‘

’’جی اچھا‘‘، کہہ کر ممتاز وارڈ کی طرف روانہ ہوا۔ سیڑھیاں طے کر کے جب اوپر پہنچا تو کمرے کے باہر اس کا نو کر رو رہا تھا۔ ممتاز کو دیکھ کر اور زیادہ رونے لگا،

’’ صاحب، خالد میاں فوت ہو گئے ۔ ‘‘

ممتاز اندر کمرے میں گیا۔اس کی بیوی بے ہوش پڑی تھی۔ایک ڈاکٹر اور نرس اس کو ہوش میں لانے کی کوشش کر رہے تھے۔ممتاز پلنگ کے پاس کھڑا ہو گیا۔ خالد آنکھیں بند کیے پڑا تھا۔اس کے چہرے پر موت کا سکون تھا۔ممتاز نے اس کے ریشمیں بالوں پر ہاتھ پھیرا اور دل چیر دینے والے لہجے میں اس سے پوچھا،

’’ خالد میاں ۔۔۔ گلو کھائیں گے آپ؟ ‘‘

خالد کا سر نفی میں نہ ہلا۔ممتاز نے پھر درخواست بھرے لہجے میں کہا،

’’ خالد میاں ۔۔۔ میرے وہم لے جائیں گے اپنے ساتھ؟ ‘‘

ممتاز کو ایسا محسوس ہوا کہ جیسے خالد نے سر ہلا کر ہاں کی ہے ۔

خالی بوتلیں، خالی ڈبے

یہ حیرت مجھے اب بھی ہے کہ خاص طور پر خالی بوتلوں اور ڈبوں سے، مجرد مردوں کو اتنی دلچسپی کیوں ہوتی ہے؟ مجرد مردوں سے میری مراد ان مردوں سے ہے جن کو عام طور پر شادی سے کوئی دلچسپی نہیں ہوتی۔ یوں تو اس قسم کے مرد عموماً سنکی اور عجیب و غریب عادات کے مالک ہوتے ہیں، لیکن یہ بات سمجھ میں نہیں آتی کہ انہیں خالی بوتلوں اور ڈبوں سے کیوں اتنا پیار ہوتا ہے؟ پرندے اور جانور اکثر ان لوگوں کے پالتو ہوتے ہیں۔ یہ میلان سمجھ میں آسکتا ہے کہ تنہائی میں ان کا کوئی تو مونس ہونا چاہیے، لیکن خالی بوتلیں اور خالی ڈبے ان کی کیا غمگساری کر سکتے ہیں؟

سنک اور عجیب و غریب عادات کا جواز ڈھونڈنا کوئی مشکل نہیں کہ فطرت کی خلاف ورزی ایسے بگاڑ پیدا کر سکتی ہے، لیکن اس کی نفسیاتی باریکیوں میں جانا البتہ بہت مشکل ہے۔

میرے ایک عزیز ہیں۔ عمر آپ کی اس وقت پچاس کے قریب ہے آپ کو بتر اور کتے پالنے کا شوق ہے اور اس میں کوئی عجیب و غریب پن نہیں آپ کو یہ مرض ہے کہ بازار سے ہر روز دودھ کی بالائی خرید کر لاتے ہیں۔ چولہے پر رکھ کر اس کا روغن نکالتے ہیں اور اس روغن میں اپنے لیے علیحدہ سالن تیار کرتے ہیں۔ ان کا خیال ہے کہ اس طرح خالص گھی تیار ہوتا ہے۔

پانی پینے کے لیے اپنا گھڑا الگ رکھتے ہیں۔ اس کے منہ پر ہمیشہ ململ کا ٹکڑا بندھا رہتا ہے تا کہ کوئی کیڑا مکوڑا اندر نہ چلا جائے، مگر ہوا برابر داخل ہوتی رہے۔ پاخانے جاتے وقت سب کپڑے اتار کر ایک چھوٹا سا تولیہ باندھ لیتے ہیں اور لکڑی کی کھڑاؤں پہن لیتے ہیں۔ ۔۔۔ اب کون ان کی بالائی کے روغن، گھڑے کی ململ، انگ کے تولیے اور لکڑی کی کھڑاؤں کے نفسیاتی عقدے کو حل کرنے بیٹھے۔

میرے ایک مجرد دوست ہیں۔ بظاہر بڑے ہی نورمل انسان۔ ہائی کورٹ میں ریڈر ہیں۔ آپ کو ہر جگہ سے ہر وقت بدبو آتی رہتی ہے۔ چنانچہ ان کا رومال سدا ان کی ناک سے چپکا رہتا ہے ۔۔۔ آپ کو خرگوش پالنے کا شوق ہے۔

ایک اور مجرد ہیں۔ آپ کو جب موقع ملے تو نماز پڑھنا شروع کر دیتے ہیں۔ لیکن اس کے باوجود آپ کا دماغ بالکل صحیح ہے۔ سیاسیاتِ عالم پر آپ کی نظر بہت وسیع ہے۔ طوطوں کو باتیں سکھانے میں مہارتِ تامہ رکھتے ہیں۔

ملٹری کے ایک میجر ہیں۔ سن رسیدہ اور دولت مند۔ آپ کو حُقّے جمع کرنے کا شوق ہے۔ گڑگڑیاں، پیچواں، چموڑے، غرضیکہ ہر قسم کا حقہ ان کے پاس موجود ہے۔ آپ کئی مکانوں کے مالک ہیں، مگر ہوٹل میں ایک کمرہ کرائے پر لے کر رہتے ہیں۔ بٹیریں آپ کی جان ہیں۔

ایک کرنل صاحب ہیں۔ ریٹائرڈ۔ بہت بڑی کوٹھی میں اکیلے دس بارہ چھوٹے بڑے کتوں کے ساتھ رہتے ہیں۔ ہر برانڈ کی وہسکی ان کے یہاں موجود رہتی ہے۔ ہر روز شام کو چار پیگ پیتے ہیں اور اپنے ساتھ کسی نہ کسی لاڈلے کتے کو بھی پلاتے ہیں۔

میں نے اب تک جتنے مجردوں کا ذکر کیا ہے، ان سب کو حسبِ توفیق خالی بوتلوں اور ڈبوں سے دلچسپی ہے۔ میرے، دودھ کی بالائی سے خالص گھی تیار کرنے والے عزیز، گھر میں جب بھی کوئی خالی بوتل دیکھیں تو اسے دھو دھا کر اپنی الماری میں سجا دیتے ہیں کہ ضرورت کے وقت کام آئے گی۔ ہائی کورٹ کے ریڈر جن کو ہر جگہ سے ہر وقت بدبو آتی رہتی ہے صرف ایسی بوتلیں اور ڈبے جمع کرتے ہیں، جن کے متعلق وہ اپنا پورا اطمینان کر لیں کہ اب ان سے بدبو آنے کا کوئی احتمال نہیں رہا۔ جب موقع ملے، نماز پڑھنے والے، خالی بوتلیں آبِ دست کے لیے اور ٹین کے خالی ڈبے وضو کے لیے درجنوں کی تعداد میں جمع رکھتے ہیں۔ ان کے خیال کے مطابق یہ دونوں چیزیں سستی اور پاکیزہ رہتی ہیں۔ ۔۔۔ قسم قسم کے حقے جمع کرنے والے میجر صاحب کو خالی بوتلیں اور خالی ڈبے جمع کر کے ان کو بیچنے کا شوق ہے اور ریٹائرڈ کرنل صاحب کو صرف وہسکی کی بوتلیں جمع کرنے کا۔

آپ کرنل صاحب کے ہاں جائیں تو ایک چھوٹے، صاف ستھرے کمرے میں کئی شیشے کی الماریوں میں آپ کو وہسکی کی خالی بوتلیں سجی ہوئی نظر آئیں گی۔ پرانے سے پرانے برانڈ کی وہسکی کی خالی بوتل بھی آپ کو ان کے اس نادر مجموعے میں مل جائے گی۔ جس طرح لوگوں کو ٹکٹ اور سکے جمع کرنے کا شوق ہوتا ہے، اسی

طرح ان کو وہسکی کی خالی بوتلیں جمع کرنے اور ان کی نمائش کرنے کا شوق بلکہ خبط ہے۔ کرنل صاحب کا کوئی عزیز، رشتہ دار نہیں۔ بیوی ہے تو اس کا مجھے علم نہیں۔ دنیا میں تن تنہا ہیں۔ لیکن وہ تنہائی بالکل محسوس نہیں کرتے۔ ۔ ۔ دس بارہ کتے ہیں ان کی دیکھ بھال وہ اس طرح کرتے ہیں جس طرح شفیق باپ اپنی اولاد کی کرتے ہیں۔ سارا دن ان کا ان پالتو حیوانوں کے ساتھ گزر جاتا ہے۔ فرصت کے وقت وہ الماریوں میں اپنی چہیتی بوتلیں سنوارتے رہتے ہیں۔

آپ پوچھیں گے، خالی بوتلیں تو ہوئیں۔ یہ تم نے خالی ڈبے کیوں ساتھ لگا دیئے۔ ۔ ۔ کیا یہ ضروری ہے کہ تجر دپسند مردوں کو خالی بوتلوں کے ساتھ ساتھ خالی ڈبوں کے ساتھ بھی دلچسپی ہو۔ ۔ ۔؟ اور پھر ڈبے اور بوتلیں، صرف خالی کیوں؟ بھری ہوئی کیوں نہیں۔ ۔ ۔؟ میں آپ سے شاید پہلے بھی عرض کر چکا ہوں کہ مجھے خود اس بات کی حیرت ہے۔ یہ اور اسی قسم کے اور بہت سے سوال اکثر میرے دماغ میں پیدا ہو چکے ہیں۔ باوجود کوشش کے میں ان کا جواب حاصل نہیں کر سکتا۔

خالی بوتلیں اور خالی ڈبے، خلا کا نشان ہیں اور خلا کا کوئی منطقی جوڑ تجر دپسند مردوں سے غالباً یہی ہو سکتا ہے کہ خود ان کی زندگی میں ایک خلا ہوتا ہے، لیکن پھر یہ سوال پیدا ہوا ہے کہ کیا وہ اس خلا کو ایک اور خلا سے پُر کرتے ہیں۔ ۔ ۔؟ کتوں بلیوں خرگوشوں اور بندروں کے متعلق آدمی سمجھ سکتا ہے کہ وہ خالی خولی زندگی کی کمی ایک حد تک پوری کر سکتے ہیں کہ وہ دل بہلا سکتے ہیں، نازنخرے کر سکتے ہیں۔ دلچسپ حرکات کے موجب ہو سکتے ہیں، پیار کا جواب بھی دے سکتے ہیں لیکن خالی بوتلیں اور ڈبے دلچسپی کا کیا سامان ہم پہنچاتے ہیں؟ بہت ممکن ہے آپ کو ذیل کے واقعات میں ان سوالوں کا جواب مل جائے۔

دس برس پہلے میں جب بمبئی گیا تو وہاں ایک مشہور فلم کمپنی کا ایک فلم تقریباً بیس ہفتوں سے چل رہا تھا۔ ۔ ۔ ہیروئن پرانی تھی، لیکن ہیرو نیا تھا جو اشتہاروں میں چھپی ہوئی تصویروں میں نوخیز دکھائی دیتا تھا۔ ۔ ۔ اخباروں میں اس کی کردار نگاری کی تعریف پڑھی تو میں نے یہ فلم دیکھا۔ اچھا خاصا تھا۔ کہانی جاذب توجہ تھی اور اس نئے ہیرو کا کام بھی اس لحاظ سے قابل تعریف تھا کہ اس نے پہلی مرتبہ کیمرے کا سامنا کیا تھا۔

پردے پر کسی ایکٹر یا ایکٹرس کی عمر کا اندازہ لگانا عام طور پر مشکل ہوتا ہے۔ کیونکہ میک اپ جوان کو بوڑھا اور بوڑھے کو جوان بنا دیتا ہے، مگر یہ نیا ہیرو بلاشبہ نوخیز تھا۔ ۔ ۔ کالج کے طالب علم کی طرح تروتازہ اور چاق و چوبند۔ ۔ ۔ خوبصورت تو نہیں تھا مگر اس کے گٹھے ہوئے جسم کا ہر عضو اپنی جگہ پر مناسب و موزوں تھا۔ اس فلم کے بعد اس ایکٹر کے میں نے اور کئی فلم دیکھے۔ ۔ ۔ اب وہ منجھ گیا تھا۔ چہرے کے خط و خال کی طفلانہ

نرمائش، عمر اور تجربے کی سختی میں تبدیل ہو چکی تھی۔ اس کا شمار اب چوٹی کے اداکاروں میں ہونے لگا تھا۔

فلمی دنیا میں سکینڈل عام ہوتے ہیں۔ آئے دن سننے میں آتا ہے کہ فلاں ایکٹر کا فلاں ایکٹرس سے تعلق ہو گیا ہے۔ فلاں ایکٹرس، فلاں ایکٹر کو چھوڑ کر فلاں ڈائریکٹر کے پہلو میں چلی گئی ہے۔ قریب قریب ہر ایکٹر اور ہر ایکٹرس کے ساتھ کوئی نہ کوئی رومان جلد یا بدیر وابستہ ہو جاتا ہے، لیکن اس نئے ہیرو کی زندگی جس کا میں ذکر کر رہا ہوں ان بکھیڑوں سے پاک تھی، مگر اخباروں میں اس کا چرچا نہیں تھا۔ کسی نے بھولے سے حیرت کا بھی اظہار نہیں کیا تھا کہ فلمی دنیا میں رہ کر رام سروپ کی زندگی جنسی آلائشوں سے پاک ہے۔ میں نے سچ پوچھئے تو اس بارے میں کبھی غور ہی نہیں کیا تھا۔ اس لیے کہ مجھے ایکٹروں اور ایکٹرسوں کی نجی زندگی سے کوئی دلچسپی نہیں تھی۔ فلم دیکھا۔ اس کے متعلق اچھی یا بری رائے قائم کی اور بس۔ ۔ ۔ لیکن جب رام سروپ سے میری ملاقات ہوئی تو مجھے اس کے متعلق بہت سی دلچسپ باتیں معلوم ہوئیں۔ ۔ ۔ یہ ملاقات اس کا پہلا فلم دیکھنے کے تقریباً آٹھ برس بعد ہوئی۔

شروع شروع میں تو وہ بمبئی سے بہت دور ایک گاؤں میں رہتا تھا، مگر اب فلمی سرگرمیاں بڑھ جانے کے باعث اس نے شیواجی پارک میں سمندر کے کنارے ایک متوسط درجے کا فلیٹ لے رکھا تھا۔ اس سے میری ملاقات اسی فلیٹ میں ہوئی جس کے چار کمرے تھے، باورچی خانے سمیت۔ اس فلیٹ میں جو کنبہ رہتا تھا۔ اس کے آٹھ افراد تھے۔ خود رام سروپ۔ اس کا نوکر جو باورچی بھی تھا۔ تین کتے۔ دو بندر اور ایک بلی۔ رام سروپ اور اس کا نوکر مجرد تھے۔ تین کتوں اور ایک بلی کے مقابلے میں ان کی مخالف جنس نہیں تھی۔ ۔ ۔ ایک بندر تھا اور ایک بندریا۔ دونوں اکثر اوقات ایک جالی دار پنجرے میں بند رہتے تھے۔

ان نصف درجن حیوانوں کے ساتھ رام سروپ کو والہانہ محبت تھی۔ نوکر کے ساتھ بھی اس کا سلوک بہت اچھا تھا مگر اس میں جذبات کا دخل بہت کم تھا۔ بندھے بندھے کام تھے جو مقررہ وقت پر مشین کی سی بے روح باقاعدگی کے ساتھ گویا بخود ہو جاتے تھے۔ اس کے علاوہ ایسا معلوم ہوتا تھا کہ رام سروپ نے اپنے نوکر کو اپنی زندگی کے تمام قواعد و ضوابط ایک پرچے پر لکھ کر دے دیئے تھے جو اس نے حفظ کر لیے تھے۔ اگر رام سروپ کپڑے اتار کر، نیکر پہننے لگے تو اس کا نوکر فوراً تین چار سوڈے اور برف کی فلاسک، شیشے والی تپائی پر رکھ دیتا تھا۔ ۔ ۔ اس کا یہ مطلب تھا کہ صاحب رَم پی کر اپنے کتوں کے ساتھ کھیلیں گے اور جب کسی کا ٹیلی فون آئے گا تو کہہ دیا جائے گا کہ صاحب گھر پر نہیں ہیں۔

رم کی بوتل یا سگریٹ کا ڈبہ جب خالی ہو گا تو اسے پھینکا یا بیچا نہیں جائے گا، بلکہ احتیاط سے اس کمرے

میں رکھ دیا جائے گا جہاں خالی بوتلوں اور ڈبوں کے انبار لگے ہیں۔ کوئی عورت ملنے کے لیے آئے گی تو اسے دروازے ہی سے یہ کہہ کر واپس کر دیا جائے گا کہ رات صاحب کی شوٹنگ تھی، اس لیے سو رہے ہیں۔ ملاقات کرنے والی شام کو یا رات کو آئے تو اس سے یہ کہا جاتا تھا کہ صاحب شوٹنگ پر گئے ہیں۔

رام سروپ کا گھر تقریباً ویسا ہی تھا جیسا کہ عام طور پر اکیلے رہنے والے مجرد مردوں کا ہوتا ہے، یعنی وہ سلیقہ، قرینہ اور رکھ رکھاؤ غائب تھا جو نسائی لمس کا خاصہ ہوتا ہے۔ صفائی تھی مگر اس میں کھرا پن تھا۔۔۔ پہلی مرتبہ جب میں اس کے فلیٹ میں داخل ہوا تو مجھے بہت شدت سے محسوس ہوا کہ میں چڑیا گھر کے اس حصے میں داخل ہو گیا ہوں جو شیر، چیتے اور دوسرے حیوانوں کے لیے مخصوص ہوتا ہے کیونکہ ویسی ہی بو آرہی تھی۔

ایک کمرا سونے کا تھا، دوسرا بیٹھنے کا، تیسرا خالی بوتلوں اور ڈبوں کا۔ اس میں رم کی وہ تمام بوتلیں اور سگریٹ کے وہ تمام ڈبے موجود تھے جو رام سروپ نے پی کر خالی کیے تھے۔ کوئی اہتمام نہیں تھا۔ بوتلوں پر ڈبے اور ڈبوں پر بوتلیں اوندھی سیدھی پڑی ہیں۔ ایک کونے میں قطار لگی ہے تو دوسرے کونے میں انبار، گرد جمی ہوئی ہے، اور باسی تمباکو اور باسی رم کی ملی جلی تیز بو آرہی ہے۔

میں نے جب پہلی مرتبہ یہ کمرہ دیکھا تو بہت حیران ہوا۔ ان گنت بوتلیں اور ڈبے تھے ۔۔۔ سب خالی ہیں۔ میں نے رام سروپ سے پوچھا، ‘‘کیوں بھئی، یہ کیا سلسلہ ہے؟’’

اس نے پوچھا، ‘‘کیسا سلسلہ؟’’

میں نے کہا، ‘‘یہ۔۔۔ یہ کباڑ خانہ؟’’

اس نے صرف اتنا کہا، ‘‘جمع ہو گیا ہے!’’

یہ سن کر میں بولتے ہوئے سوچا، ‘‘اتنا۔۔۔! اتنا کوڑا جمع ہونے میں کم از کم سات آٹھ برس چاہئیں۔’’

میرا اندازہ غلط نکلا۔ مجھے بعد میں معلوم ہوا کہ اس کا یہ ذخیرہ پورے دس برس کا تھا۔ جب وہ شیواجی پارک رہنے آیا تھا تو وہ تمام بوتلیں اور ڈبے اٹھوا کے اپنے ساتھ لے آیا تھا جو اس کے پرانے مکان میں جمع ہو چکے تھے۔ ایک بار میں نے اس سے کہا، ‘‘سروپ، تم یہ بوتلیں اور ڈبے کیوں نہیں بیچتے؟ میرا مطلب ہے، اول تو ساتھ ساتھ بیچتے رہنا چاہئیں۔۔۔ پر اب کہ اتنا انبار جمع ہو چکا ہے اور جنگ کے باعث دام بھی اچھے مل سکتے ہیں۔ میں سمجھتا ہوں تمہیں یہ کباڑ خانہ اٹھوا دینا چاہیے!’’

اس نے جواب میں صرف اتنا کہا، ‘‘ہٹاؤ یار۔۔۔ کون اتنی بک بک کرے!’’

اس جواب سے تو یہی ظاہر ہوتا تھا کہ اسے خالی بوتلوں اور ڈبوں سے کوئی دلچسپی نہیں۔ لیکن مجھے نو کر سے

معلوم ہوا کہ اگر اس کمرے میں کوئی بوتل یا ڈبہ اِدھر اُدھر ہو جائے تو رام سروپ قیامت برپا کر دیتا تھا۔ عورت سے اسے کوئی دلچسپی نہیں تھی۔ میری، اس کی بہت بے تکلفی ہو گئی تھی۔ باتوں باتوں میں مَیں نے کئی بار اس سے دریافت کیا، ''کیوں بھئی شادی کب کرو گے؟،''

اور ہر بار اس قسم کا جواب ملا، ''شادی کر کے کیا کروں گا؟،''

میں نے سوچا، واقعی رام سروپ شادی کر کے کیا کرے گا۔۔۔؟ کیا وہ اپنی بیوی کو خالی بوتلوں اور ڈبوں والے کمرے میں بند کر دے گا۔۔۔؟ یا سب کپڑے اتار، نیکر پہن کر رم پیتے اس کے ساتھ کھیلا کرے گا؟ میں اس سے شادی بیاہ کا ذکر تو اکثر کرتا تھا مگر تصور پر زور دینے کے باوجود اسے کسی عورت سے منسلک نہ دیکھ سکتا۔

رام سروپ سے ملتے ملتے کئی برس گزر گئے۔ اس دوران میں کئی مرتبہ میں نے اڑتی اڑتی سنی کہ اسے ایک ایکٹرس سے جس کا نام شیلا تھا، عشق ہو گیا ہے۔ مجھے اس افواہ کا بالکل یقین نہ آیا۔ اول تو رام سروپ سے اس کی توقع ہی نہیں تھی۔ دوسرے شیلا سے کسی بھی ہوش مند نوجوان کو عشق نہیں ہو سکتا تھا، کیونکہ وہ اس قدر بے جان تھی کہ دق کی مریض معلوم ہوتی تھی۔۔۔ شروع شروع میں جب وہ ایک دو فلموں میں آئی تھی تو کسی قدر گوارا تھی مگر بعد میں تو وہ بالکل ہی بے کیف اور بے رنگ ہو گئی تھی اور صرف تیسرے درجے کے فلموں کے لیے مخصوص ہو کر رہ گئی تھی۔

میں نے صرف ایک مرتبہ اس شیلا کے بارے میں رام سروپ سے دریافت کیا تو اس نے مسکرا کر کہا، ''میرے لیے کیا یہی رہ گئی تھی!،''

اس دوران میں اس کا سب سے پیارا کتا اسٹالن نمونیا میں گرفتار ہو گیا۔ رام سروپ نے دن رات بڑی جانفشانی سے اس کا علاج کیا مگر وہ جانبر نہ ہوا۔ اس کی موت سے اسے بہت صدمہ ہوا۔ کئی دن اس کی آنکھیں اشک آلود رہیں، اور جب اس نے ایک روز باقی کتے کسی دوست کو دے دیئے تو میں نے خیال کہ اس نے اسٹالن کی موت کے صدمے کے باعث ایسا کیا ہے، ورنہ وہ ان کی جدائی کبھی برداشت نہ کرتا۔

کچھ عرصے کے بعد جب اس نے بندر اور بندریا کو بھی رخصت کر دیا تو مجھے کسی قدر حیرت ہوئی، لیکن میں نے سوچا کہ اس کا دل اب اور کسی کی موت کا صدمہ برداشت نہیں کرنا چاہتا۔ اب وہ نیکر پہن کر رم پیتے ہوئے صرف اپنی بلی نرگس سے کھیلا کرتا تھا۔ وہ بھی اس سے بہت پیار کرنے لگی تھی، کیونکہ رام سروپ کا سارا التفات اب اسی کے لیے موقوف ہو گیا تھا۔ اب اس کے گھر سے شیر، چیتوں کی بو نہیں آتی

تھی۔ صفائی میں کسی قدر نظر آ جانے والا سلیقہ اور قرینہ بھی پیدا ہو چلا تھا، اس کے اپنے چہرے پر ہلکا سا نکھار آ گیا تھا مگر یہ سب کچھ اس قدر آہستہ آہستہ ہوا تھا کہ اس کے نقطۂ آغاز کا پتا چلانا بہت مشکل تھا۔ دن گزرتے گئے۔ رام سروپ کا تازہ فلم ریلیز ہوا تو میں نے اس کی کردار نگاری میں ایک نئی تازگی دیکھی۔ میں نے اسے مبارک باد دی تو وہ مسکرا دیا، ''لو، وہسکی پیو!''

میں نے تعجب سے پوچھا، ''وہسکی؟'' اس لیے کہ وہ صرف رَم پینے کا عادی تھا۔

پہلی مسکراہٹ کو ہونٹوں میں ذرا سکیڑتے ہوئے اس نے جواب دیا، ''رم پی پی کر تنگ آ گیا ہوں۔''

میں نے اس سے اور کچھ نہ پوچھا۔

آٹھویں روز جب اس کے ہاں شام کو گیا تو وہ قمیض پائجامہ پہنے، رم۔۔۔نہیں، وہسکی پی رہا تھا۔۔۔دیر تک ہم تاش کھیلتے اور وہسکی پیتے رہے۔ اس دوران میں میَں نے نوٹ کیا کہ وہسکی کا ذائقہ اس کی زبان اور تالو پر ٹھیک نہیں بیٹھ رہا، کیونکہ گھونٹ بھرنے کے بعد وہ کچھ اس طرح منہ بناتا تھا جیسے کسی اَن چکھی چیز سے اس کا واسطہ پڑا ہوا ہے۔ چنانچہ میں نے اس سے کہا، ''تمہاری طبیعت قبول نہیں کر رہی وہسکی کو؟'' اس نے مسکرا کر جواب دیا، ''آہستہ آہستہ قبول کر لے گی۔''

رام سروپ کا فلیٹ دوسری منزل پر تھا۔ ایک روز میں ادھر سے گزر رہا تھا کہ دیکھا، نیچے گیراج کے پاس خالی بوتلوں اور ڈبوں کے انبار کے انبار پڑے ہیں۔ سڑک پر دو چھکڑے کھڑے ہیں جن میں تین چار کباڑئیے ان کو لاد رہے ہیں، میری حیرت کی کوئی انتہا نہ رہی، کیونکہ یہ خزانہ رام سروپ کے علاوہ اور کس کا ہو سکتا تھا۔۔۔؟ آپ یقین جانیے اس کو جدا ہوتے دیکھ کر میں نے اپنے دل میں ایک عجیب قسم کا درد محسوس کیا۔۔۔دوڑا اوپر گیا، گھنٹی بجائی۔ دروازہ کھلا۔ میں نے اندر داخل ہونا چاہا تو نوکر نے خلافِ معمول راستہ روکتے ہوئے کہا، ''صاحب، رات شوٹنگ پر گئے تھے، اس وقت سو رہے ہیں۔''

میں حیرت سے اور غصے سے بوکھلا گیا۔۔۔کچھ بڑبڑایا اور چل دیا۔

اسی روز شام کو رام سروپ میرے ہاں آیا۔۔۔اس کے ساتھ شیلا تھی، نئی بنارسی ساڑھی میں ملبوس۔۔۔ رام سروپ نے اس کی طرف اشارہ کر کے مجھ سے کہا، ''میری دھرم پتنی سے ملو۔''

اگر میں نے وہسکی کے چار پیگ نہ پیے ہوتے تو یقیناً یہ سن کر بے ہوش ہو گیا ہوتا۔

رام سروپ اور شیلا صرف تھوڑی دیر بیٹھے اور چلے گئے۔۔۔میں دیر تک سوچتا رہا کہ بنارسی ساڑھی میں شیلا کس سے مشابہ تھی۔۔۔دبلے پتلے بدن پر ہلکے بادامی رنگ کی کاغذی سی ساڑھی۔ کسی جگہ پھولی ہوئی، کسی

جگہ دبی ہوئی۔۔۔ایک دم میری آنکھوں کے سامنے ایک خالی بوتل آ گئی، باریک کاغذ میں لپٹی ہوئی۔

شیلا عورت تھی۔۔۔بالکل خالی، لیکن ایک خلا نے دوسرے خلا کو پر کر دیا ہو۔

خدا کی قسم

اُدھر سے مسلمان اور اِدھر سے ہندو ابھی تک آ جا رہے تھے۔ کیمپوں کے کیمپ بھرے پڑے تھے۔ جن میں ضربُ المثَل کے مطابق تِل دھرنے کے لیے واقعی کوئی جگہ نہیں تھی۔ لیکن اس کے باوجود اُن میں ٹھونسے جا رہے تھے۔ غلہ ناکافی ہے۔ حفظانِ صحت کا کوئی انتظام نہیں۔ بیماریاں پھیل رہی ہیں۔ اس کا ہوش کس کو تھا۔ ایک اِفراط و تَفریط کا عالم تھا۔

سَن اُڑتالیس کا آغاز تھا۔ غالباً مارچ کا مہینہ۔ اِدھر اور اُدھر دونوں طرف رضا کاروں کے ذریعے سے ''مغویہ''، عورتوں اور بچوں کی برآمدگی کا مُستَحسَن کام شروع ہو چکا تھا۔ سینکڑوں مرد، عورتیں، لڑکے اور لڑکیاں اس کارِ خیر میں حصہ لے رہی تھیں۔ میں جب ان کو سرگرم عمل دیکھتا تو مجھے بڑی تعجب خیز مسرت حاصل ہوتی، یعنی خود انسان، انسان کی برائیوں کے آثار مٹانے کی کوشش میں مصروف تھا۔ جو عِصمتیں لٹ چکی تھیں، ان کو مزید لوٹ کھسوٹ سے بچانا چاہتا تھا۔ کس لیے؟ اِس لیے کہ اس کا دامن مزید دھبوں اور داغوں سے آلودہ نہ ہو؟ اس لیے کہ وہ جلدی جلدی اپنی خون سے لتھڑی ہوئی انگلیاں چاٹ لے اور ہم اپنے ہم جنسوں کے ساتھ دسترخوان پر بیٹھ کر روٹی کھائے؟ اس لیے کہ وہ انسانیت کا سوئی دھاگا لے کر، جب تک دوسرے آنکھیں بند کیے ہیں، عصمتوں کے چاک رفو کر دے؟ کچھ سمجھ میں نہیں آتا تھا۔۔۔ لیکن ان رضا کاروں کی جدوجہد پھر بھی قابل قدر معلوم ہوتی تھی۔

ان کو سینکڑوں دشواریوں کا سامنا کرنا پڑتا تھا۔ ہزاروں کھیکڑے تھے جو انہیں اٹھانے پڑتے تھے کیونکہ جنہوں نے عورتیں اور لڑکیاں اُڑائی تھیں، سیماب پا تھے، آج اِدھر، کل اُدھر، ابھی اِس محلے میں، ابھی اُس محلے میں اور پھر اس کے پاس اس کے آدمی بھی ان کی مدد نہیں کرتے تھے۔

عجیب عجیب داستانیں سننے میں آتی تھیں۔۔۔ایک لیاژان افسر نے مجھے بتایا کہ سہارن پور میں دو لڑکیوں نے پاکستان میں اپنے والدین کے پاس جانے سے انکار کر دیا۔ دوسرے نے بتایا کہ جب جالندھر میں زبردستی ہم نے ایک لڑکی کو نکالا تو قابض کے سارے خاندان نے اسے یوں الوداع کہی جیسے وہ ان کی بہو ہے، اور کسی دور دراز سفر پر جا رہی ہے۔۔۔کئی لڑکیوں نے راستہ میں والدین کے خوف سے خود کشی کر لی، بعض صدموں کی تاب نہ لا کر پاگل ہو چکی تھیں، کچھ ایسی بھی تھیں جن کو شراب کی لت پڑ چکی تھی، ان کو پیاس لگتی تو پانی کی بجائے شراب مانگتیں اور ننگی ننگی گالیاں بکتیں۔ میں ان برآمد کی ہوئی لڑکیوں اور عورتوں کے متعلق سوچتا تو میرے ذہن میں صرف پھولے ہوئے پیٹ ابھرتے۔۔۔ان پیٹوں کا کیا ہو گا؟ ان میں جو کچھ بھرا ہے اس کا مالک کون ہے؟ پاکستان یا ہندوستان؟ اور وہ نو مہینوں کی بار برداری۔۔۔ اس کی اجرت پاکستان ادا کرے گا یا ہندوستان؟ کیا یہ سب ظالم فطرت یا قدرت کے بہی کھاتے میں درج ہو گا؟ مگر کیا اس میں کوئی صفحہ خالی رہ گیا ہے؟

برآمدہ عورتیں آ رہی تھیں۔ برآمدہ عورتیں جا رہی تھیں۔

میں سوچتا تھا کہ یہ عورتیں مغوِیہ کیوں کہلائی جاتی تھیں۔۔۔؟ انہیں اغوا کب کیا گیا ہے۔۔۔؟ اغوا تو ایک بڑا رومانٹک فعل ہے جس میں مرد اور عورتیں دونوں شریک ہوتے ہیں۔ یہ تو ایک ایسی کھائی ہے جس کو پھاندنے سے پہلے دونوں روحوں کے سارے تار جھجھنا اٹھتے ہیں، لیکن یہ اغوا کیسا ہے کہ ایک نہتی کو پکڑ کر کوٹھری میں قید کر لیا۔

لیکن وہ زمانہ ایسا تھا کہ منطق، استدلال اور فلسفہ بے کار چیزیں تھیں۔۔۔اُن دنوں جس طرح گرمیوں میں بھی دروازے اور کھڑکیاں بند کر کے سوتے تھے اسی طرح نے بھی، اپنے دل و دماغ کی بھی سب کھڑکیاں دروازے بند کر دیئے تھے، حالانکہ انہیں کھلا رکھنے کی زیادہ ضرورت اسی وقت تھی۔ لیکن میں کیا کرتا، مجھے کچھ سُوجھتا نہیں تھا۔

برآمدہ عورتیں آ رہی تھیں۔ برآمدہ عورتیں جا رہی تھیں۔

یہ درآمد اور برآمد جاری تھی۔۔۔تمام تاجرانہ خصوصیات کے ساتھ!

صحافی، افسانہ نگار اور شاعر اپنے قلم اٹھائے شکار میں مصروف تھے۔۔۔لیکن افسانوں اور نظموں کا ایک سیلاب تھا جو اُڑا اُڑا چلا آ رہا تھا۔ فلموں کے قدم اکھڑا اکھڑا جاتے تھے۔ اتنے صید تھے کہ سب بوکھلا گئے تھے۔ ایک لیاژان افسر مجھ سے ملا، کہنے لگا، ''تم کیوں گم سم رہتے ہو؟'' میں نے کوئی جواب نہیں دیا۔

اس نے مجھے ایک داستان سنائی،

’’مغویہ عورتوں کی تلاش میں ہم مارے مارے پھرتے ہیں۔ ایک شہر سے دوسرے شہر، ایک گاؤں سے دوسرے گاؤں، پھر تیسرے گاؤں، پھر چوتھے۔ گلی گلی، محلے محلے۔۔۔ کوچے کوچے۔۔۔ بڑی مشکلوں سے گوہرِ مقصود ہاتھ آتا ہے۔‘‘

میں نے دل میں کہا، ’’کیسے گوہر۔۔۔ کیسے زاسفتہ۔۔۔ یا سفتہ؟‘‘

تمہیں معلوم نہیں، ہمیں کتنی دِقتوں کا سامنا کرنا پڑتا ہے، میں تمہیں ایک بات بتلانے والا تھا۔۔۔ ہم بارڈر کے اس پار سینکڑوں پھیرے کر چکے ہیں۔ عجیب بات ہے کہ میں نے ہر پھیرے میں ایک مسلمان بڑھیا کو دیکھا۔۔۔ ادھیڑ عمر کی تھی۔۔۔ پہلی مرتبہ میں نے اسے جالندھر کی بستیوں میں دیکھا، پریشان حال۔۔۔ ماؤف دماغ، ویران ویران آنکھیں، گرد و غبار سے اٹے ہوئے بال، پھٹے ہوئے کپڑے، اسے کا ہوش تھا نہ من کا، لیکن اس کی نگاہوں سے یہ صاف ظاہر تھا کہ کسی کو ڈھونڈ رہی ہیں۔

مجھے بہن نے بتایا کہ یہ عورت صدمہ کے باعث پاگل ہو گئی ہے۔ پٹیالہ کی رہنے والی ہے۔ اس کی اکلوتی لڑکی تھی جو اسے نہیں ملتی، ہم نے بہت جتن کیے ہیں اسے ڈھونڈنے کے لیے مگر ناکام رہے ہیں۔ غالباً بلوؤں میں ماری گئی ہے لیکن یہ بڑھیا نہیں مانتی۔

دوسری مرتبہ میں نے اس پگلی کو سہارن پور کے لاریوں کے اڈے پر دیکھا، اس کی حالت پہلے سے کہیں زیادہ ابتر اور خستہ تھی۔ اس کے ہونٹوں پر موٹی موٹی پپڑیاں جمی تھیں، بال سادھوؤں کے سے بنے تھے۔ میں نے اس سے بات چیت کی اور چاہا کہ وہ اپنی موہوم تلاش چھوڑ دے۔ چنانچہ میں نے اس سے بہت سنگ دل بن کر کہا، ’’مائی تیری لڑکی قتل کر دی گئی تھی۔‘‘

پگلی نے میری طرف دیکھا، ’’قتل۔۔۔؟ نہیں نہیں۔‘‘ اس کے لہجے میں فولادی تیقن پیدا ہو گیا، ’’اسے کوئی قتل نہیں کر سکتا۔۔۔ میری بیٹی کو کوئی قتل نہیں کر سکتا۔‘‘ اور وہ چلی گئی، اپنی موہوم تلاش میں۔۔۔۔

میں نے سوچا: ایک تلاش اور پھر موہوم۔۔۔! لیکن پگلی کو کیوں اتنا یقین تھا کہ اس کی بیٹی پر کوئی کرپان نہیں اٹھ سکتی، کوئی تیز دھار یا کند چھرا اس کی گردن کی طرف نہیں بڑھ سکتا۔ کیا وہ امرتھی یا اس کی ماتما امر تھی۔۔۔ ماتما تو خیر امر ہوتی ہے۔ پھر کیا وہ اپنی ممتا ڈھونڈ رہی تھی۔۔۔ کیا اس نے اسے کہیں کھو دیا۔۔۔؟

تیسرے پھیرے پر پھر میں نے اسے دیکھا۔ اب وہ بالکل چیتھڑوں میں تھی، قریب قریب ننگی، میں نے اسے کپڑے دیے۔ لیکن اس نے قبول نہ کیے۔ میں نے اس سے کہا، ’’مائی میں سچ کہتا ہوں، تیری لڑکی

پٹیالہ ہی میں قتل کردی گئی تھی۔ '' اس نے پھر اسی فولادی یقین کے ساتھ کہا، '' تو جھوٹ کہتا ہے۔ ''۔ میں نے اس سے اپنی بات منوانے کی خاطر کہا، '' نہیں میں سچ کہتا ہوں، کافی رو پیٹ لیا ہے تم نے ۔۔۔ چلو میرے ساتھ میں تم کو پاکستان لے چلوں گا۔ ''

اس نے میری بات نہ سنی اور بڑبڑانے لگی۔ بڑبڑاتے بڑبڑاتے وہ ایک دم چونکی، اب اس کے لہجے میں یقین فولاد سے بھی زیادہ ٹھوس تھا، '' نہیں میری بیٹی کو کوئی قتل نہیں کرسکتا! '' میں نے پوچھا، '' کیوں؟ '' بڑھیا نے ہولے ہولے کہا، '' وہ خوبصورت ہے ۔۔۔ اتنی خوبصورت کہ اسے کوئی قتل نہیں کرسکتا۔ ۔۔ اسے طمانچہ تک نہیں مار سکتا۔ ''

میں سوچنے لگا، '' کیا وہ واقعی اتنی خوبصورت تھی ۔۔۔؟ ہر ماں کی آنکھوں میں اس کی اولاد چند آفتاب و چند ماہتاب ہوتی ہے ۔۔۔ لیکن ہو سکتا ہے کہ وہ لڑکی در حقیقت خوبصورت ہو ۔۔۔ مگر اس طوفان میں کون سی خوبصورتی ہے جو انسان کے کھردرے ہاتھوں سے بچی ہے ۔۔۔ ہو سکتا ہے پگلی اس خیالِ خام کو دھوکا دے رہی ہو ۔۔۔ فرار کے لاکھوں راستے ہیں ۔۔۔ دکھ ایک ایسا چوک ہے جو اپنے گرد لاکھوں بلکہ کروڑوں سڑکوں کا جال بن دیتا ہے ۔۔۔۔ ''

بارڈر کے اُس پار کئی پھیرے ہوئے ۔۔۔ ہر بار میں نے اس پگلی کو دیکھا۔ اب وہ ہڈیوں کا ڈھانچہ رہ گئی تھی۔ بینائی کمزور ہو چکی تھی، ٹٹول کر چلتی تھی، مگر اس کی تلاش جاری تھی بڑی شدّ و مدّ سے۔ اس کا یقین اسی طرح مستحکم تھا کہ اس کی بیٹی زندہ ہے، اس لیے کہ اسے کوئی مار نہیں سکتا۔

بہن نے مجھ سے کہا کہ '' اس عورت سے مغز ماری فضول ہے۔ اس کا دماغ چل چکا ہے۔ بہتر یہی ہے کہ تم اسے پاکستان لے جاؤ اور پاگل خانہ میں داخل کرا دو۔ ''

میں نے مناسب نہ سمجھا۔ میں اس کی موہوم تلاش جو اس کی زندگی کا واحد سہارا تھی، میں اس سے چھیننا نہیں چاہتا تھا۔ میں اسے ایک وسیع و عریض پاگل خانے سے، جس میں وہ میلوں کی مسافت طے کرکے، اپنے پاؤں کے آبلوں کی پیاس بجھا سکتی تھی، اٹھاکر ایک مختصر سی چار دیواری میں قید کرانا نہیں چاہتا تھا۔

آخری بار میں نے اسے امرتسر میں دیکھا۔ اس کی شکستہ حالی کا یہ عالم تھا کہ میری آنکھوں میں آنسو آ گئے، میں نے فیصلہ کرلیا کہ میں اسے پاکستان لے جاؤں گا اور پاگل خانے میں داخل کرا دوں گا۔

وہ فرید کے چوک میں کھڑی اپنی نیم اندھی آنکھوں سے اِدھر اُدھر دیکھ رہی تھی۔ چوک میں کافی چہل پہل تھی۔ ۔۔۔ میں بہن کے ساتھ ایک دکان پر بیٹھا ایک مُعزویہ لڑکی کے متعلق بات چیت کر رہا تھا، جس کے

متعلق ہمیں یہ اطلاع ملی تھی کہ وہ بازار صبونیاں میں ایک ہندو منے کے گھر موجود ہے۔ یہ گفتگو ختم ہوئی تو میں نے اٹھا کہ اس پگلی سے جھوٹ سچ کہہ کر اسے پاکستان جانے کے لیے آمادہ کروں کہ ایک جوڑا ادھر سے گزرا۔۔۔عورت نے گھونگٹ کاڑھا ہوا تھا۔۔۔چھوٹا سا گھونگٹ۔ اس کے ساتھ ایک سکھ نوجوان تھا۔ بڑا چھیل چھبیلا، بڑا تندرست اور تیکھے تیکھے نقشوں والا۔۔۔

جب یہ دونوں اس پگلی کے پاس سے گزرے تو نوجوان ایک دم ٹھٹک گیا۔۔۔دو قدم پیچھے ہٹ کر عورت کا ہاتھ پکڑ لیا، کچھ اس اچانک طور پر کہ لڑکی نے اپنا چھوٹا سا گھونگٹ اٹھایا۔ لٹھے کی دھلی ہوئی چادر کے چوکھٹے میں مجھے ایک ایسا گلابی چہرہ نظر آیا جس کا حسن بیان کرنے سے میری زبان عاجز ہے۔ میں ان کے بالکل پاس تھا، سکھ نوجوان نے اس حسن و جمال کی دیوی سے اس پگلی کی طرف اشارہ کرتے ہوئے سرگوشی میں کہا، "تمہاری ماں!"

لڑکی نے ایک لحظے کے لیے پگلی کی طرف دیکھا اور گھونگٹ چھوڑ لیا اور سکھ نوجوان کا بازو پکڑ کر بھینچے ہوئے لہجے میں کہا، "چلو!"

اور وہ دونوں سڑک سے ادھر ذرا ہٹ کر تیزی سے آگے نکل گئے۔۔۔پگلی چلائی، "بھاگ بھری۔۔۔بھاگ بھری۔" وہ سخت مضطرب تھی۔۔۔میں نے پاس جا کر پوچھا، "کیا بات ہے مائی؟" وہ کانپ رہی تھی، "میں نے اس کو دیکھا ہے۔۔۔میں نے اس کو دیکھا ہے۔"

میں نے پوچھا، "کسے؟"

اس کے ماتھے کے نیچے دو گڑھوں میں اس کی آنکھوں کے بے نور ڈھیلے متحرک تھے، "اپنی بیٹی کو۔۔۔بھاگ بھری کو۔۔۔!"

میں نے پھر سے کہا، "وہ مر کھپ چکی ہے مائی۔"

اس نے چیخ کر کہا، "تم جھوٹ کہتے ہو!"

میں نے اس مرتبہ اس کو پورا یقین دلانے کی خاطر کہا، "میں خدا کی قسم کھا کر کہتا ہوں، وہ مر چکی ہے۔"

یہ سنتے ہی وہ پگلی چوک میں ڈھیر ہو گئی۔

خط اور اس کا جواب

منٹو بھائی!

تسلیمات! میرا نام آپ کے لیے بالکل نیا ہو گا۔ میں کوئی بہت بڑی ادیبہ نہیں ہوں۔ بس کبھی کبھار افسانہ لکھ لیتی ہوں اور پڑھ کر پھاڑ پھینکتی ہوں۔ لیکن اچھے ادب کو سمجھنے کی کوشش ضرور کرتی ہوں اور میں سمجھتی ہوں کہ اس کوشش میں کام یاب ہوں۔ میں اور اچھے ادیبوں کے ساتھ آپ کے افسانے بھی بڑی دلچسپی سے پڑھتی ہوں۔ آپ سے مجھے ہر بار نئے موضوع کی امید رہی اور آپ نے درحقیقت ہر بار نیا موضوع پیش کیا۔ لیکن جو موضوع میرے ذہن میں ہے وہ کوئی افسانہ نگار پیش نہ کر سکا۔ یہاں تک کہ سعادت حسن منٹو بھی جو نفسیات اور جنسیات کا امام تسلیم کیا جاتا ہے۔

ہو سکتا ہے وہ موضوع آپ کی کہانیوں کے موضوعات کی قطار میں ہو اور کسی وقت بھی آپ اسے اپنی کہانی کے لیے منتخب کر لیں لیکن پھر سوچتی ہوں کہ ہو سکتا ہے، سعادت حسن منٹو ایسا بے رحم افسانہ نگار بھی اس موضوع سے چشم پوشی کر جائے۔ اس لیے کہ اس موضوع کو ننگا کرنے سے ساری قوم ننگی ہوتی ہے اور شاید منٹو قوم کو ننگا دیکھ نہیں سکتا۔

آپ کی عدیم الفرصتی کے پیش نظر میں اس خط کو الجھانا نہیں چاہتی اور صاف الفاظ میں کہہ دینا چاہتی ہوں کہ وہ موضوع ہے ''ہمارے ماحول کے مردوں کا کم عمر لڑکوں کے ساتھ غیر فطری تعلق۔'' مختصر الفاظ میں آپ کوئی بھی اصطلاح لے سکتے ہیں۔ میرا لبِ لباب یہی تھا۔۔۔ میں بہت عرصے سے سوچ رہی تھی کہ اس بارے میں آپ کو خط لکھوں اور آخر جرأت کر لی۔ سوائے منٹو کے اور کوئی اس موضوع کو بے

نقاب نہیں کر سکتا۔ اگر میرے قلم میں زور ہوتا تو میں نے کبھی کی کہانی لکھی ہوتی۔

والسلام!

آپ کی بہن (میں یہاں اصل نام نہیں دے رہا) نزہت شیریں بی، اے۔

جب مجھے یہ خط ملا تو میں سوچنے لگا کہ یہ لڑکی کون ہے؟ میں کہاں کا ماہر نفسیات اور جنسیات ہوں کہ اس نے مجھ سے رجوع کیا۔ جب یہ خط ملا تو اتفاق سے میرے دست جو علمِ نجوم اور دست شناسی میں شغف رکھتے ہیں۔ اس کے علاوہ رمل اور جفر کے علم کے بھی طالبِ علم ہیں تو میں نے انہیں یہ خط پڑھنے کے لیے دیا اور کہا، ''وارثی صاحب! میں نے اس کے متعلق جو رائے قائم کی ہے وہ محفوظ ہے۔''

میرے ایک اور دوست جن کا نام دوست محمد ہے، ان سے میں اپنی رائے بیان کر چکا تھا۔ وارثی صاحب نے یہ خط پڑھا اور اپنے مخصوص انداز میں مسکرا کر کہا، ''یہ عورت اگر واقعی عورت ہے اور شادی شدہ ہے ۔ ۔ ۔ جو کہ ہونا چاہیے تو اس کے خاوند کو اغلام بازی کا شوق ہے۔''

میں نے دوست محمد سے یہی کہا تھا، اپنی بیوی سے بھی ۔ ۔ ۔ مگر وہ مانتے نہیں تھے۔ میری بہت سی باتیں لوگ نہیں مانتے۔ میں پیغمبر نہیں ہوں، کوئی ولی بھی نہیں ۔ ۔ ۔ لیکن اپنی استطاعت کے مطابق لوگوں کو سمجھنے کی کوشش ضرور کرتا ہوں۔ میں نے بھی وہی نتیجہ اخذ کیا تھا جو میرے دوست وارثی صاحب نے کیا ۔ ۔ ۔ میں نے ان سے اور دوست محمد سے مشورہ کیا کہ میں اس عورت کے خط کا کیا جواب دوں۔

وارثی صاحب نے کہا، ''منٹو صاحب ۔ ۔ ۔ آپ ہم سے پوچھتے ہیں؟ ایسے خطوں کا جواب دینا آپ ہی کا کام ہے۔''

میں نے ان سے پوچھا، ''وارثی صاحب! میرے لیے یہ بہت مشکل ہے۔ میں کوئی ڈاکٹر حکیم نہیں۔ میں تو صاف صاف لفظوں میں، جو کچھ مجھے کہنا ہو گا، لکھ دوں گا۔''

انہوں نے کہا، ''تو لکھ دو۔''

''عورت ذات ہے ۔ ۔ ۔ کیسے لکھوں؟''

''جب وہ لکھتی ہے کہ مردوں کا کم عمر لڑکوں کے ساتھ غیر فطری تعلق ہوتا ہے ۔ ۔ ۔ تو آپ کیوں اس کے جواب میں ایسے ہی الفاظ میں مناسب و موزوں جواب نہیں دیتے۔''

میں نے ان سے کہا، ''مجھے ایسے مناسب و موزوں الفاظ نہیں ملتے جن میں اس کا جواب لکھ سکوں۔''

اور یہ حقیقت ہے کہ میں خود کو عاجز سمجھ رہا تھا۔ دوست محمد نے کہا، ''منٹو صاحب، آپ تکلف سے کام

لے رہے ہیں۔ قلم پکڑیۓ اور جوابی خط لکھ ڈالیے۔،،

میں نے قلم پکڑا اور لکھنا شروع کر دیا۔

،،خاتونِ محترم!

میں آپ کو اپنی بہن بنانے کے لیے تیار نہیں۔ اس لیے کہ مجھ پر بہت سے فرائض عائد ہو جائیں گے۔ آپ میرے لیے خاتونِ محترم ہی رہیں گی۔ اس لیے کہ یہ رشتہ زیادہ مناسب و موزوں ہے۔ مجھے عورتوں سے ڈر لگتا ہے۔ ہو سکتا ہے کہ آپ کسی مرد کے بھیس میں عورت بنی ہوں۔ لیکن میں آپ کی تحریر پر اعتبار کر کے آپ کو ایک عورت تسلیم کرتا ہوں۔ آپ کے خط سے جو کچھ میں نے اخذ کیا ہے ۔ ۔ وہ میں مختصراً عرض کیے دیتا ہوں۔

میں یقیناً بے رحم افسانہ نگار ہوں۔ ۔ ۔ میرے سامنے لاکھوں موضوعات پڑے ہیں اور جب تک میں زندہ ہوں، پڑے رہیں گے۔ سڑک کے ہر پتھر پر ایک افسانہ کندہ ہوتا ہے۔ لیکن میں کیا کروں۔ اگر کسی خاص جیتے جاگتے موضوع پر لکھوں تو مقدمے کا خوف لاحق ہے۔

آپ کو شاید معلوم ہو کہ مجھ پر اب تک چھ مقدمے چل چکے ہیں۔ ۔ ۔ میری فحش نگاری کے سلسلے میں۔ ۔ ۔ میری سمجھ میں نہیں آتا کہ فحش نگار کیسے قرار دیا جاتا ہوں۔ جب کہ میں نے اپنی زندگی میں ایک بھی گالی کسی کو نہیں دی۔ کسی کی ماں بہن کی طرف بری نظروں سے نہیں دیکھا۔ ۔ ۔ خیر یہ میرا اور قانون کا آپس کا جھگڑا ہے۔ آپ کو اس سے کیا واسطہ۔

میں یقیناً بے رحم افسانہ نگار ہوں (جن معنوں میں آپ نے ،،بے رحم،، استعمال کیا ہے) آپ نے جس خدشے کا اظہار کیا ہے کہ میں شاید آپ کے پیشِ نظر موضوع سے چشم پوشی کر جاؤں تو یہ غلط ہے۔ میں علامہ اقبال مرحوم کے اس قول کا قائل ہوں کہ

؎ اگر خواہی حیات اندر خطر زی

میں نے تو اپنی ساری زندگی اس شعر کی تولید سے پہلے خطروں میں گزاری ہے اور اب بھی گزار رہا ہوں۔ جو موضوع آپ کے ذہن میں ہے، کوئی نیا نہیں ہے ۔ ۔ ۔ اس پر عصمت چغتائی اپنے مشہور افسانے ،،لحاف،، میں لکھ چکی ہے کہ ایک عورت کے خاوند کو اغلام بازی کی عادت تھی۔ اس کا ردِعمل یہ ہوا کہ اس عورت نے دوسری عورتوں سے ہم جنسی شروع کر دی۔

جہاں مردوں میں ہم جنسیت ہے، وہاں عورتوں میں بھی ہے ۔ ۔ ۔ میں آپ کو ایک زندہ مثال پیش کرتا

ہوں۔۔۔بیگم پارہ (فلم ایکٹرس) کو تو آپ جانتی ہوں گی۔اس کا تعلق پروتمادا اس گپتا سے ہے۔ آپ لکھتی ہیں،''ہمارے ماحول کے مردوں کا کم عمر لڑکوں سے غیر فطری تعلق۔۔۔''

میں آپ سے عرض کروں، جہاں تک میں سمجھتا ہوں، کوئی چیز غیر فطری نہیں ہوتی۔انسان کی فطرت میں برے سے برا اور اچھے سے اچھا فعل موجود ہے۔اس لیے یہ کہنا نادرست ہے کہ انسان کا فلاں فعل غیر فطری ہے۔۔۔۔انسان کبھی فطرت کے خلاف جا ہی نہیں جاسکتا، جو اس کی فطرت ہے، وہ اسی کے اندر رہ کر تمام اچھائیاں اور برائیاں کرتا ہے۔

مجھے معلوم نہیں، آپ شادی شدہ ہیں یا کنواری۔۔۔لیکن مجھے ایسا محسوس ہوتا ہے کہ آپ کو کوئی تلخ تجربہ ہوا ہے، جس کی بنا پر آپ نے مجھے یہ خط لکھا۔امرد پرستی آج سے نہیں، ہزار ہا سال سے قائم ہے۔لیکن آج کل اس کا رجحان قریب قریب غائب ہوتا جا رہا ہے۔اس کی وجہ یہ ہے کہ عورتیں میدانِ عمل میں آ گئی ہیں۔جب امرد پرستی زوروں پر تھی، تو اس وقت عورتیں آسانی سے دستیاب نہیں ہوتی تھیں۔مرد بھٹکتے بھٹکتے بقول آپ کے کم عمر لڑکوں سے غیر فطری تعلقات قائم کر لیتے تھے۔۔۔مگر اب یہ رجحان بہت حد تک کم ہو گیا ہے۔

آپ عورت ہیں۔۔۔اس لیے آپ کو معلوم نہیں کہ یہ کم عمر لونڈے اب آپ کے رقیب نہیں رہے۔۔۔ میں آپ سے ایک اور بات کہوں جس چیز کی طلب ہو وہی منڈی میں آتی ہے۔۔۔پہلے طلب چھوکروں کی تھی، اب چھوکریوں کی ہے۔آپ یقیناً جانتی ہوں گی کہ آج کل حوا کی بیٹیاں ٹانگے میں سوار شکار میں مصروف ہوتی ہیں۔۔۔!

میں آپ کو ایک اور بات بتاؤں۔۔۔ایک زمانہ تھا (آج سے بیس بائیس برس پیچھے) جب لاہور میں ایک سکھ لڑکا مینی سنگھ ہوتا تھا۔۔۔بڑا خوبصورت۔۔۔اس کے خد و خال کے سامنے کسی بھی حسین لڑکی کے نقش ماند پڑ جاتے۔اس نے لاہور میں ایک قیامت بپا کر رکھی تھی۔اس کے عاشق نے اس کو ایک موٹر کار لے دی، تا کہ اسے گورنمنٹ کالج جانے اور گھر تک آنے میں کوئی تکلیف نہ ہو۔

میں اب آپ کو کتنے قصّے سناؤں۔۔۔امرتسر میں (جہاں کا میں رہنے والا ہوں) میرا ایک ہندو دوست ہے ۔۔۔اچھی شکل و صورت کا تھا۔ہم دونوں بیٹھک میں باتیں کر رہے تھے جو اندر گلی میں تھی۔اس نے ایک دم مجھ سے چونک کر کہا،''یار باہر بہت شور ہو رہا ہے۔چلو۔''میں کانوں سے ذرا بہرا ہوں۔۔۔مجھے شور ور کوئی سنائی نہیں دے رہا تھا۔بہر حال میں اس کے ساتھ ہو لیا۔۔۔ہم باہر نکلے تو بازار کی تمام

دکانیں بند تھیں۔ ایسا معلوم ہوتا تھا کہ کانگریس کی کسی تحریک کے باعث ہڑتال ہو گئی ہے۔ چند غنڈے ہاتھ میں ہاکیاں لیے پھر رہے تھے ۔۔۔۔ وہ ہمارے پاس آئے، ایک غنڈے کو میں نے پہچان لیا ۔۔۔۔ بڑا خطرناک تھا۔ اس نے بڑی نرمی سے میرے ہندو دوست منوہر سے کہا، ''باؤ جی۔ آپ اندر چلے جائیں۔ ایسا نہ ہو کہ آپ کو کوئی نقصان پہنچ جائے۔''

منوہر اور میں واپس گھر چلے آئے۔ میں نے اس سے پوچھا کہ ''یہ قصّہ کیا ہے، تو اس نے مجھے بتایا کہ دو آدمی اس سے عشق کرتے ہیں ۔۔۔۔'' بڑا صاف گو تھا ۔۔۔ ایک پٹرنگوں کے محلے کا تھا۔ دوسرا فرید کے چوک کا۔۔۔ منوہر پٹرنگ سے راضی تھا۔ اس لیے ان دونوں میں لڑائی ہوئی اور نوبت یہاں تک پہنچی کہ شام تک گیارہ آدمی زخمی ہو کر ہسپتال میں تھے اور منوہر بالکل ٹھیک ٹھاک تھا۔

اب مجھے آپ سے یہ کہنا ہے ۔۔۔۔ بلکہ پوچھنا ہے کہ آپ نے ''مردوں کا کم عمر لڑکوں سے غیر فطری تعلق کیسے جانا؟''

جیسا کہ میں نے اور میرے دوست وارثی صاحب نے سوچا ہے اس کی وجہ صرف یہی ہو سکتی ہے کہ آپ کا شوہر ایسے شغل کرتا ہو گا۔۔۔ آپ مجھے اس کے متعلق ضرور لکھیے گا۔ میں یہ بھی نہیں جانتا کہ آپ شادی شدہ ہیں۔۔۔ ہو سکتا ہے کوئی اور بات ہو۔ دیکھیے میں آپ سے ایک بات عرض کروں۔۔۔ قریب قریب ہر لڑکا اپنی جوانی کے ایام میں ایسی حرکتیں کرتا ہے۔۔۔ ہو سکتا ہے آپ نے اپنے لڑکے کے متعلق ہی لکھا ہو۔۔۔ اسے تنبیہ کر دینا کافی ہے۔۔۔ یا اس کی شادی کر دینا چاہیے۔ کیونکہ ہر عادت پک کر طبیعت بن جاتی ہے۔۔۔ اور یہ ایک خوف ناک چیز ہے۔

جنس کا احساس صرف بالغ آدمیوں ہی میں نہیں، چھوٹے چھوٹے بچوں میں بھی ہوتا ہے۔۔۔ میں اس کے متعلق تفصیل سے کچھ نہیں کہہ سکتا، اس لیے کہ اردو زبان اس کی متحمل نہیں ہو گی۔ آپ نے جو مجھے چیلنج دیا ہے، قبول ہے۔۔۔ میں عرصے سے سوچ رہا تھا کہ جو موضوع آپ نے بتایا ہے، اس پر کوئی افسانہ لکھوں۔ اب یقیناً لکھوں گا، چاہے ایک مقدمہ اور چل جائے۔ آپ مجھے اپنے متعلق تفصیل سے لکھیے، تا کہ میں کوئی اندازہ کر سکوں۔

خاکسار

خوابِ خرگوش

ثریا ہنس رہی تھی۔ بے طرح ہنس رہی تھی۔ اس کی ننھی سی کمر اس کے باعث دہری ہو گئی تھی۔ اس کی بڑی بہن کو بڑا غصہ آیا۔ آگے بڑھی تو ثریا پیچھے ہٹ گئی اور کہا، ''جا میری بہن، بڑے طاق میں سے میری چوڑیوں کا بکس اٹھا لا۔ پر ایسے کہ امی جان کو خبر نہ ہو۔''

ثریا اپنی بڑی بہن سے پانچ برس چھوٹی تھی بلقیس انیس کی تھی۔ ثریا نے جھنجھلاہٹ سے ہنستے ہوئے کہا، ''اور جو میں نہ لاؤں تو؟''

بلقیس نے جل کر اسے کہا، ''ایک فقط تو مجھ اللہ ماری کا کام نہیں کرے گی، نگوڑیاں ہمسائیاں چاہے تم سے اپلے تک تھوالیں۔''

ثریا کو اپنی بہن پر پیار آ گیا۔ اس کے گلے سے چمٹ گئی، ''نہیں باجی، ہمسائیاں جائیں جہنم میں۔ میں تو تمہاری خدمت کے لیے بھی تیار ہوں۔ ۔ ۔ میں چوڑیوں کا بکس ابھی لاتی ہوں۔''

ثریا یوں چٹکیوں میں بکس اٹھا لائی اور بلقیس سے بڑے جاسوسانہ انداز میں کہا، ''آپ ضرور سینما دیکھنے جا رہی ہیں۔''

''ثریا تو اب زیادہ بک بک نہ کر۔ ۔ ۔ تیری قسم میں سینما نہیں جا رہی۔''

ثریا نے بچپنے کے سے انداز سے پوچھا، ''تو پھر یہ تیاریاں کیوں ہو رہی ہیں؟''

''یہ تو میرا امتحان لینے کیا بیٹھ گئی ہے۔ اور میں بے وقوف نہیں جو تیری ہر بات کا جواب دیے چلی جاؤں۔ سن ساڑھے آٹھ بجے وہاں پہنچ جانا چاہیے۔ نئی چوڑیاں جائیں جہنم میں، نہیں پہنوں گی تو کون سا آفت کا

پہاڑ ٹوٹ پڑے گا۔ تیری بحث تو پھر ختم نہیں ہوگی کم بخت۔ ''

ثریا بے حد افسردہ ہوگئی۔ ننھی جان تھی۔ اس کا دل دھک دھک کرنے لگا۔ اس نے اپنی بہن کا ہاتھ پکڑ لیا، '' آپ ناراض ہوگئیں مجھ سے؟ ''

'' چل دور ہو۔۔۔ ''، بلقیس اپنے آپ سے بلکہ ہر چیز سے بے زار ہو رہی تھی، '' آج مجھے ضروری ایک کام سے باہر جانا ہے۔ پر مصیبت یہ ہے کہ امی جان اجازت نہیں دیں گی۔ کہیں گی متواتر تین شاموں سے تو باہر جا رہی ہے اور میں ان سے وعدہ کر چکی ہوں کہ ٹھیک ساڑھے آٹھ بجے پہنچ جاؤں گی۔ ''

ثریا نے پوچھا، '' کس سے؟ ''

بلقیس نے غیر ارادی طور پر جواب دیا، '' لطیف صاحب سے۔ ''، یہ کہہ کر وہ ایک دم خاموش ہوگئی۔ ثریا سوچنے لگی کہ یہ لطیف صاحب کون ہیں؟ ان کے ہاں تو کبھی اس نام کا آدمی نہیں آیا تھا۔ ثریا نے اس شش و پنج میں اپنی بہن سے پوچھا، '' یہ لطیف صاحب کون ہیں باجی؟ ''

'' لطیف صاحب۔۔۔ مجھے کیا معلوم۔۔۔ کون ہیں ار۔ار۔ سچ مچ یہ کون ہیں۔ ''

ایک دم سنجیدہ ہو کر، '' ثریا۔۔۔ تو نے آج کاسق یاد کیا؟ تو بہت وہ۔۔۔ ہوگئی ہے۔ اس لیے تو واٹ پٹانگ سوال کرتی رہتی ہے۔ ''

ثریا کی معصومیت کو ٹھیس پہنچی، '' باجی میں نے کبھی کوئی واہیات بات نہیں کی۔ آپ نے کس لطیف صاحب سے ملنے کا وعدہ کیا ہوا ہے؟ ''

بلقیس اس کی معصومیت سے تنگ آ گئی۔ جھلا کر بولی، '' خاموش رہ۔۔۔ ''، اتنے میں اندر صحن سے بلقیس کی ماں کی آواز سنائی دی، '' بلقیس بلقیس۔ ''

بلقیس کی آواز دب گئی۔ اس نے ہولے ہولے لہجے میں اپنی بہن سے کہا، '' لے یہ اکنی ''، پرس میں سے اس نے اکنی نکال کر اس کو دی، '' املی لے لینا۔ ہر روز ایک آنہ دیا کروں گی تجھے املی کے لیے۔ اور دیکھ آدھی آج میرے لیے رکھ چھوڑنا۔ امی مجھے بلا رہی ہیں۔ اور دیکھ جو باتیں ہوئی ہیں۔ ان کو نہ بتانا، لے وہ خود ہی آرہی ہیں۔ ''، صحن کے آگے جہاں برآمدہ کے فرش پر بلقیس اپنی ماں کے قدموں کی چاپ سنتی ہے اور ثریا سے کہتی ہے۔۔۔ '' لے بھاگ اب یہاں سے۔ ''

بلقیس کی ماں آتی ہے۔ ایک ادھیڑ عمر کی عورت بہت غصیلی۔ اس کے چہرے کے خد و خال سے صاف عیاں ہے کہ وہ ایک جابر ماں ہے۔ آتے ہی بلقیس کو ڈانتی ہے۔

’’یہ جو میں دو گھنٹے سے تجھے بلا رہی ہوں تو نے کانوں میں روئی ٹھونس رکھی ہے کیا؟‘‘

بلقیس مسکین بلی کی سی آواز میں جواب دیتی ہے، ’’نہیں تو۔۔۔‘‘

بلقیس کی ماں کی آواز اور زیادہ بلند ہو جاتی ہے۔

’’اور یہ میں نے کیا سنا ہے؟‘‘

’’کیا امی جان؟‘‘

’’کہ تو پھر آج باہر جانا چاہتی ہے۔۔۔شریف بہو بیٹیوں کی طرح تیرا گھر میں جی ہی نہیں لگتا۔۔۔ دیدے کا پانی ہی ڈھل گیا ہے۔‘‘

بلقیس نے آنکھیں جھکا کر بڑی نرم و نازک آواز میں کہا، ’’آپ تو ناحق بگڑ رہی ہیں۔‘‘

بلقیس کی ماں جہاں آرا غضب ناک ہو گئی اور کہا، ’’ابھی ابھی ایک آدمی تمہاری کسی سہیلی کے یہاں سے آیا تھا۔ کہتا تھا کہ بی بی تیار رہیں۔ کالج کے جلسے میں جانا ہے۔‘‘

بلقیس نے یوں جھوٹ موٹ کا اظہار کیا، ’’ہائے۔۔۔جلسے میں۔۔۔؟ میں تو بالکل بھول ہی گئی تھی۔ ۔۔یہ جلسہ بہت ضروری ہے امی جان۔ میں نہ گئی تو پرنسپل صاحبہ بہت برا مانیں گی۔ میرا خیال ہے مجھے فوراً تیار ہو جانا چاہیے۔‘‘

ماں کو اس سے کام کرانا تھا۔ اسے کالج کے جلسے جلوسوں سے کوئی دلچسپی نہیں تھی، ’’تو چل میرے ساتھ اور بیٹھ کے میرے ساتھ آٹا گوندھ۔‘‘

بلقیس نے اپنی سجاوٹ ایک نظر دیکھی اور بڑے پر درد لہجے میں کہا، ’’لیکن امی جان!‘‘

ماں کا لہجہ کڑا ہو گیا، ’’نہیں آج میری ساتھ کوئی بہانہ نہیں چلے گا۔۔۔سمجھیں؟‘‘

بلقیس نے ہار مان کر اپنی ماں سے کہا، ’’آٹا گوندھنے کے بعد تو مجھے اجازت مل جائے گی؟‘‘

ماں زیرِ لب مسکرائی، ’’دیکھوں گی۔۔۔چل بیٹھ جا میرے سامنے۔‘‘

بلقیس وہیں کمرے میں بیٹھنے لگی۔ مگر اسے ایک دم خیال آیا کہ باورچی خانہ اور صحن باہر ہیں۔ یہاں وہ اپنی ماں کا سر آٹا گوندھے گی، ’’چلیے امی جان۔‘‘

دونوں باورچی خانے میں داخل ہوئیں۔۔۔کچھ اس طرح جیسے آگے آگے پولیس کا سپاہی اور پیچھے ہتھکڑی لگا ملزم۔ اس کی ماں ایک پیڑھی پر اپنا بھاری کم جسم ڈھیلا چھوڑ کر بیٹھ گئیں کہ پیڑھی کو ضرب نہ پہنچے۔ پھر اس نے بلقیس کی طرف دیکھا اور کہا، ’’ٹکر ٹکر میرا منہ کیا دیکھتی ہے، بیٹھ جا یہاں میرے سامنے!‘‘

بلقیس گندے فرش پر ہی پیروں کے بل بیٹھ گئی اور منہ بناکر پوچھا، ''پانی کہاں ہے؟''

پانی پاس ہی پڑا تھا۔اصل میں اسے سجھائی کم دینے لگا تھا۔۔۔سامنے پرات میں آٹے کی چھوٹی سی ڈھیری پڑی تھی۔اس نے ڈھیری میں پاس پڑی گڑوی سے تھوڑا سا پانی ناخواستہ ڈالا اور آٹے پانی کو ملا کر جلدی جلدی مکیاں مارنے لگی۔۔۔لیکن اس نے دیکھا کہ سامنے صحن میں لگے کلاک کی سوئیاں بتا رہی تھی کہ آٹھ بجنے والے ہیں۔چاہیے تو یہ تھا کہ اس کی مکیاں تیز ہو جائیں مگر وہ اس سوچ میں غرق تھی کہ جہاں اسے ساڑھے آٹھ بجے پہنچنا ہے کیا وہ یہ آٹا گوندھنے کے بعد پہنچ سکے گی۔

اس کی ماں اس کے سر پر کھڑی تھی۔ایک دم چلائی، ''بلقیس یہ مکیاں مار رہی ہے یا کسی کا سر سہلا رہی ہے؟''

بلقیس ابھی سوچ ہی رہی تھی کیا کہے، اصل میں وہ یہ چاہتی تھی کہ اپنا گیلے سے بھرا ہاتھ مکا بنا کر یا اپنی ماں کے سر دے مارے یا اپنے سر پر۔خود کو اتنا پیٹے کہ بے ہوش ہو جائے۔۔۔لیکن اسے ٹھیک ساڑھے آٹھ بجے وہاں پہنچنا تھا۔اس لیے اس نے جلدی جلدی آٹا گوندھا اور فارغ ہو گئی۔

ہاتھ دھو کر اس نے ثریا سے کہا، ''جاؤ ایک تانگہ لے آؤ۔''

ثریا چلی گئی۔

بلقیس نے آئینے میں خود کو دیکھا۔لپ اسٹک دوبارہ لگائی۔کسی قدر بکھرے ہوئے بالوں کو درست کیا اور کرسی پر بیٹھ کر بڑے اضطراب میں ٹانگ ہلانے لگی۔تھوڑی دیر بعد ثریا آ گئی۔اس نے اپنی بڑی بہن سے کہا، ''باجی تانگہ آ گیا ہے۔''بلقیس کی ٹانگ ہلنا بند ہو گئی۔وہ اٹھ کھڑی ہوئی۔برقعہ اٹھایا ہی تھا کہ باہر صحن سے اس کے بھائی کی آواز آئی، ''بلی۔۔۔بلی۔''

بلقیس نے کہا، ''کیا ہے بھائی جان؟''

اس کے بھائی خود اندر تشریف لے آئے اور اس کے ہاتھوں میں اپنی قمیض دے کر کہا، ''دھوبی کم بخت نے پھر دو بٹن غارت کر دیئے۔مہربانی کرکے۔۔۔''

بلقیس کو ایسا محسوس ہوا کہ دو بٹن اس کے سر پر دو پہاڑ بن کر ٹوٹ پڑے ہیں، ''نہیں بھائی جان مجھے ٹھیک ساڑھے آٹھ بجے کالج کے جلسے میں پہنچنا ہے۔''

اس کے بھائی نے بڑے اطمینان اور برادرانہ محبت سے کہا، ''تم وقت پر پہنچ جاؤ گی۔۔۔لو یہ دو بٹن ہیں۔تم تو یوں چٹکیوں میں ٹانک دو گی۔''

            دھواں

''نہیں بھائی جان۔ ۔ وقت ہو گیا ہے ۔ ۔ سوا آٹھ ہو چکے ہیں۔ ''

''امی جان نے تمھیں اجازت دے دی ہے؟''

''نہیں۔ ''

''تو بٹن ٹانک دو۔ ۔ اجازت میں لے دوں گا۔''

''سچ۔ ۔ ؟''

''میں نے آج تک تم سے کوئی جھوٹی بات کہی ہے۔ ''

''لائیے۔ ۔ ۔ ''

بلقیس نے بٹن لیے اور سوئی میں دھاگہ پرو کر بٹن ٹانکنے شروع کر دیئے۔ اس کی انگلیوں میں بلا کی پھرتی تھی۔ دو منٹ سے کم عرصے میں اس نے اپنے بھائی کی قمیض میں دو بٹن لگا دیئے۔ وہ بہت ممنون و متشکر ہوا۔ باہر جا کر اس نے اپنی ماں سے سفارش کی کہ وہ بلقیس کو کالج کے جلسے میں جانے کی اجازت دے دے۔ اس کی یہ سفارش سن کر اس کی ماں اس پر برس پڑی، ''تم دونوں آوارہ گرد ہو۔ ۔ گھر میں تمہارا جی ہی نہیں لگتا۔ ۔ تم کہاں جانے کی تیاریاں کر رہے ہو؟ دیکھو میں تم سے کہے دیتی ہوں کہ نہ بلقیس کہیں جائے گی نہ تم۔ گھر میں بیٹھو اور کام کرو۔ ''

''لیکن امی جان، میں تو آپ ہی کے لیے باہر جا رہا ہوں۔ ''

''مجھے کیا تکلیف ہے کہ تم میرے لیے باہر جا رہے ہو۔ ۔ میرے لیے جب تم گئے ڈاکٹر بلانے کے لیے گئے۔ ''

''لیکن امی جان۔ ۔ ۔ آپ کے زیوروں کا بھی تو پتہ لینا ہے۔ ۔ جس سنار کو آپ نے بننے کے لیے دیئے تھے، وہ چار روز سے غائب ہے۔ ''

''ہائیں۔ ۔ تم نے مجھے پہلے کیوں نہ کہا۔ ۔ کہاں غائب ہو گیا ہے؟ ''

''اب جاؤں گا تو معلوم کروں گا۔ ''

''جاؤ جلدی جاؤ۔ ۔ اور مجھے اطلاع دو کہ وہ واپس آ گیا ہے کہ نہیں۔ ۔ میرا سونا اس سے واپس لے آنا۔ ۔ ساڑھے چار تولے دو ماشے اور چار رتیاں ہے۔ ''

''بہت بہتر۔ ۔ بلقیس کو اب آپ اجازت دیجیے۔ ''

اس کی ماں نے بادلِ ناخواستہ کہا کہ چلی جائے مگر مجھے اس کا یہ ہر روز شام کا گھر سے باہر رہنا پسند نہیں۔

بلقیس کا بھائی زیرِ لب مسکرایا اور اندر جاکر اپنی بہن کو خوش خبری سنائی کہ امی جان سے جو اس نے فراڈ کیا، وہ چل گیا اور اس کو اجازت مل گئی۔ بلقیس بہت خوش ہوئی۔ آٹھ بج کر بیس منٹ ہوئے تھے۔ اس نے اپنا برقعہ پہنا۔ باہر نکلنے ہی والی تھی کہ اس کی ماں نے اسے بلایا اور اس سے کہا، ''دیکھو بلقیس تم جا تو رہی ہو، لیکن میرا ایک کام کرتی جاؤ۔''

بلقیس کو ایسا محسوس ہوا کہ اس کا ریشمی برقعہ لوہے کی چادر بن گیا ہے، ''بتائیے امی جان!''

''ایک خط لکھوانا تھا تم سے۔''

بلقیس نے ایک شکست خوردہ اور غلام کے ماند بدرجہ مجبوری ٹھنڈی سانس بھر کے کہا۔

''لائیے لکھ دیتی ہوں۔''

بلقیس کی آنکھیں تو نہیں بلکہ اس کے جسم کا رواں رواں رو رہا تھا۔ اس نے خط مکمل کیا۔ باہر تانگہ کھڑا تھا۔ اس میں بیٹھی اور اسے جہاں پہنچنا تھا پہنچی۔

اس نے دروازے پر دستک دی۔ مگر کوئی جواب نہ ملا۔ ۔ ۔ کواڑوں کو غصے میں آ کر زور سے دھکیلا۔ ۔ ۔! وہ کھلے تھے، بلقیس گرتے گرتے بچی۔ ۔ ۔ اندر اس کا دوست جس سے وہ ملنے آئی تھی۔ خواب خرگوش میں تھا۔ اس نے اس کو جگانے کی کوشش کی مگر وہ بیدار نہ ہوا۔ ۔ ۔ آخر وہ جلی بھنی بڑبڑاتی وہاں سے چلی گئی، ''میری جوتی کو کیا غرض پڑی ہے کہ یہاں ٹھہروں۔ ۔ ۔ میں اتنی مصیبت سے یہاں آئی اور جناب معلوم نہیں بھنگ پی کر سو رہے ہیں۔''

خود فریب

ہم نیو پیپرس اسٹور کے پرائیویٹ کمرے میں بیٹھے تھے۔ باہر ٹیلی فون کی گھنٹی بجی تو اس کا مالک غیاث اٹھ کر دوڑا۔ میرے ساتھ مسعود بیٹھا تھا، اس سے کچھ دور ہٹ کر جلیل دانتوں سے اپنی چھوٹی چھوٹی انگلیوں کے ناخن کاٹ رہا تھا، اس کے کان بڑے غور سے غیاث کی باتیں سن رہے تھے وہ ٹیلی فون پر کسی سے کہہ رہا تھا، ''تم جھوٹ بولتی ہو۔۔۔ اچھا خیر آج دیکھ لیں گے۔۔۔ تو یہ کیا کہا، تمہارے لیے تو ہماری جان حاضر ہے۔۔۔ اچھا تو ٹھیک پانچ بجے۔۔۔ خدا حافظ۔۔۔ کیا کہا۔۔۔؟ بھئی کہہ تو دیا کہ تمہیں مل جائے گی۔۔۔''

جلیل نے میری طرف دیکھا، ''منٹو صاحب عیش کرتا ہے یہ غیاث!'' میں جواب میں مسکرا دیا۔ جلیل انگلیوں کے ناخن اب تیزی سے کاٹنے لگا، ''کئی لڑکیوں کے ساتھ اس کا ٹانکہ ملا ہوا ہے۔۔۔ میں تو سوچتا ہوں ایک اسٹور کھول لوں۔۔۔ لیڈیز اسٹور۔۔۔ خواہ مخواہ پریس کے چکر میں پڑا ہوں۔۔۔ عورت کا سایہ تک وہاں نہیں آتا۔ سارا دن گٹر گٹر ہٹیں سنو۔ الو کے پٹھے قسم کے گاہکوں سے مغز ماری کرو۔۔۔ یہ زندگی ہے؟''

میں پھر مسکرا دیا۔ اتنے میں غیاث آ گیا۔ جلیل نے زور سے اس کے چوتڑوں پر دھپا مارا اور کہا، ''سنا بے، کون تھی یہ جس کے لیے تو اپنی جان حاضر کر رہا تھا۔'' غیاث بیٹھ گیا اور کہنے لگا، ''منٹو صاحب کے سامنے ایسی باتیں نہ کیا کرو۔'' جلیل نے اپنی عینک کے موٹے شیشوں میں سے گھور کر غیاث کی طرف دیکھا اور کہا، ''منٹو صاحب کو سب معلوم ہے۔۔۔ تم بتاؤ کون تھی؟''

غیاث نے اپنی نیلے شیشے والی عینک اتار کر اس کی کمانی ٹھیک کرنی شروع کی، ''ایک نئی ہے ۔ ۔ ۔ پرسوں آئی تھی، ٹیلی فون کرنے ۔ ۔ کسی سے ہنس ہنس کے باتیں کر رہی تھی۔ فون کر چکی تو میں نے اس سے کہا، جناب فیس ادا کیجیے۔ یہ سن کر مسکرانے لگی۔ پرس میں ہاتھ ڈال کر اس نے دس روپے کا نوٹ نکالا اور کہا، ''حاضر ہے۔'' میں نے کہا، ''شکریہ ۔ ۔ آپ کا مسکرا دینا ہی کافی ہے ۔ ۔ بس دوستی ہو گئی۔ ایک گھنٹے تک یہاں بیٹھی رہی، جاتے ہوئے دس رومال لے گئی۔''

مسعود جو بالکل خاموش تھا، غالباً اپنی بے کاری کے متعلق سوچ رہا تھا، اٹھا، ''بکو اس ہے ۔ ۔ محض خود فریبی ہے۔'' یہ کہہ کر اس نے مجھے سلام کیا اور چلا گیا۔ غیاث اپنی باتوں سے بہت خوش تھا۔ مسعود جب یکلخت بولا تو اس کا چہرہ کسی قدر مرجھا گیا۔ جلیل تھوڑی دیر کے بعد غیاث سے مخاطب ہوا، ''کیا مانگ رہی تھی؟''، غیاث چونکا، ''کیا کہا؟''، جلیل نے پھر پوچھا، ''کیا مانگ رہی تھی؟''، غیاث نے کچھ توقف کے بعد کہا، ''میڈن فورم بریسٹر''، جلیل کی آنکھیں عینک کے موٹے شیشوں کے عقب سے چمکیں۔

''سائز کیا ہے۔''، غیاث نے جواب دیا ''تھرٹی فور!''، جلیل مجھ سے مخاطب ہوا، ''منٹو صاحب یہ کیا بات ہے انگیا دیکھتے ہی میرے اندر ہیجان سا پیدا ہو جاتا ہے۔''، میں نے مسکرا کر اس سے کہا، ''آپ کی قوتِ متخیلہ بہت تیز ہے۔''، جلیل کچھ نہ سمجھا اور نہ وہ سمجھنا چاہتا تھا۔ اس کے دماغ میں کھد بد ہو رہی تھی۔ وہ اس لڑکی کے متعلق باتیں کرنا چاہتا تھا جس کے ساتھ غیاث نے ٹیلی فون پر باتیں کی تھیں۔ چنانچہ میرا جواب سن کر نے اس غیاث سے کہا، ''یار ہم سے بھی تو ملاؤ اسے۔''، غیاث نے کمانی ٹھیک کر کے عینک لگائی، ''کبھی یہاں آئے گی تو مل لینا۔''

''کچھ نہیں یار تم ہمیشہ یہی غچہ دیتے رہتے ہو ۔ ۔ پچھلے دنوں جب وہ یہاں آئی تھی ۔ ۔ کیا نام تھا اس کا ۔ ۔ ؟ جمیلہ ۔ ۔ میں نے آگے بڑھ کر اس سے بات کرنی چاہی تو تم نے ہاتھ جوڑ کر مجھے منع کر دیا۔ ۔ میں اسے کھا تو نہ جاتا۔''، یہ کہہ کر جلیل نے عینک کے موٹے شیشوں کے پیچھے اپنی آنکھیں سکوڑ لیں۔ جلیل اور غیاث دونوں میں بچپنا تھا۔ دونوں ہر وقت لڑکیوں کے متعلق سوچتے رہتے تھے، خوبصورت، موٹی، دبلی، بھدی لڑکیوں کے متعلق ۔ ۔ ٹانگے میں بیٹھی ہوئی لڑکیوں کے متعلق ۔ ۔ پیدل چلتی اور سائیکل سوار لڑکیوں کے متعلق۔ جلیل اس معاملے میں غیاث سے بازی لے گیا تھا۔ دفتر سے کسی ضروری کام پر موٹر میں نکلتا، راستے میں کوئی ٹانگے میں بیٹھی یا موٹر میں سوار لڑکی نظر آ جاتی تو اس کے پیچھے اپنی موٹر لگا دیتا۔ یہ اس کا محبوب ترین شغل تھا لیکن اس نے کبھی بد تمیزی نہ کی تھی۔ چھیڑ چھاڑ سے اسے ڈر لگتا تھا۔ جہاں تک

گفتار کا تعلق ہے اسے غازی کہنا چاہیے۔ بڑے بڑے مضبوط قلعے سر کر چکا تھا۔ پرائیویٹ کمرے میں جب باہر اسٹور سے کوئی نسوانی آواز آتی تو غیاث اچھل پڑتا اور پردہ ہٹا کر ایک دم باہر نکل جاتا۔ مرد گاہکوں سے اسے کوئی دلچسپی نہیں تھی، ان سے اس کا ملازم نبٹتا تھا۔ دونوں اپنے کام میں ہوشیار تھے۔ اسٹور کس طرح چلایا جاتا ہے اس کو کیونکر مقبول بنایا جاتا ہے، اس کا غیاث کو بڑا اچھا سلیقہ تھا۔ اسی طرح جلیل کو پریس کے تمام شعبوں پر کامل عبور تھا لیکن فرصت کے اوقات میں وہ صرف لڑکیوں کے متعلق سوچتے تھے۔ خیالی اور اصلی لڑکیوں کے متعلق۔

اسٹور میں کسی دن جب کوئی بھی لڑکی نہ آتی تو غیاث اداس ہو جاتا۔ یہ اداسی وہ جلیل سے ٹیلی فون پر ان لڑکیوں کے متعلق باتیں کر کے دور کرتا جو بقول اس کے، جال میں پھنسی ہوئی تھیں۔ جلیل اسے اپنے معرکے سناتا۔ دونوں کچھ دیر باتیں کرتے۔ اسٹور میں کوئی گاہک آتا یا ادھر پریس میں کسی کو جلیل کی ضرورت ہوتی تو یہ دلچسپ سلسلہ گفتگو منقطع ہو جاتا۔

اس لحاظ سے نیو پریس اسٹور بڑی دلچسپ جگہ تھی۔ جلیل دن میں دو تین مرتبہ ضرور آتا۔ پریس سے کسی کام کے لیے نکلتا تو چند منٹوں ہی کے لیے اسٹور سے ہو جاتا۔ غیاث سے کسی لڑکی کے بارے میں چھیڑ چھاڑ کرتا اور انگلی میں موٹر کی چابی گھماتا چلا جاتا۔ جلیل کو غیاث سے یہ گلہ تھا کہ وہ ''اپنی لڑکیوں'' کے متعلق انتہائی رازداری سے کام لیتا ہے، ان کا نام تک نہیں بتاتا۔ چھپ چھپ کر ان سے ملتا ہے، ان کو تحفے تحائف دیتا ہے اور اکیلے اکیلے عیش کرتا ہے۔ یہی گلہ غیاث کو جلیل سے تھا۔ لیکن دونوں کے دوستانہ تعلقات ویسے کے ویسے قائم تھے۔

ایک روز اسٹور میں ایک سیاہ برقعے والی عورت آئی۔ نقاب الٹا ہوا تھا۔ چہرہ پسینے سے شرابور تھا۔ آتے ہی اسٹول پر بیٹھ گئی۔ غیاث جب اس کی طرف بڑھا تو اس نے برقعہ سے پسینہ پونچھ کر اس سے کہا، ''پانی پلائیے ایک گلاس۔'' غیاث نے فوراً نوکر کو بھیجا، ایک ٹھنڈا لیمن لے آئے۔ عورت نے چھت کے ساکن پنکھوں کو دیکھا اور غیاث سے پوچھا، ''پنکھا کیوں نہیں چلاتے آپ؟'' غیاث نے سر تا پا معذرت بن کر کہا، ''دونوں خراب ہو گئے ہیں۔ معلوم نہیں کیا ہوا۔۔۔ میں نے آدمی بھیجا ہوا ہے۔''

عورت اسٹول پر سے اٹھی، ''میں تو یہاں ایک منٹ نہیں بیٹھ سکتی۔'' یہ کہہ کر وہ شوکیسوں کو دیکھنے لگی، ''آدمی خاک شوپنگ کر سکتا ہے اس دوزخ میں۔'' غیاث نے اٹک اٹک کر کہا، ''مجھے افسوس ہے۔۔۔ آپ۔۔۔ آپ اندر تشریف لے چلیے۔۔۔ جس چیز کی آپ کو ضرورت ہو گی میں لا کر دوں گا۔''

عورت نے غیاث کی طرف دیکھا، ''چلیے۔'' غیاث تیز قدمی سے آگے بڑھا۔ پردہ ہٹایا اور اس عورت سے کہا، ''تشریف لایئے۔''

عورت اندر کمرے میں داخل ہوگئی اور ایک کرسی پر بیٹھ گئی۔ غیاث نے پردہ چھوڑ دیا۔ دونوں میری نظروں سے اوجھل ہوگئے۔ چند لمحات کے بعد غیاث نکلا۔ میرے پاس آ کر اس نے ہولے سے کہا، ''منٹو صاحب کیا خیال ہے آپ کا اس لڑکی کے بارے میں؟'' میں مسکرا دیا۔

غیاث نے ایک خانے سے مختلف اقسام کی لپ اسٹکیں نکالیں اور اندر کمرے میں لے گیا۔ اتنے میں جلیل کی موٹر کا ہارن بجا اور وہ انگلی پر چابی گھماتا نمودار ہوا۔ آتے ہی اس نے پکارا، ''غیاث۔۔۔ غیاث، آؤ بھئی سنو، وہ کل والا معاملہ میں نے سب ٹھیک کر دیا ہے۔'' پھر اس نے میری طرف دیکھا، ''اوہ منٹو صاحب، آداب عرض۔۔۔ غیاث کہاں ہے؟'' میں نے جواب دیا، ''اندر کمرے میں۔''

''وہ میں نے سب ٹھیک کر دیا منٹو صاحب۔۔۔ ابھی ابھی پٹرول پمپ کے پاس ملی۔ پیدل جا رہی تھی میں نے موٹر روکی اور کہا جناب یہ موٹر آخر کس مرض کی دوا ہے اسے مزنگ چھوڑ کر آ رہا ہوں۔۔۔'' پھر اس نے کمرے کے پردے کی طرف منہ کر کے آواز دی، ''غیاث باہر نکل بے!''

جلیل نے انگلی پر زور سے چابی گھمائی، ''مصروف ہے۔۔۔ اب اس نے اندر مصروف ہونا شروع کر دیا ہے۔'' کہہ کر اس نے آگے بڑھ کر پردہ اٹھایا۔ ایک دم اس کے جیسے بریک سی لگ گئی۔ پردہ اس کے ہاتھ سے چھوٹ گیا، ''سوری،'' کہہ کر وہ الٹے قدم واپس آیا اور گھبرائے ہوئے لہجہ میں اس نے مجھ سے پوچھا، ''منٹو صاحب کون ہے؟'' میں نے دریافت کیا، ''کہاں کون؟''

''یہ۔۔۔ یہ جو اندر بیٹھی لبوں پر لپ اسٹک لگا رہی ہے۔''

میں نے جواب دیا، ''معلوم نہیں، گاہک ہے!''

جلیل نے عینک کے موٹے شیشوں کے پیچھے آنکھیں سکیڑیں اور پردے کی طرف دیکھنے لگا۔ غیاث باہر نکلا۔ جلیل سے ''ہلو جلیل،'' کہا اور آئینہ اٹھا کر واپس کمرے میں چلا گیا۔ دونوں دفعہ جب پردہ اٹھا تو جلیل کو اس عورت کی ہلکی سی جھلک نظر آئی۔ میری طرف مڑ کر اس نے کہا۔ عیش کرتا ہے پٹھا، پھر اضطراب کی حالت میں اِدھر اُدھر ٹہلنے لگا۔ تھوڑی دیر کے بعد وہ پردہ اٹھا۔ عورت ہونٹوں کو چوستی ہوئی نکلی۔ جلیل کی نگاہوں نے اس کو اسٹور کے باہر تک پہنچایا پھر اس نے پلٹ کر کمرے کا رخ کیا۔ غیاث باہر نکلا۔ رومال سے ہونٹ صاف کرتا۔ دونوں ایک دوسرے سے قریب قریب ٹکرا گئے۔ جلیل نے تیز لہجہ میں اس

سے پوچھا، ''یہ کیا قصہ تھا بھئی؟''

غیاث مسکرایا، ''کچھ نہیں۔'' یہ کہہ کر اس نے رومال سے ہونٹ صاف کیے۔ جلیل نے غیاث کے چٹکی بھری، ''کون تھی؟'' ''یار تم ایسی باتیں نہ پوچھا کرو۔'' غیاث نے اپنا رومال ہوا میں لہرایا۔ جلیل نے چھین لیا، غیاث نے جھپٹا مار کر واپس لینا چاہا۔ جلیل پینترا بدل کر ایک طرف ہٹ گیا۔ رومال کھول کر اس نے غور سے دیکھا، جگہ جگہ سرخ نشان تھے۔ عینک کے موٹے شیشوں کے پیچھے اپنی آنکھیں سکیڑ کر اس نے غیاث کو گھورا، ''یہ بات ہے!'' غیاث ایسا چور بن گیا جس کو کسی نے چوری کرتے کرتے پکڑ لیا ہے، ''جانے دو یار۔ ۔ ۔ ادھر لاؤ رومال۔'' جلیل نے رومال واپس کر دیا، ''بتاؤ تو سہی کون تھی؟''

اتنے میں نوکر لیمن لے کر آ گیا۔ غیاث نے اس کو اتنی دیر لگانے پر جھڑکا، ''کوئی مہمان آئے تو تم ہمیشہ ایسا ہی کیا کرتے ہو۔'' غیاث نے جلیل سے پوچھا، ''یہ لیمن اسی کے لیے منگوایا گیا تھا؟''

''ہاں یار۔ ۔ ۔ اتنی دیر میں آیا ہے کم بخت۔ ۔ ۔ دل میں کہتی ہو گی پیاسا ہی بھیج دیا۔''

غیاث نے رومال جیب میں رکھ لیا۔ جلیل نے شوکیس پر سے لیمن کا گلاس اٹھایا اور غٹ غٹ پی گیا، ''ہماری پیاس تو بجھ گئی۔ ۔ ۔ لیکن یار بتاؤ نا، تھی کون۔ ۔ ۔؟ پہلی ہی ملاقات میں تم نے ہاتھ صاف کر دیا۔ غیاث نے رومال نکال کر اپنے ہونٹ صاف کیے اور آنکھیں چمکا کر کہا، ''چمٹ ہی گئی۔ ۔ ۔ میں نے کہا دیکھو ٹھیک نہیں۔ ۔ ۔ دکان ہے۔ ۔ ۔ زبردستی میرے ہونٹوں کا چما لے گئی۔''

ایک دم مسعود کی آواز آئی، ''سب بکواس ہے۔ ۔ ۔ محض خود فریبی ہے۔'' غیاث چونک پڑا۔ مسعود اسٹور کے باہر کھڑا تھا۔ اس نے مجھے سلام کیا اور چل دیا۔ جلیل فوراً ہی غیاث سے مخاطب ہوا، ''چھوڑو یار تم یہ بتاؤ پھر کیا ہوا۔ ۔ ۔؟ یار چیز اچھی تھی۔ ۔ ۔ کیا نام ہے؟'' غیاث نے جواب نہ دیا۔ مسعود کی آواز کے اچانک حملے سے وہ بوکھلا سا گیا تھا۔ جلیل کو ایک دم یاد آیا کہ وہ تو ایک بہت ہی ضروری کام پر نکلا ہے۔ انگلی پر چابی گھما کر اس نے غیاث سے کہا، ''لڑکی کے متعلق پھر پوچھوں گا۔ ۔ ۔ اچھا منٹو صاحب السلام علیکم،'' اور چلا گیا۔

میں نے مسکرا کر غیاث سے پوچھا، ''غیاث صاحب اتنی جلدی ہی پہلی ہی ملاقات میں آپ نے۔ ۔ ۔'' غیاث جھینپ گیا، میری بات کاٹ کر اس نے کہا، ''چھوڑیے منٹو صاحب۔ ۔ ۔ آپ ہمارے بزرگ ہیں۔ ۔ ۔ چلیے اندر بیٹھیں۔ یہاں گرمی ہے۔'' ہم اندر کمرے کی طرف چلنے لگے تو اسٹور کے باہر جلیل کی موٹر رکی۔ اس نے زور زور سے ہارن بجایا۔ غیاث نہ گیا تو وہ خود دوڑا اندر آیا، ''غیاث اندر آؤ۔ ۔ ۔ بس اسٹینڈ

کے پاس ایک بڑی خوبصورت لڑکی کھڑی ہے ۔ ۔ ۔ ''غیاث اس کے ساتھ چلا گیا۔ میں مسکرانے لگا۔ اس دوران میں جلیل نے بڑی مشکلوں سے اپنے باپ کو راضی کر کے ایک کرسچین لڑکی ملازم رکھ لی۔ اس کو وہ اپنی اسٹینو کہتا تھا۔ کئی بار موٹر میں اس کو اپنے ساتھ لایا، لیکن اس کو موٹر ہی میں بٹھائے رکھا۔ غیاث کو اس بات کا بہت غصہ تھا۔ ایک بار اس اسٹینو کے سامنے غیاث نے جلیل سے مذاق کیا تو وہ بہت سٹپٹایا، اس کے کان کی لوئیں سرخ ہو گئیں۔ نظریں جھکا کر اس نے گاڑی اسٹارٹ کی اور یہ جا وہ جا۔ بقول جلیل کے یہ اسٹینو شروع شروع میں تو بڑی ریزرو رہی۔ لیکن آخر اس سے کھل ہی گئی، ''بس اب چند دنوں ہی میں معاملہ پتا سمجھو۔ ''

غیاث اب زیادہ تر جلیل سے اس اسٹینو کی باتیں کرتا۔ جلیل اس سے اس لڑکی کے متعلق پوچھتا جس نے چمٹ کر اس کو چوم لیا تھا تو غیاث عموماً یہ کہتا، ''کل اس کا ٹیلی فون آیا۔ ۔ ۔ ؟ میں نے کہا یہاں نہیں، تم وقت نکالو تو میں کسی اور جگہ کا انتظام کر لوں گا۔ '' جلیل اس سے پوچھتا، ''کیا کہا اس نے؟'' غیاث جواب دیتا، ''تم اپنی اسٹینو کی سناؤ۔ '' اسٹینو کی باتیں شروع ہو جاتیں۔

ایک دن میں اور غیاث دونوں جلیل کے پریس گئے۔ مجھے اپنی کتاب کے گرد پوش کے ڈیزائن کے بارے میں دریافت کرنا تھا۔ دفتر میں اسٹینو ایک کونے میں بیٹھی تھی لیکن جلیل نہیں تھا۔ اسٹینو سے پوچھا تو معلوم ہوا کہ وہ ابھی ابھی باہر نکلا ہے۔ میں نے نوکر کو بھیجا کہ اس کو ہماری آمد کی اطلاع دے۔ تھوڑی ہی دیر کے بعد جلیل آ گیا۔ چق اٹھا کر اس نے مجھے سلام کیا اور غیاث سے کہا، ''ادھر آؤ غیاث!''

ہم دونوں باہر نکلے، غیاث کو ایک کونے میں لے جا کر جلیل نے اچھل کر غیاث سے کہا، ''میدان مار لیا۔ ۔ ابھی ابھی تمہارے آنے سے تھوڑی دیر پہلے۔ '' یہ کہہ کر وہ رک گیا اور مجھ سے مخاطب ہوا، ''معاف کیجیے گا منٹو صاحب۔ '' پھر اس نے غیاث کو زور سے اپنے ساتھ بھینچ لیا، ''میں نے آج اس کو پکڑ لیا۔ ۔ بالکل اسی طرح ۔ ۔ ۔ اور اسی جگہ ۔ ۔ ۔ اس ٹریڈل کے پاس۔ '' غیاث نے پوچھا، ''کسے؟'' جلیل جھنجھلا گیا، ''ابے اپنی اسٹینو کو ۔ ۔ قسم خدا کی مزا آ گیا۔ ۔ ۔ یہ دیکھو۔ ''

اس نے اپنا رومال پتلون کی جیب سے نکال کر ہوا میں لہرایا۔ ۔ ۔ اس پر سرخی کے دھبے تھے۔ ایک دم مسعود کی آواز آئی، ''بکواس ہے ۔ ۔ محض خود فریبی ہے ۔ '' جلیل اور غیاث چونک اٹھے ۔ ۔ ۔ میں مسکرایا۔ ٹریڈل کے تو نے پر سرخ روغن کی پتلی سی ہموار تہ پھیلی ہوئی تھی۔ ایک جگہ پونچھنے کے باعث کچھ خراشیں پڑ گئی تھیں۔

خودکشی

زاہد صرف نام ہی کا زاہد نہیں تھا، اس کے زہد و تقویٰ کے سب قائل تھے، اس نے بیس پچیس برس کی عمر میں شادی کی، اس زمانے میں اس کے پاس دس ہزار کے قریب روپے تھے، شادی پر پانچ ہزار صرف ہو گئے، اتنی ہی رقم باقی رہ گئی۔

زاہد بہت خوش تھا، اس کی بیوی بڑی خوش خصلت اور خوبصورت تھی، اس کو اس سے بے پناہ محبت ہو گئی، وہ بھی اس کو دل و جان سے چاہتی تھی، دونوں سمجھتے تھے کہ جنت میں آباد ہیں۔

ایک برس کے بعد ان کے ہاں ایک لڑکی پیدا ہوئی جو ماں پر تھی، یعنی ویسی ہی حسین، بڑی بڑی غلافی آنکھیں، ان پر لمبی پلکیں، مہین ابرو، چھوٹا سا لبِ دہن۔۔۔۔۔اس لڑکی کا نام سوچنے میں کافی دیر لگ گئی۔ زاہد اور اس کی بیوی کو دوسروں کے تجویز کیے ہوئے نام پسند نہیں آتے تھے، وہ چاہتی تھی کہ خود زاہد نام بتائے۔

زاہد دیر تک سوچتا رہا لیکن اس کے دماغ میں ایسا کوئی موزوں و مناسب نام نہ آیا جو وہ اپنی بیٹی کے لیے منتخب کرتا۔ اس نے اپنی بیوی سے کہا، ''اتنی جلدی کیا ہے۔۔۔۔نام رکھ لیا جائے گا۔''

بیوی مُصِر تھی کہ نام ضرور رکھا جائے، ''میں اپنی بیٹی کو اتنی دیر بے نام نہیں رکھنا چاہتی۔''

وہ کہتا، ''اس میں کیا ہرج ہے۔۔۔۔جب کوئی اچھا سا نام ذہن میں آئے گا تو اس گل گوتھنی کے ساتھ ٹانک دیں گے۔''

''پر میں اسے کیا کہہ کر پکاروں۔۔۔۔؟ مجھے بڑی الجھن ہوتی ہے۔''

''فی الحال بٹیا کہہ دینا کافی ہے۔''

'' یہ کافی نہیں ہے ۔۔۔ میری بیٹیا کا کوئی نام ہونا چاہیے۔ ''

'' تم خود ہی کوئی منتخب کرلو۔ ''

تو تھوڑے دن انتظار کرو ۔۔۔ میں اردو کی لغت لاتا ہوں۔۔۔ اس کو پہلے صفحے سے آخری صفحے تک غور

سے دیکھوں گا۔۔۔ یقیناً کوئی اچھا نام مل جائے گا۔ ''

'' میں نے آج تک یہ کبھی نہیں سنا تھا کہ لوگ اپنے بچوں کے نام ڈکشنریوں سے نکالتے ہیں۔ ''

'' نہیں میری جان، نکالتے ہیں۔۔۔ میرا ایک دوست ہے، اس کے جب بچی پیدا ہوئی تو اس نے فوراً

اردو کی لغت نکالی اور اس کی ورق گردانی کرنے کے بعد ایک نام چن لیا۔ ''

'' کیا نام تھا؟ ''

'' نکہت! ''

'' اس کے معنی کیا ہیں؟ ''

'' خوشبو! ''

'' بڑا اچھا نام ہے ۔۔۔ نکہت۔۔۔ یعنی خوشبو۔ ''

'' تو یہی نام رکھ لو۔ ''

زاہد کی بیوی نے اپنی بچی کو جو سو رہی تھی، ایک نظر دیکھا اور کہا، '' نہیں۔۔۔ میں اپنی بیٹیا کے لیے پرانا

نام نہیں چاہتی۔۔۔ کوئی نیا نام تلاش کیجیے۔۔۔ جائیے ڈکشنری لے آیئے۔ ''

'' زاہد مسکرایا، لیکن میرے پاس پیسے کہاں ہیں؟ ''

زاہد کی بیوی بھی مسکرائی، '' میرا پرس الماری میں پڑا ہے، اس میں جتنے روپے آپ کو چاہئیں، نکال لیجیے۔ ''

زاہد نے '' بہت بہتر '' کہا اور الماری کھول کر اس میں سے اپنی بیوی کا پرس نکالا اور دس روپے کا ایک

نوٹ لے کر بازار روانہ ہو گیا کہ لغت خرید لے۔

وہ کئی کتب فروش دکانوں میں گیا۔۔۔ کئی لغت دیکھے، بعض تو بہت قیمتی تھے جن کی تین تین جلدیں تھیں۔

کچھ بڑے ناقص۔۔۔ آخر اس نے ایک لغت جس کی قیمت واجبی تھی، خرید لیا اور راستے میں اس کی ورق

گردانی کرتا رہا تا کہ نام کا مسئلہ جلد حل ہو جائے۔

جب وہ انار کلی میں سے گزر رہا تھا تو اس کو ایک دوست مل گیا، وہ اسے اپنی بوٹوں کی دکان میں لے گیا،

وہاں اسے قریب قریب ایک گھنٹے تک بیٹھنا پڑا کیونکہ بہت دیر کے بعد اس سے ملاقات ہوئی تھی۔ جب

اس کے دوست کو دورانِ گفتگو میں پتہ چلا کہ زاہد کے ہاں لڑکی ہوئی ہے تو وہ بہت خوش ہوا۔ تجوری میں سے گیارہ روپے نکالے اور زاہد سے کہا، ''یہ اس بچی کو دے دینا، کہنا تمہارے چچا نے دیئے ہیں۔ ۔ نام کیا رکھا ہے اس کا؟''

زاہد نے لغت کی طرف دیکھا جس کی جلد لال رنگ کی تھی، ''ابھی تک کوئی اچھا نام سوجھا نہیں۔''

اس کے دوست نے جوتے کو کپڑے سے صاف کرتے ہوئے کہا، ''یار نام رکھنے میں دقّت ہی کیا پیش آتی ہے۔ ثمینہ ہے، شاہینہ ہے، نسرین ہے، الماس ہے۔''

زاہد نے جواب دیا، ''یہ سب بکواس ہے۔''

اس کے دوست نے جوتا ڈبے میں رکھا، ''تو اب جو بکواس تم کرو گے وہ بھی ہم سن لیں گے۔'' اس کے بعد اٹھ کر اس نے زاہد کو گلے سے لگایا۔ خدا اس کی عمر دراز کرے ۔ ۔ ۔ نام ہو نہ ہو، اس سے کیا فرق پڑتا ہے۔''

زاہد جب دکان سے باہر نکلا تو اس نے سوچنا شروع کیا کہ واقعی نام میں کیا رکھا ہے۔ خیراتی کا یہ مطلب تو نہیں کہ وہ بڑی خیرات کرتا ہے، عیدن کیا بلا ہے ۔ ۔ ۔ اور گھسیٹا۔ ۔ ۔ کیا اسے لوگ گھسیٹنا شروع کر دیں۔ ۔ ۔ اور یہ رُلدو۔ ۔ ۔ شبراتی؟ اس کے جی میں آئی کہ لغت کسی گندی موری میں پھینک دے اور گھر جا کر اپنی بیوی سے کہے ''میری جان! نام میں کچھ نہیں پڑا، بس یہ دعا کرو کہ بچی کی عمر دراز ہو۔'' وہ مختلف خیالات میں غرق تھا۔ ۔ ۔ لیکن معلوم نہیں کیوں اس کا دل غیر معمولی طور پر دھڑک رہا تھا، اس نے سوچا کہ شاید یہ اس کی پراگندہ خیالی کا باعث ہے ۔ ۔ ۔ تھوڑی دور چلنے کے بعد اس کی طبیعت بہت زیادہ مضطرب ہو گئی، وہ چاہتا تھا کہ اڑ کر گھر پہنچے اور اپنی بچی کی پیشانی چومے۔ بغل میں لغت تھی۔ ۔ ۔ اس کو اس نے کئی بار دیکھنے کی کوشش کی مگر اس کا دل و دماغ متوازن نہیں تھا۔ ۔ اس نے تیز تیز چلنا شروع کر دیا۔ ۔ ۔ مگر تھوڑا فاصلہ طے کرنے کے بعد ہی بہت بری طرح ہانپنے لگا اور ایک دکان کے تھڑے پر بیٹھ گیا۔ ۔ ۔ اتنے میں ایک خالی تانگہ آیا۔ اس نے اس کو ٹھہرایا اور اس میں بیٹھ کر تانگے والے سے کہا، ''چلو مزنگ لے چلو۔ لیکن وہاں جلدی پہنچاؤ، مجھے وہاں ایک بڑا ضروری کام ہے۔''

مگر گھوڑا بہت ہی سست رفتار تھا، یا شاید زاہد کو ایسا محسوس ہوا کہ اس کو عجلت تھی۔ وہ برق رفتاری سے گھر پہنچنا چاہتا تھا۔ اس نے کئی مرتبہ تانگے والے سے سخت الفاظ کہے جو وہ برداشت کرتا گیا، آخر جب اس کی برداشت کا پیمانہ لبریز ہو گیا تو اس نے زاہد کو تانگے سے اتار دیا۔ ۔ ۔ ہائی کورٹ کے قریب، اس نے

زاہد سے کرایہ بھی طلب نہ کیا۔

زاہد اور زیادہ پریشان ہوا، وہ جلد گھر پہنچنا چاہتا تھا، وہ کچھ دیر چوک میں کھڑا رہا، اتنے میں ایک پشاوری تانگہ آیا اس میں بیٹھ کر وہ مزنگ پہنچا۔ کرایہ ادا کیا اور گھر میں داخل ہوا۔ کیا دیکھتا ہے کہ صحن میں کئی عورتیں کھڑی ہیں جو غالباً ہمسائی تھیں، وہ دروازے کے پاس رک گیا، ایک عورت دوسری عورت سے کہہ رہی تھی، مشکل ہی سے بچے گی بے چاری۔۔۔ تشنّج کے یہ دورے بڑے خطرناک ہیں۔‘‘

زاہد ان عورتوں کی پروانہ کرتے ہوئے دیوانہ وار اندر بھاگا اور اس کمرے میں پہنچا جہاں وہ اور اس کی بیوی رہتے تھے۔ اندر داخل ہوتے ہی اس نے اپنی بیوی کی فلک شگاف چیخ سنی۔

اس کی بٹیا دم توڑ چکی تھی اور اس کی بیوی بیہوش پڑی تھی۔ زاہد نے اپنا سر پیٹنا شروع کر دیا۔ ہمسائیاں پردے کو بھول کر بے اختیار اندر چلی آئیں اور زاہد کو اس کمرے سے باہر نکال دیا۔

ایک ہمسائی کے شوہر کے پاس موٹر تھی وہ ایک ڈاکٹر لے آیا۔ اس نے زاہد کی بیوی کو ایک دو انجکشن لگائے جن سے وہ ہوش میں آ گئی۔ زاہد ایک ایسے عالم میں تھا کہ اس کے سوچنے سمجھنے کی تمام قوتیں معطل ہو گئی تھیں۔ وہ صحن میں ایک کرسی پر بیٹھا، بغل میں لغت دبائے خلا میں دیکھ رہا تھا۔ جیسے وہ اپنی بچی کے لیے کوئی نام تلاش کرنے میں محو ہے۔

بچی کو دفنانے کا وقت آیا تو زاہد باہوش ہو گیا، اس نے کوئی آنسو نہ بہایا۔ کفن میں پڑی بچی کو اٹھایا اور اپنے دوستوں اور ہمسایوں کے ہمراہ قبرستان روانہ ہو گیا۔ وہاں قبر پہلے ہی سے تیار کرا لی گئی تھی۔ اس میں اس نے خود اسے لٹایا اور اس کے ساتھ لغت رکھ دی۔ لوگوں نے سمجھا قرآن مجید ہے، انہیں بڑی حیرت ہوئی کہ مردوں کے ساتھ قرآن کون دفن کرتا ہے، یہ تو سراسر کفر ہے لیکن ان میں سے کسی نے بھی زاہد سے اس کے متعلق کچھ نہ کہا، بس آپس میں کھسر پھسر کرتے رہے۔

بچی کو دفنا کر جب گھر آیا تو اسے معلوم ہوا کہ اس کی بیوی کو بہت تیز بخار ہے، سرسام کی کیفیت ہے۔ فوراً ڈاکٹر کو بلایا گیا، اس نے اچھی طرح دیکھا اور زاہد سے کہا، ‘‘حالت بہت نازک ہے۔۔۔ میں علاج تجویز کیے دیتا ہوں لیکن میں صحت کی بحالی کے متعلق کچھ نہیں کہہ سکتا۔‘‘ زاہد کو ایسا محسوس ہوا کہ اس پر بجلی آن گری ہے لیکن اس نے سنبھل کر ڈاکٹر سے پوچھا ‘‘تکلیف کیا ہے؟‘‘

ڈاکٹر نے جواب دیا، ‘‘بہت سی تکلیفیں ہیں۔۔۔ ایک تو یہ کہ انہیں بہت صدمہ پہنچا، دوسری یہ کہ ان کا دل بہت کمزور ہے۔۔۔ تیسری یہ کہ انہیں ایک سو پانچ ڈگری بخار ہے۔‘‘ ڈاکٹر نے چند ٹیکے تجویز

کیے، دو نسخے پلانے والی دواؤں کے لکھے اور چلا گیا۔ زاہد فوراً یہ سب چیزیں لے آیا، ٹ یکے لگائے، دوائیں بڑی مشکل سے حلق میں ٹپکائی گئیں لیکن مریضہ کی حالت بہتر نہ ہوئی۔ دس پندرہ روز کے بعد اسے تھوڑا سا ہوش آیا، ہذیانی کیفیت بھی دور ہوگئی۔ زاہد نے اطمینان کا سانس لیا۔ اس کی پیاری حسین بیوی نے اسے بلایا اور بڑی نحیف آواز میں کہا، ''میرا اب آخری وقت آگیا ہے ۔ ۔ ۔ میں چند گھڑیوں کی مہمان ہوں ۔ ۔ ۔''

زاہد کی آنکھوں میں آنسو آگئے، ''کیسی باتیں کرتی ہو تم ۔ ۔ ۔ تمھیں خدا نخواستہ اگر کچھ ہوگیا تو میں کہاں زندہ رہوں گا۔''

زاہد کی بیوی نے اپنی بڑی بڑی آنکھوں سے اس کی طرف دیکھا، ''یہ سب کہنے کی باتیں ہیں ۔ ۔ ۔ میں مر گئی، کل دوسری آجائے گی۔ ۔ ۔ خدا آپ کی عمر دراز کرے ۔ ۔ ۔ اور ۔ ۔ ۔ اور ۔ ۔ ۔ ۔''

اس نے ہچکی لی اور ایک سیکنڈ کے اندر اندر اس کی روح پرواز کر گئی۔ ۔ ۔ زاہد نے بڑے صبر و تحمل سے کام لیا، اس کے کفن دفن سے فارغ ہو کر وہ رات کو گھر سے باہر نکلا اور ریلوے ٹائم ٹیبل دیکھ کر ریلوے لائن کا رخ کیا۔ رات کو ساڑھے نو بجے کے قریب ایک گاڑی آتی تھی، وہ مغل پورہ کی طرف روانہ ہوگیا تا کہ وہاں پٹری پر لیٹ جائے اور اسے کوئی دیکھ نہ سکے۔ گاڑی آئے گی تو اس کا خاتمہ ہو جائے گا۔ ۔ ۔ مجھے لمبی عمر کی کوئی خواہش نہیں ۔ ۔ ۔ یہ جتنی جلدی مختصر ہو، اتنا ہی اچھا ہے، میں اب اور زیادہ صدمے برداشت نہیں کر سکتا۔

جب وہ ریلوے لائن کے پاس پہنچا تو اسے گاڑی کی تیز روشنی جو انجن کی پیشانی پر ہوتی ہے، دکھائی دی۔ ۔ ۔ لیکن ابھی وہ دور ہی تھی۔ اس نے انتظار کیا کہ جب قریب آئے گی تو وہ پٹری پر لیٹ جائے گا۔ تھوڑی دیر کے بعد گاڑی قریب آگئی۔ ۔ ۔ زاہد آگے بڑھا مگر اس نے دیکھا کہ ایک آدمی کہیں سے نمودار ہوا اور پٹری کے عین درمیان کھڑا ہوگیا۔ گاڑی بڑی تیز رفتار سے آرہی تھی اور قریب تھا کہ وہ آدمی اس کی جھپٹ میں آجائے، وہ تیزی سے لپکا اور اس آدمی کو دھکا دے کر پٹری کے اس طرف گرا دیا۔ گاڑی دندناتی ہوئی گزر گئی۔

اس آدمی سے زاہد نے کہا، ''کیا تم خودکشی کرنا چاہتے تھے؟''

اس نے جواب دیا، ''جی ہاں!''

''کیوں؟''

’’بس۔۔۔صدمے اُٹھاتے اُٹھاتے اب جینے کو جی نہیں چاہتا۔‘‘

زاہد ناصح بن گیا، ’’بھائی میرے! زندگی زندہ رہنے کے لیے ہے، اس کو اچھی طرح استعمال کرو، خودکشی بہت بڑی بزدلی ہے۔۔۔اپنی جان خود لینا کہاں کی عقل مندی ہے۔۔۔اُٹھو، اپنے صدموں کو بھول جاؤ۔۔۔انسان کی زندگی میں صدمے نہ ہوں تو خوشیوں سے کیا حظ اٹھائے گا۔۔۔چلو میرے ساتھ۔‘‘

بائی بائی

خودکشی کا اقدام

اقبال کے خلاف یہ الزام تھا کہ اس نے اپنی جان کو اپنے ہاتھوں ہلاک کرنے کی کوشش کی، گو وہ اس میں ناکام رہا۔ جب وہ عدالت میں پہلی مرتبہ پیش کیا گیا تو اس کا چہرہ ہلدی کی طرح زرد تھا۔ ایسا معلوم ہوتا تھا کہ موت سے مڈ بھیٹر ہوتے وقت اس کی رگوں میں تمام خون خشک ہو کر رہ گیا ہے جس کی وجہ سے اس کی تمام طاقت سلب ہو گئی ہے۔

اقبال کی عمر بیس بائیس برس کے قریب ہو گی مگر مرجھائے ہوئے چہرے پر کھنڈی ہوئی زردی نے اس کی عمر میں دس سال کا اضافہ کر دیا تھا اور جب وہ اپنی کمر کے پیچھے ہاتھ رکھتا تو ایسا معلوم ہوتا کہ وہ واقعی بوڑھا ہے۔ سنا گیا ہے کہ جب شباب کے ایوان میں غربت داخل ہوتی ہے تو تازگی بھاگ جایا کرتی ہے۔ اس کے پھٹے پرانے اور میلے کچیلے کپڑوں سے یہ عیاں تھا کہ وہ غربت کا شکار ہے اور غالباً حد سے بڑھی ہوئی مفلسی ہی نے اسے اپنی پیاری جان کو ہلاک کرنے پر مجبور کیا تھا۔

اس کا قد کافی لمبا تھا جو کاندھوں پر ذرا آگے کی طرف جھکا ہوا تھا۔ اس جھکاؤ میں اس کے وزنی سر کو بھی دخل تھا جس پر سخت اور موٹے بال، جیل خانے کے سیاہ اور کھر درے کمبل کا نمونہ پیش کر رہے تھے۔ آنکھیں اندر کو دھنسی ہوئی تھیں جو بہت گہری اور اتھاہ معلوم ہوتی تھیں۔ جھکی ہوئی نگاہوں سے یہ پتا چلتا تھا کہ وہ عدالت کے سنگین فرش کی موجودگی کو غیر یقینی سمجھ رہا ہے اور یہ ماننے سے انکار کر رہا ہے کہ وہ زندہ ہے۔ ناک پتلی اور تیکھی، اس کے ماتھے پر تھوڑا سا چکنا میل جما ہوا تھا جس کو دیکھ کر زنگ آلود تلوار کا تصور آنکھوں میں پھر جاتا تھا۔ پتلے پتلے ہونٹ جو کناروں پر ایک لکیر بن کر رہ گئے تھے، آپس میں

سلے ہوئے معلوم ہوتے تھے۔ شاید اس نے ان کو اس لیے بھینچ رکھا تھا کہ وہ اپنے سینے کی آگ اور دھوئیں کو باہر نکالنا نہیں چاہتا تھا۔

میلے پاجامے میں اس کی سوکھی ہوئی ٹانگیں اوپر کے دھڑ کے ساتھ اس طرح جڑی ہوئی تھیں کہ معلوم ہوتا تھا دو خشک لکڑیاں تنور کے منہ میں ٹھنسی ہوئی ہیں۔ سینہ چوڑا چکلا تھا مگر ہڈیوں کے ڈھانچے پر، جس کی پسلیاں پھٹے ہوئے گریبان میں سے جھانک رہی تھیں، گوشت سانولے رنگ کی جھلی معلوم ہوتا تھا، سانس کی آمد و شد سے یہ جھلی بار بار پھولتی اور دبتی تھی۔

پیروں میں کپڑے کا جاپانی جوتا تھا جو جگہ جگہ سے بے حد میلا ہو رہا تھا۔ دونوں جوتے انگوٹھوں کے مقام پر سے پھٹے ہوئے تھے۔ ان سوراخوں میں سے اس کے انگوٹھوں کے بڑھے ہوئے ناخن نمایاں طور پر نظر آ رہے تھے۔ وہ کوٹ پہنے ہوئے تھا جو اس کے بدن پر بہت ڈھیلا تھا، اس میلے اور سال خوردہ کوٹ کی خالی پھٹی ہوئی جیبیں بے جان مردوں کی طرح منہ کھولے ہوئے تھیں۔

وہ کٹہرے کے ڈنڈے پر ہاتھ رکھے اور سر جھکائے جج کے سامنے بالکل خاموش اور بے حس و حرکت کھڑا تھا۔

’’تم نے ۲۰ جون کو ہفتے کے دن مانانوالہ اسٹیشن کے قریب ریل کی پٹری پر لیٹ کر اپنی جان ہلاک کرنے کی کوشش کی اور اس طرح ایک شدید جرم کے مرتکب ہوئے۔‘‘ جج نے ضمنی کاغذات پڑھتے ہوئے کہا، ’’بتاؤ، یہ جرم جو تم پر عائد کیا گیا ہے کہاں تک درست ہے؟‘‘

’’جرم!‘‘ اقبال اپنے گہرے خواب سے گویا چونک سا پڑا لیکن فوراً ہی اس کا وزنی سر جو ایک لمحے کے لیے اٹھا تھا، پھر بیل کی تتلی ٹہنی کے بوجھل پھل کی طرح لٹک گیا۔

’’بتاؤ، یہ جرم جو تم پر عائد کیا گیا ہے کہاں تک درست ہے؟‘‘ جج نے اسکول کے استاد کی طرح وہی سوال دہرایا جو وہ اس سے پہلے ہزار ہا لوگوں سے پوچھ چکا تھا۔ اقبال نے اپنا سر اٹھایا اور جج کی طرف اپنی بے حس آنکھوں سے دیکھنا شروع کر دیا، پھر تھوڑی دیر کے بعد دھیمے لہجے میں کہا، ’’میں نے آج تک کسی جرم کا ارتکاب نہیں کیا۔‘‘

عدالت کے کمرے میں کامل سکوت طاری تھا، شاید اس کا باعث اقبال کا دہشت نما سراپا تھا جس میں بلا کی ہیبت تھی، جج اس کی نگاہوں کے خوف ناک خلا سے خوف کھار ہا تھا۔ کورٹ انسپکٹر نے، جو جنگلے سے باہر بلند کرسی پر بیٹھا تھا، کمرے کے سکوت کے دہشت ناک اثر کو دور کرنے کے لیے یوں ہی دو تین مرتبہ اپنا

گلا صاف کیا۔ ریڈر نے، جو پلیٹ فارم پر بچھے ہوئے تخت پر، جج کے قریب بیٹھا تھا، مثلوں کے کاغذات ادھر ادھر رکھتے ہوئے اپنی پریشانی اور ڈر دور کرنے کی سعی کی۔

جج نے ریڈر کی طرف معنی خیز نظروں سے دیکھا اور ریڈر نے کورٹ انسپکٹر کی طرف اور کورٹ انسپکٹر جواب میں اپنا حلق صاف کرنے کے لیے دو مرتبہ کھانسا۔ جب کمرے کا خوف آمیز سکوت ٹوٹا تو جج نے میز پر کہنیاں ٹکا کر سامنے پڑے ہوئے قلم دان کے ایک خانے میں سے لوہے کی چمکتی ہوئی پن نکال کر اپنے دانتوں کی ریخ میں گاڑتے ہوئے اقبال سے کہا، ''کیا تم نے خودکشی کا اقدام کیا تھا؟''

''جی ہاں!'' یہ جواب اقبال نے ایسے لہجے میں دیا کہ اس کی آواز ایک لرزاں سرگوشی معلوم ہوئی۔ جج نے فوراً ہی کہا، ''تو پھر اپنے جرم کا اقبال کرتے ہو؟''

''جرم!'' وہ پھر چونک پڑا اور تیز لہجے میں بولا، ''آپ کس جرم کا ذکر کر رہے ہیں؟ اگر کوئی خدا ہے تو وہ اچھی طرح جانتا ہے کہ میں ہمیشہ اس سے پاک رہا ہوں۔''

جج نے اپنے لبوں پر زور دے کر ایک بیمار مسکراہٹ پیدا کی، ''تم نے خودکشی کا اقدام کیا اور یہ جرم ہے۔ اپنی یا کسی غیر کی جان لینے میں کوئی فرق نہیں۔ ہر صورت میں وار انسان پر ہوتا ہے۔''

اقبال نے جواب دیا، ''اس جرم کی سزا کیا ہے؟'' یہ کہتے ہوئے اس کے پتلے ہونٹوں پر ایک طنز یہ تبسم ناچ رہا تھا اور ایسا معلوم ہوتا تھا کہ سان پر چاقو کی دھار تیز کرتے وقت چنگاریوں کی پھوار گر رہی ہے۔ جج نے جلدی سے کہا، ''ایک، دو یا تین ماہ کی قید۔۔۔''

اقبال نے یہی لفظ تول تول کر دہرائے، گویا وہ اپنے پستول کے میگزین کی تمام گولیوں کو بڑے اطمینان سے ایک نشانے پر خالی کرنا چاہتا ہے، ''ایک، دو یا تین ماہ کی قید۔۔۔!'' یہ لفظ دہرانے کے بعد وہ ایک لمحہ خاموش رہنے کے بعد تیز و تند لہجے میں بولا، ''آپ کا قانون صریحاً موت کو طویل بنانا چاہتا ہے، ایک آدمی جو چند لمحات کے اندر اپنی دکھ بھری زندگی کو موت کے سکون میں تبدیل کر سکتا ہے آپ اسے مجبور کرتے ہیں وہ کچھ عرصے تک اور دکھ کے تلخ جام پیتا رہے۔ جو آسمان سے گرتا ہے آپ اسے کھجور پر لٹکا دیتے ہیں، آگ سے نکال کر کڑاہی میں ڈالنا چاہتے ہیں۔ کیا قانون اسی ستم ظریفی کا نام ہے؟''

جج نے بارعب لہجے میں جواب دیا، ''عدالت ان فضول سوالات کا جواب نہیں دے سکتی۔''

''عدالت ان فضول سوالات کا جواب نہیں دے سکتی، تو بتائیے وہ کن متین اور سنجیدہ سوالوں کا جواب دے سکتی ہے؟'' اقبال کے ماتھے پر پسینے کے سرد قطرے لرزنے لگے، ''کیا عدالت بتا سکتی ہے کہ عدالت

کے معنی کیا ہیں؟ کیا عدالت بتا سکتی ہے کے ججوں اور مسجد کے ملاؤں میں کیا فرق ہے جو مرنے والوں کے سرہانے رٹی ہوئی سورۂ یٰسین کی تلاوت کرتے ہیں؟ کیا عدالت بتا سکتی ہے کہ اس کے قوانین اور مٹی کے کھلونوں میں کیا فرق ہے۔۔؟ عدالت اگر ان فضول سوالوں کا جواب نہیں دے سکتی تو اس سے کہیے کہ وہ ان معقول سوالوں کا جواب دے؟ ''

جج کے تیوروں پر خفگی کے آثار نمودار ہوئے اور اس نے تیزی سے کہا، ''اس قسم کی بے باکانہ گفتگو عدالت کی توہین ہے جو ایک سنگین جرم ہے۔''

اقبال نے کہا، ''تو گفتگو کا کوئی ایسا انداز بتائیے جس سے آپ کی نیک چلن عدالت کی توہین نہ ہو۔''

جج نے جھلا کر جواب دیا، ''جو سوال تم سے کیا جائے صرف اسی کا جواب دو، عدالت تمہاری تقریر سننا نہیں چاہتی۔''

''پوچھیے! آپ مجھ سے کیا پوچھنا چاہتے ہیں؟'' اقبال کے چہرے پر یاس کی دھند چھا رہی تھی اور اس کی آواز اس گبر کی ڈوبتی ہوئی گونج معلوم ہوتی تھی جو رات کی تاریکیوں میں لوگوں کو وقت سے باخبر رکھتا ہے۔ یہ سوال کچھ اس انداز سے کیا گیا تھا کہ جج کے چہرے پر گھبراہٹ سی پیدا ہو گئی اور اس نے ایسے ہی میز پر سے کاغذات اٹھائے اور پھر وہیں کے وہیں رکھ دیئے اور دانت کی ریخ میں سے پن نکال کر، پن کشن میں گاڑتے ہوئے کہا، ''تم نے اپنی جان لینے کی کوشش کی اس لیے تم ازروئے قانون مستوجبِ سزا ہو۔ کیا اپنی صفائی میں تم کوئی بیان دینا چاہتے ہو؟''

اقبال کے بے جان اور نیلے ہونٹ فرطِ حیرت سے کھلے کے کھلے رہ گئے۔ اس نے کہا، ''بیان! آپ کس قسم کا بیان لینا چاہتے ہیں؟ کیا میں سراپا بیان نہیں ہوں۔۔؟ کیا میرے گالوں کی ابھری ہوئی ہڈیاں یہ بیان نہیں دے رہیں کہ غربت کی دیمک میرے گوشت کو چاٹتی رہی ہے؟ کیا میری بے نور آنکھیں یہ بیان نہیں دے رہیں کہ میری زندگی کی بیشتر راتیں لکڑی اور تیل کے دھوئیں کے اندر گزری ہیں؟ کیا میرا سوکھا ہوا جسم یہ بیان نہیں دے رہا کہ اس نے کڑے سے کڑے دکھ برداشت کیا ہے۔۔؟ کیا میری زرد بے جان اور کانپتی ہوئی انگلیاں یہ بیان نہیں دے رہیں کہ وہ ساز حیات کے تاروں میں امید افزا نغمہ پیدا کرنے میں ناکام رہی ہیں۔۔؟ بیان۔۔! بیان۔۔! صفائی کا بیان۔۔! کس صفائی کا بیان۔۔؟ میں اپنے ہاتھوں سے اپنی زندگی کا خاتمہ کر رہا تھا اس لیے کہ مجھے جینے کی خواہش نہ تھی اور جسے جینے کی خواہش نہ ہو، جو ہر جینے والے کو تعجب سے دیکھتا ہو، کیا آپ اس سے یہ چاہتے ہیں کہ وہ اس سنگین عمارت

میں آ کر دو تین برس کی قید سے بچنے کے لیے جھوٹ بولے۔۔۔؟ جج صاحب آپ اس سے بات کر رہے ہیں جس کی زندگی قید سے بدتر رہی ہے!''

جج پر زرد ُرو اقبال کی بے جوڑ جذباتی گفتگو کچھ اثر نہ کر سکی اور چار پانچ پیشیوں کی ایک آہنگ سماعت کے بعد اسے دو ماہ قید محض کا حکم سنا دیا گیا۔ سزا کا حکم مجرم نے بڑے اطمینان سے سنا لیکن یکایک اس کے استخوانی چہرے پر زہریلے طنز کے آثار نمودار ہوئے اور اس کے باریک ہونٹوں کے سرے بھنچ گئے، مسکراتے ہوئے اس نے جج کو مخاطب کر کے کہا:

''آپ نے مقدمے کی تمام کارروائی میں بہت محنت کی ہے جس کے لیے میں آپ کا شکر گزار ہوں۔ مقدمہ کی رویداد کو آپ نے جس نفاست سے ان لمبے لمبے کاغذوں پر اپنے ہاتھوں سے ٹائپ کیا ہے وہ بھی داد کے قابل ہے اور آپ نے بات بات میں تعزیرات کی بھاری بھرکم کتاب کی دفعات کا حوالہ جس پھرتی سے دیا ہے اس سے آپ کے حافظے کی خوبی کا اندازہ لگایا جا سکتا ہے۔ قانون، جہاں تک میں نے اندازہ کیا ہے، ایک پردہ نشین خاتون ہے جس کی عصمت کے تحفظ کے لیے آپ لوگ مقرر کیے گئے ہیں اور مجھے اعتراف ہے کہ آپ نے اپنے فرائض کی انجام دہی میں کوئی دقیقہ فروگزاشت نہیں کیا۔ مگر مجھے افسوس ہے کہ آپ ایک ایسی عورت کی حفاظت کر رہے ہیں جسے ہر چالاک آدمی اپنی داشتہ بنا کر رکھ سکتا ہے۔''

یہ لفظ عدالت کی توہین خیال کیے گئے اور اس جرم کے ارتکاب میں اقبال کی زندانی میں دو ماہ اور بڑھا دیئے گئے۔ یہ حکم سن کر اقبال کے پتلے ہونٹوں پر پھر مسکراہٹ پیدا ہوئی۔

اقبال نے زیرِ لب کہا، ''پہلے دو ماہ تھے، اب چار ہو گئے۔'' اور پھر جج سے مخاطب ہو کر پوچھا، ''آپ کو تعزیراتِ ہند کی تمام دفعات ازبر یاد ہیں۔ کیا آپ مجھے کوئی ایسی توہین کا بے ضرر جرم بتا سکتے ہیں، جس کے ارتکاب سے آپ کی عدالت میری گردن جلاد کے حوالے کر سکے۔ میں اس دنیا میں زندہ نہیں رہنا چاہتا۔ جہاں غریبوں کو جینے کے لیے ہوا کے چند پائیزہ جھونکے بھی نصیب نہیں ہوتے اور جس کے بنائے قانون میری سمجھ سے بالاتر ہیں۔ کیا آپ کا یہ قانون عجیب و غریب نہیں جس نے اس بات کی تحقیق کیے بغیر کہ میں نے خودکشی کا اقدام کیوں کیا، مجھے جیل میں ٹھونس دیا ہے؟ مگر ایسے سوال پوچھنے سے فائدہ ہی کیا۔ تعزیراتِ ہند میں غالباً ان کا کوئی جواب نہیں۔''

اقبال نے اپنے تھکے ہوئے مردہ کاندھوں کو ایک جنبش دی اور خاموش ہو گیا۔ عدالت نے اس کے اس سوال کا کوئی جواب نہ دیا۔

<h1 style="text-align:center">خورشٹ</h1>

ہم دلی میں تھے۔ میرا بچہ بیمار تھا۔ میں نے پڑوس کے ڈاکٹر کا پڑیا کو بلایا، وہ ایک کبڑا آدمی تھا۔ بہت پست قد، لیکن بے حد شریف۔ اس نے میرے بچے کا بڑے اچھے طریقے پر علاج کیا۔ اس کو فیس دی تو اس نے قبول نہ کی۔ یوں تو وہ پارسی تھا لیکن بڑی شستہ و رفتہ اردو بولتا تھا، اس لیے کہ وہ دلی ہی میں پیدا ہوا تھا اور تعلیم اس نے وہیں حاصل کی تھی۔

ہمارے سامنے کے فلیٹ میں مسٹر کھیش والا رہتا تھا۔ یہ بھی پارسی تھا۔ اسی کے ذریعے سے ہم نے ڈاکٹر کا پڑیا کو بلایا تھا۔ تین چار مرتبہ ہمارے یہاں آیا تو اس سے ہمارے تعلقات بڑھ گئے۔ ڈاکٹر کے ہاں میرا اور میری بیوی کا آنا جانا شروع ہوگیا۔ اس کے بعد ڈاکٹر نے ہماری ملاقات اپنے لڑکے سے کرائی اس کا نام ساوک کا پڑیا تھا۔ وہ بہت ہی ملنسار آدمی تھا۔ رنگ بے حد زرد، ایسا لگتا تھا کہ اس میں خون ہے ہی نہیں۔ سنگر مشین کمپنی میں ملازم تھا۔ غالباً پانچ چھ سو روپے ماہوار پاتا تھا۔ بہت صاف ستھرا رہتا تھا۔ اس کا گھر جو ہمارے گھر سے کچھ فاصلے پر تھا بہت نفاست سے سجا ہوا تھا۔ مجال ہے کہ گرد و غبار کا ایک ذرہ بھی کہیں نظر آ جائے۔ جب میں اور میری بیوی شام کو ان کے ہاں جاتے تو وہ اس کی بیوی خورشید جس کو پارسیوں کی زبان میں خورشٹ کہا جاتا تھا، بڑے تپاک سے پیش آتے اور ہماری خوب خاطر تواضع کرتے۔

خورشید یعنی خورشٹ لمبے قد کی عورت تھی۔ عام پارسیوں کی طرح اس کی ناک بدنما نہیں تھی، لیکن خوبصورت بھی نہیں تھی۔ موٹی پکوڑا ایسی ناک تھی، لیکن رنگ سفید تھا اس لیے گوارا ہو گئی تھی۔ بال کٹے ہوئے تھے، چہرہ گول تھا، خوش پوش تھی اس لیے اچھی لگی تھی۔ میری بیوی سے چند ملاقاتوں ہی میں دوستی ہو گئی۔ چنانچہ ہم

ان کے ہاں اکثر جانے لگے ۔وہ دونوں میاں بیوی بھی ہر دوسرے تیسرے روز ہمارے ہاں آجاتے تھے اور دیر تک بیٹھے رہتے تھے ۔

ہم جب بھی ساوک کے ہاں گئے ، ایک سکھ کو ان کے ہاں دیکھا۔ یہ سکھ ایک تنومند آدمی تھا، بہت خوش خلق ۔ ساوک نے مجھے بتایا کہ سردار زور سنگھ اس کا بچپن کا دوست ہے ۔ دونوں اکٹھے پڑھتے تھے ۔ ایک ساتھ انہوں نے بی اے پاس کیا۔ لیکن شکل و صورت کے اعتبار سے سردار زور سنگھ، ساوک کے مقابلے میں زیادہ معمر نظر آتا تھا۔ ساوک شاید خون کی کمی کے باعث بہت ہی چھوٹا معلوم ہوتا تھا۔ ایسا لگتا تھا کہ اس کی عمر اٹھارہ برس سے زیادہ نہیں، لیکن سردار زور سنگھ چالیس کے اوپر معلوم ہوتا تھا۔

سردار زور سنگھ کنوارا تھا۔ جنگ کا زمانہ تھا۔ اس نے گورنمنٹ سے کئی ٹھیکے لے رکھے تھے ۔ اس کا باپ بہت پرانا گورنمنٹ کنٹریکٹر تھا۔ لیکن باپ بیٹے میں بنتی نہیں تھی ۔ سردار زور سنگھ آزاد خیال تھا لیکن وہ اپنے باپ ہی کے ساتھ رہتا تھا، پر وہ ایک دوسرے سے بات نہیں کرتے تھے ۔ البتہ اس کی ماں اس سے بہت پیار کرتی تھی جیسے وہ چھوٹا سا بچہ ہے ۔ اس کی وجہ یہ تھی کہ وہ ماں کا اکلوتا لڑکا تھا۔ تین لڑکیاں تھیں، وہ اپنے گھر میں آباد ہو چکی تھیں۔ اب اس کی خواہش تھی کہ وہ شادی کر لے اور اس کے کلیجے کو ٹھنڈک پہنچائے ، مگر اس وہ کے متعلق بات کرنے کے لیے تیار ہی نہیں تھا۔

میں نے ایک دفعہ اس سے دریافت کیا، ''سردار صاحب آپ شادی کیوں نہیں کرتے؟''

اس نے مونچھوں کے اندر ہنس کر جواب دیا، ''اتنی جلدی کیا ہے؟''

میں نے پوچھا، ''آپ کی عمر کیا ہے؟''

اس نے کہا، ''آپ کا کیا خیال ہے؟''

''میرے خیال کے مطابق آپ کی عمر غالباً چالیس برس ہو گی۔''

سردار زور سنگھ مسکرایا، ''آپ کا اندازہ غلط ہے !''

''آپ فرمایئے، آپ کی عمر کیا ہے؟''

سردار زور سنگھ پھر مسکرایا، ''میں آپ سے بہت چھوٹا ہوں۔ ۔ ۔ عمر کے لحاظ سے بھی۔ ۔ ۔ میں ابھی پرسوں انتیس اگست کو پچیس برس کا ہوا ہوں۔'' میں نے اپنے غلط اندازے کی معافی چاہی، ''لیکن آپ کی شکل صورت سے جہاں تک میں سمجھتا ہوں، کوئی بھی یہ نہیں کہہ سکتا کہ آپ کی عمر پچیس برس ہے ۔''

سردار زور سنگھ ہنسا، ''میں سکھ ہوں۔ ۔ ۔ اور بڑا غیر معمولی سکھ۔'' یہ کہہ کر اس نے غور سے مجھے

دیکھا، ''منٹوصاحب آپ حجامت کیوں نہیں کراتے۔اتنے بڑے بالوں سے آپ کو وحشت نہیں ہوتی۔''
میں نے گردن پر ہاتھ پھیرا۔بال واقعی بہت بڑھے ہوئے تھے۔غالباً تین مہینے ہو گئے تھے جب میں نے
بال کٹوائے تھے۔سردار زور آورسنگھ نے بات کی تو مجھے ایک بوجھ سا محسوس ہوا، ''یاد ہی نہیں رہا۔
اب آپ نے کہا ہے تو مجھے وحشت محسوس ہوئی ہے۔خدا معلوم مجھے کیوں بال کٹوانے یاد نہیں رہتے۔
۔۔یہ سلسلہ ہی کچھ واہیات۔ایک گھنٹہ نائی کے سامنے سر نیوڑھائے بیٹھے رہو۔وہ اپنی خرافات بکتار
ہے اور آپ مجبوراً کان سمیٹے سنتے رہیں۔۔۔فلاں ایکٹرس ایسی ہے، فلاں ایکٹرس ویسی ہے۔امریکہ نے
ایٹم بم ایجاد کر لیا ہے۔روس کے پاس اس کا بہت ہی تگڑا جواب موجود ہے۔یہ اٹلی کون ہے ۔۔۔؟
اور وہ مسولینی کہاں گیا۔۔۔اب میں اگر اس سے کہوں کہ جہنم میں گیا ہے تو وہ ضرور پوچھتا کہ صاحب کیسے
گیا، کس راستے سے گیا، کون سے جہنم میں گیا۔''

میری اتنی لمبی چوڑی بات سن کر سردار زور آورسنگھ نے اپنی سفید پگڑی اتاری۔۔۔مجھے سخت حیرت ہوئی،
اس لیے کہ اس کے کیس ندارد تھے۔ان کے بجائے ہلکے خشخشی بال تھے۔لیکن وہ پگڑی کچھ اس انداز
سے باندھتا تھا کہ معلوم ہوتا تھا کہ اس کے کیس ہیں اور ثابت و سالم ہیں۔بڑی صفائی سے پگڑی اتار کر
اس نے میری تپائی پر رکھی اور مسکرا کر کہا، ''میں تو اس سے بڑے بال کبھی برداشت نہیں کرسکتا۔''
میں نے اس کے بالوں کے متعلق کوئی بات نہ کی، اس لیے کہ میں نے مناسب خیال نہ کیا۔اس نے بھی
ان کے متعلق کوئی بات نہ چھیڑی۔پگڑی تپائی پر رکھ دینے کے بعد اس نے صرف اتنا کہا تھا، ''میں تو
اس سے بڑے بال کبھی برداشت نہیں کرسکتا۔''اس کے بعد اس نے گفتگو کا موضوع بدل دیا اور کہا،
''منٹوصاحب، خورشید کے لیے آپ کچھ کیجیے؟''

میں کچھ نہ سمجھا، ''کون خورشید؟''

سردار زور آورسنگھ نے پگڑی اٹھا کر اپنے سر پر رکھ لی، ''خورشید کا پڑیا کے لیے۔''

''میں ان کی کیا خدمت کر سکتا ہوں؟''

''اس کو گانے کا بہت شوق ہے۔''

مجھے معلوم نہیں تھا کہ خورشیٹ گاتی ہے، ''کیسا گاتی ہیں؟''

سردار زور آورسنگھ نے خورشٹ کی گائیگی کے بارے میں اتنی تعریف کی کہ مجھے یہ سب مبالغہ معلوم ہوا،
''منٹوصاحب بہت اچھی آواز پائی ہے۔خصوصاً ٹھمری ایسی اچھی گاتی ہے کہ آپ وجد میں آ جائیں گے، آپ

کو ایسا معلوم ہو گا کہ خان صاحب عبدالکریم کو سن رہے ہیں۔ اور لطف یہ کہ خورشید نے کسی کی شاگردی نہیں کی۔۔۔ بس جو ملا ہے قدرت سے ملا ہے۔۔۔ آپ آج شام کو آیئے۔۔۔ مسز منٹو بھی ضرور تشریف لائیں۔ میں خورشید کو بلاؤں گا۔ آپ ذرا اسے سنئے گا۔''

میں نے کہا، ''ضرور، ضرور۔۔۔ مجھے معلوم نہیں تھا کہ وہ گاتی ہیں۔''

سردار زور آور سنگھ نے سفارش کے طور پر کہا، ''آپ ریڈیو اسٹیشن میں ہیں۔ میں چاہتا ہوں کہ خورشید کو ہر مہینے کچھ پروگرام مل جایا کریں۔ روپئے کی اس کو کوئی خواہش نہیں ہے۔''

''لیکن اگر ان کو پروگرام ملے گا تو معاوضہ بھی ضرور ملے گا۔ گورنمنٹ ان کا معاوضہ کس کھاتے میں ڈالے گی؟''

یہ سن کر سردار زور آور سنگھ مسکرایا، ''تو ٹھیک ہے۔ لیکن اسے پروگرام ضرور دلوایئے گا۔۔۔ مجھے یقین ہے کہ سننے والے اسے بہت پسند کریں گے۔''

اس گفتگو کے بعد ہم تیسرے روز ساوک کے ہاں گئے۔ وہ موجود نہیں تھا لیکن ڈرائنگ روم میں سردار زور آور سنگھ بیٹھا سگریٹ پی رہا تھا۔ پارسیوں میں سگرٹ پینا منع ہے، سکھ بھی سگرٹ نہیں پیتے، لیکن وہ بڑے اطمینان اور ٹھاٹ سے کش پہ کش لے رہا تھا۔ میں اور میری بیوی کمرے میں داخل ہوئے تو اس نے سگرٹ پینا بند کر دیا۔ ایش ٹرے میں اس کی گردن مروڑ کر اس نے ہمیں خالص اسلامی انداز میں سلام کیا اور کہا، ''خورشید کی طبیعت آج کچھ ناساز ہے۔''

خورشید کچھ دیر کے بعد آئی تو میں نے محسوس کیا کہ اس کی طبیعت قطعاً ناساز نہیں ہے۔ میں نے اس سے پوچھا تو اس نے اپنے موٹے موٹے ہونٹوں پر مسکراہٹ پیدا کر کے کہا، ''ذرا زکام تھا۔'' مگر اس کو زکام نہیں تھا۔ سردار زور آور سنگھ نے بڑے زور دار انداز میں خورشید سے اس کا حال پوچھا، زکام کے لیے کم از کم دس دوائیں تجویز کیں، پانچ ڈاکٹروں کے حوالے دیئے، مگر وہ خاموش رہی، جیسے وہ اس قسم کی بکواس سننے کی عادی ہے۔ اتنے میں خورشید کا خاوند ساوک کا پڑیا آ گیا۔ دفتر میں کام کی زیادتی کی وجہ سے اسے دیر ہو گئی تھی۔ مجھ سے اور میری بیوی سے اس نے معذرت چاہی، سردار زور آور سنگھ سے کچھ دیر مذاق کیا اور ہم سے چند منٹ کی رخصت لے کر اندر چلا گیا، اس لیے کہ اسے اپنی بچی کو دیکھنا تھا۔

اس کی پلوٹھی کی بچی بہت پیاری تھی۔ میاں بیوی کی بس یہی ایک اولاد تھی۔ قریباً ڈیڑھ سال کی تھی۔ رنگ باپ کی طرح زرد۔۔۔ کچھ نقش ماں پر تھے، باقی معلوم نہیں کس کے تھے۔ بہت ہنس مکھ تھی۔ ساوک اس

کو گود میں اٹھا کر لایا اور ہمارے پاس بیٹھ گیا۔ اس کو اپنی بچی سے بے حد پیار تھا۔ دفتر سے واپس آ کر وہ سارا وقت اس کے ساتھ کھیلتا رہتا۔ میرا خیال ہے قریب قریب ہر ہفتے وہ اس کے لیے کھلونے لاتا تھا۔ شیشوں والی بڑی الماری تھی جو اِن کھلونوں سے بھری ہوئی تھی۔

سردار زور آور سنگھ کے متعلق بات چھڑی تو ساوک نے اس کی بہت تعریف کی۔ اس نے مجھ سے اور میری بیوی سے کہا، ''سردار زور آور میرا بہت پرانا دوست ہے۔ ہم دونوں لنگوٹیے ہیں۔ اس کے والد صاحب اور میرے والد صاحب اسی طرح لنگوٹیے تھے۔ دونوں اکٹھے پڑھا کرتے تھے۔ پہلی جماعت سے لے کر اب تک ہم دونوں ہر روز ایک دوسرے سے ملتے رہے ہیں۔ بعض اوقات تو مجھے ایسا محسوس ہوتا ہے کہ ہم اسکول ہی میں پڑھ رہے ہیں۔''

سردار زور آور سنگھ مسکراتا رہا۔ اس کے سر پر سکھوں کی بہت بڑی پگڑی تھی، مگر مجھے اس کے ہوتے ہوئے اس کے سر کی خشخشی بال نظر آ رہے تھے اور مجھے اپنے سر پر اپنے بالوں کا بوجھ محسوس ہو رہا تھا۔ سردار زور آور سنگھ کے پیہم اصرار پر خورشید نے باجا مانگا کر ہمیں گانا سنایا۔ وہ کن سری تھی، لیکن خورشید، اس کے خاوند، اور سردار زور آور سنگھ کی خاطر مجھے اس کے گانے کی مجبوراً تعریف کرنا پڑی۔ میں نے صرف اتنا کہا، ''ماشاء اللہ آپ خوب گاتی ہیں۔''

سردار زور آور سنگھ نے بڑے زور سے تالی بجائی اور کہا، ''خورشید، آج تو تم نے کمال کر دیا ہے۔'' پھر مجھ سے مخاطب ہوا، ''اس کو آفتابِ موسیقی کا خطاب مل چکا ہے منٹو صاحب۔''

میں نے تو کچھ نہ کہا، لیکن میری بیوی نے پوچھا، ''کب؟''

سردار زور آور سنگھ نے کہا، ''اخبار کا وہ کٹنگ لانا۔''

خورشید اخبار کا کٹنگ لائی۔ کوئی خوشامدی قسم کا رپورٹر تھا جس نے چھ مہینے پہلے ایک پرائیویٹ محفل میں خورشید کا گانا سن کر اسے آفتابِ موسیقی کا خطاب عطا فرمایا تھا۔ میں نے یہ کٹنگ پڑھ کر مسکرایا اور شرارتاً خورشید سے کہا، ''آپ کا یہ خطاب غلط ہے!''

سردار زور آور سنگھ نے مجھ سے پوچھا، ''کیوں؟''

میں نے پھر شرارتاً کہا، ''عورت کے لیے آفتاب نہیں۔۔۔ آفتابہ ہونا چاہیے۔ خورشید صاحبہ، آفتابِ موسیقی نہیں، آفتابہ موسیقی ہیں۔''

میرا مذاق سب کے سر پر سے گزر گیا۔ میں نے خدا کا شکر کیا، کیونکہ یہ مذاق کرنے کے بعد میں نے فوراً

ہی سوچتا تھا کہ اور کوئی نہیں تو سردار زور آور سنگھ ضرور اس کو سمجھ جائے گا، مگر وہ مسکرایا، ''یہ اخبار والے ہمیشہ غلط زبان لکھتے ہیں۔ آفتاب کی جگہ آفتابہ ہونا چاہیے تھا۔ آپ بالکل صحیح فرماتے ہیں۔'' میں نے اور کچھ نہ کہا، اس لیے کہ مجھے احساس تھا کہ کہیں میرا مذاق فاش نہ ہو جائے۔

ساوک کچھ اور ہی خیالات میں غرق تھا۔ اس کو سردار زور آور سنگھ کی دوستی کے واقعات یاد آ رہے تھے، ''مسٹر منٹو، ایسا دوست مجھے کبھی نہیں ملے گا، اس نے ہمیشہ میری مدد کی ہے، ہمیشہ میرے ساتھ انتہائی خلوص برتا ہے، پچھلے دنوں میں ہسپتال میں بیمار تھا، اس نے نرسوں سے بڑھ کر میری خدمت کی، میرے گھر بار کا خیال رکھا، خورشید اکیلی گھبرا جاتی، مگر اس نے ہر طرح اس کی دل جوئی کی، میری بچی کو گھنٹوں کھلاتا رہا، اس کے علاوہ میرے پاس بیٹھ کر کئی اخبار پڑھ کر سناتا رہا، میں اس کا شکریہ یہ ادا نہیں کر سکتا۔''

یہ سن کر سردار زور آور سنگھ مسکرایا اور خورشید سے مخاطب ہوا، ''خورشید آج تمہارا خاوند بہت سنٹی مینٹل ہو رہا ہے ۔ ۔ ۔ میں نے کیا کیا تھا جو یہ میری اتنی تعریف کر رہا ہے۔''

ساوک نے کہا، ''بکواس نہ کرو ۔ ۔ تمہاری تعریف میں کر ہی نہیں سکتا۔ میں صرف اتنا کہہ سکتا ہوں کہ تمہاری دوستی پر مجھے ناز ہے اور ہمیشہ رہے گا۔ بچپن سے لے کر اب تک تم ایک سے رہے ہو۔ میرے ساتھ تمہارے سلوک میں کبھی فرق نہیں آیا۔''

میں نے سردار زور آور سنگھ کی طرف دیکھا۔ وہ یہ تعریفی کلمات یوں سن رہا تھا جیسے ریڈیو سے خبریں۔ جب ساوک بول چکا تو اس نے مجھ سے پوچھا، ''تو خورشید کو پروگرام مل جائیں گے نا؟''

میں نے چونک کر جواب دیا، ''جی ۔ ۔ ۔؟ میں کوشش کروں گا۔''

سردار زور آور سنگھ نے ذرا حیرات سے کہا، ''کوشش ۔ ۔ ۔؟ یعنی ان کے لیے پروگرام حاصل کرنے کے لیے آپ کو کوشش کرنی پڑے گی۔ آپ بھی کمال کرتے ہیں ۔ ۔ ۔ کل صبح ان کو اپنے ساتھ لے جائیے۔ میرا خیال ہے ان کا گانا سنتے ہی میوزک ڈائریکٹر اسی مہینے میں ان کو کم از کم دو پروگرام دے دے گا۔''

میں نے اس کی دلشکنی مناسب نہ سمجھی اور کہا، ''یقیناً۔''

لیکن خورشید نے سردار زور آور سے کہا، ''میں صبح نہیں جا سکتی۔ بے بی صبح کو میرے بغیر گھر میں نہیں رہ سکتی، دوپہر کو البتہ جا سکتی ہوں۔''

سردار زور آور سنگھ مجھ سے مخاطب ہوا، ''منٹو صاحب، واقعی بچی اس کو صبح بہت تنگ کرتی ہے۔ میں خود سے روز خورشید کو دوپہر کے وقت ریڈیو اسٹیشن لے آؤں گا۔''

خورشید کو دوپہر کے وقت ریڈیو اسٹیشن لانے کی نوبت نہ آئی۔ کیونکہ میں نے دوسرے روز ہی ایک دم ارادہ کیا کہ میں دلّی چھوڑ کر بمبئی چلا جاؤں گا، چنانچہ میں اس سے اگلے دن استعفیٰ دے کر بمبئی روانہ ہو گیا۔ میری بیوی مجھ سے کچھ دن بعد چلی آئی۔ ہم مسٹر خورشید کا پڑیا اور سردار زور آور سنگھ کو بھول گئے۔

میں ایک فلم کمپنی میں ملازم تھا۔ بیماری کے باعث اتفاق سے ایک روز میں وہاں نہ گیا۔ دوسرے روز وہاں پہنچا تو گیٹ کیپر نے مجھے ایک کاغذ دیا کہ کل ایک صاحب آپ سے ملنے یہاں آئے تھے، وہ یہ دے گئے ہیں۔ میں نے رقعہ پڑھا، سردار زور آور سنگھ کا تھا۔ مختصر سی تحریر تھی، میں اور میری بیوی آپ سے ملنے یہاں آئے، مگر آپ موجود نہیں تھے۔ ۔ ۔ ہم تاج ہوٹل میں ٹھہرے ہیں۔ ۔ ۔ اگر آپ تشریف لائیں تو ہمیں بڑی خوشی ہوگی۔ ۔ ۔ مسز منٹو کو ضرور ساتھ لائیے گا۔ ''

کمرے کا نمبر وغیرہ درج تھا۔ میں اور میری بیوی اسی شام ٹیکسی میں تاج ہوٹل گئے۔ کمرہ تلاش کرنے میں کوئی دقت نہ ہوئی۔ سردار زور آور سنگھ وہاں موجود تھا۔ ہم جب اندر کمرے میں داخل ہوئے تو وہ اپنے چھوٹے چھوٹے خشخشی بالوں میں کنگھی کر رہا تھا، بڑے تپاک سے ملا۔ میری بیوی اس کی بیوی دیکھنے کے لیے بے قرار تھی، چنانچہ اس نے پوچھا، ''سردار صاحب، آپ کی مسز کہاں ہیں۔ ''

سردار زور آور سنگھ مسکرایا، ''ابھی آتی ہیں۔ ۔ ۔ باتھ روم میں ہیں۔ ''

اس نے یہ کہا اور دوسرے کمرے سے خورشید نمودار ہوئی۔ میری بیوی اٹھ کر اس سے گلے ملی اور سب سے پہلا سوال اس سے یہ کیا، ''بچی کیسی ہے خورشید۔ ''

خورشید نے جواب دیا، ''اچھی ہے۔ ''

پھر میری بیوی نے اس سے پوچھا، ''ساوک کہاں ہیں؟ ''

خورشید نے کوئی جواب نہ دیا۔ جب وہ اور میری بیوی پاس پاس بیٹھ گئیں تو میں نے سردار زور آور سنگھ سے پوچھا، ''سردار صاحب، آپ اپنی بیوی کو تو باہر نکالیے۔ ''

سردار زور آور سنگھ مسکرایا۔ خورشید کی طرف دیکھ کر اس نے کہا، ''خورشید میری بیوی کو باہر نکالو۔ ''

خورشید میری بیوی سے مخاطب ہو کر مسکرائیں، ''میں نے سردار زور آور سنگھ سے شادی کر لی ہے۔ ہم یہاں ہنی مون منانے آئے ہیں۔ '' میری بیوی نے یہ سنا تو اس کی سمجھ میں کچھ نہ آیا کہ کیا کہے۔ اٹھی اور میرا ہاتھ پکڑ کر کہا، ''چلیے سعادت صاحب۔ ۔ ۔ '' اور ہم کمرے سے باہر تھے۔ خدا معلوم سردار زور آور سنگھ اور خورشید نے ہماری اس بدتمیزی کے متعلق کیا کہا ہوگا۔

خوشبو دار تیل

’’آپ کا مزاج اب کیسا ہے؟‘‘

’’یہ تم کیوں پوچھ رہی ہو۔۔۔اچھا بھلا ہوں۔۔۔مجھے کیا تکلیف تھی۔۔۔‘‘

’’تکلیف تو آپ کو کبھی نہیں ہوئی۔۔۔ایک فقط میں ہوں جس کے ساتھ کوئی نہ کوئی تکلیف یا عارضہ چمٹا رہتا ہے۔۔۔‘‘

’’یہ تمہاری بد احتیاطیوں کی وجہ سے ہوتا ہے۔۔۔ورنہ آدمی کو کم از کم سال بھر میں دس مہینے تو تندرست رہنا چاہیے۔۔۔‘‘

’’آپ تو بارہ مہینے تندرست رہتے ہیں، ابھی پچھلے دنوں دو مہینے ہسپتال میں رہے۔۔۔میرا خیال ہے اب پھر آپ کا وہیں جانے کا ارادہ ہو رہا ہے۔‘‘

’’ہسپتال میں جانے کا ارادہ کون کرتا ہے؟‘‘

’’آپ ایسے آدمی۔۔۔اور کس کا دماغ پھرا ہے کہ وہ بیمار ہو کر وہاں پر جائے اور اپنے عزیزوں کی جان کا عذاب بن جائے۔۔۔‘‘

’’تو گویا میں اپنے سب رشتہ داروں کی جان کا عذاب بنا بیٹھا ہوں۔۔۔میرا تو یہ نظریہ ہے کہ ہر رشتہ دار خود جان کا بہت بڑا عذاب ہوتا ہے۔‘‘

’’آپ کو تو رشتہ داروں کی کوئی پروا نہیں۔۔۔حالاں کہ وہی ہمیشہ آپ کے آڑے وقت میں کام آتے رہے ہیں۔۔۔‘‘

’’کون سے آڑے وقت میں کام آتے رہے ہیں۔۔۔‘‘

’’پچھلے برس جب آپ بیمار ہوئے۔۔ تو کس نے آپ کے علاج پر روپیہ خرچ کیا تھا۔‘‘

’’مجھے معلوم نہیں۔۔ میرا خیال ہے تمہیں نے کیا ہو گا۔۔۔‘‘

’’آپ کا حافظہ کمزور ہو گیا ہے۔۔ یا آپ جان بوجھ کر اپنے رشتہ داروں کی مدد کو فراموش کر رہے ہیں۔۔۔‘‘

’’میں اپنے کسی رشتہ دار کی امداد کا محتاج نہیں رہا، اور نہ رہوں گا۔۔۔ اچھا خاصا کما لیتا ہوں۔۔ کھاتا ہوں۔۔۔ پیتا ہوں۔۔۔‘‘

’’جتنا کھا سکتا ہوں کھاتا ہوں۔۔ جتنی پی سکتا ہوں پیتا ہوں۔۔۔‘‘

’’آپ کو معلوم نہیں کہ پینا حرام ہے۔۔۔‘‘

’’معلوم ہے۔۔۔ آج کل تو جینا بھی حرام ہے۔۔ مگر چچا غالب کہہ گئے ہیں۔۔۔‘‘

مئے سے غرض نشاط ہے کس رُو سیاہ کو
اِک گُونہ بے خودی مجھے دن رات چاہیے

’’یہ چچا غالب کون تھے۔۔۔ زندہ ہیں یا مر گئے ہیں۔۔ میں نے تو آج پہلی مرتبہ ان کا نام سنا ہے۔۔۔‘‘

’’وہ سب کے چچا تھے۔۔۔ بہت بڑے شاعر۔۔۔‘‘

’’شاعروں پر خدا کی لعنت۔۔۔ بیڑا غرق کرتے ہیں لوگوں کا۔۔۔‘‘

’’بیگم! یہ تم کیا کہہ رہی ہو۔۔ انہی کے دَم سے تو زندگی کی رونق قائم ہے۔۔۔ یہ نہ ہوں تو چاروں طرف خشکی خشکی ہی نظر آئے۔۔۔ یہ لوگ پھول ہوتے ہیں۔۔۔ صاف و شفاف پانی کے دھارے ہوتے ہیں جو انسانوں کے ذہن کی آبیاری کرتے ہیں۔۔۔ یہ نہ ہوں تو ہماری زندگی بے نمک ہو جائے۔۔۔‘‘

’’بے نمک ہو جائے۔۔۔ کیسے بے نمک ہو جائے۔۔۔ یہاں نمک کی کوئی کمی ہے۔۔۔ جتنا چاہے، لے لیجیے۔۔۔ اور وہ بھی سستے داموں پر۔۔۔ اُن لوگوں کو جنہیں آپ شاعر کہتے ہیں۔۔۔ میں تو چاہتی ہوں کہ ان کو کھیورے کی کسی کان میں زندہ دفن کر دیا جائے، تا کہ وہ بھی نمک بن جائیں اور آپ ان کو چاٹتے رہیں۔۔۔‘‘

’’یہ آج تم نے کیسے پَر پُرزے نکال لیے۔۔۔‘‘

’’پر پُرزوں کے متعلق میں کچھ نہیں جانتی۔۔ میں تو اتنا جانتی ہوں۔۔۔ کہ جب آپ سے کوئی معاملے

کی بات کرے تو آپ بھنّا جاتے ہیں۔۔۔معلوم نہیں کیوں۔۔۔میں نے کبھی آپ کی ذات پر تو حملہ نہیں کیا۔۔۔ہمیشہ سیدھی سادی بات کر دی۔۔۔''

''تمہاری سیدھی باتیں ہمیشہ ٹیڑھی ہوتی ہیں۔۔۔میری سمجھ میں نہیں آتا تمہیں ہو کیا گیا ہے۔۔۔دو برس سے تم ہر وقت میرے سر پر سوار رہتی ہو۔''

''ان برسوں میں مجھے آپ نے کیا سکھ پہنچایا ہے۔۔۔''

''بھئی معاف کرو مجھے۔۔۔میں سونا چاہتا ہوں۔۔۔ساری رات ہی جاگتا رہا ہوں۔''

''کیا تکلیف تھی آپ کو؟ مجھے بھی تو کچھ اس کا علم ہو۔۔۔''

''تمہیں اگر اس کا علم بھی ہو جائے۔۔۔تو اس کا مداوا کیا کرو گی۔۔۔''

''میں تو سخت نا اہل ہوں۔۔۔کسی کام کی بھی نہیں۔۔۔بس ایک صرف آپ ہیں جو دنیا کی ساری حکمت جانتے ہیں۔۔۔''

''بھئی میں نے کبھی یہ دعویٰ نہیں کیا۔۔۔لیکن عورت ذات ہمیشہ خود کو افضل سمجھتی ہے۔۔۔حالاں کہ وہ عام طور پر کم عقل ہوتی ہے۔''

''دیکھیے، آپ طعن و تشنیع پر اتر آئے۔۔۔یہ کہاں کی عقلمندی ہے؟''

''میں معافی چاہتا ہوں۔۔۔تم نے چوں کہ مجھے اُکسایا تو یہ لفظ میری زبان سے نکل گئے، ورنہ تم جانتی ہو کہ میں گفتگو کے معاملے میں بڑا محتاط رہتا ہوں۔''

''جی ہاں۔۔۔رہتے ہوں گے۔۔۔مجھ سے تو آپ نے ہمیشہ ہی نوکرانیوں کا سا سلوک کیا۔''

''یہ سراسر بہتان ہے۔۔۔تم تو میری ملکہ ہو۔۔۔''

''آپ بادشاہ کیسے بن بیٹھے۔۔۔آپ کی سلطنت کہاں ہے؟''

''میری سلطنت یہ میرا گھر ہے۔''

''اور آپ یہاں کے شہنشاہ ہیں؟''

''اس میں کیا شک ہے۔۔۔تم نے طنزاً کہا ہے، لیکن حقیقت میں اس سلطنت کا حکمران میں ہی ہوں۔''

''حکمران تو میں ہوں۔۔۔اس لیے کہ اس گھر کا سارا بندوبست مجھے ہی کرنا پڑتا ہے۔۔۔سب دیکھ بھال مجھے ہی کرنا پڑتی ہے۔۔۔''

''تم میری ملکہ ہو۔۔۔اور ملکہ کو ہاتھ پر ہاتھ دھرے بیٹھ نہیں رہنا چاہیے۔۔۔اپنی ملکیت کا دھیان

رکھنا چاہیے۔۔۔اس لیے کہ تم بھی یہاں کی حکمران ہو، اس لیے کہ تم اس کا نظم برقرار رکھتی ہو۔۔۔نوکروں کی دیکھ بھال وغیرہ، اچھے سے اچھا کھانا پکوانا۔۔سارا دن پر لیٹی آرام کرتی رہتی ہو۔۔۔''

''میں تو جو آرام کرتی ہوں، سو کرتی ہوں۔۔۔پر آپ مجھے یہ بتائیے۔''

''کیا؟''

''کچھ نہیں۔۔۔آپ اس گھر کے حکمران ہیں۔۔۔اب میں آپ سے کیا کہوں۔۔۔''

''تم جو کچھ کہنا چاہتی ہو، بلا خوف و خطر کہو۔۔تمہیں اندیشہ کس بات کا ہے؟''

''کہیں جہاں پناہ بگڑ نہ جائیں۔''

''مذاق برطرف رکھو۔۔۔یہ بتاؤ تم کہنا کیا چاہتی ہو۔۔۔''

''کہنا تو میں بہت کچھ چاہتی ہوں۔۔مگر آپ میں ٹھنڈے دل سے سننے کا مادّہ ہی کہاں ہے۔۔۔''

''مادّہ تو تم ہو۔۔۔میں نر ہوں۔۔۔''

''اب آپ نے واہیات قسم کی گفتگو شروع کردی۔۔۔''

''کبھی کبھی منہ کا ذائقہ بدلنے کے لیے ایسی باتیں بھی کرینی چاہئیں۔۔اس لیے کہ طبیعت میں انقباض پیدا نہ ہو۔۔۔''

''آپ کی طبیعت میں کئی دنوں سے انقباض ہے۔۔سیدھے منہ کوئی بات ہی نہیں کرتے۔''

''میں تو چنگا بھلا ہوں۔۔۔مجھے ایسی کوئی شکایت نہیں ہے۔۔۔ہو سکتا ہے کہ تمہارے نفس نے بہت اونچی پرواز کی ہو۔۔۔اگر ایسا ہی ہے تو کوئی مُسَجَّل تجویز کر دوں تاکہ تمہاری تَشَفّی ہو جائے۔''

''میں آپ سے بحث کرنا نہیں چاہتی۔۔۔صرف اتنا پوچھنا چاہتی ہوں۔''

''بھئی پوچھ لو جو کچھ پوچھنا ہے۔۔۔مجھے اب زیادہ تنگ نہ کرو۔''

''آپ تو ذرا سی بات پر تنگ آ جاتے ہیں۔۔۔''

''یہ ذرا سی بات ہے کہ تم نے مجھ سے اتنی بکواس کرائی۔۔۔یہی وقت میں کہیں صرف کرتا تو کچھ فائدہ بھی ہوتا۔۔۔''

''کیا فائدہ ہوتا۔۔۔بڑے لاکھوں کما لیے ہیں آپ نے بغیر اس بکواس کے۔۔۔''

''کما ئے تو ہیں۔۔۔لیکن یہ بتاؤ کہ تم یہ کہنا کیا چاہتی ہو؟''

''میں کہنا چاہتی تھی کہ جب سے نئی نوکرانی آئی ہے، آپ کی طبیعت کیوں خراب رہنے لگی ہے۔''

’’نئی نوکرانی کو کوئی بیماری ہے۔۔۔‘‘

’’جی نہیں۔۔۔ بیماری تو نہیں۔۔۔ لیکن میں نے اسے آج رخصت کر دیا ہے۔۔۔‘‘

’’کیوں۔۔۔ وہ تو بڑی اچھی تھی۔۔۔‘‘

’’آپ کی نظروں میں ہو گی۔۔۔ میں تو صرف اتنا جانتی ہوں کہ وہ بیس روپے ماہوار میں اتنے اچھے کپڑے کیسے پہن سکتی تھی۔۔۔ بالوں میں خوشبو دار تیل کہاں سے ڈالتی تھی۔‘‘

’’مجھے کیا معلوم؟‘‘

’’آپ کو سب کچھ معلوم ہے۔۔۔ آپ کے بالوں سے بھی اسی تیل کی خوشبو آتی ہے۔۔۔ معلوم نہیں یہ تیل آپ نے کہاں چھپا رکھا ہے!‘‘

خوشیا

خوشیا سوچ رہا تھا۔ ۔ ۔

پنواڑی سے کالے تمباکو والا پان لے کر وہ اس کی دکان کے ساتھ اس سنگین چبوترے پر بیٹھا تھا، جو دن کے وقت ٹائروں اور موٹروں کے مختلف پرزوں سے بھرا ہوتا ہے۔ رات کو ساڑھے آٹھ بجے کے قریب موٹر کے پرزے اور ٹائر بیچنے والوں کی یہ دکان بند ہو جاتی ہے۔ اور اس کا سنگین چبوترا خوشیا کے لیے خالی ہو جاتا ہے

وہ کالے تمباکو والا پان آہستہ آہستہ چبا رہا تھا اور سوچ رہا تھا۔ پان کی گاڑھی تمباکو ملی پیک اس کے دانتوں کی ریخوں سے نکل کر اس کے منہ میں اِدھر اُدھر پھسل رہی تھی۔ اور اسے ایسا لگتا تھا کہ اس کے خیال، دانتوں تلے پس کر اس کی پیک میں گھل رہے ہیں۔ شاید یہی وجہ ہے کہ وہ اسے پھینکنا نہیں چاہتا تھا۔ خوشیا پان کی پیک منہ میں پلپلا رہا تھا۔ اور اس واقعہ پر غور کر رہا تھا جو اس کے ساتھ پیش آیا تھا۔ یعنی آدھ گھنٹہ پہلے۔

وہ اس سنگین چبوترے پر حسبِ معمول بیٹھنے سے پہلے کھیت واڑی کی پانچویں گلی میں گیا تھا۔ منگلور سے جو نئی چھوکری کانتا آئی تھی۔ اسی گلی کے نکڑ پر رہتی تھی۔ خوشیا سے کسی نے کہا تھا کہ وہ اپنا مکان تبدیل کر رہی ہے چنانچہ وہ اسی بات کا پتہ لگانے کے لیے وہاں گیا تھا۔ کانتا کی کھولی کا دروازہ اس نے کھٹکھٹایا۔ اندر سے آواز آئی ''کون ہے؟'' اس پر خوشیا نے کہا، ''میں خوشیا''

آواز دوسرے کمرے سے آئی تھی۔ تھوڑی دیر کے بعد دروازہ کھلا خوشیا اندر داخل ہوا۔ جب کانتا نے

دروازہ اندر سے بند کیا تو خوشیا نے مڑ کر دیکھا۔ اس کی حیرت کی کوئی انتہا نہ رہی۔ جب اس نے کانتا کو بالکل ننگا دیکھا۔ بالکل ننگا ہی سمجھو۔ کیونکہ وہ اپنے انگ کو صرف ایک تولیے سے چھپائے ہوئے تھی، چھپائے ہوئے بھی نہیں کہا جا سکتا۔ کیونکہ چھپانے کی جتنی چیزیں ہوتی ہیں وہ توسب کی سب خوشیا کی حیرت زدہ آنکھوں کے سامنے تھیں۔

'' کہو خوشیا کیسے آئے۔۔۔؟ میں بس اب نہانے والی ہی تھی۔ بیٹھو بیٹھو۔۔۔ باہر والے سے اپنے لیے چائے کا تو کہہ آئے ہوتے۔۔۔ جانتے تو ہو وہ موارا ما یہاں سے بھاگ گیا ہے۔''

خوشیا جس کی آنکھوں نے کبھی عورت کو یوں، اچانک طور پر ننگا نہیں دیکھا تھا، بہت گھبرا گیا۔ اس کی سمجھ میں نہ آتا تھا کہ کیا کرے؟ اس کی نظریں جو ایک دم عریانی سے دو چار ہو گئی تھیں، اپنے آپ کو کہیں چھپانا چاہتی تھیں۔

اس نے جلدی جلدی صرف اتنا کہا، ''جاؤ۔۔۔ جاؤ تم نہاؤ، پھر ایک دم اس کی زبان کھل گئی''، ''پر جب تم ننگی تھیں تو دروازہ کھولنے کی کیا ضرورت تھی۔۔۔؟ اندر سے کہہ دیا ہوتا میں پھر آ جاتا۔۔۔ لیکن جاؤ۔۔۔ تم نہا لو۔''

کانتا مسکرائی، ''جب تم نے کہا خوشیا ہے۔ تو میں نے سوچا کیا ہرج ہے۔ اپنا خوشیا ہی تو ہے آنے دو۔۔۔''

کانتا کی یہ مسکراہٹ ابھی تک خوشیا کے دل و دماغ میں تیر رہی تھی۔ اس وقت بھی کانتا کا جسم موم کے پتلے کی مانند اس کی آنکھوں کے سامنے کھڑا تھا اور پگھل پگھل کر اس کے اندر جا رہا تھا۔

اس کا جسم خوبصورت تھا۔ پہلی مرتبہ خوشیا کو معلوم ہوا کہ جسم بیچنے والی عورتیں بھی ایسا سڈول بدن رکھتی ہیں۔ اُس کو اس بات پر حیرت ہوئی تھی۔ پر سب سے زیادہ تعجب اسے اس بات پر ہوا تھا کہ ننگ دھڑنگ وہ اس کے سامنے کھڑی ہو گئی۔ اور اس کو لاج تک نہ آئی۔ کیوں؟ اس کا جواب کانتا نے یہ دیا تھا، ''جب تم نے کہا خوشیا ہے۔ تو میں نے سوچا کیا ہرج ہے اپنا خوشیا ہی تو ہے۔۔۔ آنے دو۔''

کانتا اور خوشیا ایک ہی پیشے میں شریک تھے۔ وہ اس کا دلال تھا۔ اس لحاظ سے وہ اسی کا تھا۔۔۔ پر یہ کوئی وجہ نہیں تھی کہ وہ اس کے سامنے ننگی ہو جاتی۔ کوئی خاص بات تھی۔ کانتا کے الفاظ میں خوشیا کوئی اور ہی مطلب کرید رہا تھا۔ یہ مطلب بیک وقت اس قدر صاف اور اس قدر مبہم تھا کہ خوشیا کسی خاص نتیجے پر نہیں پہنچ سکتا تھا۔

اس وقت بھی وہ کانتا کے ننگے جسم کو دیکھ رہا تھا، جو ڈھولکی پر منڈھے ہوئے چمڑے کی طرح تنا ہوا تھا۔ اس کی لڑھکتی ہوئی نگاہوں سے بالکل بے پروا! کئی بار بے حیرت کے عالم میں اس نے اس کے سانولے سلونے بدن پر ٹوہ لینے والی نگاہیں گاڑی تھیں گاڑی مگر اس کا ایک تک بھی نہ کپکپایا تھا۔ بس سانولے پتھر کی مورتی کی مانند کھڑی رہی۔ جو احساس سے عاری ہو۔

'' بھئی! ایک مرد اس کے سامنے کھڑا تھا۔۔۔مرد جس کی نگاہیں کپڑوں میں بھی عورت کے جسم تک پہنچ جاتی ہیں اور جو ماتما جانے خیال ہی خیال میں کہاں کہاں پہنچ جاتا ہے۔ لیکن وہ ذرا بھی نہ گھبرائی اور۔۔۔اور اس کی آنکھیں ایسا سمجھ لو کہ ابھی لانڈری سے دُھل کر آئی ہیں۔۔۔اس کو تھوڑی سی لاج تو آنی چاہیے تھی۔ ذرا سی سرخی تو اس کے دِیدوں میں پیدا ہونی چاہیے۔ مان لیا کسبی تھی۔ پر کسبیاں یوں ننگی تو نہیں کھڑی ہو جاتیں۔ ''

دس برس اس کو دلالی کرتے ہو گئے تھے۔ اور ان دس برسوں میں وہ پیشہ کرانے والی لڑکیوں کے تمام رازوں سے واقف ہو چکا تھا۔ مثال کے طور پر اسے یہ معلوم تھا کہ پائے دھونی کے آخری سرے پر جو چھوکری ایک نوجوان لڑکے کو بھائی بنا کر رکھتی ہے، اس لیے 'اچھوت کنیا' کا ریکارڈ، کاہے کرتا مورکھ پیار، پیار، پیار' اپنے ٹوٹے ہوئے باجے پر بجایا کرتی ہے کہ اسے اشوک کمار سے بہت بری طرح عشق ہے۔ کئی من چلے لونڈے اشوک کمار سے اس کی ملاقات کرانے کا جھانسہ دے کر اپنا اُلّو سیدھا کر چکے تھے۔ اسے یہ بھی معلوم تھا کہ دادر میں جو پنجابن رہتی ہے صرف اس لیے کوٹ پتلون پہنتی ہے کہ اس کے ایک یار نے اس سے کہا تھا کہ تیری ٹانگیں تو بالکل اس انگریز ایکٹرس کی طرح ہیں جس نے 'مرا کو عرف خونِ تمنّا' میں کام کیا تھا۔ یہ فلم اس نے کئی بار دیکھی اور جب اس کے یار نے کہا کہ مارلین ڈیٹرچ اس لیے پتلون پہنتا ہے کہ اس کی ٹانگیں بہت خوبصورت ہیں، اور ان ٹانگوں کا اس نے دو لاکھ کا بیمہ کرا رکھا ہے تو اس نے بھی پتلون پہننی شروع کر دی۔ جو اس کے چوتڑوں میں بہت پھنس کر آتی تھی۔ اور اسے یہ بھی معلوم تھا کہ 'مزگاؤں' والی دکھشنی چھوکری صرف اس لیے کالج کے خوبصورت لونڈوں کو پھانستی ہے کہ اسے ایک خوبصورت بچے کی ماں بننے کا شوق ہے۔ اس کو یہ بھی پتہ تھا کہ وہ کبھی اپنی خواہش پوری نہ کر سکے گی، اس لیے کہ بانجھ ہے۔ اور اس کالی مدراسن کی بابت جو ہر وقت کانوں میں ہیرے کی بوٹیاں پہنے رہتی تھی اس کو یہ بات اچھی طرح معلوم تھی کہ اس کا رنگ کبھی سفید نہیں ہو گا۔ اور وہ ان دواؤں پر بے کار روپیہ برباد کر رہی ہے جو آئے دن خریدتی رہتی ہے۔

اس کو ان تمام چھوکریوں کا اندر باہر کا حال معلوم تھا جو اس کے حلقے میں شامل تھیں۔ مگر اس کو یہ خبر نہ تھی کہ ایک روز کانتا کماری جس کا اصلی نام اتنا مشکل تھا کہ وہ عمر بھر یاد نہیں کر سکتا تھا، اس کے سامنے ننگی کھڑی ہو جائے گی۔ اور اس کو زندگی کے سب سے بڑے تعجب سے دو چار کرائے گی۔

سوچتے سوچتے اس کے منہ میں پان کی پیک اس قدر جمع ہو گئی تھی کہ اب وہ مشکل سے چھالیا کے ان ننھے ننھے ریزوں کو چبا سکتا تھا جو اس کے دانتوں کی ریخوں میں سے اِدھر اُدھر پھسل کر نکل جاتے تھے۔ اس کے تنگ ماتھے پر پسینے کی ننھی ننھی بوندیں نمودار ہو گئی تھیں جیسے ململ میں پنیر کو آہستہ سے دبا دیا گیا ہے۔۔۔اس کے مردانہ وقار کو دھکا سا پہنچتا تھا جب وہ کانتا کے ننگے جسم کو اپنے تصور میں لاتا تھا۔ اسے محسوس ہوتا تھا جیسے اس کا ایمان ہوا ہے۔

ایک دم اس نے اپنے دل میں کہا، ''بھئی یہ اپمان نہیں ہے تو کیا ہے۔۔۔یعنی ایک چھوکری ننگ دھڑنگ سامنے کھڑی ہو جاتی ہے۔ اور کہتی ہے اس میں حرج ہی کیا ہے۔۔۔؟ تم خوشیا ہی تو ہو۔۔۔خوشیا نہ ہوا، سالا وہ بلّا ہو گیا جو اُس کے بستر پر ہر وقت اونگھتا رہتا ہے۔۔۔اور کیا؟''

اب اسے یقین ہونے لگا کہ سچ مچ اس کی ہتک ہوئی ہے۔ وہ مرد تھا۔ اور اس کو اس بات کی غیر محسوس طریق پر توقع تھی کہ عورتیں خواہ شریف ہوں یا بازاری اس کو مرد ہی سمجھیں گی۔ اور اس کے اور اپنے درمیان وہ پردہ قائم رکھیں گی جو ایک مدت سے چلا آ رہا ہے۔ وہ تو صرف یہ پتہ لگانے کے لیے کانتا کے یہاں گیا تھا کہ وہ کب مکان تبدیل کر رہی ہے؟ اور کہاں جا رہی ہے؟ کانتا کے پاس اس کا جانا یکسر بزنس سے متعلق تھا۔ اگر خوشیا کانتا کی بابت سوچتا کہ جب وہ اس کا دروازہ کھٹکھٹائے گا تو وہ اندر کیا کر رہی ہو گی تو اس کے تصوّر میں زیادہ سے زیادہ اتنی باتیں آ سکتی تھیں۔

سر پر پٹی باندھے لیٹ رہی ہو گی۔

بلّے کے بالوں میں سے پسّو نکال رہی ہو گی۔

اُس بال صفا پوڈر سے اپنی بغلوں کے بال اڑا رہی ہو گی جو اتنی باس مارتا تھا کہ خوشیا کی ناک برداشت نہیں کر سکتی تھی۔

پلنگ پر اکیلی بیٹھی تاش پھیلائے پیشنس کھیلنے میں مشغول ہو گی۔

بس اتنی چیزیں تھیں جو اس کے ذہن میں آتیں۔ گھر میں وہ کسی کو رکھتی نہیں تھی۔ اس لیے اس بات کا خیال ہی نہیں آ سکتا تھا۔ پر خوشیا نے تو یہ سوچا ہی نہیں تھا۔ وہ تو کام سے وہاں گیا تھا کہ اچانک کانتا۔۔۔یعنی

کپڑے پہننے والی کانتا ۔ ۔ مطلب یہ کہ وہ کانتا جس کو وہ ہمیشہ کپڑوں میں دیکھا کرتا تھا، اس کے سامنے بالکل ننگی کھڑی ہو گئی ۔ ۔ ۔ بالکل ننگی ہی سمجھو ۔ کیونکہ ایک چھوٹا سا تولیہ سب کچھ تو چھپا نہیں سکتا ۔ خوشیا کو یہ نظارہ دیکھ کر ایسا محسوس ہوا تھا جیسے چھلکا اس کے ہاتھ میں رہ گیا ہے اور کیلے کا گودا پرچ کر کے اس کے سامنے آ گرا ہے ۔ نہیں اسے کچھ اور ہی محسوس ہوا تھا۔ جیسے ۔ ۔ ۔ جیسے وہ خود ننگا ہو گیا ہے ۔ اگر بات یہاں تک ہی ختم ہو جاتی تو کچھ بھی نہ ہوتا۔ خوشیا اپنی حیرت کو کسی نہ کسی حیلے سے دور کر دیتا۔ مگر یہاں مصیبت یہ آن پڑی تھی کہ اس لونڈیا نے مسکرا کر یہ کہا تھا، '' جب تم ہے تو میں نے سوچا اپنا خوشیا ہی تو ہے آنے دو ''۔ ۔ ۔ یہ بات اسے کھائے جا رہی تھی۔

'' سالی مسکرا رہی تھی ۔ ۔ ۔ '' وہ بار بار بڑ بڑاتا جس طرح کانتا ننگی تھی اسی طرح اس کی مسکراہٹ خوشیا کو ننگی نظر آئی تھی۔ یہ مسکراہٹ ہی نہیں اسے کانتا کا جسم بھی اس حد تک نظر آیا تھا گویا اس پر رندا پھرا ہوا ہے ۔ اسے بار بار بچپن کے وہ دن یاد آ رہے تھے جب پڑوس کی ایک عورت اس سے کہا کرتی تھی، '' خوشیا بیٹا جا دوڑ کے جا، یہ بالٹی پانی سے بھر لا۔ جب وہ بالٹی بھر کے لایا کرتا تھا تو وہ دھوتی سے بنائے پردے کے پیچھے سے کہا کرتی تھی ۔ '' اندر آ کے یہاں میرے پاس رکھ دے۔ میں نے منہ پر صابن ملا ہوا ہے۔ مجھے کچھ سجھائی نہیں دیتا۔ '' وہ دھوتی کا پردہ ہٹا کر بالٹی اس کے پاس رکھ دیا کرتا تھا۔ اس وقت صابن کے جھاگ میں لپٹی ہوئی ننگی عورت اسے نظر آیا کرتی تھی مگر اس کے دل میں کسی قسم کا ہیجان نہیں ہوتا تھا۔

'' بھئی میں اس وقت بچہ تھا۔ بالکل بھولا بھالا۔ بچے اور مرد میں بہت فرق ہوتا ہے۔ بچوں سے کون پردہ کرتا ہے۔ مگر اب تو میں پورا مرد ہوں۔ میری عمر اس وقت اٹھائیس برس کے قریب ہے۔ اور اٹھائیس برس کے جوان آدمی کے سامنے تو کوئی بوڑھی عورت بھی ننگی کھڑی نہیں ہوتی۔ ''

کانتا نے اسے کیا سمجھا تھا۔ کیا اس میں وہ تمام باتیں نہیں تھیں جو ایک نوجوان مرد میں ہوتی ہیں؟ اس میں کوئی شک نہیں کہ وہ کانتا کو ایک بیک ننگ دھڑنگ دیکھ کر بہت گھبرایا تھا لیکن کیا اس نے کانتا کی ان چیزوں کا جائزہ نہیں لیا جو روزانہ استعمال کے باوجود اصلی حالت پر قائم تھیں۔ اور کیا تعجب کے ہوتے ہوئے اس کے دماغ میں یہ خیال نہیں آیا تھا کہ دس روپے میں کانتا بالکل مہنگی نہیں۔ اور دسہرے کا روز بنک کا وہ منشی جو دو روپے کی رعایت نہ ملنے پر واپس چلا گیا تھا، بالکل گدھا تھا۔ ۔ اور ۔ ۔ ۔؟ اور ۔ ۔ ان سب کے اوپر، کیا ایک لمحے کے لیے اس کے تمام پٹھوں میں ایک عجیب قسم کا کھنچاؤ پیدا نہیں ہو گیا تھا۔ اور اس نے ایک ایسی انگڑائی نہیں لینا چاہی تھی جس سے اس کی ہڈیاں چٹخنے لگیں۔ ۔ ۔؟ پھر کیا وجہ تھی کہ منگلور کی

اس سانولی چھوکری نے اس کو مرد نہ سمجھا اور صرف۔۔۔صرف خوشیا سمجھ کر اس کو اپنا سب کچھ دیکھنے دیا؟ اس نے غصّے میں آ کر پان کی گاڑھی پیک تھوک دی جس نے فٹ پاتھ پر کئی بیل بوٹے بنا دیئے۔ پیک تھوک کر وہ اٹھا اور ٹرام میں بیٹھ کر اپنے گھر چلا گیا۔

گھر میں اس نے نہا دھو کر نئی دھوتی پہنی۔ جس بلڈنگ میں رہتا تھا اس کی ایک دکان اس میں سیلون تھا۔ اس کے اندر جا کر اس نے آئینے کے سامنے اپنے بالوں میں کنگھی کی۔ پھر فوراً ہی کچھ خیال آیا تو کرسی پر بیٹھ گیا۔ اور بڑی سنجیدگی سے اس نے داڑھی مونڈنے کے لیے حجام سے کہا، ''آج چونکہ وہ دوسری مرتبہ داڑھی منڈوا رہا تھا۔ اس لیے حجام نے تب، کہا، ''ارے بھئی خوشیا بھول گئے کیا؟ صبح میں نے ہی تو تمہاری داڑھی مونڈی تھی اس پر خوشیا نے بڑی متانت سے داڑھی پر الٹا ہاتھ پھیرتے ہوئے کہا، ''کھونٹی اچھی طرح نہیں نکلی۔۔۔''

اچھی طرح کھونٹی نکلوا کر اور چہرے پر پوڈر ملوا کر وہ سیلون سے باہر نکلا۔ سامنے ٹیکسیوں کا اڈا تھا۔ بمبئی کے مخصوص انداز میں اس نے، ''چھی چھی'' کر کے ایک ٹیکسی ڈرائیور کو اپنی طرف متوجہ کیا۔ اور انگلی کے اشارے سے اسے ٹیکسی لانے کے لیے کہا۔ جب وہ ٹیکسی میں بیٹھ گیا تو ڈرائیور نے مڑ کر اس سے پوچھا، ''کہاں جانا ہے صاحب؟''

ان چار لفظوں نے اور خاص طور پر ،صاحب' نے خوشیا کو بہت مسرور کیا۔ مسکرا کر اس نے اس سے بڑے دوستانہ لہجہ میں جواب دیا، ''بتائیں گے، پہلے تم اوپرا ہاؤس کی طرف چلو۔۔۔ لیمنگٹن روڈ سے ہوتے ہوئے۔۔۔سمجھے!' ڈرائیور نے میٹر کی لال جھنڈی کا سر نیچے دبا دیا۔ ٹن ٹن ہوئی اور ٹیکسی نے لیمنگٹن روڈ کا رخ کیا۔ لیمنگٹن روڈ کا جب آخری سرا آ گیا تو خوشیا نے ڈرائیور کو ہدایت دی، ''بائیں ہاتھ موڑ لو۔''

ٹیکسی بائیں ہاتھ مڑ گئی۔ ابھی ڈرائیور نے گیئر بھی نہ بدلا تھا کہ خوشیا نے کہا، ''یہ سامنے والے کھمبے کے پاس روک لینا ذرا۔'' ڈرائیور نے عین کھمبے کے پاس ٹیکسی کھڑی کر دی۔ خوشیا دروازہ کھول کر باہر نکلا۔ اور ایک پان والے کی دکان کی طرف بڑھا۔ یہاں سے اس نے ایک پان لیا۔ اور اس آدمی سے جو کہ دکان کے پاس کھڑا تھا، چند باتیں کیں۔ اور اسے اپنے ساتھ ٹیکسی میں بٹھا کر ڈرائیور سے کہا، ''سیدھے لے چلو۔''

دیر تک ٹیکسی چلتی رہی۔ خوشیا نے جدھر اشارہ کیا، ڈرائیور نے ادھر ہینڈل پھرا دیا۔ مختلف پُر رونق بازاروں میں سے ہوتے ہوئے ٹیکسی ایک نیم روشن گلی میں داخل ہوئی جس میں آمد و رفت بہت کم تھی۔ کچھ لوگ سڑک پر بستر جمائے لیٹے تھے۔ ان میں سے کچھ بڑے اطمینان سے چپی کرا رہے تھے۔ جب ٹیکسی

ان چپی کرانے والوں کے آگے آگے گئی۔ اور ایک کاٹھ کے بنگلہ نما مکان کے پاس پہنچی تو خوشیا نے ڈرائیور کو ٹھہرنے کے لیے کہا، ''بس اب یہاں رک جاؤ''، ٹیکسی ٹھہر گئی تو خوشیا نے اس آدمی سے جس کو وہ پان والے کی دکان سے اپنے ساتھ لیا تھا۔ آہستہ سے کہا، ''جاؤ۔۔۔ میں یہاں انتظار کرتا ہوں۔'' وہ آدمی بیوقوفوں کی طرح خوشیا کی طرف دیکھتا ہوا ٹیکسی سے باہر نکلا اور سامنے والے چوبی مکان میں داخل ہو گیا۔

خوشیا جم کر ٹیکسی کے گدے پر بیٹھ گیا۔ ایک ٹانگ دوسری ٹانگ پر رکھ کر اس نے جیب سے بیڑی نکال کر سلگائی اور ایک دو کش لے کر باہر پھینک دی۔ وہ بہت مضطرب تھا۔ اس لیے اسے ایسا لگا کہ ٹیکسی کا انجن بند نہیں ہوا۔ اس کے سینے میں چونکہ پھر پھر اہٹ سی ہو رہی تھی اس لیے وہ سمجھا کہ ڈرائیور نے بل بڑھانے کی غرض سے پٹرول چھوڑ رکھا ہے چنانچہ اس نے تیزی سے کہا، ''یوں بے کار انجن چالو رکھ کر تم کتنے پیسے اور بڑھا لو گے؟''

ڈرائیور نے مڑ کر خوشیا کی طرف دیکھا اور کہا، ''سیٹھ انجن تو بند ہے۔''

جب خوشیا کو اپنی غلطی کا احساس ہوا تو اس کا اضطراب اور بھی بڑھ گیا اور اس نے کچھ کہنے کے بجائے اپنے ہونٹ چبانے شروع کر دیئے۔ پھر ایک ایکی سرے پروہ کشتی نما کالی ٹوپی پہن کر جو اب تک اس کی بغل میں دبی ہوئی تھی، اس نے ڈرائیور کا شانہ ہلایا اور کہا، ''دیکھو، ابھی ایک چھوکری آئے گی۔ جونہی اندر داخل ہو تم موٹر چلا دینا۔۔۔ مجھے۔۔۔ گھبرانے کی کوئی بات نہیں ہے۔ معاملہ ایسا ویسا نہیں۔''

اتنے میں سامنے چوبی مکان سے دو آدمی باہر نکلے۔ آگے آگے خوشیا کا دوست تھا اور اس کے پیچھے کانتا، جس نے شوخ رنگ کی ساڑھی پہن رکھی تھی۔ خوشیا جھٹ اس طرف کو سرک گیا جدھر اندھیرا تھا۔ خوشیا کے دوست نے ٹیکسی کا دروازہ کھولا اور کانتا کو اندر داخل کر کے دروازہ بند کر دیا۔ فوراً ہی کانتا کی حیرت بھری آواز سنائی دی جو چیخ سے ملتی جلتی تھی، ''خوشیا تم''

''ہاں میں۔۔۔ لیکن تمہیں روپے مل گئے ہیں نا؟'' خوشیا کی موٹی آواز بلند ہوئی، ''دیکھو ڈرائیور۔۔۔ جو ہو لے چلو۔''

ڈرائیور نے سلف دبایا۔ انجن پھر پھرانا شروع ہوا۔ وہ بات جو کانتا نے کہی، سنائی نہ دے سکی۔ ٹیکسی ایک دھچکے کے ساتھ آگے بڑھی اور خوشیا کے دوست کو سٹرک کے بیچ حیرت زدہ چھوڑ کریم روشن گلی میں غائب ہو گئی۔

اس کے بعد کسی نے خوشیا کو موٹروں کی دکان کے سنگین چبوترے پر نہیں دیکھا۔

دس روپے

وہ گلی کے اس نکڑ پر چھوٹی چھوٹی لڑکیوں کے ساتھ کھیل رہی تھی۔ اور اس کی ماں اسے چالی (بڑے مکان جس میں کئی منزلیں اور کئی چھوٹے چھوٹے کمرے ہوتے ہیں) میں ڈھونڈ رہی تھی۔ کشوری کو اپنی کھولی میں بٹھا کر اور باہر والے سے کافی ملی چائے لانے کے لیے کہہ کر وہ اس چالی کی تینوں منزلوں میں اپنی بیٹی کو تلاش کر چکی تھی۔ مگر جانے وہ کہاں مر گئی تھی۔ سندر اس کے پاس بھی جا کر اس نے آواز دی، ''اے سریتا!۔۔۔سریتا!''، مگر وہ تو چالی میں تھی ہی نہیں اور جیسا کہ اس کی ماں سمجھ رہی تھی، اب اسے پیچش کی شکایت بھی نہیں تھی۔ دوا پیے بغیر اس کو آرام آ چکا تھا۔ اور وہ باہر گلی کے اس نکڑ پر جہاں کچرے کا ڈھیر پڑا رہتا ہے، چھوٹی چھوٹی لڑکیوں سے کھیل رہی تھی اور ہر قسم کے فکر و تردّد سے آزاد تھی۔

اس کی ماں بہت متفکر تھی۔ کشوری اندر کھولی میں بیٹھا تھا۔ اور جیسا کہ اس نے اس سے کہا تھا، دو سیٹھ باہر بڑے بازار میں موٹر لیے کھڑے تھے لیکن سریتا کہیں غائب ہی ہو گئی تھی۔ موٹر والے سیٹھ ہر روز تو آتے ہی نہیں، یہ تو کشوری کی مہربانی ہے کہ مہینے میں ایک دو بار موٹی اسامی لے آتا ہے۔ ورنہ ایسے گندے محلے میں جہاں پان کی پیکوں اور جلی ہوئی بیڑیوں کی ملی جلی بو سے کشوری گھبراتا ہے، سیٹھ لوگ کیسے آ سکتے ہیں۔ کشوری چونکہ ہوشیار ہے اس لیے وہ کسی آدمی کو مکان پر نہیں لاتا بلکہ سریتا کو کپڑے وپڑے پہنا کر باہر لے جایا کرتا ہے اور ان لوگوں سے کہہ دیا کرتا ہے کہ، ''صاحب لوگ آج کل زمانہ بڑا نازک ہے۔ پولیس کے سپاہی ہر وقت گھات میں لگے رہتے ہیں۔ اب تک دو سو دھندا کرنے والی چھوکریاں پکڑی جا چکی ہیں۔ کورٹ میں میرا بھی ایک کیس چل رہا ہے۔ اس لیے پھونک پھونک کر قدم رکھنا پڑتا ہے۔''

سریتا کی ماں کو بہت غصہ آ رہا تھا۔ جب وہ نیچے اتری تو سیڑھیوں کے پاس رام دئی بیٹھی بیڑیوں کے پتے کاٹ رہی تھی۔ اس سے سریتا کی ماں نے پوچھا، ''تو نے سریتا کو کہیں دیکھا ہے؟ جانے کہاں مر گئی ہے، بس آج مجھے مل جائے وہ چار چوٹ کی ماروں کہ بند بند ڈھیلا ہو جائے۔۔۔ لوٹھا کی لوٹھا ہو گئی ہے پر سارا دن لونڈوں کے ساتھ کد کڑے لگاتی رہتی ہے۔''

رام دئی بیڑیوں کے پتے کاٹتی رہی اور اس نے سریتا کی ماں کو جواب نہ دیا۔ دراصل رام دئی سے سریتا کی ماں نے کچھ پوچھا ہی نہیں تھا، وہ یونہی بڑبڑاتی ہوئی اس کے پاس سے گزر گئی۔ جیسا کہ اس کا عام دستور تھا۔ ہر دوسرے تیسرے دن اسے سریتا کو ڈھونڈنا پڑتا تھا اور رام دئی کو جو کہ سارا دن سیڑھیوں کے پاس پٹاری سامنے رکھے بیڑیوں پر لال اور سفید دھاگے لپیٹی رہتی تھی مخاطب کر کے یہی الفاظ دہرایا کرتی تھی۔ ایک اور بات وہ چالی کی ساری عورتوں سے کہا کرتی تھی، ''میں تو اپنی سریتا کا کسی بابو سے بیاہ کروں گی۔۔۔ اسی لیے تو اس سے کہتی ہوں کہ کچھ پڑھ لکھ لے۔۔۔ یہاں پاس ہی ایک اسکول منسی پالٹی (میونسپلٹی) نے کھولا ہے، سوچتی ہوں اس میں سریتا کو داخل کرا دوں، بہن اس کے پتا کو بڑا شوق تھا کہ میری لڑکی لکھی پڑھی ہو۔۔۔'' اس کے بعد وہ ایک لمبی آہ بھر کر عام طور پر اپنے مرے ہوئے شوہر کا قصہ چھیڑ دیتی تھی۔ جو چالی کی ہر عورت کو زبانی یاد تھا۔ رام دئی سے اگر آپ پوچھیں کہ اچھا جب سریتا کے باپ کو جو ریلوائی میں کام کرتا تھا، بڑے صاحب نے گالی دی تو کیا ہوا، تو رام دئی فوراً آپ کو بتا دے گی کہ سریتا کے باپ کے منہ میں جھاگ بھر آیا اور وہ صاحب سے کہنے لگا۔ ''میں تمہارا نوکر نہیں ہوں۔ سرکار کا نوکر ہوں۔ تم مجھ پر رعب نہیں جما سکتے۔ دیکھو اگر پھر گالی دی تو یہ دونوں جبڑے حلق کے اندر کر دوں گا۔'' بس پھر کیا تھا۔ صاحب تاؤ میں آ گیا، اور اس نے ایک اور گالی سنا دی۔ اس پر سریتا کے باپ نے غصے میں آ کر صاحب کی گردن پر دھول جما دی کہ اس کا ٹوپ دس گز پر جا گرا اور اس کو دن میں تارے نظر آ گئے۔ مگر پھر بھی وہ بڑا آدمی تھا آگے بڑھ کر اس نے سریتا کے باپ کے پیٹ میں اپنے فوجی بوٹ سے اس زور کی ٹھوکر ماری کہ اس کی تلی پھٹ گئی اور وہیں لائنوں کے پاس گر کر اس نے جان دے دی۔ سرکار نے صاحب پر مقدمہ چلایا اور پورے پانچ سو روپے سریتا کی ماں کو اس سے دلوائے مگر قسمت بری تھی۔ اس کو سٹہ کھیلنے کی چاٹ پڑ گئی۔ اور پانچ مہینے کے اندر اندر سارا روپیہ برباد ہو گیا۔

سریتا کی ماں کی زبان پر ہر وقت یہ کہانی جاری رہتی تھی لیکن کسی کو یقین نہیں تھا کہ یہ سچ ہے یا جھوٹ۔ چالی میں سے کسی آدمی کو بھی سریتا کی ماں سے ہمدردی نہ تھی۔ شاید اس لیے کہ وہ سب کے سب خود ہمدردی کے

قابل تھے، کوئی کسی کا دوست نہیں تھا۔اس بلڈنگ میں اکثر آدمی ایسے رہتے تھے جو دن بھر سوتے تھے اور رات کو جاگتے تھے۔ کیونکہ انہیں رات کو پاس والی مل میں کام پر جانا ہوتا تھا۔اس بلڈنگ میں سب آدمی بالکل پاس پاس رہتے تھے لیکن کسی کو ایک دوسرے سے دلچسپی نہ تھی۔

چالی میں قریب قریب سب لوگ جانتے تھے کہ سریتا کی ماں اپنی جوان بیٹی سے پیشہ کراتی ہے لیکن چونکہ وہ کسی کے ساتھ اچھا برا سلوک کرنے کے عادی ہی نہ تھے، اس لیے سریتا کی ماں کو کوئی جھٹلانے کی کوشش نہ کرتا تھا۔ جب وہ کہا کرتی تھی میری بیٹی کو تو دنیا کی کچھ خبر ہی نہیں۔البتہ ایک روز صبح سویرے نل کے پاس جب تکارام نے سریتا کو چھیڑا تھا تو سریتا کی ماں بہت چیخی چلائی تھی۔اس موئے گنجے کو تو کیوں سنبھال کے نہیں رکھتی۔

'' پر ماں ما کرے دونوں آنکھوں سے اندھا ہو جائے جن سے اس نے میری کنواری بیٹی کی طرف بری نظروں سے دیکھا۔۔۔سچ کہتی ہوں ایک روز ایسا فساد ہو گا کہ اس تیری سوغات کا مارے جوتوں کے سر پلپلا کر دوں گی۔۔۔ باہر جو چاہے کرتا پھرے یہاں اسے بھلے مانسوں کی طرح رہنا ہو گا۔سنا! ''

اور یہ سن کر تکارام کی بھیگی بیوی دھوتی باندھتے باندھتے باہر نکل آئی، '' خبردار موئی چڑیل جو تو نے ایک لفظ بھی اور زبان سے نکالا۔۔۔ یہ تیری دیوی تو ہوٹل کے چھوکروں سے بھی آنکھ مچولی کھیلتی ہے اور تو کیا ہم سب کو اندھا سمجھتی ہے کیا ہم سب جانتے نہیں کہ تیرے گھر میں نت نئے بابو کس لیے آتے ہیں۔ اور یہ تیری سریتا آئے دن بن سنور کر باہر کیوں جاتی ہے۔۔۔ بڑی آئی عزت آبرو والی۔۔۔ جا جا دور دفان ہو یہاں سے۔ ''

تکارام کی بھیگی بیوی کے متعلق بہت سی باتیں مشہور تھیں۔ لیکن یہ بات خاص طور پر سب لوگوں کو معلوم تھی کہ گھاسلیٹ والا (مٹی کا تیل بیچنے والا) تیل دینے کے لیے آتا ہے تو وہ اسے اندر بلا کر دروازہ بند کر لیا کرتی ہے۔ چنانچہ سریتا کی ماں نے اس خاص بات پر بہت زور دیا۔ وہ بار بار نفرت بھرے لہجے میں اس سے کہتی، '' وہ تیرا یار گھاسلیٹ والا۔۔۔ دو دو گھنٹے اسے کھولی میں بٹھا کر کیا تو اس کا گھاسلیٹ سونگھتی رہتی ہے؟ ''

تکارام کی بیوی سے سریتا کی ماں کی بول چال زیادہ دیر تک بند نہ رہی تھی کیونکہ ایک روز سریتا کی ماں نے اس کو اپنی اس پڑوسن کو گھپ اندھیرے میں کسی سے میٹھی میٹھی باتیں کرتے پکڑ لیا تھا اور دوسرے ہی روز تکارام کی بیوی نے جب وہ رات کو پائے دھونی کی طرف سے آ رہی تھی، سریتا کو ایک جنٹلمین آدمی کے

ساتھ موٹر میں بیٹھے دیکھ لیا۔ چنانچہ ان دونوں کا آپس میں سمجھوتا ہو گیا تھا۔ اسی لیے سریتا کی ماں نے تکارام کی بیوی سے پوچھا، ''تو نے کہیں سریتا کو نہیں دیکھا؟''

تکارام کی بیوی نے بھینگی آنکھ سے گلی کے نکڑ کی طرف دیکھا، ''وہاں گھورے کے پاس پٹواری کی لونڈیا سے کھیل رہی ہے۔'' پھر اس نے آواز دھیمی کر کے اس سے کہا، ''ابھی ابھی کشوری اوپر گیا تھا کیا تجھ سے ملا؟''

سریتا کی ماں نے اِدھر اُدھر دیکھ کر ہولے سے کہا، ''اوپر بٹھا آئی ہوں پر یہ سریتا ہمیشہ وقت پر کہیں غائب ہو جاتی ہے۔ کچھ سوچتی نہیں۔ بس دن بھر کھیل کود چاہیے۔''

یہ کہہ کر وہ گھورے کی طرف بڑھی اور جب سیمنٹ کی بنی ہوئی مُوتری (پیشاب گاہ) کے پاس آئی تو سریتا فوراً اُٹھ کھڑی ہوئی اور اس کے چہرے پر افسردگی کے آثار پیدا ہو گئے۔ جب اس کی ماں نے خشم آلود لہجے میں اس کا بازو پکڑ کر کہا، ''چل گھر میں چل کے مَر۔۔۔ تجھے تو سوائے اچھل کود کے اور کوئی کام ہی نہیں۔'' پھر راستے میں اس نے ہولے سے کہا، ''کشوری بڑی دیر سے آیا بیٹھا ہے، ایک موٹر والے سیٹھ کو بلایا ہے۔۔۔ چل تو بھاگ کے اوپر چل اور جلدی جلدی تیار ہو جا۔۔۔ اور سن۔۔۔ وہ نیلی جارجٹ کی ساڑی پہن۔۔۔ اور دیکھ یہ تیرے بال بھی بہت بری طرح بکھر رہے ہیں۔۔۔ تو جلدی تیار ہو۔ کنگھی میں کر دوں گی۔''

یہ سن کر کہ موٹر والے سیٹھ آئے ہیں، سریتا بہت خوش ہوئی۔ اسے سیٹھ سے اتنی دلچسپی نہیں تھی جتنی کہ موٹر سے تھی۔ موٹر کی سواری اسے بہت پسند تھی۔ جب موٹر فراٹے بھرتی کھلی کھلی سڑکوں پر چلتی اور اس کے منہ پر ہوا کے طمانچے پڑتے، تو اس کے دل میں ایک ناقابلِ بیان ناقابلِ بیان مسرت ابلنا شروع ہو جاتی۔ موٹر میں بیٹھ کر اس کو ہر شے ایک ہوائی چکر دکھائی دیتی اور سمجھتی کہ وہ خود ایک بگولا ہے جو سڑکوں پر اڑتا چلا جا رہا ہے۔

سریتا کی عمر زیادہ سے زیادہ پندرہ برس کی ہو گی۔ مگر اس میں بچپنا تیرہ برس کی لڑکیوں کا ساتھ تھا۔ عورتوں سے ملنا جلنا اور ان سے باتیں کرنا بالکل پسند نہیں کرتی تھی۔ سارا دن چھوٹی چھوٹی لڑکیوں کے ساتھ اونٹ پٹانگ کھیلوں میں مصروف رہتی۔ ایسے کھیل جن کا کوئی مطلب ہی نہ ہو۔ مثال کے طور پر وہ گلی کے کالے لُک پھرے فرش پر کھر یا مٹی سے لکیریں کھینچنے میں بہت دلچسپی لیتی تھی اور اس کھیل میں وہ انہماک سے مصروف رہتی جیسے سڑک پر یہ ٹیڑھی بنگی لکیریں اگر نہ کھینچی گئیں تو آمد و رفت بند ہو جائے گی، اور پھر کھولی سے پرانے ٹاٹ اٹھا کر وہ اپنی ننھی ننھی سہیلیوں کے ساتھ کئی کئی گھنٹے ان کو فٹ پاتھ پر جھٹکنے صاف

کرنے، بچھانے اور ان پر بیٹھنے کے غیر دلچسپ کھیل میں مشغول رہتی تھی۔

سریتا خوبصورت نہیں تھی۔ رنگ اس کا سیاہی مائل گندمی تھا۔ بمبئی کے مرطوب موسم کے باعث اس کے چہرے کی جلد ہر وقت چکنی رہتی تھی۔ اور پتلے پتلے ہونٹوں پر جو چیکو (ایک پھل جس کا رنگ گندمی ہوتا ہے) کے چھلکے دکھائی دیتے تھے، ہر وقت خفیف سی لرزش طاری رہتی تھی۔ اوپر کے ہونٹ پر پسینے کی تین چار ننھی ننھی بوندیں ہمیشہ کپکپاتی رہتی تھیں۔

اس کی صحت اچھی تھی۔ غلاظت میں رہنے کے باوجود اس کا جسم سڈول اور متناسب تھا۔ ایسا معلوم ہوتا تھا کہ اس پر جوانی کا حملہ بڑی شدت سے ہوا ہے جس نے مخالف قوتوں کو دبا کے رکھ دیا ہے۔ قد چھوٹا تھا جو اس کی تندرستی میں اضافہ کرتا تھا۔ سڑک پر پھرتی سے اِدھر اُدھر چلتے ہوئے جب اس کی میلی گھگری اوپر کو اٹھ جاتی تو کئی راہ چلنے والے مردوں کی نگاہیں اس کی پنڈلیوں کی طرف اٹھ جاتی تھیں۔ جن میں جوانی کے باعث تازہ رندہ کی ہوئی ساگوان کی لکڑی جیسی چمک دکھائی دیتی تھی۔ ان پنڈلیوں پر جو بالوں سے بالکل بے نیاز تھیں۔ مساموں کے ننھے ننھے نشان دیکھ کر ان سنگتروں کے چھلکے یاد آ جاتے تھے جن کے چھوٹے چھوٹے خلیوں میں تیل بھرا ہوتا ہے اور جو تھوڑے سے دباؤ پر فوارے کی طرح اوپر اٹھ کر آنکھوں میں گھس جایا کرتا ہے۔

سریتا کی بانہیں بھی سڈول تھیں۔ کندھوں پر ان کی گولائی موٹے اور بڑے بیڈھب طریقے پر سلے ہوئے بلاؤز کے باوجود باہر جھانکتی تھی۔ بال بڑے گھنے اور لمبے تھے۔ ان میں سے کھوپرے کے تیل کی بو آتی رہتی تھی۔ ایک موٹے کوڑے کے مانند اس کی چوٹی پیٹھ کو تھپکتی رہتی تھی۔ سریتا اپنے بالوں کی لمبائی سے خوش نہیں تھی کیونکہ کھیل کود کے دوران میں اس کی چوٹی اسے بہت تکلیف دیا کرتی تھی اور اسے مختلف طریقوں سے اس کو قابو میں رکھنا پڑتا تھا۔

سریتا کا دل و دماغ ہر قسم کے فکر و تردّد سے آزاد تھا۔ دونوں وقت اسے کھانے کو مل جاتا تھا۔ اس کی ماں گھر گھر کا سب کام کاج کرتی تھی۔ صبح کو سریتا دو بالٹیاں بھر کر اندر رکھ دیتی اور شام کو ہر روز لیمپ میں ایک پیسے کا تیل بھر والاتی۔ کئی برسوں سے وہ یہ کام بڑی باقاعدگی سے کر رہی تھی۔ چنانچہ شام کو عادت کے باعث خود بخود اس کا ہاتھ اس پیالے کی طرف بڑھتا جس میں پیسے پڑے رہتے تھے اور لیمپ اٹھا کر وہ نیچے چلی جاتی۔

کبھی کبھی یعنی مہینے میں چار پانچ بار جب کشوری سیٹھ لوگوں کو لاتا تھا تو ان کے ساتھ ہوٹل میں یا باہر اندھیرے مقاموں پر جانے کو وہ تفریح خیال کرتی تھی۔ اس نے اس باہر جانے کے سلسلے کے دوسرے

پہلوؤں پر کبھی غور ہی نہیں کیا تھا۔ شاید یہ سمجھتی تھی کہ دوسری لڑکیوں کے گھر میں بھی کشوری جیسے آدمی آتے ہوں گے اور ان کو سیٹھ لوگوں کے ساتھ باہر جانا پڑتا ہو گا۔ اور وہاں رات کو ورلی کے ٹھنڈے ٹھنڈے بنچوں پر یا جو ہو کی گیلی ریت پر جو کچھ ہوتا ہے سب کے ساتھ ہوتا ہو گا۔ چنانچہ اس نے ایک بار اپنی ماں سے کہا تھا، ''ماں اب تو شانتا بھی کافی بڑی ہو گئی۔۔۔اس کو بھی میرے ساتھ بھیج دونا۔۔۔۔ یہ سیٹھ جواب آئے ہیں، مجھے انڈے کھانے کو دیا کرتے ہیں اور شانتا کو انڈے بہت بھاتے ہیں۔'' اس پر اس کی ماں نے بات گول مول کر دی تھی، ''ہاں ہاں کسی روز اس کو بھی تمہارے ساتھ بھیج دوں گی۔ اس کی ماں پونہ سے واپس تو آ جائے۔''

اور سریتا نے دوسرے روز ہی شانتا کو جب وہ سنڈاس سے نکل رہی تھی، یہ خوش خبری سنائی تھی، ''تیری ماں پونہ سے آ جائے تو سب معاملہ ٹھیک ہو جائے گا۔ تو بھی میرے ساتھ ورلی جایا کرے گی۔'' اور اس کے بعد سریتا نے اس کو رات کی بات کچھ اس طریقے پر سنانا شروع کی تھی جیسے اس نے ایک ہی پیارا سپنا دیکھا ہے۔ شانتا کو جو سریتا سے دو برس چھوٹی تھی یہ باتیں سن کر ایسا لگا تھا جیسے اس کے سارے جسم کے اندر ننھے ننھے گھنگرو بج رہے ہیں۔ سریتا کی سب باتیں سن کر بھی اس کو تسلی نہ ہوئی تھی اور اس کا بازو کھینچ کر اس نے کہا تھا، ''چل نیچے چلتے ہیں۔۔۔وہاں باتیں کریں گے۔'' اور نیچے اس مُوتری کے پاس جہاں گرد دھاری بنیا نے بہت سے ٹاٹوں پر کھوپرے کے میلے ٹکڑے سکھانے کے لیے ڈال رکھے تھے، وہ دونوں دیر تک کپکپی کرنے والی باتیں کرتی رہی تھیں۔

اس وقت بھی جب کہ سریتا دھوتی کے پردے کے پیچھے نیلی جارجٹ کی ساڑھی پہن رہی تھی، کپڑے کے اسی مس سے اس کے بدن پر گدگدی ہو رہی تھی اور موٹر کی سیر کا خیال اس کے دماغ میں پرندوں کی سی پھڑ پھڑاہٹیں پیدا کر رہا تھا۔ اب کی بار سیٹھ کیسا ہو گا اور اسے کہاں لے جائے گا۔ یہ اور اسی قسم کے اور سوال اس کے دماغ میں نہیں آ رہے تھے۔ البتہ جلدی جلدی کپڑے بدلتے ہوئے اس نے ایک دو مرتبہ یہ ضرور سوچا تھا کہ ایسا نہ ہو کہ موٹر چلے اور چند ہی منٹوں میں کسی ہوٹل کے دروازے پر ٹھہر جائے اور ایک بند کمرے میں سیٹھ شراب پینا شروع کر دیں اور اس کا دم گھٹنا شروع ہو جائے۔ اسے ہوٹلوں کے بند کمرے پسند نہیں تھے۔ جن میں عام طور پر لو ہے کی دو چار پائیاں اس طور پر بچھی ہوتی تھیں گویا ان پر جی بھر کے سونے کی اجازت ہی نہیں ہے۔

جلدی جلدی اس نے جارجٹ کی ساڑھی پہنی اور اس کی شکنیں درست کرتی ہوئی ایک لمحے کے لیے کشوری

کے سامنے آ کھڑی ہوئی، ''کشوری، ذرا دیکھو۔۔۔ پیچھے سے ساڑھی ٹھیک ہے نا؟'' اور جواب کا انتظار کیے بغیر وہ لکڑی کے اس ٹوٹے ہوئے بکس کی طرف بڑھی جس میں اس نے جاپانی سرخی رکھی ہوئی تھی۔۔۔ایک دھندلے آئینے کو کھڑکی کی سلاخوں میں اٹکا کر اس نے دوہری ہو کر اپنے گالوں پر پوڈر لگایا اور سرخی لگا کر جب بالکل تیار ہو گئی تو مسکرا کر کشوری کی طرف داد طلب نگاہوں سے دیکھا۔

شوخ خ رنگ کی نیلی ساڑھی میں، ہونٹوں پر بے ترتیبی سے سرخی کی دھڑی جمائے اور سانولے گالوں پر پیازی رنگ کا پوڈر ملے وہ مٹی کا ایک ایسا کھلونا معلوم ہوئی جو دیوالی پر کھلونے بیچنے والوں کی دکان میں سب سے زیادہ نمایاں دکھائی دیا کرتا ہے۔

اتنے میں اس کی ماں آ گئی۔ اس نے جلدی جلدی سریتا کے بال درست کیے اور کہا، ''دیکھو بیٹیا اچھی اچھی باتیں کرنا۔۔۔اور جو کچھ وہ کہیں مان لینا۔۔۔ یہ سیٹھ جو آئے ہیں نا بڑے آدمی ہیں موٹر ان کی اپنی ہے۔۔۔'' پھر کشوری سے مخاطب ہو کر کہا، ''اب تو جلدی سے لے جا اسے۔۔۔ بے چارے کب کے کھڑے راہ دیکھ رہے ہوں گے۔''

باہر بڑے بازار میں جہاں ایک کارخانے کی لمبی دیوار دور تک چلی گئی ہے۔ ایک پیلے رنگ کی موٹر ''یہاں پیشاب کرنا منع ہے۔'' کے چھوٹے سے بورڈ کے پہلو میں کھڑی تھی اور تین حیدر آبادی نوجوان اپنی اپنی ناک پر رومال رکھے کشوری کا انتظار کر رہے تھے۔ وہ موٹر آگے لے جاتے مگر مصیبت یہ ہے کہ دیوار دور تک چلی گئی تھی۔ اور اس کے ساتھ ہی پیشاب کا سلسلہ بھی۔

جب گلی کے موڑ سے اس نوجوان کو جو موٹر کا ہینڈل تھامے بیٹھا تھا۔ کشوری نظر آیا تو اس نے اپنے باقی دو ساتھیوں سے کہا۔ ''لو بھئی آ گئے۔۔۔ یہ ہے کشوری۔۔۔اور۔۔۔اور۔۔۔'' اور اس نے موٹر کی طرف نگاہیں جمائے رکھیں، ''اور۔۔۔اور۔۔۔ارے یہ تو بالکل ہی چھوٹی لڑکی ہے۔۔۔ ذرا تم بھی دیکھنا۔۔۔ارے بھئی وہ۔۔۔وہ نیلی ساڑھی میں۔''

جب کشوری اور سریتا دونوں موٹر کے پاس آ گئے تو جو دو نوجوان پچھلی سیٹ پر بیٹھے تھے۔ انہوں نے درمیان میں سے اپنے ہیٹ وغیرہ اٹھا لیے۔ اور جگہ خالی کر دی۔ کشوری نے آگے بڑھ کے موٹر کے پچھلے حصے کا دروازہ کھولا اور پھرتی سے سریتا کو اندر داخل کر دیا۔ دروازہ بند کر کے کشوری نے اس نوجوان سے جو موٹر کا ہینڈل تھامے تھا۔ کہا۔ ''معاف کیجیے گا دیر ہو گئی۔۔۔ یہ باہر اپنی کسی سہیلی کے پاس گئی ہوئی تھی۔۔۔تو۔۔۔تو؟''

نوجوان نے مڑ کر سریتا کی طرف دیکھا۔اور کشوری سے کہا، ''ٹھیک ہے۔۔۔لیکن دیکھو۔'' سرک کر موٹر کی اس کھڑکی میں سے اس نے اپنا سر باہر نکالا اور ہولے سے کشوری کے کان میں کہا۔۔۔''شور وور تو نہیں مچائے گی؟''

کشوری نے اس کے جواب میں اپنے سینے پر ہاتھ رکھ کر کہا، ''سیٹھ، آپ مجھ پر بھروسا رکھیے۔''

یہ سن کر اس نوجوان نے جیب میں سے دو روپے نکالے اور کشوری کے ہاتھ میں تھما دیئے، ''جاؤ عیش کرو۔'' کشوری نے سلام کیا اور موٹر اسٹارٹ ہوئی۔

شام کے پانچ بجے تھے تھے بمبئی کے بازاروں میں گاڑیوں، ٹراموں، بسوں اور لوگوں کی آمد و رفت بہت زیادہ تھی۔سریتا خاموشی سے دو آدمیوں کے بیچ میں دبکی بیٹھی رہی۔ بار بار اپنی رانوں کو جوڑ کر او پر ہاتھ رکھ دیتی اور کچھ کہتے کہتے خاموش ہو جاتی۔وہ دراصل موٹر چلانے والے نوجوان سے کہنا چاہتی تھی، ''سیٹھ جلدی جلدی موٹر چلاؤ۔۔۔میرا تو یوں دم گھٹ جائے گا۔''

بہت دیر تک موٹر میں کسی نے ایک دوسرے سے بات نہ کی۔موٹر والا موٹر چلاتا رہا۔ اور پچھلی سیٹ پر دونوں حیدر آبادی نوجوان اپنی اچکنوں میں وہ اضطراب چھپاتے رہے جو پہلی دفعہ ایک نوجوان لڑکی کو بالکل اپنے پاس دیکھ کر انہیں محسوس ہو رہا تھا۔۔۔ایسی نوجوان لڑکی جو کچھ عرصے کے لیے ان کی اپنی تھی یعنی جس سے وہ بلا خوف و خطر چھیڑ چھاڑ کر سکتے تھے۔

وہ نوجوان جو موٹر چلا رہا تھا، دو برس سے بمبئی میں قیام پذیر تھا اور سریتا جیسی کئی لڑکیاں دن کے اجالے اور رات کے اندھیرے میں دیکھ چکا تھا۔اس کی پیلی موٹر میں مختلف رنگ و نسل کی چھوکریاں داخل ہو چکی تھیں۔اس لیے اسے کوئی خاص بے چینی محسوس نہیں ہو رہی تھی۔حیدر آباد کے اس کے دو دوست آئے تھے، ان میں سے ایک جس کا نام شہاب تھا۔جو بمبئی میں پوری طرح سیر و تفریح کرنا چاہتا تھا۔اس لیے کفایت نے یعنی موٹر کے مالک نے ازراہِ دوست نوازی کشوری کے ذریعہ سے سریتا کا انتظام کر دیا تھا۔دوسرے دوست انور سے کفایت نے کہا کہ تمہارے لیے بھی ایک رہے تو کیا ہرج ہے۔مگر اس میں چونکہ اخلاقی قوت کم تھی۔اس لیے شرم کے مارے وہ نہ یہ کہہ سکا کہ ہاں بھی میرے لیے بھی ایک رہے۔ کفایت نے سریتا کو پہلے کبھی نہیں دیکھا تھا۔کیونکہ کشوری بہت دیر کے بعد یہ نئی چھوکری نکال کر لایا تھا۔ لیکن اس نئے پن کے باوجود اس نے ابھی تک اس سے دلچسپی نہ لی تھی۔شاید اس لیے کہ وہ ایک وقت میں صرف ایک کام کر سکتا تھا۔موٹر چلانے کے ساتھ ساتھ وہ سریتا کی طرف دھیان نہیں دے سکتا تھا۔

جب شہر ختم ہو گیا اور موٹر مضافات کی سڑک پر چلنے لگی تو سریتا اچھل پڑی۔ وہ دباؤ جو اب تک اس نے اپنے اوپر ڈال رکھا تھا، ٹھنڈی ہوا کے جھونکوں اور اڑتی ہوئی موٹر نے ایک دم اٹھا دیا۔ اور سریتا کے اندر بجلیاں سی دوڑ گئیں۔ وہ سرتاپا حرکت بن گئی۔ اس کی ٹانگیں تھرکنے لگیں۔ بازو ناچنے لگے، انگلیاں کپکپانے لگیں اور وہ اپنے دونوں طرف بھاگتے ہوئے درختوں کو دوڑتی ہوئی نگاہوں سے دیکھنے لگی۔

اب انور اور شہاب آرام محسوس کر رہے تھے۔ شہاب نے جو سریتا پر اپنا حق سمجھتا تھا، ہولے سے اپنا بازو اس کی کمر میں حائل کرنا چاہا، ایک دم سریتا کے گدگدی اٹھی۔ تڑپ کر وہ انور پر جا گری۔ اور پیلی موٹر کی کھڑکیوں میں سے دور تک سریتا کی ہنسی بہتی گئی۔ شہاب نے جب ایک بار پھر اس کی کمر کی طرف ہاتھ بڑھایا تو سریتا دوہری ہو گئی اور ہنستے ہنستے اس کا برا حال ہو گیا۔ انور ایک کونے میں دبکا ہوا اور منہ میں تھوک پیدا کرنے کی کوشش کرتا رہا۔

شہاب کے دل و دماغ میں شوخ رنگ بھر گئے۔ اس نے کفایت سے کہا، ''واللہ بڑی کراری لونڈیا ہے۔'' یہ کہہ کر اس نے زور سے سریتا کی ران میں چٹکی بھری۔ سریتا نے اس کے جواب میں انور کا ہولے سے کان مروڑ دیا۔ اس لیے کہ وہ اس کے بالکل پاس تھا۔ موٹر میں قہقہے ابلنے لگے۔

کفایت بار بار مڑ مڑ کر دیکھتا تھا۔ حالانکہ اسے اپنے سامنے چھوٹے سے آئینے میں سب کچھ دکھائی دے رہا تھا۔۔۔۔ قہقہوں کے زور کا ساتھ دینے کی خاطر اس نے موٹر کی رفتار بھی تیز کر دی۔

سریتا کا جی چاہا کہ باہر نکل کر موٹر کے منہ پر بیٹھ جائے جہاں لوہے کی اڑتی ہوئی پری لگی تھی۔ وہ آگے بڑھی۔ شہاب نے اسے چھیڑا، سنبھلنے کی خاطر اس نے کفایت کے گلے میں اپنی باہیں حائل کر دیں۔ کفایت نے غیر ارادی طور پر اس کے ہاتھ چوم لیے۔ ایک سنسنی سی سریتا کے جسم میں دوڑ گئی اور پھاند کر اگلی سیٹ پر کفایت کے پاس بیٹھ گئی۔ اور اس کی ٹائی سے کھیلنا شروع کر دیا، ''تمہارا نام کیا ہے؟'' اس نے کفایت سے پوچھا۔

''میرا نام!'' کفایت نے پوچھا، ''میرا نام کفایت ہے۔'' یہ کہہ کر اس نے دس روپے کا نوٹ اس کے ہاتھ میں دے دیا۔

سریتا نے اس کے نام کی طرف کوئی توجہ نہ دی اور نوٹ اپنی چولی میں اڑس کر بچوں کی طرح خوش ہو کر کہا، ''تم بہت اچھے آدمی ہو۔۔۔ تمہاری یہ ٹائی بہت اچھی ہے۔'' اس وقت سریتا کو ہر شے اچھی نظر آ رہی تھی۔۔۔ وہ چاہتی تھی کہ جو برے ہیں بھی اچھے ہو جائیں۔۔۔ اور۔۔۔ اور۔۔۔ پھر ایسا ہو، ایسا ہو۔۔۔

کہ موٹر تیز دوڑتی رہے اور ہر شے ہوائی بگولا بن جائے۔ایک دم اس کا جی چاہا کہ گائے، چنانچہ اس نے کفایت کی ٹائی سے کھیلنا بند کر کے گانا شروع کر دیا۔

تمہیں نے مجھ کو پریم سکھایا

سوئے ہوئے ہردے کو جگایا

کچھ دیر یہ فلمی گیت گانے کے بعد سریتا ایک دم پیچھے مڑی اور انور کو خاموش دیکھ کر کہنے لگی، ''تم کیوں چپ چاپ بیٹھے ہو۔۔۔کوئی بات کرو۔۔۔کوئی گیت گاؤ۔'' یہ کہتی ہوئی وہ اچک کر پچھلی سیٹ پر چلی گئی اور شہاب کے بالوں میں انگلیوں سے کنگھی کرنے لگی، ''آؤ ہم دونوں گائیں۔تمہیں یاد ہے وہ گانا جو دیویکا رانی نے گایا تھا۔۔۔میں بن کے چڑیا بن کے بولوں رے۔۔۔دیویکا رانی کتنی اچھی ہے۔'' یہ کہہ کر اس نے دونوں ہاتھ جوڑ کر اپنی ٹھوڑی کے نیچے رکھ لیے اور آنکھیں جھپکاتے ہوئے کہا۔اشوک کمار اور دیویکا رانی پاس پاس کھڑے تھے۔۔۔دیویکا رانی کہتی تھی۔۔۔میں بن کی چڑیا بن کے بن بن بولوں رے۔۔۔اور اشوک کمار کہتا تھا۔۔۔تم کہنا۔''

سریتا نے گانا شروع کر دیا۔ ''میں بن کی چڑیا بن کے بن بن بولوں رے''

شہاب نے بھدی آواز میں گایا، ''میں بن کا پنچھی بن کے بن بن بولوں رے''

اور پھر باقاعدہ ڈوئٹ شروع ہو گیا۔کفایت نے موٹر کا ہارن بجا کر تال کا ساتھ دیا۔سریتا نے تالیاں بجانا شروع کر دیں۔سریتا کا باریک سُر، شہاب کی پھٹی ہوئی آواز، ہارن کی پوں پوں، ہوا کی سائیں سائیں اور موٹر کے انجن کی پھُر پھُراہٹ یہ سب مل جل کر ایک آرکسٹرا بن گئے۔

سریتا خوش تھی، شہاب خوش تھا، کفایت خوش تھا۔ان سب کو خوش دیکھ کر انور کو بھی خوش ہونا پڑا۔وہ دل میں بہت شرمندہ ہوا کہ خوا مخواہ اس نے اپنے کو قید کر رکھا ہے۔اس کے بازوؤں میں حرکت پیدا ہوئی۔اس کے سوئے ہوئے جذبات نے انگڑائیاں لیں اور وہ سریتا، شہاب اور کفایت کی شور افشاں خوشی میں شریک ہونے کے لیے تیار ہو گیا۔

گاتے گاتے سریتا نے انور کے سر سے اس کا ہیٹ اتار کر اپنے سر پر پہن لیا اور یہ دیکھنے کے لیے کہ اس کے سر پر کیسا لگتا ہے، اچک کر اگلی سیٹ پر چلی گئی اور نِنھے سے آئینے میں اپنا چہرہ دیکھنے لگی۔۔۔انور سوچنے لگا کہ کیا موٹر میں وہ شروع ہی سے ہیٹ پہنے بیٹھا تھا۔سریتا نے زور سے کفایت کی موٹی ران پر طمانچہ مارا۔

''اگر میں تمہاری پتلون پہن لوں اور قمیص پہن کر ایسی ٹائی لگالوں تو کیا پورا صاحب نہ بن جاؤں؟''

یہ سن کر شہاب کی سمجھ میں نہ آیا کہ وہ کیا کرے۔ چنانچہ اس نے انور کے بازوؤں کو جھنجھوڑ دیا۔ ''واللہ تم نرے چغد ہو۔'' اور انور نے تھوڑی دیر کے لیے محسوس کیا کہ وہ واقعی بہت بڑا چغد ہے۔

کفایت نے سریتا سے پوچھا، ''تمہارا نام کیا ہے؟''

''میرا نام''، سریتا نے ہیٹ کے فیتے کو اپنی ٹھوڑی کے نیچے جماتے ہوئے کہا، ''میرا نام سریتا ہے۔'' شہاب پچھلی سیٹ سے بولا، ''سریتا تم عورت نہیں پھلجھڑی ہو۔''

انور نے کچھ کہنا چاہا مگر سریتا نے اونچے سروں میں گانا شروع کر دیا۔

پریم نگر میں بناؤں گی گھر میں تج کے سب سن سا آ ر

کفایت اور شہاب کے دل میں بیک وقت یہ خواہش پیدا ہوئی کہ یہ موٹر یونہی ساری عمر چلتی رہے۔

انور پھر سوچ رہا تھا کہ وہ چغد نہیں ہے تو کیا ہے۔

پریم نگر میں بناؤں گی گھر میں تج کے سب سن سا آ ر

سنسار کے ٹکڑے دیر تک اڑتے رہے۔۔۔ سریتا کے بال جو اس کی چوٹی کی گرفت سے آزاد تھے، یوں لہرا رہے تھے جیسے گاڑھا دھواں ہوا کے دباؤ سے بکھر رہا ہے۔ وہ خوش تھی۔

شہاب خوش تھا، کفایت خوش تھا اور اب انور بھی خوش ہونے کا ارادہ کر رہا تھا۔ گیت ختم ہو گیا۔ اور سب کو تھوڑی دیر کے لیے ایسا محسوس ہوا کہ جو زور کی بارش ہو رہی تھی، ایکا ایکی تھم گئی ہے۔

کفایت نے سریتا سے کہا، ''کوئی اور گیت گاؤ۔''

شہاب پچھلی سیٹ سے بولا، ''ہاں ہاں ایک اور رہے۔۔۔ یہ سینما والے بھی کیا یاد کریں گے۔''

سریتا نے گانا شروع کر دیا،

مورے آنگنا میں آئے آلی

میں چال چلوں متوالی

موٹر بھی متوالی چال چلنے لگی۔۔۔ آخر کار سٹرک کے سارے پیچ ختم ہو گئے اور سمندر کا کنارا آ گیا۔ دن ڈھل رہا تھا اور سمندر سے آنے والی ہوا خنکی اختیار کر رہی تھی۔

موٹر کی سریتا دروازہ کھول کر باہر نکلی اور ساحل کے ساتھ ساتھ دور تک بے مقصد دوڑتی چلی گئی۔ کفایت اور شہاب بھی اس دوڑ میں شامل ہو گئے۔ کھلی فضا میں، بے پایاں سمندر کے پاس، تاڑ کے اونچے اونچے پیڑوں تلے گیلی گیلی ریت پر سریتا سمجھ نہ سکی کہ وہ کیا چاہتی ہے۔ اس کا جی چاہتا تھا کہ بیک وقت فضا میں

گھل مل جائے، سمندر میں پھیل جائے، اتنی اونچی ہو جائے کہ تاڑ کے درختوں کو اوپر سے دیکھے۔ ساحل کی ریت کی ساری نمی پیروں کے ذریعے سے اپنے اندر جذب کر لے اور پھر۔۔۔ اور پھر۔۔۔ وہی موٹر ہوا اور وہی اڑانیں وہی تیز جھونکے اور وہی مسلسل پوں پوں۔ وہ بہت خوش تھی۔ جب تینوں حیدر آبادی نوجوان ساحل کی گیلی گیلی ریت پر بیٹھ کر بیئر پینے لگے تو کفایت کے ہاتھ سے سریتا نے بوتل چھین لیا، ''ٹھہرو میں ڈالتی ہوں۔۔''

سریتا نے اس انداز سے گلاس میں بیئر انڈیلی کہ جھاگ ہی جھاگ پیدا ہو گئے۔ سریتا یہ تماشا دیکھ کر بہت خوش ہوئی۔ سانولے سانولے جھاگوں میں اس نے اپنی انگلی کھبوئی۔ اور منہ میں ڈال لی۔ جب کڑوی لگی تو بہت برا منہ بنایا۔ کفایت اور شہاب بے اختیار ہنس پڑے جب دونوں کی ہنسی بند ہوئی تو کفایت نے مڑ کر اپنے پیچھے دیکھا۔ انور بھی ہنس رہا تھا۔

بیئر کی چھ بوتلیں کچھ تو جھاگ بن کر ساحل کی ریت میں جذب ہو گئیں اور کچھ کفایت، شہاب اور انور کے پیٹ میں چلی گئیں۔ سریتا گاتی رہی۔۔۔ انور نے ایک بار اس کی طرف دیکھا اور خیال کیا کہ سریتا بیئر کی بنی ہوئی ہے۔ اس کے سانولے گال سمندر کی نم آلود ہوا کے مس سے گیلے ہو رہے تھے۔۔۔ وہ بے حد مسرور تھی۔ اب انور بھی خوش تھا۔ اس کے دل میں یہ خواہش پیدا ہو رہی تھی کہ سمندر کا سب پانی بیئر بن جائے اور وہ اس میں غوطے لگائے، سریتا بھی ڈبکیاں لگائے۔

دو خالی بوتلیں لے کر سریتا نے ایک دوسرے سے ٹکرا دیں، جھنکار پیدا ہوئی اور سریتا نے زور زور سے ہنسنا شروع کر دیا۔ کفایت، شہاب اور انور بھی ہنسنے لگے۔

ہنستے ہنستے سریتا نے کفایت سے کہا، ''آؤ موٹر چلائیں۔''

سب اٹھ کھڑے ہوئے۔ خالی بوتلیں گیلی گیلی ریت پر اوندھی پڑی رہیں اور وہ سب بھاگ کر موٹر میں بیٹھ گئے۔ پھر وہی ہوا کے تیز تیز جھونکے آنے لگے۔ وہی مسلسل پوں پوں شروع ہوئی اور سریتا کے بال پھر دھوئیں کی طرح بکھرنے لگے۔

گیتوں کا سلسلہ پھر شروع ہوا۔

موٹر ہوا میں آرے کی طرح چلتی رہی۔۔۔ سریتا گاتی رہی۔۔۔ پچھلی سیٹ پر شہاب اور انور کے درمیان سریتا بیٹھی تھی۔ انور اونگھ رہا تھا۔ سریتا نے شرارت سے شہاب کے بالوں میں کنگھی کرنا شروع کی۔ مگر اس کا نتیجہ یہ ہوا کہ وہ سو گیا۔ سریتا نے جب انور کی طرف رخ کیا تو اسے ویسا ہی سویا ہوا پایا۔ ان دونوں کے

نیچے سے اٹھ کر وہ اگلی سیٹ پر کفایت کے پاس بیٹھ گئی اور آواز دبا کر ہولے سے کہنے لگی، ''آپ کے دونوں ساتھیوں کو سُلا آئی ہوں۔۔۔ اب آپ بھی سو جایئے۔''

کفایت مسکرایا، ''پھر موٹر کون چلائے گا۔''

سریتا بھی مسکرائی، ''چلتی رہے گی۔''

دیر تک کفایت اور سریتا آپس میں باتیں کرتے رہے۔ اتنے میں وہ بازار آ گیا۔ جہاں کشوری نے سریتا کو موٹر کے اندر داخل کیا تھا۔۔۔ جب وہ دیوار آئی جس پر ''یہاں پیشاب کرنا منع ہے'' کے کئی بورڈ لگے تھے۔ تو سریتا نے کفایت سے کہا، ''بس یہاں روک لو۔''

موٹر رکی۔ پیشتر اس کے کہ کفایت کچھ سوچنے یا کہنے پائے۔ سریتا موٹر سے باہر تھی اس نے اشارے سے سلام کیا اور چل دی۔۔۔ کفایت ہینڈل پر ہاتھ رکھے غالباً سارے واقعہ کو ذہن میں تازہ کرنے کی کوشش کر رہا تھا کہ سریتا کے قدم رکے۔ مڑی اور چولی میں سے دس روپے کا نوٹ نکال کر کفایت کے پاس سیٹ پر رکھ دیا۔

کفایت نے حیرت سے نوٹ کی طرف دیکھا اور پوچھا، ''سریتا یہ کیا؟''

''یہ۔۔۔ یہ روپے میں کس بات کے لوں؟'' کہہ کر سریتا پھرتی سے دوڑ گئی اور کفایت سیٹ کے گدے پر پڑے ہوئے نوٹ کی طرف دیکھتا رہ گیا۔

اس نے مڑ کر پچھلی سیٹ کی طرف دیکھا۔ شہاب اور انور بھی نوٹ کی طرح سو رہے تھے۔

دھواں

وہ جب اسکول کی طرف روانہ ہوا تو اُس نے راستے میں ایک قَصائی دیکھا، جس کے سَر پر ایک بہت بڑا ٹوکرا تھا۔ اُس ٹوکرے میں دو تازہ ذبح کیے ہوئے بکرے تھے۔ کھالیں اتری ہوئی تھیں، اور اُن کے ننگے گوشت میں سے دھواں اُٹھ رہا تھا۔ جگہ جگہ پر یہ گوشت جس کو دیکھ کر مسعود کے ٹھنڈے گالوں پر گرمی کی لہریں سی دوڑ جاتی تھیں، پھڑک رہا تھا جیسے کبھی کبھی اُس کی آنکھ پھڑکا کرتی تھی۔

اُس وقت سوا نو بجے ہوں گے مگر جُھکے ہوئے خاکِسْتَری بادلوں کے باعث ایسا معلوم ہوتا تھا کہ بہت سویرا ہے۔ سردی میں شدت نہیں تھی، لیکن راہ چلتے آدمیوں کے مُنہ سے گرم گرم سماوار کی ٹونٹیوں کی طرح گاڑھا سفید دھواں نکل رہا تھا۔ ہر شے بوجھل دکھائی دیتی تھی جیسے بادلوں کے وزن کے نیچے دَبی ہوئی ہے۔ موسم کچھ ایسی ہی کیفیت کا حامل تھا جو ربڑ کے جوتے پہن کر چلنے سے پیدا ہوتی ہو۔ اُس کے باوجود کہ بازار میں لوگوں کی آمدورفت جاری تھی اور دکانوں میں زندگی کے آثار پیدا ہو چکے تھے، آوازیں مدّھم تھیں، جیسے سرگوشیاں ہو رہی ہیں، چپکے چپکے، دھیرے دھیرے باتیں ہو رہی ہیں، ہولے ہولے لوگ قدم اُٹھا رہے ہیں کہ زیادہ اونچی آواز نہ پیدا ہو۔

مسعود بغل میں بستہ دبائے اسکول جا رہا تھا۔ آج اس کی چال بھی سُست تھی۔ جب اس نے بے کھال تازہ ذبح کیے ہوئے بکروں کے گوشت سے سفید سفید دھواں اُٹھتا دیکھا تو اسے راحت محسوس ہوئی۔ اُس دھوئیں نے اُس کے ٹھنڈے ٹھنڈے گالوں پر گرم گرم لکیروں کا ایک جال سا بُن دیا۔ اُس گرمی نے اسے راحت پہنچائی اور وہ سوچنے لگا کہ سردیوں میں ٹھنڈے یخ ہاتھوں پر بید کھانے کے بعد اگر یہ دھواں

مل جایا کرے تو کتنا اچھا ہو۔

فضا میں اُجلا پن نہیں تھا۔ روشنی تھی مگر دھندلی۔ کُہر کی ایک پتلی سی تہہ ہر شے پر چڑھی ہوئی تھی جس سے فضا میں گدلا پن پیدا ہو گیا تھا۔ یہ گدلا پن آنکھوں کو اچھا معلوم ہوتا تھا اس لیے کہ نظر آنے والی چیزوں کی نوک پلک کچھ مدّھم پڑ گئی تھی۔

مسعود جب اسکول پہنچا تو اُسے اپنے ساتھیوں سے یہ معلوم کر کے قطعی طور پر خوشی نہ ہوئی کہ اسکول سکتر صاحب کی موت کے باعث بند کر دیا گیا ہے۔ سب لڑکے خوش تھے جس کا ثبوت یہ تھا کہ وہ اپنے بستے ایک جگہ پر رکھ کر اسکول کے صحن میں اوٹ پٹانگ کھیلوں میں مشغول تھے۔ کچھ چھٹی کا پتہ معلوم کرتے ہی گھر چلے گئے۔ کچھ آ رہے تھے اور کچھ نوٹس بورڈ کے پاس جمع تھے اور بار بار ایک ہی عبارت پڑھ رہے تھے۔

مسعود نے جب سنا کہ سکتر صاحب مر گئے ہیں تو اُسے بالکل افسوس نہ ہوا۔ اُس کا دل جذبات سے بالکل خالی تھا۔ البتہ اُس نے یہ ضرور سوچا کہ پچھلے برس جب اُس کے داد اجان کا انتقال اِن ہی دنوں میں ہوا تو ان کا جنازہ لے جانے میں بڑی دِقّت ہوئی تھی اِس لیے کہ بارش شروع ہو گئی تھی۔ وہ بھی جنازے کے ساتھ گیا تھا اور قبرستان میں چکنی کیچڑ کے باعث ایسا پھسلا تھا کہ کُھدی ہوئی قبر میں گرتے گرتے بچا تھا۔ یہ سب باتیں اُس کو اچھی طرح یاد تھیں۔ سردی کی شدّت، اُس کے کیچڑ سے لت پت کپڑے، سرخی مائل نیلے ہاتھ جن کو دبانے سے سفید سفید دھبے پڑ جاتے تھے، ناک جو کہ برف کی ڈلی معلوم ہوتی تھی اور پھر آ کر ہاتھ پاؤں دھونے اور کپڑے بدلنے کا مرحلہ ۔۔۔۔ یہ سب کچھ اُس کو اچھی طرح یاد تھا۔

چنانچہ جب اُس نے سکتر صاحب کی موت کی خبر سنی تو اُسے یہ بیتی ہوئی باتیں یاد آ گئیں اور اُس نے سوچا، جب سکتر صاحب کا جنازہ اٹھے گا تو بارش شروع ہو جائے گی اور قبرستان میں اتنی کیچڑ ہو جائے گی کہ کئی لوگ پھسلیں گے اور ان کو ایسی چوٹیں آئیں گی کہ بلبلا اٹھیں گے۔

مسعود نے یہ خبر سن کر سیدھا اپنی کلاس کا رخ کیا۔ کمرے میں پہنچ کر اُس نے اپنے ڈسک کا تالا کھولا۔ دو تین کتابیں جو کہ اُسے دوسرے روز پھر لانا تھیں، اُس میں رکھیں اور باقی بستہ اٹھا کر گھر کی جانب چل پڑا۔ راستے میں اُس نے پھر وہی دو تازہ ذبح کیے ہوئے بکرے دیکھے۔ اُن میں سے ایک کو اب قصائی نے لٹکا دیا تھا دوسرا تختے پر پڑا تھا۔ جب مسعود دکان پر سے گزرا تو اُس کے دل میں خواہش پیدا ہوئی کہ وہ گوشت کو جس میں سے دھواں اٹھ رہا تھا، چھو کر دیکھے۔ چنانچہ آگے بڑھ کر اُس نے انگلی سے بکرے کے اس حصّے کو چھو کر دیکھا جو ابھی تک پھڑک رہا تھا۔ گوشت گرم تھا۔ مسعود کی ٹھنڈی انگلی کو یہ حرارت

بہت بھلی معلوم ہوئی۔ قصائی دکان کے اندر چھریاں تیز کرنے میں مصروف تھا۔ چنانچہ مسعود نے ایک بار پھر گوشت کو چُھو کر دیکھا اور وہاں سے چل پڑا۔

گھر پہنچ کر اُس نے جب اپنی ماں کو سکتر صاحب کی موت کی خبر سنائی تو اُسے معلوم ہوا کہ اُس کے اباجی اُنہی کے جنازے کے ساتھ گئے ہیں۔ اب گھر میں صرف دو آدمی تھے۔ ماں اور بڑی بہن۔ ماں باورچی خانہ میں بیٹھی سالن پکا رہی تھی اور بڑی بہن کلثوم پاس ہی ایک کانگڑی لیے دربار کی سرگم یاد کر رہی تھی۔ چونکہ گلی کے دوسرے لڑکے گورنمنٹ اسکول میں پڑھتے تھے جس پر اسلامیہ اسکول کے سکتر کی موت کا کچھ اثر نہیں پڑا تھا۔ اس لیے مسعود نے خود کو بالکل بے کار محسوس کیا۔ اسکول کا کوئی کام بھی نہیں تھا۔ چھٹی جماعت میں جو کچھ پڑھایا جاتا ہے وہ گھر میں اپنے اباجی سے پڑھ چکا تھا۔ کھیلنے کے لیے بھی اُس کے پاس کوئی چیز نہ تھی۔ ایک مَیلا کُچیلا تاش طاق میں پڑا تھا مگر اُس سے مسعود کو کوئی دلچسپی نہیں تھی۔ لوڈو اور اسی قسم کے دوسرے کھیل جو اُس کی بڑی بہن اپنی سہیلیوں کے ساتھ ہر روز کھیلتی تھی اُس کی سمجھ سے بالاتر تھے۔ سمجھ سے بالاتر یوں تھے کہ مسعود نے کبھی اُن کو سمجھنے کی کوشش ہی نہیں کی تھی۔ اُس کو فطرتاً ایسے کھیلوں سے کوئی لگاؤ نہیں تھا۔

بستہ اپنی جگہ پر رکھنے اور کوٹ اتارنے کے بعد وہ اپنی ماں کے پاس بیٹھ گیا اور دربار کی سرگم سنتا رہا جس میں کئی دفعہ سارے گاما آتا تھا۔ اُس کی ماں پالک کاٹ رہی تھی۔ پالک کاٹنے کے بعد اُس نے سبز سبز پتوں کا گیلا ڈھیر اٹھا کر ہنڈیا میں ڈال دیا۔ تھوڑی دیر کے بعد جب پالک کو آنچ لگی تو اُس میں سے سفید سفید دھواں اٹھنے لگا۔ اُس دھوئیں کو دیکھ کر مسعود کو بکرے کا گوشت یاد آ گیا۔ چنانچہ اُس نے اپنی ماں سے کہا، ''اِی جان، آج مَیں نے قصائی کی دکان پر دو بکرے دیکھے۔ کھال اتری ہوئی تھی اور اُن میں سے دھواں نکل رہا تھا بالکل ایسے ہی جیسا کہ صبح سویرے میرے مُنہ سے نکلا کرتا ہے۔''

''اچھا۔۔۔!'' یہ کہہ کر اُس کی ماں چُولھے میں لکڑیوں کے کوئلے جھاڑنے لگی۔ ''ہاں اور مَیں نے گوشت کو اپنی انگلی سے چھو کر دیکھا تو وہ گرم تھا۔''

''اچھا۔۔۔!'' یہ کہہ کر اُس کی ماں نے وہ برتن اٹھایا جس میں اُس نے پالک کا ساگ دھویا تھا اور باورچی خانہ سے باہر چلی گئی۔

''اور یہ گوشت کئی جگہ پر پھڑکتا بھی تھا۔''

’’اچھا۔۔۔‘‘ مسعود کی بڑی بہن نے دربار کی سرگم یاد کرنا چھوڑ دی اور اُس کی طرف متوجہ ہوئی۔ ’’کیسے پھر کستا تھا؟‘‘

’’یوں۔۔۔یوں۔‘‘ مسعود نے انگلیوں سے پھر کن پیدا کر کے اپنی بہن کو دکھائی۔

’’تو پھر کیا ہوا؟‘‘

یہ سوال کلثوم نے اپنے سرگم بھرے دماغ سے کچھ اِس طور پر نکالا کہ مسعود ایک لحظے کے لیے بالکل خالی الذہن ہو گیا۔ ’’پھر کیا ہونا تھا، میں نے تو ایسے ہی آپ سے بات کی تھی کہ قصائی کی دکان پر گوشت پھر ک رہا تھا۔ میں نے انگلی سے چُھو کر بھی دیکھا تھا۔ گرم تھا۔‘‘

’’گرم تھا۔۔۔ اچھا مسعود یہ بتاؤ تم میرا ایک کام کرو گے۔‘‘

’’بتایئے۔‘‘

’’آؤ، میرے ساتھ آؤ۔‘‘

’’نہیں آپ پہلے بتایئے۔ کام کیا ہے۔‘‘

’’تم آؤ تو سہی میرے ساتھ۔‘‘

’’جی نہیں۔۔۔ آپ پہلے کام بتایئے۔‘‘

’’دیکھو میری کمر میں بڑا درد ہو رہا ہے۔۔۔ میں پلنگ پر لیٹتی ہوں، تم ذرا پاؤں سے دبا دینا۔۔۔ اچھے بھائی جو ہوئے۔ اللہ کی قسم بڑا درد ہو رہا ہے۔‘‘ یہ کہہ کر مسعود کی بہن نے اپنی کمر پر مکیاں مارنا شروع کر دیں۔

’’یہ آپ کی کمر کو کیا ہو جاتا ہے۔ جب دیکھو درد ہو رہا ہے، اور پھر آپ دبواتی بھی مجھی سے ہیں، کیوں نہیں اپنی سہیلیوں سے کہتیں۔‘‘ مسعود اٹھ کھڑا ہوا۔

’’چلیے، لیکن یہ آپ سے کہے دیتا ہوں کہ دس منٹ سے زیادہ میں بالکل نہیں دباؤں گا۔‘‘

’’شاباش۔۔۔ شاباش۔‘‘ اُس کی بہن اٹھ کھڑی ہوئی اور سرگموں کی کاپی سامنے طاق میں رکھ کر اُس کمرے کی طرف روانہ ہوئی جہاں وہ اور مسعود دونوں سوتے تھے۔ صحن میں پہنچ کر اُس نے اپنی دُکھتی ہوئی کمر سیدھی کی اور اوپر آسمان کی طرف دیکھا۔ میلے میلے بادل جھکے ہوئے تھے۔ ’’مسعود، آج ضرور بارش ہو گی۔‘‘ یہ کہہ کر اُس نے مسعود کی طرف دیکھا مگر وہ اندر اپنی چارپائی پر لیٹا تھا۔

جب کلثوم اپنے پلنگ پر اوندھے مُنہ لیٹ گئی تو مسعود نے اٹھ کر گھڑی میں وقت دیکھا۔ ’’دیکھیے باجی گیارہ بجنے میں دس منٹ باقی ہیں۔ میں پورے گیارہ بجے آپ کی کمر دبانا چھوڑ دوں گا۔‘‘

''بہت اچھا، لیکن تم اب خدا کے لیے زیادہ نخرے نہ بگھارو۔ اِدھر میرے پلنگ پر آ کر جلدی کمر دباؤ ورنہ یاد رکھو بڑے زور سے کان اینٹھوں گی۔'' کلثوم نے مسعود کو ڈانٹ پلائی۔ مسعود نے اپنی بڑی بہن کے حکم کی تعمیل کی اور دیوار کا سہارا لے کر پاؤں ہی سے اس کی کمر دبانا شروع کردی۔ مسعود کے وزن کے نیچے کلثوم کی چوڑی چکلی کمر میں خفیف سا جھکاؤ پیدا ہوگیا۔ جب اُس نے پیروں سے دبانا شروع کیا، ٹھیک اُسی طرح جس طرح مزدور مٹی گوندھتے ہیں تو کلثوم نے مزا لینے کی خاطر ہولے ہولے ہائے ہائے کرنا شروع کیا۔

کلثوم کے کولھوں پر گوشت زیادہ تھا، جب مسعود کا پاؤں اُس حصے پر پڑا تو اُسے ایسا محسوس ہوا کہ وہ اُس بکرے کے گوشت کو دبا رہا ہے جو اُس نے قصائی کی دکان میں اپنی انگلی سے چھو کر دیکھا تھا۔ اِس احساس نے چند لمحات کے لیے اُس کے دل و دماغ میں ایسے خیالات پیدا کیے جن کا کوئی سر تھا نہ پیر، وہ اُن کا مطلب نہ سمجھ سکا اور سمجھتا بھی کیسے جب کہ کوئی خیال مکمل نہیں تھا۔

ایک دو بار مسعود نے یہ بھی محسوس کیا کہ اُس کے پیروں کے نیچے گوشت کے لوتھڑوں میں حرکت پیدا ہوئی ہے، اُسی قسم کی حرکت جو اُس نے بکرے کے گرم گرم گوشت میں دیکھی تھی۔ اُس نے بڑی بددلی سے کمر دبانا شروع کی تھی مگر اب اُسے اِس کام میں لذت محسوس ہونے لگی۔ اُس کے وزن کے نیچے کلثوم ہولے ہولے کراہ رہی تھی۔ یہ بھنچی بھنچی آواز جو کہ مسعود کے پیروں کی حرکت کا ساتھ دے رہی تھی اُس گم نام سی لذت میں اضافہ کر رہی تھی۔

ٹائم بیس میں گیارہ بج گئے مگر مسعود اپنی بہن کلثوم کی کمر دباتا رہا۔ جب کمر اچھی طرح دبائی جاچکی تو کلثوم سیدھی لیٹ گئی اور کہنے لگی۔ ''شاباش مسعود، شاباش۔ لو اب لگے ہاتھوں ٹانگیں بھی دبا دو، بالکل اِسی طرح۔۔۔ شاباش میرے بھائی۔''

مسعود نے دیوار کا سہارا لے کر کلثوم کی رانوں پر جب اپنا پورا وزن ڈالا تو اس کے پاؤں کے نیچے مچھلیاں سی تڑپ گئیں۔ بے اختیار وہ ہنس پڑی اور دہری ہوگئی۔ مسعود گرتے گرتے بچا، لیکن اُس کے تلووں میں مچھلیوں کی وہ تڑپ مُنجمِد سی ہوگئی۔ اُس کے دل میں خواہش پیدا ہوئی کہ وہ پھر اِسی طرح دیوار کا سہارا لے کر اپنی بہن کی رانیں دبائے، چنانچہ اس نے کہا، ''یہ آپ یہ ہنسنا کیوں شروع کر دیا۔ سیدھی لیٹ جائیے۔ میں آپ کی ٹانگیں دباؤں۔''

کلثوم سیدھی لیٹ گئی۔ رانوں کی مچھلیاں اِدھر اُدھر ہونے کے باعث جو گُدگُدی پیدا ہوئی تھی اُس کا

اثر ابھی تک اُس کے جسم میں باقی تھا۔ ''نا بھائی میرے گدگدی ہوتی ہے۔تم اوٹ پٹانگ طریقے سے دباتے ہو۔''

مسعود نے خیال کیا کہ شاید اُس نے غلط طریقہ استعمال کیا ہے۔نہیں، اب کی دفعہ میں پورا بوجھ آپ پر نہیں ڈالوں گا۔۔۔ آپ اطمینان رکھیے۔اب ایسی اچھی طرح دباؤں گا کہ آپ کو کوئی تکلیف نہ ہوگی۔''

دیوار کا سہارا لے کر مسعود نے اپنے جسم کو تولا اور اِس انداز سے آہستہ آہستہ کلثوم کی رانوں پر اپنے پیر جمائے کہ اُس کا آدھا بوجھ کہیں غائب ہوگیا۔ہولے ہولے بڑی ہوشیاری سے اُس نے اپنے پیر چلانے شروع کیے۔کلثوم کی رانوں میں اکڑی ہوئی مچھلیاں اُس کے پیروں کے نیچے دَب دَب کر اِدھر اُدھر پھسلنے لگیں۔مسعود نے ایک بار اسکول میں تنے ہوئے رَسّے پر ایک بازیگر کو چلتے دیکھا تھا۔اُس نے سوچا کہ بازیگر کے پیروں کے نیچے تنا ہوا رَسّا اِسی طرح پھسلتا ہو گا۔

اِس سے پہلے کئی بار اُس نے اپنی بہن کلثوم کی ٹانگیں دبائی تھیں مگر وہ لذت جو کہ اُسے اب محسوس ہورہی تھی پہلے کبھی محسوس نہیں ہوئی تھی۔ بکرے کے گرم گرم گوشت کا اُسے بار بار خیال آتا تھا۔ایک دوسرے مرتبہ اُس نے سوچا، ''کلثوم کو اگر ذبح کر دیا جائے تو کھال اتر جانے پر کیا اُس کے گوشت میں سے بھی دُھواں نکلے گا؟''،لیکن ایسی بے ہودہ باتیں سوچنے پر اُس نے اپنے آپ کو مجرم محسوس کیا اور دماغ کو اِس طرح صاف کر دیا جیسے وہ سلیٹ کو اسفنج سے صاف کیا کرتا تھا۔

''بَس بَس۔'' کلثوم تھک گئی۔''بَس بَس۔''

مسعود کو ایک دم شرارت سوجھی۔وہ پلنگ پر سے نیچے اترنے لگا تو اُس نے کلثوم کی دونوں بغلوں میں گدگدی کرنا شروع کر دی۔ہنسی کے مارے وہ لوٹ پوٹ ہوگئی۔اُس میں اتنی سِکَت نہیں تھی کہ وہ مسعود کے ہاتھوں کو پرے جھٹک دے۔لیکن جب اُس نے ارادہ کر کے اُس کے لات جمانی چاہی تو مسعود اچھل کر زد سے باہر ہوگیا اور سلیپر پہن کر کمرے سے نکل گیا۔

جب وہ صحن میں داخل ہوا تو اُس نے دیکھا کہ ہلکی ہلکی بوندا باندی ہورہی ہے۔ بادل اور بھی جھک آئے تھے۔ پانی کے ننھے ننھے قطرے بغیر آواز پیدا کیے صحن کی اینٹوں میں آہستہ آہستہ جذب ہو رہے تھے۔ مسعود کا جسم ایک دل نواز حرارت محسوس کر رہا تھا۔ جب ہوا کا ٹھنڈا ٹھنڈا جھونکا اُس کے گالوں کے ساتھ مَس ہوا اور دو تین ننھی ننھی بوندیں اُس کی ناک پر پڑیں تو ایک جھر جھری سی اُس کے بدن میں لہرا اٹھی۔سامنے کوٹھے کی دیوار پر ایک کبوتر اور کبوتری پاس پاس پَر پھلائے بیٹھے تھے، ایسا معلوم ہوتا تھا کہ

دونوں دَم پُخت کی ہوئی ہنڈیا کی طرح گرم ہیں۔ گُل داؤدی اور نازبُو کے ہرے ہرے پتے اوپر لال لال گملوں میں نہار رہے تھے۔فضامیں نیندیں کھلی ہوئی تھیں۔ایسی نیندیں جن میں بیداری زیادہ ہوتی ہے اور انسان کے اردگرد نرم نرم خواب یوں لپٹ جاتے ہیں جیسے اونی کپڑے۔

مسعود ایسی باتیں سوچنے لگا۔جن کا مطلب اُس کی سمجھ میں نہیں آتا تھا۔ وہ اُن باتوں کو چھو کر دیکھ سکتا تھا مگر اُن کا مطلب اُس کی گرفت سے باہر تھا، پھر بھی ایک گم نام سائمزااُس سوچ بچار میں اُسے آرہا تھا۔

بارش میں کچھ دیر کھڑے رہنے کے باعث جب مسعود کے ہاتھ بالکل تخ ہو گئے اور دبانے سے اُن پرسفید دَھبّے پڑنے لگے تو اُس نے مٹّھیاں کَس لیں اور اُن کو مُنہ کی بھاپ سے گرم کرنا شروع کیا۔ ہاتھوں کو اِس عمل سے کچھ گرمی تو پہنچی مگر وہ نَم آلود ہو گئے۔ چنانچہ آگ تاپنے کے لیے وہ باورچی خانہ میں چلا گیا۔ کھانا تیار تھا، ابھی اُس نے پہلا لُقمہ ہی اٹھایا تھا کہ اُس کا باپ قبرستان سے واپس آ گیا۔

باپ بیٹے میں کوئی بات نہ ہوئی۔مسعود کی ماں فوراً اُٹھ کر اُدوسرے کمرے میں چلی گئی اور وہاں دیر تک اپنے خاوند کے ساتھ باتیں کرتی رہی۔

کھانے سے فارغ ہو کر مسعود بیٹھک میں چلا گیا اور کھڑکی کھول کر فرش پر لیٹ گیا۔ بارش کی وجہ سے سردی کی شدت بڑھ گئی تھی کیونکہ اب ہوابھی چل رہی تھی، مگر یہ سردی ناخوش گوار معلوم نہیں ہوتی تھی۔تالاب کے پانی کی طرح یہ اوپر ٹھنڈی اور اندر گرم تھی۔

مسعود جب فرش پر لیٹا تو اُس کے دل میں خواہش پیدا ہوئی کہ وہ اس سردی کے اندر دھنس جائے جہاں اُس کے جسم کو راحت انگیز گرمی پہنچے۔ دیر تک وہ ایسی شیر گرم باتوں کے متعلق سوچتا رہا جس کے باعث اُس کے پٹّھوں میں ہلکی ہلکی سی دُکھن پیدا ہو گئی۔ ایک دو بار اُس نے انگڑائی لی تو اُسے مزا آیا۔اُس کے جسم کے کسی حصّے میں، یہ اُس کو معلوم نہیں تھا کہ کہاں، کوئی چیز اٹک سی گئی تھی، یہ چیز کیا تھی اُس کے متعلق بھی مسعود کو علم نہیں تھا۔ البتہ اِس اُٹکاؤ نے اُس کے سارے جسم میں اِضطِراب، ایک دبے ہوئے اِضطِراب کی کیفیت پیدا کردی تھی۔ اُس کا سارا جسم کھنچ کر لمبا ہو جانے کا ارادہ بن گیا تھا۔ دیر تک گدے گدگدے قالین پر کروٹیں بدلنے کے بعد وہ اٹھا اور باورچی خانہ سے ہوتا ہوا صحن میں آ نکلا۔ نہ کوئی باورچی خانہ میں تھا اور نہ صحن میں۔ اِدھر اُدھر جتنے کمرے تھے سب کے سب بند تھے۔ بارش اب رک گئی تھی۔مسعود نے ہاکی اور گیند نکالی اور صحن میں کھیلنا شروع کر دیا۔ایک بار جب اُس نے زور سے ہِٹ لگائی تو گیند صحن کے دائیں ہاتھ والے کمرے کے دروازے پر جا لگی۔ اندر سے مسعود کے باپ

کی آواز آئی، ''کون؟''

''جی مَیں ہوں مسعود!''

اندر سے آواز آئی، ''کیا کر رہے ہو؟''

''جی کھیل رہا ہوں۔''

''کھیلو۔۔۔'' پھر تھوڑے سے توقُّف کے بعد اُس کے باپ نے کہا، ''تمہاری ماں میرا سر دُبارہی ہے۔۔۔زیادہ شور نہ مچانا۔''

یہ سن کر مسعود نے گیند وہیں پڑی رہنے دی اور ہاکی ہاتھ میں لیے سامنے والے کمرے کا رخ کیا۔اس کا ایک دروازہ بند تھا اور دوسرا نیم وا۔۔۔مسعود کو ایک شرارت سوجھی۔ دبے پاؤں وہ نیم وا دروازے کی طرف بڑھا اور دھماکے کے ساتھ دونوں پٹ کھول دیے۔ دو چیخیں بلند ہوئیں اور کلثوم اور اُس کی سہیلی بِملا نے جو کہ پاس پاس لیٹی تھی، خوف زدہ ہو کر جھٹ سے لحاف اوڑھ لیا۔

بِملا کے بلاؤز کے بٹن کھلے ہوئے تھے اور کلثوم اُس کے عُریاں سینے کو گھور رہی تھی۔

مسعود کچھ سمجھ نہ سکا، اُس کے دماغ میں دھواں سا چھا گیا۔ وہاں سے اُلٹے قدم لوٹ کر وہ جب بیٹھک کی طرف روانہ ہوا تو اُسے معًا اپنے اندر ایک اَتھاہ طاقت کا احساس ہوا۔جس نے کچھ دیر کے لیے اُس کی سوچنے سمجھنے کی قوت بالکُل کمزور کر دی۔ بیٹھک میں کھڑکی کے پاس بیٹھ کر مسعود نے ہاکی کو دونوں ہاتھوں سے پکڑ کر گھٹنے پر رکھا تو یہ سوچا کہ ہلکا سا دباؤ ڈالنے پر ہاکی میں خَم پیدا ہو جائے گا، اور زیادہ زور لگانے پر ہینڈل چٹاخ سے ٹوٹ جائے گا۔ اُس نے گھٹنے پر ہاکی کے ہینڈل میں خَم تو پیدا کر لیا مگر زیادہ سے زیادہ زور لگانے پر بھی وہ نہ ٹوٹ سکا۔ دیر تک وہ ہاکی کے ساتھ کُشتی لڑتا رہا۔جب وہ تھک کر ہار گیا تو جھنجھلا کر اُس نے ہاکی پَرے پھینک دی۔

دو قومیں

مختار نے شاردا کو پہلی مرتبہ جھرنوں میں سے دیکھا۔ وہ اوپر کوٹھے پر کٹا ہوا پتنگ لینے گیا تو اسے جھرنوں میں سے ایک جھلک دکھائی دی۔ سامنے والے مکان کی بالائی منزل کی کھڑکی کھلی تھی۔ ایک لڑکی ڈونگا ہاتھ میں لیے نہا رہی تھی۔ مختار کو بڑا تعجب ہوا کہ یہ لڑکی کہاں سے آ گئی، کیونکہ سامنے والے مکان میں کوئی لڑکی نہیں تھی۔ جو تھیں، بیاہی جا چکی تھیں۔ صرف روپ کور تھی۔ اس کا پلپلا خاوند کالو مل تھا۔ اس کے تین لڑکے تھے اور بس۔

مختار نے پتنگ اٹھایا اور ٹھٹک کے رہ گیا۔...لڑکی بہت خوبصورت تھی۔ اس کے ننگے بدن پر سنہرے روئیں تھے۔ ان میں پھنسی ہوئی پانی کی ننھی ننھی بوندنیاں چمک رہی تھیں۔ اس کا رنگ ہلکا سانولا تھا، سانولا بھی نہیں۔ تانبے کے رنگ جیسا، پانی کی ننھی ننھی بوندنیاں ایسی لگتی تھیں جیسے اس کا بدن پگھل کر قطرے قطرے بن کر گر رہا ہے۔

مختار نے جھرنے کے سوراخوں کے ساتھ اپنی آنکھیں جما دیں اور اس لڑکی کو، جو ڈونگا ہاتھ میں لیے نہا رہی تھی، دلچسپی اور غور سے دیکھنا شروع کر دیا۔ اس کی عمر زیادہ سے زیادہ سولہ برس کی تھی۔ گیلے سینے پر اس کی چھوٹی چھوٹی گول چھاتیاں جن پر پانی کے قطرے پھسل رہے تھے بڑی دل فریب تھیں۔ اس کو دیکھ کر مختار کے دل و دماغ میں سفلی جذبات پیدا نہ ہوئے۔ ایک جوان، خوبصورت اور بالکل ننگی لڑکی اس کی نگاہوں کے سامنے تھی۔ ہونا یہ چاہیے تھا کہ مختار کے اندر شہوانی ہیجان برپا ہو جاتا، مگر وہ بڑے ٹھنڈے انہماک سے اسے دیکھ رہا تھا، جیسے کسی مصور کی تصویر دیکھ رہا ہے۔

لڑکی کے نچلے ہونٹ کے اختتامی کونے پر بڑا سا تل تھا۔۔۔ بے حد متین، بے حد سنجیدہ، جیسے وہ اپنے وجود سے بے خبر ہے، لیکن دوسرے اس کے وجود سے آگاہ ہیں، صرف اس حد تک کہ اسے وہیں ہونا چاہیے تھا جہاں کہ وہ تھا۔ بانہوں پر سنہرے رویں پانی کی بوندوں کے ساتھ لپٹے ہوئے چمک رہے تھے۔ اس کے سر کے بال سنہرے نہیں، بھوسلے تھے جنہوں نے شاید سنہرے ہونے سے انکار کر دیا تھا۔ جسم سڈول اور گدرایا ہوا تھا لیکن اس کو دیکھنے سے اشتعال پیدا نہیں ہوتا تھا۔ مختار دیر تک جھرنے کے ساتھ آنکھیں جمائے رہا۔

لڑکی نے بدن پر صابن ملا۔ مختار تک اس کی خوشبو پہنچی۔ سلونے، تانبے جیسے رنگ والے بدن پر سفید جھاگ بڑے سہانے معلوم ہوتے تھے۔ پھر جب یہ جھاگ پانی کے بہاؤ سے پھسلے تو مختار نے محسوس کیا جیسے اس لڑکی نے اپنا بلبلوں کا لباس بڑے اطمینان سے اتار کر ایک طرف رکھ دیا ہے۔ غسل سے فارغ ہو کر لڑکی نے تولیے سے اپنا بدن پونچھا۔ بڑے سکون اور اطمینان سے آہستہ آہستہ کپڑے پہنے۔ کھڑکی کے ڈنڈے پر دونوں ہاتھ رکھے اور سامنے دیکھا۔ ایک دم اس کی آنکھیں شرماہٹ کی جھیلوں میں غرق ہو گئیں۔ اس نے کھڑکی بند کر دی۔ مختار بے اختیار ہنس پڑا۔

لڑکی نے فوراً کھڑکی کے پٹ کھولے اور بڑے غصے میں جھرنے کی طرف دیکھا۔ مختار نے کہا، ''میں قصور وار بالکل نہیں۔۔۔ آپ کیوں کھڑکی کھول کر نہار ہی تھیں؟'' لڑکی نے کچھ نہ کہا۔ غیض آلود نگاہوں سے جھرنے کو دیکھا اور کھڑکی بند کر لی۔

چوتھے دن روپ کور آئی۔ اس کے ساتھ یہی لڑکی تھی۔ مختار کی ماں اور بہن دونوں سلائی اور کروشیے کے کام کی ماہر تھیں، گلی کی اکثر لڑکیاں ان سے یہ کام سیکھنے کے لیے آیا کرتی تھیں۔ روپ کور بھی اس لڑکی کو اسی غرض سے لائی تھی کیونکہ اس کو کروشیے کے کام کا بہت شوق تھا۔ مختار اپنے کمرے سے نکل کر صحن میں آیا تو اس نے روپ کور کو پرنام کیا۔ لڑکی پر اس کی نگاہ پڑی تو وہ سمٹ سی گئی۔ مختار مسکرا کر وہاں سے چلا گیا۔ لڑکی روزانہ آنے لگی۔ مختار کو دیکھتی تو سمٹتی جاتی۔ آہستہ آہستہ اس کا یہ رد عمل دور ہوا اور اس کے دماغ سے یہ خیال کسی قدر محو ہوا کہ مختار نے اسے نہاتے دیکھا تھا۔

مختار کو معلوم ہوا کہ اس کا نام شاردا ہے۔ روپ کور کے چچا کی ہے یتیم ہے۔ چیچو کی ملیاں میں ایک غریب رشتہ دار کے ساتھ رہتی تھی۔ روپ کور نے اس کو اپنے پاس بلا لیا۔ انٹرنس پاس ہے۔ بڑی ذہین ہے، کیونکہ اس نے کروشیے کا مشکل سے مشکل کام یوں چٹکیوں میں سیکھ لیا تھا۔

دن گزرتے گئے۔ اس دوران میں مختار نے محسوس کیا کہ وہ شاردا کی محبت میں گرفتار ہو گیا ہے۔ یہ سب کچھ دھیرے دھیرے ہوا۔ جب مختار نے اس کو پہلی بار جھرنے میں سے دیکھا تھا تو اس وقت اس کے سامنے ایک نظارہ تھا بڑا فرحت ناک نظارہ۔ لیکن اب شاردا آہستہ آہستہ اس کے دل میں بیٹھ گئی تھی، مختار نے کئی دفعہ سوچا تھا کہ یہ محبت کا معاملہ بالکل غلط ہے، اس لیے کہ شاردا ہندو ہے۔ مسلمان کیسے ایک ہندو لڑکی سے محبت کرنے کی جرأت کر سکتا ہے۔ مختار نے اپنے آپ کو بہت سمجھایا لیکن وہ اپنے محبت کے جذبے کو مِٹا نہ سکا۔ شاردا اب اس سے باتیں کرنے لگی تھی مگر کھل کے نہیں۔ اس کے دماغ میں مختار کو دیکھتے ہی یہ احساس بیدار ہو جاتا تھا کہ وہ ننگی نہا رہی تھی اور مختار جھرنے میں سے اسے دیکھ رہا تھا۔

ایک روز گھر میں کوئی نہیں تھا۔ مختار کی ماں اور بہن دونوں کسی عزیز کے چالیسویں پر گئی ہوئی تھیں۔ شاردا حسب معمول اپنا تھیلا اٹھائے صبح دس بجے آئی۔ مختار صحن میں چارپائی پر لیٹا اخبار پڑھ رہا تھا۔ شاردا نے اس سے پوچھا، ''بہن جی کہاں ہیں؟''

مختار کے ہاتھ کانپنے لگے، ''وہ۔۔۔ وہ کہیں باہر گئی ہیں۔''

شاردا نے پوچھا، ''ماتا جی؟''

مختار اٹھ کر بیٹھ گیا، ''وہ۔۔۔ وہ بھی اس کے ساتھ ہی گئی ہیں۔''

''اچھا!'' یہ کہہ کر شاردا نے کسی قدر گھبرائی ہوئی نگاہوں سے مختار کو دیکھا اور رمستے کر کے چلنے لگی۔ مختار نے اس کو روکا، ''ٹھہرو شاردا!''

شاردا کو جیسے بجلی کے کرنٹ نے چھو لیا۔ چونک کر رک گئی، ''جی؟''

مختار چارپائی پر سے اٹھا، ''بیٹھ جاؤ۔۔۔ وہ لوگ ابھی آ جائیں گے۔''

''جی نہیں۔۔۔ میں جاتی ہوں۔'' یہ کہہ کر بھی شاردا کھڑی رہی۔

مختار نے بڑی جرأت سے کام لیا۔ آگے بڑھا۔ اس کی ایک کلائی پکڑی اور کھینچ کر اس کے ہونٹوں کو چوم لیا۔ یہ سب کچھ اتنی جلدی ہوا کہ مختار اور شاردا دونوں کو ایک لحظے کے لیے بالکل پتہ نہ چلا کہ کیا ہوا ہے۔۔۔۔ اس کے بعد دونوں لرزنے لگے۔ مختار نے صرف اتنا کہا، ''مجھے معاف کر دینا!''

شاردا خاموش کھڑی رہی۔ اس کا تانبے جیسا رنگ سرخی مائل ہو گیا۔ ہونٹوں میں خفیف سی کپکپاہٹ تھی جیسے وہ چھیڑے جانے پر شکایت کر رہے ہیں۔ مختار اپنی حرکت اور اس کے نتائج بھول گیا۔ اس نے ایک بار پھر شاردا کو اپنی طرف کھینچا اور سینے کے ساتھ بھینچ لیا۔۔۔ شاردا نے مزاحمت نہ کی۔ وہ صرف مجسمہ حیرت بنی

ہوئی تھی۔وہ ایک سوال بن گئی تھی۔۔۔ایک ایسا سوال جو اپنے آپ سے کیا گیا ہو۔وہ شاید خود سے پوچھ رہی تھی یہ کیا ہوا ہے۔۔۔؟ کیا یہ ہو رہا ہے۔۔۔؟ کیا ایسے ہونا چاہیے تھا۔۔۔ کیا ایسا کسی اور سے بھی ہوا ہے؟

مختار نے اسے چارپائی پر بٹھالیا اور پوچھا، ''تم بولتی کیوں نہیں ہو شاردا؟''

شاردا کے دوپٹے کے پیچھے اس کا سینہ دھڑک رہا تھا۔اس نے کوئی جواب نہ دیا۔مختار کو اس کا یہ سکوت بہت پریشان کُن محسوس ہوا، ''بولو شاردا۔۔۔اگر تمہیں میری یہ حرکت بری لگی ہے تو کہہ دو۔۔۔خدا کی قسم میں معافی مانگ لوں گا۔۔۔تمہاری طرف نگاہ اٹھا کر نہیں دیکھوں گا۔ میں نے کبھی ایسی جرات نہ کی ہوتی، لیکن جانے مجھے کیا ہو گیا ہے۔۔۔دراصل۔۔۔دراصل مجھے تم سے محبت ہے۔۔۔''

شاردا کے ہونٹ ہلے جیسے انہوں نے لفظ ''محبت'' ادا کرنے کی کوشش کی ہے۔مختار نے بڑی گرم جوشی سے کہنا شروع کیا، ''مجھے معلوم نہیں تم محبت کا مطلب سمجھتی ہو کہ نہیں۔۔۔میں خود اس کے متعلق زیادہ واقفیت نہیں رکھتا، صرف اتنا جانتا ہوں کہ تمہیں چاہتا ہوں۔۔۔تمہاری ساری ہستی کو اپنی اس مٹھی میں لے لینا چاہتا ہوں۔اگر تم چاہو تو میں اپنی ساری زندگی تمہارے حوالے کر دوں گا۔۔۔شاردا تم بولتی کیوں نہیں ہو؟''

شاردا کی آنکھیں خواب گیں ہو گئیں۔مختار نے پھر بولنا شروع کر دیا، ''میں نے اُس روز جھرنے میں سے تمہیں دیکھا۔۔۔نہیں تم مجھے خود دکھائی دیں۔۔۔وہ ایک ایسا نظارہ تھا جو میں تا قیامت نہیں بھول سکتا۔۔۔تم شرماتی کیوں ہو۔۔۔میری نگاہوں نے تمہاری خوبصورتی چرائی تو نہیں۔۔۔میری آنکھوں میں صرف اس نظارے کی تصویر ہے۔۔۔تم اسے زندہ کر دو تو میں تمہارے پاؤں چوم لوں گا۔'' یہ کہہ کر مختار نے شاردا کا ایک پاؤں چوم لیا۔

وہ کانپ گئی۔ چارپائی پر سے ایک دم اٹھ کر اس نے لرزاں آواز میں کہا، ''یہ آپ کیا کر رہے ہیں۔۔۔؟ ہمارے دھرم میں۔۔۔''

مختار خوشی سے اچھل پڑا، ''دھرم ورم کو چھوڑو۔۔۔پریم کے دھرم میں سب ٹھیک ہے۔'' یہ کہہ کر اس نے شاردا کو چومنا چاہا مگر وہ تڑپ کر ایک طرف ہٹی اور بڑے شرمیلے انداز میں مسکراتی بھاگ گئی۔مختار نے چاہا کہ وہ اڑ کر مٹی پر پہنچ جائے۔وہاں سے نیچے صحن میں کودے اور ناچنا شروع کر دے۔

مختار کی والدہ اور بہن آ گئیں تو شاردا آئی۔مختار کو دیکھ کر اس نے فوراً نگاہیں نیچی کر لیں۔مختار وہاں سے کھسک گیا کہ راز افشانہ ہو۔دوسرے روز اوپر کوٹھے پر چڑھا۔جھرنے میں سے جھانکا تو دیکھا کہ شاردا کھٹر کی کے پاس کھڑی بالوں میں کنگھی کر رہی ہے۔مختار نے اس کو آواز دی، ''شاردا!''

شاردا چونکی۔ کنگھی اس کے ہاتھ سے چھوٹ کر نیچے گلی میں جاگری۔ مختار ہنسا۔ شاردا کے ہونٹوں پر بھی مسکراہٹ پیدا ہوئی۔ مختار نے اس سے کہا، ''کتنی ڈر پوک ہو تم۔۔۔ہولے سے آواز دی اور تمہاری کنگھی چھوٹ گئی۔''

شاردا رانے کہا، ''اب لا کے دیجیے نئی کنگھی مجھے۔۔۔یہ تو موری میں جاگری ہے۔''

مختار نے جواب دیا، ''ابھی لاؤں۔''

شاردا رانے فوراً کہا، ''نہیں نہیں۔۔۔میں نے تو مذاق کیا ہے۔''

''میں نے بھی مذاق کیا تھا۔ تمہیں چھوڑ کر مَیں، میں کنگھی لینے نہ جاتا۔۔۔؟ کبھی نہیں!''

شاردا مسکرائی، ''میں بال کیسے بناؤں۔''

مختار نے جھرنے کے سوراخوں میں اپنی انگلیاں ڈالیں، ''یہ میری انگلیاں لے لو!''

شاردا ہنسی۔۔۔مختار کا جی چاہا کہ وہ اپنی ساری عمر اس ہنسی کی چھاؤں میں گزار دے، ''شاردا، خدا کی قسم، تم ہنسی ہو، میرا رواں رواں شاداماں ہو گیا ہے۔۔۔تم کیوں اتنی پیاری ہو۔۔۔؟ کیا دنیا میں کوئی اور لڑکی بھی تم جتنی پیاری ہو گی۔۔۔یہ کم بخت جھرنے۔۔۔یہ مٹی کے ذلیل پردے۔ جی چاہتا ہے ان کو توڑ پھوڑ دوں۔''

شاردا پھر ہنسی۔ مختار نے کہا، ''یہ ہنسی کوئی اور نہ دیکھے، کوئی اور نہ سنے۔ شاردا صرف میرے سامنے ہنسنا۔۔۔ اور اگر کبھی ہنسنا ہو تو مجھے بلا لیا کرو۔ میں اس کے اردگرد اپنے ہونٹوں کی دیواریں کھڑی کر دوں گا۔''

شاردا نے کہا، ''آپ باتیں بڑی اچھی کرتے ہیں۔''

''تو مجھے انعام دو۔۔۔محبت کی ایک ہلکی سی نگاہ ان جھرنوں سے میری طرف پھینک دو۔۔۔میں اسے اپنی پلکوں سے اٹھا کر اپنی آنکھوں میں چھپا لوں گا۔'' مختار نے شاردا کے عقب میں دور ایک سایہ سا دیکھا اور فوراً جھرنے سے ہٹ گیا۔ تھوڑی دیر بعد واپس آیا تو کھڑکی خالی تھی۔ شاردا جا چکی تھی۔

آہستہ آہستہ مختار اور شاردا دونوں شیر و شکر ہو گئے۔ تنہائی کا موقع ملتا تو دیر تک پیار محبت کی باتیں کرتے رہتے۔۔۔ایک دن روپ کور اور اس کا خاوند لالہ کالو مل کہیں باہر گئے ہوئے تھے۔ مختار گلی میں سے گزر رہا تھا کہ اس کو ایک کنکری لگا۔ اس نے اوپر دیکھا تو شاردا تھی۔ اس نے ہاتھ کے اشارے سے اسے بلایا۔ مختار اس کے پاس پہنچ گیا۔ پورا تخلیہ تھا۔ خوب کھل مل کے باتیں ہوئیں۔ مختار نے اس سے کہا، ''اس روز مجھ سے گستاخی ہوئی تھی اور میں نے معافی مانگ لی تھی۔ آج پھر گستاخی کرنے کا ارادہ رکھتا ہوں، لیکن معافی نہیں

مانگوں گا۔'' اور اپنے ہونٹ شاردا کے کپکپاتے ہوئے ہونٹوں پر رکھ دیے۔

شاردا نے شرمیلی شرارت سے کہا، ''اب معافی مانگیے۔''

''جی نہیں۔۔۔اب یہ ہونٹ آپ کے نہیں۔۔۔میرے ہیں۔۔۔کیا میں جھوٹ کہتا ہوں؟''

شاردا نے نگاہیں نیچی کر کے کہا، ''یہ ہونٹ کیا، میں ہی آپ کی ہوں۔''

مختار ایک دم سنجیدہ ہو گیا، ''دیکھو شاردا۔ہم اس وقت ایک آتش فشاں پہاڑ پر کھڑے ہیں تم سوچ لو، سمجھ لو۔۔۔میں تمہیں یقین دلاتا ہوں۔ خدا کی قسم کھا کر کہتا ہوں کہ تمہارے سوا میری زندگی میں اور کوئی عورت نہیں آئے گی۔۔۔میں قسم کھاتا ہوں کہ زندگی بھر میں تمہارا رہوں گا۔ میری محبت ثابت قدم رہے گی۔۔۔کیا تم بھی اس کا عہد کرتی ہو؟''

شاردا نے اپنی نگاہیں اٹھا کر مختار کی طرف دیکھا، ''میرا پریم سچا ہے۔''

مختار نے اس کو سینے کے ساتھ بھینچ لیا اور کہا، ''زندہ رہو۔۔۔صرف میرے لیے، میری محبت کے لیے وقف رہو۔۔۔خدا کی قسم شاردا۔ اگر تمہارا التفات مجھے نہ ملتا تو میں یقیناً خودکشی کر لیتا۔۔۔تم میری آغوش میں ہو۔ مجھے ایسا محسوس ہوتا ہے کہ ساری دنیا کی خوشیوں سے میری جھولی بھری ہوئی ہے۔ میں بہت خوش نصیب ہوں۔''

شاردا نے اپنا سر مختار کے کندھے پر گرا دیا، ''آپ باتیں کرنا جانتے ہیں۔۔۔مجھ سے اپنے دل کی بات نہیں کہی جاتی۔''

دیر تک دونوں ایک دوسرے میں مدغم رہے۔ جب مختار وہاں سے گیا تو اس کی روح ایک نئی اور روحانی لذت سے معمور تھی۔ ساری رات وہ سوچتا رہا۔ دوسرے دن کلکتے چلا گیا جہاں اس کا باپ کاروبار کرتا تھا۔ آٹھ دن کے بعد واپس آیا۔ شاردا حسبِ معمول کروشیے کا کام سیکھنے مقررہ وقت پر آئی۔ اس کی نگاہوں نے اس سے کئی باتیں کیں۔ کہاں غائب رہے اتنے دن۔۔۔؟ مجھ سے کچھ نہ کہا اور کلکتے چلے گئے۔۔۔؟ محبت کے بڑے بڑے دعوے کرتے تھے۔۔۔؟ میں نہیں بولوں گی تم سے۔۔۔میری طرف کیا دیکھتے ہو، کیا کہنا چاہتے ہو مجھ سے؟

مختار بہت کچھ کہنا چاہتا تھا مگر تنہائی نہیں تھی۔ وہ کافی طویل گفتگو اس سے کرنا چاہتا تھا۔ دو دن گزر گئے، موقع نہ ملا۔ نگاہوں ہی نگاہوں میں گونگی باتیں ہوتی رہیں۔ آخر تیسرے روز شاردا نے اسے بلایا۔ مختار بہت خوش ہوا۔ روپ کور اور اس کا خاوند لالہ کالو مل گھر میں نہیں تھے۔

شاردا سیڑھیوں میں ملی۔ مختار نے وَیں اس کو اپنے سینے کے ساتھ لگانا چاہا، وہ تڑپ کر اوپر چلی گئی۔ ناراض تھی۔ مختار نے اس سے کہا، ''دیکھو میری جان، میرے پاس بیٹھو، میں تم سے بہت ضروری باتیں کرنا چاہتا ہوں۔ ایسی باتیں جن کا ہماری زندگی سے بڑا گہرا تعلق ہے۔''

شاردا اس کے پاس پلنگ پر بیٹھ گئی، ''تم بات ٹالو نہیں۔۔۔ بتاؤ، مجھے بتائے بغیر کلکتے کیوں گئے۔۔۔سچ میں بہت روئی۔'' مختار نے بڑھ کر اس کی آنکھیں چومیں، ''اس روز میں جب سے گیا تو ساری رات سوچتا رہا۔۔۔ جو کچھ اس روز ہوا اس کے بعد یہ سوچ بچار لازمی تھی۔ ہماری حیثیت میاں بیوی کی تھی۔ میں نے غلطی کی تم نے کچھ نہ سوچا۔ ہم نے ایک ہی جست میں کئی منزلیں طے کر لیں اور یہ غور ہی نہ کیا کہ ہمیں جانا کس طرف ہے۔۔۔سمجھ رہی ہو نا شاردا۔''

شاردا نے آنکھیں جھکا لیں، ''جی ہاں۔''

''میں کلکتے اس لیے گیا تھا کہ اباجی سے مشورہ کروں۔ تمہیں سن کر خوشی ہوگی میں نے ان کو راضی کر لیا ہے، '' مختار کی آنکھیں خوشی سے چمک اٹھیں۔ شاردا کے دونوں ہاتھ اپنے ہاتھوں میں لے کر اس نے کہا، ''میرے دل کا سارا بوجھ ہلکا ہو گیا ہے۔۔۔ میں اب تم سے شادی کر سکتا ہوں۔''

شاردا نے ہولے سے کہا، ''شادی!''

''ہاں شادی۔''

شاردا نے پوچھا، ''کیسے ہو سکتی ہے ہماری شادی؟''

مختار مسکرایا، ''اس میں مشکل ہی کیا ہے۔۔۔تم مسلمان ہو جانا۔''

شاردا ایک دم چونکی، ''مسلمان!''

مختار نے بڑے اطمینان سے کہا، ''ہاں ہاں۔۔۔اس کے علاوہ اور ہو ہی کیا سکتا ہے۔۔۔ مجھے معلوم ہے کہ تمہارے گھر والے بڑا ہنگامہ مچائیں گے لیکن میں نے اس کا انتظام کر لیا ہے۔ ہم دونوں یہاں سے غائب ہو جائیں گے، سیدھے کلکتے چلیں گے۔ باقی کام اباجی کے سپرد ہے۔ جس روز وہاں پہنچیں گے اسی روز مولوی بلا کر تمہیں مسلمان بنا دیں گے۔ شادی بھی اسی وقت ہو جائے گی۔''

شاردا کے ہونٹ جیسے کسی نے سی دیئے۔ مختار نے اس کی طرف دیکھا، ''خاموش کیوں ہو گئیں؟'' شاردا نہ بولی۔ مختار کو بڑی الجھن ہوئی، ''بتاؤ شاردا کیا بات ہے؟'' شاردا نے بہ مشکل اتنا کہا، ''تم ہندو ہو جاؤ۔''

''میں ہندو ہو جاؤں؟'' مختار کے لہجے میں حیرت تھی۔ وہ ہنسا، ''میں ہندو کیسے ہو سکتا ہوں؟''

''میں کیسے مسلمان ہو سکتی ہوں؟'' شاردا کی آواز مدھم تھی۔

''تم کیوں مسلمان نہیں ہو سکتیں۔۔۔میرا مطلب ہے کہ۔۔۔تم مجھ سے محبت کرتی ہو۔اس کے علاوہ اسلام سب سے اچھا مذہب ہے۔۔۔ہندو مذہب بھی کوئی مذہب ہے۔ گائے کا پیشاب پیتے ہیں، بت پوجتے ہیں۔۔۔میرا مطلب ہے کہ ٹھیک ہے اپنی جگہ یہ مذہب بھی۔مگر اسلام کا مقابلہ نہیں کر سکتا۔'' مختار کے خیالات پریشان تھے، ''تم مسلمان ہو جاؤ گی تو بس۔۔۔میرا مطلب ہے کہ سب ٹھیک ہو جائے گا۔''

شاردا کے چہرے کا تانبے جیسا رنگ زرد پڑ گیا، ''آپ ہندو نہیں ہوں گے؟''

مختار ہنسا، ''پاگل ہو تم؟''

شاردا کا رنگ اور زرد پڑ گیا، ''آپ جائیے۔۔۔وہ لوگ آنے والے ہیں۔'' یہ کہہ کر وہ پلنگ پر سے اٹھی۔

مختار متحیر ہو گیا، ''لیکن شاردا۔۔۔''

''نہیں نہیں جائیے آپ۔۔۔جلدی جائیے۔۔۔وہ آ جائیں گے۔'' شاردا کے لہجے میں بے اعتنائی کی سردی تھی۔

مختار نے اپنے خشک حلق سے بہ مشکل یہ الفاظ نکالے، ''ہم دونوں ایک دوسرے سے محبت کرتے ہیں، شاردا تم ناراض کیوں ہو گئیں؟''

''جاؤ۔۔۔چلے جاؤ۔۔۔ہمارا ہندو مذہب بہت برا ہے۔۔۔تم مسلمان بہت اچھے ہو۔''

شاردا کے لہجے میں نفرت تھی۔ وہ دوسرے کمرے میں چلی گئی اور دروازہ بند کر دیا۔ مختار اپنا اسلام سینے میں دبائے وہاں سے چلا گیا۔

More by Ghazal Sara Dot Org

Title	Description
Aankh Bhar Asman – (Hardcover , Paperback, eBook)	Adult poetry of Yawar Maajed
Aafat Ki Ziyafat – Hindi – (Hardcover, Paperback, eBook)	Children's bedtime poetry book by Yawar Maajed in Hindi
Aafat Ki Ziyafat – Urdu – (Hardcover, Paperback, eBook)	Children's bedtime poetry book by Yawar Maajed in Urdu
Kulliyat e Allama Iqbal – (Hardcover, Paperback)	Classical poetry by Sir Allama Iqbal, one of the greatest Urdu poets of the 20th century
Taar o Paud – (Paperback, eBook)	Short stories by Balwant Singh, a legendary fiction Urdu writer
Pehla Patthar – (Paperback, eBook)	Short stories by Balwant Singh, a legendary fiction Urdu writer
Manto Ke Hashiye – (Hardcover , Paperback, eBook)	Most controversial short stories by Saadat Hasan Manto, for which he was dragged in the court of law
Kulliyat e Manto – (Hardcover , Paperback, eBook)	This series comprises nine books that feature all of the short stories written by Saadat Hasan Manto throughout his career.
Kulliyat e Ghazal - Mirza Ghalib – (eBook)	Complete collection of all Ghazals of Mirza Ghalib
Kulliyat e Mir Taqi Mir – (eBook)	Complete collection of all Ghazals of Mir Taqi Mir

Purchase our books at

https://ghazalsara.org/shop

Scan the QR code below to visit the site. Our paperback and hardcover books are available on Amazon in every country that Amazon sells in. Additionally, all eBooks are available on Amazon Kindle, Apple Books for iPhone/iPad and Google Playbooks for Android platforms.

* 9 7 8 1 9 5 7 7 5 6 5 1 6 *